프랙처드·삶의 균열

Fractured

프랙처드 · 삶의균열

대니 앳킨스 지음 | 박미경 옮김

살림

랄프와 루크,

그리고 이 책이 나오도록 도와준

킴벌리에게 고마움을 전합니다.

비가 추적추적 내리는 12월 어느 날, 밤 10시 37분, 오래된 교회 옆 인적 드문 거리에서 내 첫 번째 인생이 막을 내렸다.

그로부터 열 시간 뒤, 병실의 눈부신 불빛 아래서 눈을 떴을 때 내 두 번째 인생이 시작됐다. 머리를 심하게 다쳤지만 도대체 무슨 일이 있었는지 전혀 기억나지 않았다. 침대를 에워싸고 서 있는 가족과 친구들을 보고 으레 마음이 놓였어야 하는데, 나는 전혀 그렇지 않았다. 그들 중 한 사람이 꽤 오래전에 죽은 사람이었으니까.

* * *

그동안 벌어진 일을 전부 기록하고 싶었다. 활자로 적으면 좀 더 잘 이해할 수 있을 것 같았다. 실은 내가 미쳐가는 것이 아님을 사람들에게, 심지어 나 자신에게 증명할 수 있을 것 같았다. 이 이야기는 교회에서 벌어졌던 사건에서 비롯됐다고 줄곧 생각했다. 바로 그날 내 삶이 그야말로 두 동강 났으니까. 그런데 모든 걸 제대로 이해하려면 그보다 훨씬 더 전으로 거슬러 올라가야 한다는 사실을 이제야 깨달았다. 그로부터 5년 전, 송별회가 열렸던 날 밤이 모든 사태의 발단이었다.

1

—

2008년 11월

날카로운 비명이 잦아들고 친구들은 앰뷸런스가 도착하기를 기다리며 낮게 흐느꼈다. 그때까지도 나는 행운의 페니를 꽉 움켜쥐고 있었다. 자그마한 동전이 부적이라도 되는 양 손에서 놓지 않았다. 나를 둘러싼 이 비극적인 사고를 없었던 일로 되돌리려는 듯 동전이 든 주먹에 힘을 더 줬다.

그나저나 지미가 레스토랑 주차장에서 반짝거리는 동전을 주워든 시간이 겨우 30분 전이었던가?

"재수 좋은데!"

지미가 활짝 웃으며 동전을 공중으로 높이 띄웠다가 잽싸게 낚아챘다. 그 모습을 보며 나는 미소를 지었다. 하지만 다음 순간 지미의 연한 푸른색 눈동자가 흔들리며 짜증스러운 기미가 스쳤다. 매트가 빈정거리듯이 한마디 톡 쏘아붙였기 때문이다.

"야, 지미. 그렇게 돈이 궁하면 말을 했어야지. 땅바닥을 더듬고 있냐?"

매트는 낄낄거리며 내 어깨에 팔을 두르더니 나를 자기 옆으로 바짝 끌어당겼다. 지미의 표정이 살짝 흔들렸다. 그땐 매트가 시시껄렁한 얘기를 해서 지미의 안색이 어두워졌다고 생각했다. 물론 그런 이유도 한몫했을 것이다. 두 사람은 가정환경이 상당히 달랐다. 하지만 그게 전부는 아니었다. 다른 이유가 더 있었다. 나만 그 다른 이유를 오랫동안 모르고 살았다.

우리 세 사람은 주차장에서 다른 친구들이 도착하기를 기다렸다. 하늘에는 저녁노을이 붉게 물들고 있었다. 11월치고는 날씨가 포근했다. 매트와 내가 주차장에 도착했을 때 지미는 벌써 와 있었다. 매트는 한껏 폼을 잡으며 새로 장만한 차를 세워둘 자리를 찾아 주차장을 빙글빙글 돌았다. 남자애들은 새 차를 뽑으면 한동안 연애 감정 비슷한 걸 느낀다는데, 매트도 아직 그 기분에서 헤어나지 못했나보다. 친구들 앞에서는 그런 기분을 너무 드러내지 않으면 좋으련만.

엄청나게 비싸고 잘빠진 매트의 새 차는 매트 부모님이 시험 결과에 만족해서 뽑아준 것이었다. 이것만으로도 매트네 집안이 어느 정도인지 알아차릴 수 있다. 그래서 매트가 돈 얘기를 꺼내면 신경에 거슬릴 때가 있다. 물론 매트는 제법 괜찮은 아이라서 그런 점을 대놓고 과시하진 않았다. 다만 이따금 쓸데없는 말을 툭 뱉어서 사람 기분을 묘하게 건드리곤 했다. 오늘은 우리가 마지막으로 뭉치는 날인 만큼 괜한 말로 분위기를 망치지 않았으면 좋겠다.

"지미, 오늘도 일했니?"

나는 지미가 썩 유쾌한 기분이 아닐 거라 짐작하고 어떻게든 분위기를 바꾸려고 얼른 물었다. 지미가 나를 보며 슬며시 웃었다. 네 살 때부터 보았던 미소는 지금까지도 변함이 없었다.

"응. 이번 주까지는 삼촌을 도와드릴 거야. 그다음엔 손수레와 쇠스랑을 깨끗이 내려놔야지. 농사꾼 노릇은 이제 끝이야."

"하지만 좋은 점도 있잖아. 어디서 피부를 그렇게 멋지게 태울 수 있겠니? 슈퍼마켓에서 상품 정리하는 일로는 어림도 없지."

그건 사실이었다. 지미의 하얀 피부는 구릿빛으로 그을렸고 팔뚝도 불끈 솟아올랐다. 몇 달 동안 야외에서 고생한 노동의 흔적이 확연히 드러났다. 물론 매트와 나도 프랑스에 있는 그의 부모님 별장에서 휴가를 보낸 덕분에 피부를 멋지게 태웠다. 그 휴가는 매트 부모님이 선사한 또 다른 축하 선물이었다. 물론 그 혜택을 이번엔 나도 함께 누렸다.

사실 프랑스로 휴가를 가기 위해 아버지와 한참 동안 실랑이를 벌였다. 내가 매트와 사귄 지도 벌써 2년이 다 돼갔다. 그사이 매트는 우리 집에 뻔질나게 드나들었다. 아버지가 싫은 내색을 하지 않은 걸로 봐선 매트를 꽤 좋아하는 게 틀림없었다. 하지만 내가 매트네 가족과 보름 동안이나 휴가를 보내도록 허락하는 것은 쉬운 일이 아니었다. 일단 돈 문제가 걸렸다. 매트 부모님이 여행 경비를 한 푼도 받지 않겠다고 했기 때문이다. 하지만 그보다 더 큰 문제가 있었다. 딸을 둔 아버지라면 누구나 남자 친구 문제에 예민하기 마련이다. 그러려니 하고 넘길 수도 있지만 내 경우에는 옆에서 중재해줄 엄마가 없어서 한층 더 심한 것 같았다. 아무튼 매트와 나는 아버지를 설득하느라 상당히 애를 먹었다. 침실은 엄격히 따로 쓰고 바르게 처신하겠다고 철석같이 약속했으며, 매트의 부모님과 내내 같이 지낼 터라 걱정하지 않아도 된다고 누누이 설명했다. 거짓말을 좀 보태 설득하고, 보내달라고 조르고 또 조른 덕분에 우리는 기어이 허락을 받아냈다.

친구들을 기다리는 동안 그간의 일들이 연이어 떠올랐다. 이달 말에 집을 떠나 대학에 입학하고 나면 아버지가 어떻게 지낼지도 걱정됐다. 나는 이마를 찌푸리며 이런 생각을 떨쳐내려고 애썼다. 여름 내내 이 문제로 골치를 앓았다. 고민한다고 해결될 문제도 아닌데 친구들과 보내는 마지막 밤까지 걱정하고 싶지는 않았다.

다행히 바로 그때 차 두 대가 나란히 주차장으로 들어왔다. 매트의 차보다 상당히 오래됐지만 그 차 못지않게 소유주에게 사랑받는 차였다. 우리와 가까운 곳에 주차한 푸른색 소형차의 뒷문이 벌컥 열렸다. 사라가 엄청나게 높은 구두를 신고 우리 쪽으로 뛰어왔다. 주차장 표면이 고르지 않은 탓에 사라가 넘어질 듯 비틀거리더니 나를 와락 껴안았다.

"내 사랑 레이철, 잘 지냈니?"

나도 사라를 꽉 껴안았다. 그동안 하루도 빼놓지 않고 만났는데 앞으론 방학 때만 볼 수 있다고 생각하니, 갑자기 마음이 울컥했다. 사라는 지미 다음으로 오래 사귄 친구다. 지미와 내가 아무리 가깝더라도 남자한테는 못 할 말이 있었다.

"미안, 우리가 좀 늦었지?"

사라의 말에 내가 얼굴을 찌푸리며 웃었다. 사라는 약속을 지킨 적이 없었다. 안 꾸며도 예쁜 얼굴인데 뭘 그리 덕지덕지 바르는지, 외출 한번 하려면 거울 앞에서 시간 가는 줄 몰랐다. 헤어스타일을 이렇게 했다 저렇게 했다 몇 번이나 바꾸고, 이 옷 저 옷 꺼내놓고는 뭘 입을지 한참 고민했다. 그렇게 하고도 거울에 비친 자기 모습에 만족하지 못했다. 달걀형 얼굴에 연갈색 고수머리, 자그마한 체구만으로도 무척 사랑스러운데 왜 그런지 도무지 알 수 없었다.

"오래 기다렸어?"

사라가 내 팔을 잡아당기며 물었다. 그 바람에 매트가 내 어깨를 감쌌던 팔을 풀었다. 우리는 주차장을 가로질러 레스토랑 쪽으로 걸어갔다. 사라는 나랑 꼭 붙어 걸었다. 그렇게 해야만 우스꽝스러운 스틸레토 힐을 신고서 주차장을 벗어날 수 있을 터였다. 물론 그 이유 때문만은 아닐 것이다. 그들과 나란히 주차한 차에서 내리는 캐시를 보고 트레버와 필이 반사적으로 보일 반응을 보고 싶지 않았을 것이다.

"매트가 지미를 열 받게 할 시간만큼."

내가 낮은 목소리로 속삭이자, 사라는 알아들었다는 듯이 싱긋 웃었다.

"그럼 별로 안 기다렸네!"

우리는 레스토랑 뒤쪽 테라스에 금세 도착했다. 몸을 돌려 우리 모임의 남자 멤버들이 오기를 기다렸다. 그들은 캐시의 풐

파인 셔츠 사이로 드러난 가슴을 힐끔거리며 늦장을 부렸다. 물론 매트도 예외는 아니었다. 캐시는 몸에 딱 달라붙는 바지에 굽 높은 샌들을 신었는데도 사라와 달리 걷는 데 전혀 무리가 없어 보였다. 그야말로 잡지 화보에서 걸어 나온 모델 같았다. 어깨 아래로 늘어뜨린 금발은 가볍게 찰랑거렸고 전체적인 차림새가 무척 산뜻했다. 그에 비해 내 차림새는 중고 상점에서 구입한 옷을 걸친 듯 우중충했다.

캐시는 우리 모임에 늦게 가입했다. 일곱 번째 멤버로 캐시가 들어오기 전까지 우리 모임은 사라와 나, 그리고 남자 네 명으로 구성된 탄탄한 조직이었다. 남녀 짝이 맞지 않았지만 워낙 오래전부터 알던 사이라 아무런 문제도 없었다. 그렇긴 해도 캐시가 관심을 보이며 모임에 들어오려고 하자 남자아이들이 상당히 열광적으로 환영했다. 그 이유는 굳이 언급하지 않아도 될 것 같다. 물론 캐시는 같이 어울리기에 괜찮은 친구였다. 캐시는 그레이트 비숍스포드로 오기 전엔 훨씬 더 번화한 동네에서 살았다고 한다. 그래서 그런지 우리보다 아는 것이 많았고 세상 물정에도 밝았다. 워낙 자유분방하고 짓궂은 농담도 잘해서 같이 있으면 상당히 즐거웠다. 캐시가 주변 8킬로미터 이내의 모든 남자에게 추파를 던질 때만 아니라면 나는 캐시가 꽤 마음에 들었다.

반면에 사라는 캐시를 영 못마땅하게 여겼다. 캐시가 자신의 심기를 건드리거나 너무 나댈 때면 사라가 나직한 목소리로 이렇게 중얼거리는 소리를 여러 번 들었다.

"제일 늦게 합류했지만 제일 먼저 빠질 거야."

지미가 주차장을 가로질러 천천히 걸어오는 동안 사라는 돌아서서 출입구 옆 유리 진열장에 전시된 메뉴를 들여다봤다. 나머지 사내들은 매트의 차를 감상하거나 캐시의 가슴을 황홀하게 쳐다봤다. 그때 마침 캐시가 매트 차의 합금 휠을 보려는 듯 몸을 깊이 숙였다. 칫, 캐시가 언제부터 자동차 바퀴에 저리 관심이 많았지? 그 순간 지미가 내 귀에 대고 뭐라고 속삭였다. 아무래도 지미는 내 속에 들어왔다 나갔나보다.

"아무리 그래도 네가 캐시보다 훨씬 나아."

"내 속이 그렇게 빤히 읽히니?"

내가 웃으며 묻자, 지미가 나를 보며 또다시 씽긋 웃었다. 그렇게 소리 없이 웃을 때마다 양쪽 눈가엔 주름이 잔뜩 잡혔고 얼굴은 환하게 빛났다.

"책을 들여다보는 것 같아. 물론 좋은 책이지."

지미가 확인 사살을 했다.

"반들반들한 총천연색 고급 잡지가 아니라 낡아빠진 문고판 책이겠지."

캐시는 매트가 차에 대해 뭐라고 떠드는 소리를 열심히 듣고 있었다. 그 모습을 바라보면서 지미가 내게 말했다.

"신경 쓸 것 없다니까."

그러면서 위로랍시고 내 어깨를 툭툭 쳤다.

"매트가 미쳤니, 네가 있는데 캐시한테 정신을 팔게?"

"흠."

나는 더 이상 아무 말도 하지 못했다. 지미의 다정한 말에 나도 모르게 얼굴이 살짝 붉어졌다. 그래서 지미가 보지 못하도록 얼른 고개를 돌렸다.

하지만 막상 레스토랑 창문에 비친 내 모습을 보니, 지미가 솔직하게 말한 것 같지 않았다. 혹시라도 진심이라면 시력검사라도 받아보는 게 좋겠다고 생각했다. 유리창에 비친 내 모습은 아무리 봐도 남자들한테 캐시 같은 반응을 끌어내진 못할 것 같으니까. 길고 검은 머리카락, 표정 변화가 별로 없는 얼굴, 콘택트렌즈를 끼지 않으면 제 역할을 못 하는 커다란 눈, 다소 두툼한 입술. 물론 호감 가는 얼굴이긴 하지만 시선을 확 끌 만큼 아름답지는 않았다. 가던 걸음을 멈추고 돌아볼 정도는 결코 아니라는 걸 누구보다 잘 알았다. 전에는 이런 내 모습에 전혀 신경 쓰지 않았는데, 매트와 사귀고 나서부터는 부족한 부분이 자꾸만 눈에 들어왔다. 이런 나에 비해서 매트는 여자애들이 홀딱 반할 만큼 매력적인 남자였다.

"나한테 넌 늘 주근깨투성이 얼굴에 앞니는 벌어지고 귀는 툭 튀어나온 꼬맹이로 기억된다는 걸 명심해."

"그때 난 겨우 열 살이었어."

내가 항변했다.

"내가 얼마나 힘들게 치아 교정을 받았는지 알잖아. 엽기적인 옛날 모습을 시시콜콜 기억하고 있을래?"

"나도 어쩔 수 없는걸."

지미가 짓궂게 대답했다. 마침 다른 친구들이 합류하지 않았더라면 지미랑 한판 붙을 뻔했다.

"얼른 들어가자."

매트가 내 손을 잡아당기며 재촉했다.

"이러다 우리 자리 뺏기겠다."

우리는 팔짱을 끼거나 옆 친구 어깨에 손을 얹은 채 커다란 이중문을 활짝 밀어젖히고 우르르 들어갔다. 이때까지만 해도 앞으로 30분 후에 우리 삶이 돌이킬 수 없이 변할 거라고는 꿈에도 몰랐다.

우리는 예약한 테이블로 곧장 안내받았다. 레스토랑 정면이 전부 탁 트인 유리창 바로 옆이어서 바깥 도로는 물론이고, 근처 언덕에 자리 잡은 교회 건물까지 훤히 내다보였다. 우리가 테이블 사이를 이리저리 지나가는 동안 남자 손님들이 캐시를 넋 놓고 바라보는 모습이 눈에 띄었다. 물론 매트도 여자 손님들의 눈길을 한껏 받았을 것이다. 몇 달 동안 귓가에 맴돌던 우려의 목소리가 다시 속삭이려는 것을 억지로 눌렀다.

매트는 대단히 매력적인 남자다. 어디를 가든 여자들의 관심을 한 몸에 받았다. 그가 늘 내 옆에 서 있고, 이렇게 걸어가면서도 내 손을 꼭 붙들고 있다는 사실이 즐겁지만, 한편으론 막연히 불안했다. 우리가 떨어져 지내는 동안 매트가 피할 수 없는 유혹에 부딪히면 어떡하지? 대학 시절을 무사히 넘기고 관계를 계속 유지할 수 있을까? 아니면 장거리 연애의 저주를 피하지 못하고 헤어질 운명일까?

이런 생각으로 머릿속이 어지러운데, 억양이 부드러운 이탈리아 출신 웨이터가 테이블을 가리키며 다 왔다고 말했다. 혼잡한 시간이라 자리가 상당히 협소한데다 머릿수를 맞추려고 테이블 두 개를 붙여놓은 상태였다. 그 때문에 창가 자리로 들어가 앉으려면 테이블과 콘크리트 기둥 사이의 좁은 틈을 비집고 들어가야 했다.

사라가 나보다 체구가 훨씬 작으니 제일 안쪽으로 들어갔으면 싶었지만 그냥 내가 좁은 틈새로 조심조심 들어갔다. 그럭저럭 자리를 잡고 앉으니까 매트가 내 옆에 바짝 다가와 앉았다. 나머지 친구들도 한 자리씩 차지하고 앉았다. 지미는 내 건너편 창가에 앉았고 사라가 그 오른쪽 의자를 차지했다. 매트 옆에 앉은 캐시를 꼴사납게 힐끔거리는 다른 녀석들을 나는 애써 무시했다. 이 테이블의 상석은 필시 캐시의 맞은편 자리일 것이다. 캐시의 육감적인 상체를 맘껏 훔쳐볼 수 있을 테니까. 나는 티셔츠의 네크라인이 좀 더 파이게 보이도록 식탁보 아래에서 티셔츠 자락을 몰래 잡아당겼다. 그 모습을 보고 지미가 입술을 실룩거리며 웃었다. 순간, 멍청한 짓을 한 것 같아 얼굴이 화끈 달아올랐다.

"뭐가 그리 웃기냐, 지미?"

매트가 갑자기 물었다. 그 순간 일행의 시선이 지미에게 쏠리며 반응을 기다렸다. 나는 눈을 똥그랗게 뜨고 제발 아무 말도 하지 말라는 신호를 열렬히 보냈다. 물론 걱정할 필요는 없었다. 지미는 이런 상황에서 나를 놀려먹을 친구가 아니었다. 그냥 침착하게 메뉴를 들고 어깨를 으쓱하면서 말했다.

"아무것도 아냐. 아까 삼촌이 한 말이 생각났을 뿐이야."

다른 친구들이 지미를 따라 메뉴를 훑어보는 동안 나는 건너편에 앉은 지미를 쳐다보며 입 모양으로 '고마워'라고 말했다. 지미가 내게 다시 미소를 지어보였다. 지미의 다정한 마음과 우정이 고스란히 느껴져서 코끝이 찡했다. 그런데 왠지 가슴까지 두근거리는 것 같아 갑자기 혼란스러웠다. 얼른 눈길을 거두고 라사냐를 먹을지 카넬로니를 먹을지 고민하는 것처럼 메뉴에 집중했다.

요리를 고르는데 매트가 팔로 내 허리를 휘감으며 나를 바싹 당겼다. 잠시 후 고개를 들어보니 지미가 사라와 한창 얘기 중이었다. 내가 쳐다보는 것을 의식했는지 지미가 살며시 웃었다. 그러자 아까처럼 가슴이 다시 두근거리기 시작했다.

오늘따라 우리 테이블 주변엔 향수 어린 감정이 맴돌았다. 토마토와 마늘 향이 공중으로 부드럽게 퍼지는 것처럼 작별을 아쉬워하는 우리 마음도 사방으로 퍼져나갔다. 나는 몇 주 후에 브라이턴으로 떠나지만 트레버와 필은 이번 주말을 끝으로 여길 떠날 것이다. 그 며칠 후엔 사라가 떠날 것이다. 캐시, 지미, 매트, 나. 단 몇 주라도 이렇게 넷이서만 지내는 모습을 상상할 수 없었다.

문득 이곳을 떠나기 싫다는 생각이 확 밀려들었다. 그렇다고 대학에 가고 싶지 않은 건 아니었다. 대학은 당연히 가고 싶었다. 신문방송학과에 들어갈 학점을 따려고 얼마나 열심히 공부했던가. 다만 지금 이 순간이 내 인생에서 굉장히 중요한 부분의 마지막 순간인 것 같아 나도 모르게 가슴이 먹먹해졌다.

그래서 지금으로선 새로운 시작에 대한 기대나 희망에 들뜰 수가 없었다. 남자 친구는 물론이요 내 인생에서 가장 친한 두 친구를 뒤로 하고 떠나야 한다는 사실만으로 머릿속이 복잡했다. 갑자기 눈물이 핑 돌았다. 이런 모습을 들키지 않으려고 고개를 돌렸다. 유리창에 비쳐드는 희미한 석양에도 눈이 시려왔다.

"괜찮니?"

지미가 내 쪽으로 몸을 내밀며 슬며시 물었다. 매트는 음료를 주문하느라 나한테 신경 쓰지 않았다. 안심한 나는 지미에게 조용히 대답했다.

"응. 그냥 기분이 좀 가라앉는 것 같아. 많은 게 바뀌잖아. 모두에게 작별 인사를 해야 하고……"

이런 내 모습을 보고 지미가 놀릴 것 같아 말끝을 흐렸다. 그러자 뜻밖에도 지미는 팔을 뻗어서 내 손을 포근히 잡아줬다. 식기를 만지작거리던 내 손에 지미의 따뜻한 기운이 전해졌다.

그런데 지미의 손길이 이상했다. 유치원 시절부터 알던 친숙한 느낌이 아니었다. 여름 내내 농사일을 하느라 거칠어졌기 때문일까? 아니면 지미의 손에 감싸인 내 손이 작게 느껴졌기 때문일까?

나는 지미의 행동을 매트가 알아차릴까 싶어 조심스러웠다. 하지만 지미는 손을 얼른 빼지 않고 마지막으로 한 번 더 꽉 쥐었다가 천천히 놓았다. 본능적으로 매트가 자기 영역을 지키려는 듯 내게 몸을 바싹 붙였다. 다음 순간 나는 지미가 손을 빼면서 아까 주차장에서 주웠던 행운의 페니를 내 손에 쥐여줬다는 사실을 깨달았다.

나는 자그마한 구리 동전이 진귀한 물건이라도 되는 양 꽉 움켜쥐었다. 지미는 늘 사소한 거라도 좋은 게 생기면 뭐든 나와 공유하고 싶어 했다. 우리는 오랫동안 정말 많은 것을 함께 나눴다. 지미는 친구라기보다는 오빠 같은 존재였다. 따지고 보면 나한테는 친척보다 지미네 가족이 더 가까운 사람들이었다.

지미네 엄마와 우리 엄마는 우리가 태어나기 전부터 친한 친구였다. 내가 걸음마도 떼기 전에 엄마가 갑자기 돌아가시자 지미 가족은 아버지와 나를 한 식구처럼 품어줬다. 이렇게 떠날 때가 되니, 내가 남겨둔 가족이 아버지뿐만이 아니라는 사실을 깨달았다. 지미의 부모님과 남동생과도 아쉬운 작별을 해야 할 것이다.

매트가 주문한 와인 두 병이 나오자 다들 잔을 채워 건배를 외쳤다.

"아름다운 이별을 위하여!"

"대학에서 낙제하지 않기 위하여!"

"우리의 새로운 인생을 위하여!"

"……그리고 오랜 친구들을 위하여!"

우리는 와인 잔을 부딪치며 마지막 말을 따라 했다. 투명한 잔에 반사된 석양이 프리즘을 통해 보이는 무지개처럼 찬란히 빛났다.

나는 사진을 찍는 것처럼 친구들이 웃고 떠드는 모습을 마음에 새겼다. 다들 대학에 가면 새로운 친구를 사귀겠지만, 우리가 새로 꼬아갈 인연의 실타래는 지금 이 자리에 있는 일곱 개의 끈만큼 질기지 않을 거라고 확신했다.

친구들 얼굴을 하나씩 살피니 수많은 기억과 감정이 파도처럼 나를 덮칠 듯이 한꺼번에 밀려왔다. 그 기억은 우리가 하나씩 하나씩 쌓아올린 벽돌과 같았다. 어디서 어떻게 지내든 견고한 우정의 벽이 되어서 우리를 지켜줄 것이다.

사라를 볼 때는 나도 모르게 미소를 억누르게 됐다. 사라가 미술 과정을 공부하면서 새로 사귈 친구들에게 벌써부터 질투가 났기 때문이다. 화끈하고 재미있고 의리가 넘치는데다, 말로 다 할 수 없이 다정한 사라와의 우정은 내가 가장 아끼는 보물 중 하나였다. 사라가 어떤 친구를 사귀든, 그들은 자기들이 얼마나 운이 좋은지 결코 모를 것이다.

사라 옆에는 지미가 있었다. 나는 지난여름 내내 매트와 떨어져 지내면 얼마나 괴로울지 생각하느라 많이 힘들었는데, 그럴 때마다 지미에게도 작별을 고해야 한다는 생각이 들곤 했다. 그러면 얼른 그 생각을 억눌렀다. 이상하게 들리겠지만, 늘 만나던 친구를 보지 못할 거라는 사실은 너무 속상하고 감당할 수 없을 만큼 괴로워서 더 생각할 수도 없었다. 아직은 누구와도 헤어질 준비가 되지 않은 것 같아 마음이 무거웠다.

주문한 음식을 기다리면서 가끔씩 창밖으로 도로와 교회를 내다봤다. 태양은 지평선 너머로 천천히 떨어졌고 하늘은 옅은 황금빛과 붉은빛을 머금었다. 평소라면 칙칙했을 길거리가 추상화처럼 황홀한 색상으로 물들었다. 행인이 많지는 않았지만 도로가에 줄지어 주차된 차들로 봐서 그날 저녁엔 근처 술집과 레스토랑 들이 모두 바쁜 듯했다. 바로 그때 멀리서 사이렌 소리가 들리기 시작했다.

"레이철, 듣고 있니?"

나는 깜짝 놀라 도로에서 시선을 거뒀다. 지미가 나한테 뭐라고 얘기하고 있었다.

"어, 미안. 잠시 딴생각을 하느라…… 방금 뭐라고 그랬니?"

지미의 눈이 한순간 매트를 향하는가 싶더니 다시 내게로 향했다. 매트는 마침 옆에 앉은 캐시와 이야기하고 있었다. 지미가 방금 무슨 말을 했는지 모르겠지만 왠지 다시 말하는 걸 어색해하는 것 같았다.

"저기, 그러니까 내일 오후에 너무 바쁘지 않으면 우리 집에 와줄 수 있느냐고 물었어."

우물쭈물하며 물어보는 품새가 지미답지 않아서 나는 잠시 어리둥절했다. 지미와 나는 굳이 초대하지 않아도 상대방 집을 수시로 드나들었다.

"그래, 갈 수 있어. 어차피 떠나기 전에 너희 부모님께 인사드리러 갈 작정이었어."

"사실 내일은 두 분 다 집에 안 계셔."

이번에도 지미의 말투가 약간 이상했다.

"나 말고는 아무도 없을 거야. 저기…… 그러니까…… 너랑 조용히 얘기하고 싶어서…… 괜찮지?"

석양이 붉게 물들어서 그랬을까? 아니면 지미의 얼굴이 진짜로 빨개졌을까?

지미는 매트가 돌아보기 전에 대답을 듣고 싶어 하는 것 같았다. 그래서 내가 얼른 대답했다.

"그래, 괜찮아. 2시쯤 가면 될까?"

지미가 고개를 끄덕이며 한숨을 살짝 내쉬었다. 뭔가 아주 힘든 일을 마친 사람 같았다. 그 모습이 내 호기심을 더욱 자극했다. 하지만 무슨 속셈인지 알아내려면 내일까지 기다려야 했다.

웨이터들이 접시를 잔뜩 들고 와서 테이블에 내려놓기 시작했다. 매트는 자세를 바로 하고 지금까지 내 허리를 감쌌던 오른팔을 빼다가 갑자기 내 입술에 진하게 키스를 했다.

"아, 제발…… 밥맛 떨어질 것 같아!"

사라가 과장된 표정으로 소리쳤다.

나는 매트에게 미소를 지었다. 그때 매트가 내 얼굴에 흘러내린 머리카락을 귀 뒤로 넘겨줬다. 아주 사소한 행동이었지만 그 덕분에 매트는 창밖에서 벌어지는 일을 제일 먼저 볼 수 있었다.

매트가 나한테 딱 붙어서 그 차를 보지 않았더라면 어떻게 됐을까. 나는 이따금 그런 생각을 했다.

"아니, 저런……!"

매트가 소리쳤다.

나는 고개를 돌려 매트의 시선이 향하는 곳을 바라봤다. 빨간색 소형차가 언덕 위로 미친 듯이 질주하며 다가오는 모습에 나는 입이 떡 벌어졌다. 잠시 뒤, 다른 차가 한 대 더 나타났다. 빨간 차보단 조심하는 듯 보였지만 거의 똑같이 맹렬한 속도로 질주했다. 번쩍이는 파란 등과 귀를 째는 듯한 사이렌 소리가 평화로운 여름날 저녁을 뒤흔들었다.

그때 마침 골목에서 소형 밴이 튀어나오다 빨간 차가 돌진하는 바람에 브레이크를 끼익 밟았다. 깜짝 놀라 쳐다보니, 빨간 차가 소형 밴의 보닛을 아슬아슬하게 스치며 지나갔다. 급제동한 소형 밴이 도로가에 주차된 차들 옆을 죽 부딪치며 달리는 통에 사방으로 불똥이 튀었다. 그 바람에 추격하던 경찰차가 시야에서 사라졌다.

소형 밴의 바퀴에서 나는 날카로운 소리에 친구들의 관심이 쏠리는 사이, 매트는 우리보다 앞서서 임박한 위험을 포착했다. 빨간 차가 여전히 맹렬한 속도로 언덕을 올라온 것이다. 지금 속도라면 순식간에 언덕을 넘어설 터였다. 경찰차가 간격을 조금씩 좁히기 시작하자 빨간 차가 갑자기 방향을 홱 틀더니, 주차된 차들을 들이받지 않으려고 미친 듯이 핸들을 꺾으며 질주했다.

"저 자식 미쳤구나! 통제 불능이야! 이쪽으로 돌진하겠어. 창문에서 비켜! 당장!"

그제야 다들 우리 위치가 얼마나 위험한지 알아차렸다. 레스토랑은 비탈길 아래쪽 언덕 기슭의 급격한 커브길 코너 옆에 있었고, 레스토랑 정면의 창가 자리는 그 커브길 쪽으로 나 있는 간이 포장된 협소한 도로에 면해 있었다. 우리는 일촉즉발의 위험에 노출된 상태였다.

매트가 경고하면서 벌떡 일어나더니 내 어깨를 단단히 잡았다. 주변 사람들이 덩달아 비명을 질러대는 통에 공포심이 더욱 커졌다. 이 급박한 와중에 나는 웨이터가 우리 테이블에서 서둘러 물러서다 접시 두 개를 바닥에 떨어뜨리는 모습에 주목했다.

'아, 바닥이 엉망이 되겠는걸.'

이런 생각을 하다니 멍청하기 짝이 없었다. 지금 벌어지는 상황을 보지 못한 것도 아니었고, 남자 친구의 경고를 제대로 이해하지 못한 것도 아니었다. 그런데 이상하게도 갑자기 모든 게 슬로모션으로 움직이기 시작했다. 절박하게 서두르지 않아도 될 것 같았다. 테이블에서 물러날 시간이 충분히 있는데, 왜 굳이 맛있는 요리를 두 개나 떨어뜨린단 말인가!

주변 사람들이 움직이는 형체가 흐릿하게 보였다. 지미와 사라는 자리에서 일어나 필이 있는 곳으로 서둘러 몸을 옮겼다. 두 사람은 나머지 친구들한테도 얼른 빠져나오라고 소리쳤다. 매트의 손아귀는 여전히 내 어깨의 움푹 꺼진 부분을 꽉 쥐고 있었다. 매트는 나를 의자에서 끌어당기면서 남은 한 손으로는 캐시를 밀며 얼른 가라고 몰아댔다.

의자가 넘어지고 와인 잔이 흔들리다 옆으로 쓰러지는 데는 1, 2초도 걸리지 않았지만 나는 그 짧은 순간에 정말 멍청한 짓을 저지르고 말았다. 고개를 창 쪽으로 돌려서 우리 쪽으로 돌진하는 차를 쳐다본 것이다. 빨간 차는 임박한 죽음을 알리듯 굉음을 내지르면서 도로 한가운데를 맹렬한 속도로 돌진했다. 속도를 늦출 기미가 보이지 않았다. 당장이라도 레스토랑 정면이 있는 커브길로 뛰어들 태세였다.

차가 얼마나 접근했는지 돌아본 바로 그 순간, 매트가 내 어깨를 놓치고 말았다. 공포에 질린 얼굴로 돌아보니 매트와 캐시는 이미 저만치 가버렸다. 나는 두 사람을 따라가다 의자에 발이 걸려 넘어졌다. 매트의 의자가 옆으로 넘어지면서 기둥과 나 사이의 작은 틈새에 끼었기 때문이다. 빠져나갈 출구가 막혀버렸다.

허둥대며 장애물을 밀쳐내려 했지만 의자는 테이블 모서리와 기둥 사이에 더 단단히 박혀버렸다.

"레이철! 얼른 나와!"

사라가 목청이 터져라 외쳤다.

숨이 턱 막혔다. 친구들이 서 있는 곳에서는 차가 창문으로 돌진하는 모습이 보일 터였다. 창문 옆에 낀 나는 코앞에 다가온 위험을 느끼고 아드레날린을 분출하며 필사적으로 의자를 밀쳤다. 아무 소리도 들리지 않았다. 피가 거꾸로 치솟았다.

나는 절망적인 눈으로 매트를 쳐다봤다. 매트는 내가 있는 쪽으로 급히 다가오려고 했다. 그런데 믿기 어렵게도 캐시가 매트의 팔을 잡아당기며 소리쳤다.

"안 돼, 매트. 안 돼! 시간 없어! 그러다 너까지 죽어."

나는 그 말을 다 들었다. 이런 상황에서도 내 뇌의 한 부분, 그러니까 죽음에서 벗어나려고 필사적으로 작동하지 않은 부분에는 캐시의 행동을 인지할 만한 여유가 있었다. 내가 저 행동을 그냥 넘어가리라고 캐시가 생각한다면 큰 오산이다. 바로 그때 내 뒤쪽 찻길에서 또다시 끼익 하는 소음이 들렸다. 질주하던 차가 이제야 브레이크를 밟은 것이다. 나는 의자를 헛되이 밀치다 마지막으로 한 번 더 뒤를 돌아봤다. 빨간 차가 진짜로 브레이크를 밟았다. 그렇지만 이젠 너무 늦어버렸다.

창문 너머로 보이는 차는 점점 더 거대해 보였다. 이젠 워낙 가까워서 젊은 운전자의 부릅뜬 눈과 겁먹은 얼굴까지 보였다.

차가 매우 급하게 돌진했기 때문인지 나를 덮치는 모습은 보지 못했다. 넘어진 의자와 창문 사이 좁은 틈에 갇혀 인생의 마지막을 대면하려는 순간, 테이블 반대쪽에서 건장한 두 팔이 다가와 내 팔을 움켜쥐었다.

그런 힘이 어디서 나왔는지 모르지만 지미는 좁은 틈에 갇힌 나를 끌어당겨 테이블 위로 올렸다. 지미가 나를 끌어당기는 동안 나도 테이블에서 벗어나려고 필사적으로 버둥거렸다. 병과 접시가 사방으로 흩어졌다. 지미의 눈은 형언할 수 없는 공포로 가득했고, 온 힘을 다해 나를 자기 쪽으로 잡아당기느라 목의 힘줄이 불뚝불뚝 튀어나왔다.

어떻게든 지미에게 힘을 보태려고 나는 테이블보를 미친 듯이 발로 차며 앞으로 나아가려고 했다. 바로 그때, 뒤에서 쾅! 하고 불길한 굉음이 들렸다. 빨간 차가 차도를 벗어나 인도로 솟구치면서 내는 소리였다.

지미가 나를 내던졌다. 내던졌다는 말 말고는 지미의 행동을 달리 표현할 길이 없다. 방금 전까지 테이블 위에서 버둥대던 나는 한순간 인형처럼 번쩍 들어 올려졌다가 테이블에서 몇 발짝 떨어진 바닥으로 내동댕이쳐졌다. 차가 인도를 지나 레스토랑을 덮친 찰나에 지미가 초인적인 힘을 발휘한 것이다.

하지만 창문이 깨지고 차가 덮친 그 순간, 지미는 여전히 위험한 위치에 서 있었다.

* * *

처음엔 뜨거운 열기가 훅 느껴졌다. 뭔가가 다리를 짓누르며 불에 덴 것 같은 통증을 일으켰다. 그러고는 사방에서 물이 쏟아지는 것 같았다. 진득하고 짭조름한 물이 이마와 볼을 타고 내려와 눈과 입으로 들어왔다. 비명을 지르고 싶었지만 아무 소리도 나오지 않았다. 내 폐에는 뿌연 연기 외에 남은 게 없었다. 내 뒤에서 누군가는 괴성을 질렀고 누군가는 울음을 터뜨렸다. 고개를 돌려서 그 장면을 보려 했지만 눈에 고인 진득한 액체 때문에 제대로 볼 수 없었다. 조심스레 손을 들어 눈을 비볐다. 손등이 검붉은 장갑처럼 피에 물들었다. 주변이 온통 잔해와 먼지로 휩싸였기 때문에 비명과 울음소리가 어디서 나는지 알 수 없었다. 한때는 창문이었던 것에 반쯤 걸쳐 있는 자동차도 내 시야를 가렸다. 무너진 벽과 엔진에서 나오는 짙은 연기로 사방이 뿌옇게 변했다. 온몸에 날카로운 유리 파편이 느껴지는 걸로 봐선 내가 깨진 창문 위로 엎어진 게 틀림없었다.

내 뒤에서 부서진 벽과 잔해가 치워지기 시작하면서 미친 듯이 울부짖는 소리가 다시 들렸다. 순간, 사람들이 우리에게 다가오려 한다는 사실을 깨달았다. 우리에게. 나 혼자가 아니라 우리에게. 그렇다, 나 혼자가 아니었다. 차가 창문으로 돌진했을 때 지미가 거기 있었다. 안전한 위치를 벗어나 나를 구하러 달려온 지미가 거기 있었던 것이다.

지미를 찾으려고 유리 파편이 놓인 바닥에서 억지로 고개를 들어 올렸다. 주먹 높이만큼 고개를 들자 피가 훨씬 더 빠르게 흘러내렸다. 그래도 개의치 않았다. 먼지와 연기가 여전히 자욱했지만 몇 걸음 저편에 무슨 형체가 보이는 것 같았다. 차에서 떨어졌는지 길게 뒤틀린 금속이 있었고, 거대한 석조 더미도 잔뜩 쌓여 있었다. 그런데 이상하게도 기다랗고 하얀 보드 위에 비스듬히 기울어진 채 쌓여 있었다. 시야가 좀 더 뚜렷해지자 그것이 단순한 보드가 아니라 우리 테이블이라는 것을 깨달았다. 테이블이 바닥에 평평하게 있지 않고 비스듬하게 기울어진 이유는 그 아래 뭔가가, 아니 누군가가 있었기 때문이다.

나는 필사적으로 테이블 쪽으로 기어가 아래쪽을 더듬었다. 처음에는 아무것도 잡히지 않았다. 그러다 잠시 후 뭔가 부드러운 것이 손가락 끝에 만져졌다.

"지미!"

나는 목이 찢어져라 소리쳤다.

"지미, 너니? 내 말 들려?"

아무 대답도 없었다.

"지미."

눈물이 쏟아졌다. 먼지와 피로 얼룩진 얼굴에서 피눈물이 작은 시내처럼 흘러내렸다.

"지미, 안 돼! 지미, 뭐라고 말 좀 해봐……."

먼지와 연기가 조금 가라앉자 내 손에 잡힌 게 보였다. 비스듬한 각도로 놓인 테이블 밑으로 지미의 팔뚝이 튀어나와 있었다. 보이는 건 그것뿐이었다. 햇볕에 건강하게 그을린 팔뚝 그대로였다. 좀 전에 나를 위험에서 끌어내느라 초인적인 힘을 발휘했던 바로 그 팔뚝이었다. 그런데 지금은 꿈쩍도 하지 않았다. 앰뷸런스가 도착하기 한참 전인데도 나는 이 팔뚝이 다시는 움직이지 못할 거라는 걸 깨달았다.

아줘서 얼마나 다행인지 몰랐다.

"아, 제발……."

사라는 내게 신부 들러리를 서달라고 간청하고 또 간청했다. 사라는 학창 시절에도 별난 계획을 모의해서 나를 끌어들이곤 했다. 그때는 사라의 간청에 매번 넘어갔지만 이번엔 내가 더 완강했다. 물론 마음이 무척 아팠다. 나는 사라가 말을 꺼내기도 전에 무얼 부탁할지 알고 있었다.

사라하고 전화로는 적어도 몇 주에 한 번씩 연락하고 지냈지만 통 만나진 못했다. 그녀가 북쪽 지역에 거주하다보니, 런던으로 날 보러오기가 번거로웠다. 일도 바쁘고 남자 친구, 아니 약혼자인 데이브하고 주로 시간을 보내느라 짬을 내기 어려웠다. 그런데 어느 날 그녀가 주말에 나를 찾아오겠다고 했다. 나는 사라가 무엇 때문에 오는지, 와서 무슨 말을 할지 바로 알아차렸다. 그래서 사라가 막상 찾아왔을 땐, 미리 연습해뒀기 때문에 거절하는 것이 상상했던 것만큼 어렵지 않았다.

"아, 레이철. 제발 다시 한번 생각해줘."

사라가 거듭 애원했다. 사라가 너무 풀이 죽고 의기소침해졌기 때문에 하마터면 흔들릴 뻔했다.

"들러리를 서달라고 부탁할 사람이 세상에 너 말고는 아무도 없어. 제발, 레이철. 응?"

나는 대답 대신에 고개를 저었다. 말로 내뱉었다가는 결심이 흔들린 걸 들킬 것 같았다.

그런데 다음 순간, 사라가 무심코 내뱉은 질문 덕분에 나는 더 실랑이하지 않고서 결정적 승기를 잡았다.

"도대체 왜 안 한다는 거야?"

나는 그 순간을 놓치지 않고서 비겁한 방법을 동원했다. 사라의 질문에 대한 대답으로, 나는 얼굴 한쪽을 가리던 머리카락을 쓸어 넘겼다. 그러자 이마에서 볼까지 여러 갈래로 타고 내려간 흉터가 드러났다. 사라가 입술을 깨물며 한숨을 내쉬었다. 그 순간, 나는 사라가 패배를 받아들였다고 직감했다.

"아, 또 그 흉한 얼굴을 패로 내미는 거로구나."

나는 대답 대신 미소를 지었다. 내가 아는 다른 사람들은 모두 이런 상황에서 당황하거나 우물쭈물했다. 하지만 사라는 예외였다. 진실을 덮지 않고 눈앞에 보이는 그대로 내뱉었다.

"흠, 하늘하늘한 핑크 드레스를 입고서 단상 옆에 서 있는 꼴을 면할 수 있다면야."

사라는 잠시 나를 노려보며 작전을 다시 짜는 듯했다. 그러더니 곧 뒤로 물러나며 패배를 받아들였다.

"핑크 드레스를 입힐 생각은 없었어."

나는 승리를 확신하며 사라를 꼭 안아줬다.

* * *

여행 가방을 닫으려다 말고 자리에서 일어났다. 그리고 침대 옆 탁자에서 작은 갈색 병을 집어 들었다. 병 무게가 의외로 가벼워 이마를 찌푸렸다. 알약이 몇 개나 남았는지 세어보려고 창틈으로 비치는 12월의 흐릿한 햇빛에 병을 비춰 보았다. 개수가 생각보다 적어 며칠밖에 버티지 못할 것 같았다.

'그럴 리가 없는데…….'

병에 붙은 라벨에서 처방 날짜를 확인했다. 열흘밖에 되지 않았다. 두통이 갈수록 심해지는 건 알았지만 약을 이렇게 빨리 먹어치웠는지는 몰랐다. 갑자기 등골이 오싹했다. 예감이 좋지 않았다. 요즘에는 아버지가 괜찮으냐고 전화할 때마다 거짓말로 둘러댔다. 심지어 두통이 처음 시작됐을 때는 의사들한테도 거짓말로 얼버무렸다. 하지만 조만간 솔직해져야 할 것 같다. 의사들이 오랫동안 경고하던 징후가 자꾸 나타났기 때문이다. 아버지와 따로 산 지 3년이나 됐지만, 그런 조짐이 있을까 봐 아버지는 전화할 때마다 똑같은 질문을 던졌다.

"잘 지내니? 머리가 아프거나 다른 증세는 없고?"

아버지에게 안부 전화를 받으면, 6개월 전까지는 멀쩡하니까 걱정 말라고 대답했다. 하지만 그 뒤로는 계속 거짓말로 괜찮다고 둘러댔다. 그러다 결국 한계에 도달한 것 같아 전문의를 찾아가기로 결심했다. 사고 초기에 나를 치료해준 의사를 찾아갔다. 내가 두통이 있다고 말했을 때 의사는 두통 빈도에 우려를 표하는 것 같았다. 사실 나는 내심 불안했지만 두통 강도를 상당히 낮춰서 말했다. 의사는 내게 임시방편으로 약을 처방해주면서 병원에 예약해서 정밀 검사를 받으라고 당부했다. 나는 약만 챙겨 먹고 의사의 조언은 제대로 새겨듣지 않았다. 하지만 이젠 더 이상 무시하면 안 될 것 같았다.

이 모든 사실을 아버지에게는 비밀에 부쳤다. 아버지는 자신의 건강 문제로도 충분히 골치가 아팠다. 이젠 내 걱정을 내려놓고 아버지 건강에 전념해야 할 때였다. 아버지는 암 전문의와 상담한 결과가 아무리 나빠도 늘 이렇게 얘기했다.

"하지만 이젠 네가 괜찮으니 얼마나 다행인지 모른다."

아버지에게 또다시 걱정을 안겨줄 수는 없었다.

그동안 거울을 얼마나 많이 깨뜨렸는지 모른다. 불행한 가정사를 설명하려고 집시의 저주를 들먹인 게 한두 번이 아니었다. 처음엔 엄마, 다음엔 내 사고, 그다음엔 아버지의 암 선고가 줄줄이 이어졌다. 그런데 이번엔 이놈의 두통이 말썽이었다.

혹시 어느 가정에서 20년 넘게 건강하게 사는 축복을 누렸다면, 필시 그들 몫의 불행까지 우리가 떠안았기 때문일 것이다. 아버지는 건강 문제로 남을 탓해서는 안 된다고 했지만 나는 수긍하지 못하겠다. 아버지는 내 사고 이후부터 다시 담배를 태우기 시작했다. 온갖 중압감과 스트레스를 이겨내기 위한 아버지 나름의 방식이었다. 하지만 담배에 의존하지 않았더라면 지금 같은 병마에 시달리지 않았을지도 모른다.

너무나 괴롭고 힘든 일들이 그 끔찍한 사고가 있던 날 밤과 연결됐다. 갑자기 지독한 통증이 밀려왔다. 웬만한 두통과는 비교할 수 없을 정도로 고통스러웠다. 결국 생각의 실타래를 풀어볼 시도조차 못 하고 접어버렸다.

아침에 일어나자마자 떠날 생각으로 런던발 첫 기차 시간표를 살폈다. 회사에는 이미 이틀 동안의 휴가를 신청해뒀다. 사라의 결혼 축하 파티가 목요일 밤에 열릴 예정이라 그 전에는 다 같이 만날 일이 없겠지만, 어쨌든 그날 일찌감치 도착하고 싶었다. 사흘간의 방문 일정을 감당하려면 심란한 마음을 가라앉힐 시간이 필요했다. 실제로 부딪쳐보기 전에는 내가 과연 감당할 수 있을지 알 길이 없었다.

사라가 자기네 부모님 집에 머물라고 권했지만 거절했다. 사라의 부모님은 젊은 나보다 더 활기가 넘쳤다. 두 분을 만나면 늘 유쾌했지만 외동딸의 결혼식에 앞서 잔뜩 흥분하고 들떠 있을 모습을 상상하니 도저히 감당할 자신이 없었다. 같이 지내자는 제안을 거절하고 동네에 있는 두 호텔 중 한 곳에 방을 예약하겠다고 했을 때, 두 분 모두 너그럽게 이해해주셨다. 하객 중 상당수는 그 동네 사람이겠지만, 나 말고도 호텔에 머물기로 한 손님이 꽤 있을 것이다.

* * *

기차가 역을 미끄러지듯이 벗어났다. 두 시간짜리 여정의 시작이었다. 나는 그날 밤 만나게 될 사람들을 떠올렸다. 과거라는 이름 속에 고이 묻어둔 친구들. 이 친구들과 맺은 유대는 전에 생각했던 것만큼 끈끈하지 않은 것 같았다. 지난 몇 년 동안 조금씩 느슨해지고 헐거워졌다. 아니, 실은 한 젊은이의 무모한 행동과 통제가 불가능했던 도난 차 때문에 완전히 끊어져버렸다.

사라는 부모님을 방문할 때나 여러 경로를 통해 친구들 소식을 꾸준히 접했다. 하지만 내게 옛 친구들 소식을 전할 때 극도로 조심하고 신중하게 굴었다. 먼저, 트레버는 대학을 졸업하고 그레이트 비숍스포드로 돌아와 여자 친구와 함께 산다고 했다. 사라는 그의 여자 친구를 아직 만나지 못했다고 했다. 십 대 시절 록밴드에서 기타를 연주하던 트레버가 은행 지점장으로 일한다니, 그렇게 차분하고 점잖은 일을 하리라곤 상상도 못 했다.

필은 여전히 방랑자의 삶을 추구하는 것 같았다. 대학을 졸업하고 배낭여행을 떠났는데, 두 해가 지난 지금까지도 세상을 떠돌아다니고 있다. 그러면서 자연스레 프리랜서 사진작가로 활동하게 됐다. 필의 가족은 여전히 고향에 살고 있지만 필은 촬영을 위해 몇 달씩 해외에서 체류했다. 그러다보니 집에 거의 들르지 못했다. 사라가 한두 번 우연히 필을 만났는데, 한시도 가만있지 못하는 폼이 한군데 정착하지 못하는 성격을 고스란히 드러냈다고 했다.

그다음엔 매트…… 아, 물론 캐시 소식도 들었다. 이제 두 사람은 떼려야 뗄 수 없는 관계로 묶였다. 사라가 그 사실을 내게 알리는 데 얼마나 힘들었을지 짐작하고도 남았다. 사라는 내가 느낄지도 모를 고통을 헤아려 적절한 어휘를 찾아 조심조심 운을 뗐다. 전화기 너머에서 전하는 얘기를 들으며 나는 고통의 파편이 어디로 튀는지 가만히 기다렸다. 그런데 아무런 느낌도 없었다. 그저 조금 놀랐을 뿐이었다. 조각처럼 아름다운 두 남녀가 마침내 결합했다는 사실이 놀라운 게 아니라, 캐시가 목적을 달성하는 데 이토록 오래 걸렸다는 사실이 오히려 놀라웠다.

나는 여기서 생각의 흐름을 차단했다. 사라가 두 사람의 소식을 처음 전했을 때도 깊이 생각하지 않았다. 매트를 생각하면 자연히 서글픈 이야기와 이별이 떠오를 테니까. 그러면 또 헤어진 이유가 생각날 테고, 뒤이어 절대로 떠올리고 싶지 않은, 떠올릴 수도 없는 사건 속으로 빨려들 테니까.

* * *

다닥다닥 붙은 주택과 고층 건물이 점차 툭 터진 들판과 공터로 바뀌었다. 그에 따라 내 마음도 조금씩 불안해졌다. 식당 칸에서 구입한 쓰디쓴 커피를 한 모금 꿀꺽 마셨다. 딴생각에 빠지지 않으려고 이번 방문의 목적에 최대한 집중했다. 사라의 결혼식. 사라에게는 일생일대의 중요한 날인데, 고향 집에 방문하는 내 문제로 걱정을 끼칠 수는 없었다.

'집?'

갑자기 의구심이 들었다. 거기가 진짜 내 집인가? 아직도 그렇게 생각하고 있단 말인가? 지난 5년 동안 그곳에서 살지 않았으니 엄밀히 말하면 내 집이 아니다. 하지만 그 타이틀에 걸맞은 장소가 딱히 떠오르지 않았다. 아버지가 현재 거주하는 노스 데본은 아버지 집이지, 내 집은 아니었다. 2년여에 걸친 회복 기간에 그 집에 머물긴 했지만 내 집이라는 느낌은 없었다. 그렇다면 런던에 있는 작고 허름한 공동주택을 내 집이라고 불러야 하나? 하지만 그곳은 순전히 전철역과 가까워서 빌린 임시

거처일 뿐, 정서적 애착은 생기지 않았다. 런던의 살기 좋은 장소와는 거리가 먼 허름한 빨래방 건물에 애착이 생기기란 애초에 불가능했다. 월급이 처음 올랐을 때 바로 이사했어야 했다. 적어도 두 번째로 인상됐을 때라도 다른 집을 알아봤어야 했다. 하지만 나는 스타일을 포기하고 익숙한 분위기에 안주하고 말았다. 기분이 좋을 때는 허름한 그 집을 고풍스럽다고 묘사하기도 했다. 하지만 실제로는 낡기만 했지 예스러운 풍취는 전혀 없었다.

* * *

기차의 흔들림이 느려지기 시작했다. 여정이 생각보다 훨씬 빨리 끝나갔다. 스피커에서 남자인지 여자인지 모를 목소리의 안내 방송이 흘러나왔다.

"다음 정거장은 그레이트 비숍스포드입니다."

5년이라는 세월이 흘렀지만 고향에 돌아갈 준비가 하나도 되지 않았다는 사실을 그 순간 깨달았다. 기차가 덜컹거리며 멈춰 서려고 할 때, 나는 선반에서 짐 가방을 내리려고 자리에서 일어났다.

"제가 도와드릴게요."

뒤에서 웬 남자 목소리가 들리는가 싶더니, 그는 내가 거절하기도 전에 건장한 팔을 뻗어 내 짐 가방을 번쩍 들어 내렸다. 낯선 이에게 고맙다는 인사를 하려고 고개를 들었다. 바로 그

때 남자의 얼굴에 동정 어린 눈빛이 스쳤다. 고개를 들 때 삐죽 삐죽한 흉터가 드러났던 것이다. 나는 고맙다고 살짝 웃어 보인 후 고개를 다시 떨궜다. 머리카락이 두툼한 커튼처럼 흉터 부위를 가렸다. 시선이 느껴지면 나도 모르게 고개를 숙이고 머리카락으로 얼굴을 가리곤 했다. 사람들의 반응에 대처하느니 흉터를 가리는 게 더 편했으니까. 호기심에 꼬치꼬치 캐묻는 사람들에게 일일이 대응하고 싶지 않았다. 흉터와 관련된 일을 입에 올리지 않겠다고 굳게 결심했다. 어쩌면 그런 이유로 고향에 돌아가는 것이 이토록 두렵고 불안한지도 모르겠다. 옛 친구들을 만난 자리에서 각자의 삶을 이토록 변화시킨 그 사건을 언급하지 않을 수는 없을 테니까!

기차역 앞에서 택시를 탔다. 호텔까지는 걸어가기에 멀지 않은 거리였지만 도중에 우리가 다녔던 학교를 지나가야 했다. 그 길을 걸으면서 떠오를 수많은 기억을 감당할 준비가 되지 않았다. 택시에 앉아서도 시선을 무릎과 바닥에 고정한 채 미동도 하지 않았다. 어차피 부딪칠 일이지만 어떻게든 피하고 싶었다.

호텔 방은 별 특색 없이 깔끔했다. 호텔 건물과 관련해서는 특별한 기억이 떠오르지 않았다. 그것만으로도 좋았다. 작은 짐 가방을 푸는 데 3분이 채 걸리지 않았다. 침대맡의 라디오 겸용 알람 시계를 힐끗 보니 점심 무렵이었다. 바에 가서 샌드위치라도 먹을까 생각하다가 막판에 마음을 바꿔 룸서비스를 주문했다.

"한 걸음씩 떼는 거야."

나 자신에게 격려라도 하듯이 중얼거렸다.

"한 번에 한 걸음씩만 떼면 괜찮을 거야."

화장대 거울에 비친 얼굴이 미심쩍은 눈으로 나를 응시했다. 흠, 나 자신도 이렇게 확신하지 못하는데 앞으로 일흔두 시간을 어떻게 버텨낼지 암담했다.

식사를 마치고 나서 사라에게 전화해 무사히 도착했다고 말했다. 사라의 목소리에서 안도감이 느껴졌다. 사라는 내가 진짜로 오는지 확신하지 못했던 것이다. 사라를 위해서라도 반드시 버텨내겠다고 다짐했다.

"당장 건너와. 저녁때까지 못 기다리겠어."

사라의 열렬한 환호에 나도 모르게 웃음이 나왔다. 하긴 사라는 늘 열정적이었다. 이렇게 특별한 사람과 평생을 보내게 됐으니, 데이비드가 자신이 얼마나 행운아인지 알았으면 좋겠다.

"좀 이따 갈게. 내일은 온종일 네 뒤꽁무니만 쫓아다닐 거니까, 유부녀가 되기 전에 수다 떨 시간은 충분할 거야."

사라는 내 말에 끙 앓는 소리를 내뱉었다.

"실은……."

내가 얼른 말을 이었다.

"오후에 산책을 좀 하려고 해. 옛 기억을 감당할 수 있을지 직접 부딪쳐보려고."

"내가 동행해줄까?"

나는 사라의 제안에 미소를 지었다. 안 그래도 할 일이 태산인 사라에게 내 수발을 들게 할 수는 없었다. 물론 내가 수락하면 사라는 만사 제치고 달려올 친구였다.

"아니, 괜찮아. 나 혼자 감당하는 게 좋을 것 같아. 게다가 지금 머리도 좀 지끈거려."

손을 들어 이마를 이리저리 문질렀다. 진짜로 머리가 아팠다.

"신선한 공기를 쐬면 곧 괜찮아질 거야."

"알았어. 하지만 너무 오래 돌아다니진 마. 무리하면 저녁때 만나기도 전에 지칠 테니까."

"아무리 피곤한들 내가 그걸 놓칠까 봐? 넌 오늘 요란하게 차려입고 별짓 다 할 생각이지?"

"아, 아냐."

사라가 정색하며 대답했다.

"전에도 말했잖아. 난 여자들끼리 난잡하게 노는 파티는 질색이야. 오늘 모임은 내 독신 탈출을 기념하기 위해 남녀 불문하고 옛 친구들과 다 모여서 점잖은 만찬을 즐기는 자리라니까. 흠, 그나저나 나를 위해서 스트리퍼는 준비했지?"

"그야 물론이지."

나는 웃으면서 대답하고 전화를 끊었다.

* * *

바깥 공기가 생각보다 훨씬 더 차가웠다. 두툼한 울 코트에 목도리를 두르고 나와서 천만다행이었다. 나는 아무 생각 없이 발 가는 대로 걸음을 옮겼다. 자연스레 전에 살던 집으로 이어지는 도로가 나왔다. 걸음을 멈추지 않고 계속 걸었다. 그곳은 내가 앞으로 넘어야 할 첫 번째 관문이었다. 그나마 가장 쉬운 단계였다. 암울한 기억이 하나도 없고 그저 어린 시절의 행복한 기억으로만 채워진 곳이었으니까.

낡은 말뚝 울타리 대신에 연철로 된 화려한 울타리가 집 주변을 둘러싸고 있었다. 현관문도 선명한 초록색으로 바뀌었지만 나머지는 예전 그대로였다. 옛집이 너무 많이 변하지 않은 걸 보니 마음이 놓였다. 게다가 정원은 전보다 더 깔끔하게 손질되어 있었다. 하긴 아버지는 원래 정원 손질에 관심이 없었다. 우리가 살 때는 아늑해 보이는 커튼을 달았는데, 지금은 화려한 우드 블라인드가 드리워 있었다. 그 외에는 내가 전에 살던 그대로였다.

집 앞에서 이렇게 서성이는 동안 옛 기억이 주마등처럼 스쳐 갔다. 괴롭거나 어두운 기억은 하나도 없었다. 5년 전까지 이곳은 내게 유일한 집이요 안식처였다. 그 뒤로 거처했던 숙소들은 어느 곳도 아늑한 집이라는 느낌이 없었다. 지금 이렇게 서 있는 동안에도 이곳이 내 집이라는 생각이 들었다. 하지만 더 이상 내 집이 아니라는 사실을 알기에 가슴이 먹먹해졌다. 따져보니, 그 사고가 있던 날 밤 이후 이 집을 실제로 본 것은 지금이 처음이었다.

이사를 하기로 결정한 뒤, 내가 병원에 있는 동안 아버지 혼자서 집을 팔고 짐을 정리해 이사를 감행했다. 그 결정이 옳았는지 아닌지는 누가 판단할 수 있을까? 불쌍한 아버지는 내 고통을 어떻게든 줄여주고자 무슨 일이든 불사했다. 슬픔에 젖어

반쯤 정신이 나간 나는 병원에 누워 아버지에게 어디든 멀리 떠나자고 간청했다. 그래서 우리는 정든 이 집을 떠났다.

갑자기 서글퍼지면서 오한이 느껴졌다. 몸을 돌려서 서둘러 그곳을 벗어났다. 차디찬 바람이 얼굴을 세차게 때렸다. 하염없는 눈물이 흘렀지만 바람 탓이라고 애써 핑계를 댔다. 몰아치는 바람 때문에 얼굴을 숙이고 거의 뛰듯이 걸었다. 교차로에 도달했다. 그곳은 실제 교차로이자 동시에 내 마음속 교차로이기도 했다. 나는 앞으로 나아갈 것인지 돌아설 것인지 망설였다. 이토록 가슴 아프게 슬픈 상황이 아니었다면, 눈물을 뚝뚝 흘리며 이러지도 저러지도 못하는 내 모습이 우스꽝스러웠을 것이다. 진통제 덕분에 조금 가라앉았던 두통이 다시 심해지면서 머리가 지끈거리기 시작했다. 그 핑계로 다음 도전을 멈춰버릴까도 생각했다. 하지만 난 이미 너무 오랫동안 수많은 핑계를 대며 회피해왔다. 더는 물러설 수 없었다. 결국 앞으로 발걸음을 옮겼다.

문고리를 단단히 잡았다. 혹시라도 이사하지 않았을까, 라는 생각이 잠시 스쳤다. 사라는 지미네 가족 얘기를 한 번도 전하지 않았다. 실은 그 사고 이후로 지미와 관련된 얘기를 한 번도 하지 않았다. 너무 깊은 상처는 감히 건드리지 못하는 법이니까. 지미 어머니는 5년 만에 현관에 서 있는 나를 보고도 애써 태연한 척했다. 적갈색 머리카락 뒤로 가려진 내 흉터가 바람결에 훤히 드러났다. 흉측하게 난 상처를 보고도 지미 어머니는 놀란 마음을 감췄다. 지난 세월 동안 너무나 늙어버린 그녀를 보고 나 역시 태연할 수 있기를 바랐다. 지미 어머니는 나를 보자마자 따뜻하게 웃으며 꼭 안아줬다. 하지만 그 얼굴엔 수심이 가득했다. 어떤 감정을 새롭게 접한다 한들 그녀의 얼굴에 가득한 슬픔을 지울 수 있을까? 이렇게 초췌한 얼굴로 늙어가게 하다니, 죄책감이 비수처럼 가슴을 파고들었다. 그녀는 순전히 내 잘못으로 아들을 잃었다.

* * *

힘든 오후를 보내고 호텔로 돌아왔다. 긴장이 풀렸는지 아니면 돌아다니느라 힘들었는지 머리가 지끈지끈 아팠다. 이 정도로 심하게 아팠던 적은 한 번도 없었다. 얼른 방으로 들어가 가방에서 약병을 찾았다. 병에 붙은 복용량 지침을 무시하고 물도 없이 두 알을 꿀꺽 삼켰다. 약효가 나타나기를 기다리면서 하얀 타일이 깔린 욕실로 들어갔다. 욕조에 뜨거운 물을 받아 몸을 푹 담갔다.

향이 살짝 나는 욕조에 몸을 담근 동안에도 머리는 계속 지끈거렸다. 30여 분 뒤, 얼굴이 발그레 달아오르고 손가락 피부가 쪼글쪼글해졌다. 두통이 어느 정도 가라앉았다. 저녁 모임에 늦지 않으려면 이젠 외출할 준비를 해야 했다.

나는 지미의 어머니를 찾아갔던 일을 머리에서 지우려고 애썼다. 그녀가 들려준 얘기를 곰곰이 생각해보고 싶었지만 오늘 밤엔 그럴 짬이 없었다. 지금은 그런 생각에 잠길 만큼 한가하지 않았다. 예정된 저녁 모임에 참석해야 했다. 재회의 밤이자 축하의 시간이 될 자리였다. 그리고 처음으로 일곱 명이 아니라 여섯 명이 모인다는 사실을 어떻게든 받아들여야 했다.

"한 번에 한 걸음씩."

화장대 앞에 앉아 얼굴을 매만지면서 다시 중얼거렸다.

* * *

사라가 저녁 모임을 위해 고른 장소는 썩 괜찮았다. 우리가 살던 동네와 반대편에 자리 잡은 고급 레스토랑이었다. 학생 신분으로 드나들기엔 상당히 비싸고 세련된 곳이었다. 나는 일부러 예정된 시간보다 30분이나 일찍 도착했다. 미리 와서 마음을 좀 가라앉히고 싶었기 때문이다. 지배인에게 사라의 이름을 댔더니 바에서 잠시 기다리겠느냐고 물었다. 나는 그냥 예약된 자리로 가겠다고 말했다.

레스토랑 안쪽의 커다랗고 둥근 테이블 자리로 안내받았다. 누가 들어오나 보려고 출입구가 훤히 보이는 자리에 앉았다. 물론 그 맞은편 의자에 앉아서도 벽에 걸린 거울을 통해 누가 들어오는지 볼 수 있었다. 하지만 호텔 방에서 거울에 비친 내 모습을 질리게 봤던 터라 일부러 거울을 등지고 앉았다. 브이 자로 깊이 파인 암청색 원피스가 괜찮은지 고민하며 남은 30여 분을 보내고 싶지 않았다. 여러 벌 챙겨오지도 않았으니 달리 입을 옷도 없었다. 그런데도 자꾸만 거울에 비친 내 모습을 힐끔거렸다. 그때마다 머리카락을 앞으로 쓸어내려 얼굴을 가렸다.

필이 제일 먼저 도착했다. 얼굴이 까무잡잡하게 탔고, 내가 기억하는 모습보다 체구가 훨씬 다부지고 단단해 보였다. 필은 나를 보자마자 달려오더니 뼈가 으스러지도록 힘차게 포옹했다. 가만히 있다간 갈빗대가 나갈 것 같았다.

"그만, 그만. 숨도 못 쉬겠어."

필이 웃으며 팔을 풀더니 내 옆자리 의자에 잽싸게 앉았다.

"멋져 보인다, 레이철."

나는 엉겁결에 손을 올려 머리카락을 내리려다 멈칫했다. 필이 흉터를 보고서도 일부러 모른 체했을 테니까.

"진짜 오랜만이다. 그동안 어떻게 지냈어? 여전히 데본에서 사는 거야?"

우리는 이런저런 얘기를 나누며 근황을 주고받았다. 그간의 공백을 메우며 한참 얘기하고 있는데 다른 친구들이 도착했다. 트레버와 그의 여자 친구인 케이트였다. 사라가 우리 멤버들의 파트너까지 초대했는지는 몰랐다. 트레버는 내 발이 땅에서 떨어질 정도로 들어 올리며 격하게 포옹했다. 그러고 나서야 자기 여자 친구를 소개했다. 사라가 오늘 모임에 외부인을 포함시킨 것은 아주 현명한 결정이었다. 새로운 얼굴이 있으면 중압감을 덜 느낄 테니까.

나는 누가 더 올지 궁금해하면서 테이블에 세팅된 자리를 눈으로 세어봤다. 내 궁금증은 금세 해소됐다. 사라가 미소를 지으며 레스토랑 문을 박차고 들어왔다. 사라 뒤로는 "결혼해요"라고 쓰인 헬륨 풍선 다발에 약혼자 데이비드가 묶여 있었다.

"결혼식 전날 친구들끼리 뭉치는 파티에 약혼자를 데리고 오다니!"

필이 농담을 던지며 일어나 데이비드와 악수했다.

"이 사람이 나랑 한시도 떨어질 수 없다는데 어쩌니?"

나는 사라에게 따뜻한 미소를 보냈다. 그리고 풍선을 향해 고개를 끄덕이며 말했다.

"참으로 점잖네?"

"물론이지."

"흠, 정말 멋진 장소야."

데이비드가 사라에게 의자를 빼주며 말했다.

"아주 고급스러워."

"그야 물론이지."

사라가 데이비드의 말에 맞장구를 쳤다. 그러고 나서는 내 쪽으로 몸을 기울이며 남들도 다 듣도록 큰 소리로 속삭였다.

"아까 말했던 '스트리퍼'는 취소하는 게 좋겠다, 레이철."

그때 웨이터가 다가와 트레버에게 와인을 주문하겠느냐고 물었다. 디들 어떤 와인으로 할지 의논하는 사이, 사라가 다시 내 쪽으로 몸을 기울이더니 이번엔 진짜로 속삭였다.

"레이철, 그동안 어떻게 지냈니?"

"그럭저럭 버텼지 뭐."

나도 똑같이 속삭였다. 그러자 사라의 얼굴이 살짝 어두워졌다. 나는 좀 더 힘을 내야겠다고 결심했다.

"잘 지내니까 이제 내 걱정은 그만해."

사라가 내 손을 살짝 잡았다 놓더니 의자에 몸을 기댔다.

주문한 와인과 음료가 나온 직후, 어색한 순간이 처음으로 찾아왔다.

"흠, 우리 중에 누가 빠졌지?"

트레버가 유쾌한 목소리로 물었다. 하지만 별생각 없이 던진 그 질문에 다들 움찔하면서 또다시 어색한 침묵이 흘렀다.

"매트와 캐시는 좀 늦을 거야."

사라가 얼른 나섰다. 그다음엔 데이비드가 아내 될 사람과 장단을 맞추느라 분위기를 띄웠다. 어색한 순간을 미연에 방지할 임무를 맡은 데이비드는 최근에 어느 주차 요원하고 벌였던 희한한 사건을 장황하게 떠들기 시작했다.

다들 웃고 떠드는데 갑자기 다른 테이블의 손님들이 레스토랑 입구 쪽을 보며 감탄하는 모습이 보였다. 나는 굳이 그쪽을 보지 않아도 누가 왔는지 짐작할 수 있었다. 그들은 따로 있을 때도 늘 사람들의 시선을 끌었다. 나도 매트 옆에 서 있을 때는 종종 그런 시선을 많이 받곤 했다. 하물며 두 사람이 붙어 다닐 땐 그 효과가 배가되겠지. 두 사람은 잡지 화보에 등장하는 모델처럼 잘빠졌고 배우처럼 멋있었다. 그러니 두 사람이 들어오는 모습은 좌중의 시선을 확 끌 만큼 대단했다. 둘 다 5년 전보다 훨씬 더 멋있어진 것 같았다. 그들에 비하니 나는 더 초라하고 평범해 보이기만 했다. 갑자기 상실감이 밀려왔다. 전에는 그렇지 않다고 나를 다독여줄 누군가가 있었는데…….

캐시는 눈이 부실 만큼 아름다웠다. 타이트한 홀터넥 검정 드레스는 늘씬한 몸매를 고스란히 드러냈다. 푹 파인 네크라인은 가슴 사이의 굴곡을, 허벅지까지 절개된 스커트 트임은 매끈한 다리를 한층 부각시켰다. 풍성한 금발 덕분에 얼굴이 더 화사해 보였다. 하지만 내 시선을 끈 사람은 단연 매트였다. 매트는 늘 내 시선을 사로잡았다. 그 점은 솔직히 인정한다. 필과 마찬가지로 매트는 내가 기억하는 모습보다 더 크고 건장해 보였다. 짙은 정장에 빳빳한 흰 셔츠 차림이 잘 어울렸다. 기성복을 구입한 게 아니라 고급 양복점에서 비싸게 맞춘 것 같았다. 얼굴은 전보다 여위었지만 깎아놓은 조각상처럼 멋있었다. 나를 보고 반갑게 웃는 눈은 하나도 변하지 않았다. 나도 애써 반갑게 웃었다. 그런데 왠지 옛날 살던 집 앞에 서 있을 때와 똑같은 기분이 들었다. 내 것이기는 하지만 정녕 내 것은 아닌 것을 마주한 기분!

다들 포옹하고 악수하며 떠들썩하게 인사하는 사이, 나는 속으로 한숨을 돌렸다. 마침내 매트가 내 뺨에 가볍게 키스할 즈음엔 그를 다시 만나면서 나도 모르게 솟구친 호르몬 반응을 어느 정도 누를 수 있었다. 캐시도 내게 다가와 뺨에 키스했다. 그런데 내 뺨에 난 흉터를 보더니 캐시의 눈이 살짝 흔들렸다. 흉터 자체에 충격을 받았을 리는 만무했다. 사고 직후에 여러 번 병문안을 와서 내 모습을 봤을 테니까. 그러다 나는 아무도 만나지 않겠다고 고집 피웠고 결국엔 멀리 훌쩍 떠나버렸다.

저녁 모임은 그럭저럭 흘러갔다. 겉으로는 다들 자기 역할을 무난하게 수행하는 것처럼 보였다. 결혼식을 하루 앞둔 행복한 커플과 그들의 결혼을 축하하러 각지에서 몰려온 옛 친구들이 왁자하게 웃고 떠들었다. 하지만 왠지 다들 신파극에 나오는 삼류 배우 같았다. 적절한 대사를 읊고 때맞춰 건배를 외쳤지만, 우리가 마지막으로 다 같이 모였던 그날을 언급하지 않으려다 보니 다들 마음이 무거웠다. 모임의 흥이 돋지 않았다. 나는 케이트와 데이비드가 그날 일을 안다면 지금 어떤 기분일지 궁금했다.

나는 지금까지 옛날 친구들이 방학 때마다 줄곧 만났으려니 생각했다. 그런데 어쩌다 한두 명씩 만나긴 했지만 다들 한자리에 모인 적이 한 번도 없다는 사실에 적잖이 놀랐다. 지미가 떠나고 내가 잠적한 뒤로 친구들 사이의 유대가 이렇게 느슨해졌으리라곤 상상도 못 했다.

그래도 어색한 침묵은 더 이상 없었다. 다들 근황을 얘기하느라 침묵할 짬이 없었다. 매트는 대학을 마치고 나서 가업을 이었다. 캐시는 홍보 일을 한다고 말했는데, 솔직히 제대로 듣지 않아 잘 모르겠다. 캐시의 말보다는 몸짓에 더 현혹됐던 것 같다. 자리에 앉은 순간부터 캐시의 모든 행동은 매트가 자기 거라고 외치는 것 같았다. 요리가 나오길 기다리는 동안 매트에게 찰싹 붙어서 마치 한 몸처럼 움직였다. 음식을 먹을 때는 어떻게 행동할지 무척 궁금했다. 우습게도 캐시는 나를 의식하느라 그렇게 행동했던 것이다. 하지만 왜? 매트와 내가 헤어진 지도 몇 년이 흘렀다. 우리는 완전히 끝났다. 물론 그사이 매트가 몇 번이나 재결합을 시도했다. 하지만 번번이 실패했다. 결국 매트도 내 마음을 돌리겠다는 희망을 완전히 접었다. 내 삶에는 자기를 위한 자리가 없음을 확실히 깨달았던 것이다. 그 점은 그때나 지금이나 변함이 없었다. 그런데도 캐시는 왜 굳이 저렇게 행동할까?

코스의 마지막 음식이 나온 뒤에 웨이터가 내 쪽으로 오더니 잔에 와인을 다시 채우려고 했다. 나는 잔을 잽싸게 손으로 가리며 말했다.

"아니에요, 난 됐어요."

"운전할 거 아니잖아, 레이철?"

약간 취기가 오른 트레버가 물었다.

"응. 택시 탈 거야."

사실 나는 그때까지 와인을 한두 모금밖에 마시지 않았다. 그 사실을 누가 주목할까 싶어 얼른 둘러댔다.

"내일 사라를 쫓아다니려면 머리가 맑아야 할 것 같아서. 안 그러면 사라가 날 가만두지 않을걸."

사라가 성난 표정을 짓자 다들 한바탕 웃었다. 내 거짓말이 통한 것 같았다. 실은 낮에 진통제를 너무 많이 먹어서 술을 자제하고 있었다. 그런데 그 사실을 떠올리자 잠자던 용이 깨어나기라도 하듯이 갑자기 두통이 밀려왔다. 자리에서 일어났다. 몸을 가누기도 힘들었지만 친구들이 눈치채지 못하게 슬며시 테이블을 붙잡았다.

"잠깐 실례할게."

나는 어떻게든 똑바로 걸으려 애쓰면서 화장실로 향했다.

다소 화려한 화장실에 무사히 도착한 뒤, 안도의 한숨을 길게 내쉬었다. 그리고 벨벳으로 감싼 작은 벤치에 기대앉았다. 통증이 너무 심해 눈을 뜨고 있기도 어려웠다. 눈앞에 별이 어른거렸다. 이 정도로 극심한 통증을 전에도 두어 번 경험했지만 그때는 사전에 조짐이 있었다. 통증이 지금처럼 뜬금없이 찾아온 적은 없었다. 하루 종일 긴장했던 게 아무래도 영향을 미친 것 같았다.

약을 꺼내려고 핸드백을 뒤지는데 손가락이 이상하게 떨렸다. 약병을 열려고 아무리 힘을 줘도 뚜껑이 열리지 않았다. 아이들이 함부로 열지 못하도록 특수 제작된 병이긴 하지만 이렇게 애를 먹일 줄은 몰랐다. 좌절감에 눈물이 핑 돌았다. 억지로 비틀어 열다가 결국 손톱이 부러졌다. 이번에도 두 알을 물도 없이 삼켰다. 환한 조명 아래 눈을 감고서 통증이 조금이라도 가라앉기를 기다렸다.

병원 검진을 더 이상 미뤄서는 안 될 것 같았다. 이젠 저절로 해결될 상황이 아니었다. 검진 결과가 어떻게 나올지 모르겠지만, 두려움에 떨면서 차일피일 미루기만 해서는 안 될 일이었다. 사고를 당했던 장소에 처음으로 돌아왔는데 부상 후유증으로 내가 여전히 고통받고 있다는 사실을 깨닫게 되다니. 슬프고 끔찍했다. 이번 결혼식만 무사히 치르면 월요일 아침에 바로 검진 예약을 하겠다고 다짐하고 또 다짐했다.

문득 내가 화장실에 너무 오래 머물렀다는 생각이 들었다. 사라가 걱정할 것 같았다. 이렇게 오래 자리를 비운 이유가 혹시라도 캐시의 과도한 영역 표시 때문이라고 오해를 사고 싶지 않았다. 물론 화장실에 이토록 오래 머문 진짜 이유를 사라에게 들키고 싶지도 않았다. 몸에 심각한 문제가 있는 것 같아 겁을 먹긴 했지만 일단은 침착하게 행동하기로 했다.

의자에서 일어났다. 다행히 아까처럼 몸이 떨리진 않았다. 뿌옇던 시야도 어느 정도 맑아졌다. 차가운 물로 손을 씻었다. 세면대 옆에 놓인 바구니에서 작게 접힌 플란넬 수건을 들어 물기를 닦고 이마를 톡톡 두드렸다. 친구들한테 가려고 몸을 돌리려는데 마침 화장실 문이 활짝 열리고 캐시가 들어왔다.

"괜찮니?"

캐시가 물었다. 말로는 괜찮으냐고 물었지만 내가 정말로 괜찮은지는 관심이 없는 듯 보였다. 캐시가 언제부터 이렇게 싸가지 없게 굴었지? 물론 예전에도 다소 쌀쌀맞긴 했다. 그래도 우린 친구로 잘 지냈었다. 캐시가 이런 태도로 굴도록 내가 빌미를 제공했던가? 사실 캐시는 예전부터 매트에게 호감을 보였다. 내가 자발적으로 빠져줬으니, 오히려 나한테 고마워해야 마땅했다. 게다가 다 지난 일이었다. 철없는 십 대도 아닌데, 이젠 성숙하게 행동해도 되지 않을까?

"괜찮아. 좀 피곤했나봐. 이번 주에 회사 일로 정신없이 바빴거든."

내가 둘러댔다.

"그랬구나. 참, 무슨 일을 한다고 그랬지?"

아까 얘기할 땐 뭘 듣고 다시 묻는 걸까?

"비서 일을 하고 있어."

"아, 그래? 그럼 저널리즘을 공부하지 않은 거야? 전에 대학에서 저널리즘을 공부할 거라고 했잖아?"

나쁜 년. 어쩌면 이렇게 무심하고 뻔뻔할 수 있을까? 내가 추구하려던 삶이 왜, 어떻게 물 건너갔는지, 그리고 내가 어째서 대학에 가지 않았는지 뻔히 알면서 이따위 질문을 한단 말인가?

"못 했지 뭐."

짜증이 확 났지만 애써 태연한 목소리로 말했다.

"모든 게 바뀌었잖아. 그 사건 이후로……."

캐시가 고개를 끄덕였다. 나는 캐시가 괜히 이런 말을 꺼냈다고 눈곱만치라도 미안해하길 바랐다. 하지만 일말의 연민이라도 보이겠지 했던 내 기대는 여지없이 무너졌다. 캐시는 풍성한 금발 갈기를 어깨 뒤로 털면서 거울 쪽으로 얼굴을 들이밀었다. 무슨 흠이라도 없나 이리저리 살피는 모습을 보면서 나는 흠 없이 완벽하다고 말해줄 뻔했다. 캐시가 거울에서 본 것이 완벽한 자신의 모습이든 아니면 흉터로 일그러진 내 모습이든, 어쨌든 나를 향한 적의가 순식간에 사라진 것 같았다. 자신이 두려워할 경쟁 상대가 아니라고 판단했는지, 캐시가 나를 향해 돌아서서 활짝 웃으며 말했다.

"레이철, 기분 나쁘게 듣지 않았으면 좋겠는데 말이야. 그 얼굴을 어떻게 좀 고쳐볼 생각은 없니? 전에는 너도 예뻤는데……."

예뻤다고? 그럼 이젠 아니란 말이지? 나는 발끈해서 "얼굴을 고쳐? 왜? 내 얼굴이 뭐 잘못됐니?"라고 따져 물으려다 참았다. 내 모습에 만족하진 않지만 캐시가 추천하려는 성형외과에 찾아갈 마음은 추호도 없었다. 캐시처럼 천박하고 경솔한 사람은 죽었다 깨어나도 이해하지 못할 것이다. 나는 얼굴을 고치지 못해서가 아니라 고칠 자격이 없다고 생각하기 때문에 손도 대지 않았다. 아버지와 사라도 몇 년 전에 이 문제를 꺼냈다. 물론 두 사람은 훨씬 더 조심스럽게 말했다. 하긴 그들도 내 신념을 제대로 이해하지는 못했다.

그때 마침 화장실 문이 벌컥 열리고 사라가 들어왔다. 어찌나 다급하게 뛰어 들어왔는지, 몸 개그를 하는 것처럼 보였다. 사라는 우리를 한번 훑어보더니, 방금 여기서 무슨 일이 벌어졌는지 금세 알아차린 눈치였다. 나는 사라의 표정만 봐도 무슨 생각을 하는지 알 수 있었다. 지금 사라는 하지 말았으면 좋을성싶은 얘기를 캐시에게 하려는 게 분명했다. 나는 공연한 얘기를 꺼내지 말라고 넌지시 눈짓을 보냈다.

"파티 장소를 여기로 옮긴 거니, 얘들아?"

사라가 내 뜻을 알아차리고 거울 속의 우리를 쳐다보며 경쾌한 목소리로 물었다. 그리고 보란 듯이 내 팔짱을 꼈다. 아무리 밍칭한 사람이라도 사라가 일부러 내 팔짱을 꼈다는 사실을 모르진 않을 터였다. 캐시가 남의 기분 따위에 둔감하긴 했지만 천치는 아니었다.

"아, 아냐. 레이철과 난 금방 나가려던 참이었어. 가자."

캐시는 역시 캐시다웠다. 마지막 독화살을 잊지 않고 날렸다.

"내가 너무 오래 자리를 비워서 매트가 걱정하겠다."

매트가 진짜로 캐시를 걱정했다면 속내를 썩 잘 숨겼다고 볼 수 있다.

자리에 돌아와 앉으려는데, 그사이 친구들이 주고받던 얘기가 얼핏 들렸다. 그동안 내 눈치를 보느라 쉬쉬하던 얘기였다. 가슴이 철렁 내려앉았다.

필이 데이비드에게 지미에 관한 얘기를 한창 떠드는 중이었다.

"……아주 끔찍한 사고였어. 정말 괜찮은 녀석이었는데…… 안타깝게 희생되고 말았어."

데이비드는 뭐라고 명확하게 대답하지 못하고 어정쩡하게 반응했다. 아마도 이런 얘기가 나오면 얼른 분위기를 바꾸라고 사라에게 사전 교육을 받은 듯했다. 그러자 필이 얘기를 계속했다.

"그날 밤 이후로 모든 게 바뀌었어…… 우리 중 누구도 그 일에서 자유롭지 못해."

잠시 침묵이 흘렀다. 어느 누구도 그 말에 반박하지 못했다. 갑자기 모든 시선이 내게 쏠리는 걸 느꼈다. 다들 내가 영향을 제일 많이 받았다고 생각하는 눈치였다. 하긴 실제로도 그랬다. 내 가슴속에 맺힌 흉터는 얼굴에 난 흉터와 비교할 수 없을 정도로 깊었으니까.

"자자, 그만. 그만. 오늘 밤엔 제발 이런 얘기 하지 말자."

사라가 애원했다.

"아, 물론 그래야지."

필이 바로 동의했다. 나는 고개를 들지 못하고 식탁보에 시선을 고정시켰지만 다들 내게 의미심장한 눈길을 보내고 있음을 직감했다. 친구들의 시선이 점점 더 부담스러웠다. 아무도 없는 호텔 방으로 피신하고픈 생각이 간절했다.

"중간에 일어서는 건 정말 싫지만,"

내가 말을 끝내기도 전에 여기저기서 안타까운 탄성이 터졌다.

"아, 아니야. 그게 꼭…… 지미 때문만은 아니야."

나는 한참이나 주저하다 지미의 이름을 꺼냈다.

"실은 머리가 너무 지끈거려서 그래. 너희만 괜찮다면 나는 이만 일어날게."

사라가 즉시 반대하고 나섰다. 하지만 내 상태를 직감하고 금세 물러났다.

"그래, 레이철. 다들 바쁜 하루를 보냈을 테니 이만 파하는 게 좋겠다."

"아니야, 사라. 너희는 그냥 있어. 아직 커피도 안 나왔잖아. 나만 먼저 일어나서 택시 타고 갈게. 오랜만에 이렇게 만났는데 나 때문에 일찍 헤어지지 마."

나는 자리에서 일어났다. 사라는 어떻게 하는 게 좋을지 결정하지 못했다. 그때 데이비드가 나섰다.

"내가 나가서 택시를 잡아줄게. 트레버, 네가 커피랑 브랜디 좀 주문하지그래."

나는 데이비드에게 고맙다는 미소를 보냈다. 사라가 괜히 이 남자를 사랑하는 게 아니었다. 데이비드는 사라의 사랑을 받을 자격이 충분히 있었다.

“택시를 잡지 않아도 돼.”

갑자기 저음의 익숙한 목소리가 들려왔다.

“밖에 내 차를 세워뒀어. 레이철은 내가 태워다줄게.”

매트의 뜬금없는 제안에 나는 깜짝 놀랐다. 아까 만났을 때 인사한 것 말고는 아직까지 매트와 한마디도 나누지 못했다. 내가 뭐라고 반응하기도 전에 매트는 캐시의 이마에 키스를 하면서 말했다.

“금방 갔다 올게.”

매트는 캐시를 다독인 뒤에 건너편에 앉은 나를 보며 말했다.

“갈까?”

나는 매트에게 항변하려고 했다. 굳이 태워주지 않아도 되며, 택시를 타면 금방 도착한다고 말하려고 했다. 그런데 캐시의 얼굴이 눈에 들어왔다. 캐시는 분노와 불만으로 얼굴이 붉으락푸르락 달아올랐다. 순간 사악한 기운이 나를 사로잡았다. 화장실에서 당한 걸 이렇게 갚을 줄은 몰랐다. 나는 가방을 집어 들고 나서 좌중을 향해 웃으며 말했다.

“먼저 일어나서 미안. 토요일에 식장에서 보자.”

테이블에서 벗어나 걸어가는데, 마침 웨이터가 커피 쟁반을 들고 다가왔다. 매트는 내 허리를 잡고 길을 안내했다. 우리가 꼭 붙어서 걸어가는데 뒤에서 친구들이 “잘 가”라고 일제히 소리쳤다. 하지만 캐시의 목소리는 들리지 않았다.

밖에 나오니 12월의 공기가 차가우면서도 상쾌했다. 나는 매트에게서 한 걸음 물러나 허리를 뺐다.

"이쪽이야."

매트가 키를 누르자 '삐!' 하는 소리가 나며 차의 불빛이 깜빡였다. 환한 나트륨 아크등 아래 주차된 낮고 잘빠진 차였다. 매트는 조수석 문을 열고 내 팔꿈치를 잡아줬다. 나는 몸을 낮춰 부드러운 크림색 가죽 시트에 기대앉았다. 매트가 운전석에 앉을 때까지 기다렸다가 한마디 날렸다.

"흠, 택시보다 훨씬 더 고급스럽긴 하다. 너의 새로운 장난감이니?"

매트가 어깨를 으쓱하더니 말했다.

"회사 차야."

"어차피 네 회사잖아."

매트가 다시 어깨를 으쓱했다.

"어디로 가면 되니?"

그러더니 나를 향해 몸을 돌렸다. 아직 시동을 걸지 않았지만 레스토랑의 방범등이 켜 있어 차 내부가 훤히 보였다. 이렇게 가까이서 매트의 얼굴을 보니, 갑자기 내가 어디로 가야 하는지 기억나지 않았다. 조금만 더 이렇게 있다간 내 이름까지 까먹을 판이었다. 나는 얼른 화제를 돌렸다.

"아까 네가 태워준다고 하니까 캐시가 썩 반가워하지 않던걸."

"곧 괜찮아질 거야."

이런, 캐시 얘기도 입에 올리지 말았어야 했다. 그런데 매트는 이 얘기를 그만두려 하지 않았다.

"캐시와 난…… 너도 알고 있었지? ……설마 오늘 밤에 처음

안 건 아니지?"

나는 아무렇지 않은 척 어깨를 으쓱하며 말했다.

"물론이지. 사라가 말해줬어……. 오래전에."

저녁 내내 자신감 넘치던 매트의 목소리가 살짝 떨렸다. 내가 오랫동안 알고 지내던 소년의 모습이 어른거렸다.

"그런데도 넌 아무렇지 않았니?"

나는 필요 이상으로 머뭇거리다 최대한 쾌활한 목소리로 대답했다.

"물론이지. 그러지 말아야 할 이유라도 있니?"

매트가 갑자기 자세를 똑바로 하고 시동을 걸었다. 전조등을 켜면서 "안전벨트 매"라고 짧게 한마디 던지고는 급하게 주차장을 빠져나갔다. 자기가 기대한 대답이 아닌 게 분명했다. 매트는 주차장을 빠져나가며 내가 머무는 호텔 방향으로 차를 몰았다.

"내가 머무는 호텔은……."

"어딘지 알아."

매트가 내 말을 얼른 가로막았다.

이런, 매트가 잔뜩 열 받은 것 같았다. 세상에서 가장 지저분하고 조그마한 택시라도 좋으니, 지금 이 차만 아니라면 뭐든 바꿔 타고 싶은 심정이었다. 아무런 감정도 유발할 것 같지 않은 화젯거리를 떠올리려 애썼지만 허사였다. 가볍게 한담을 주고받기엔 우리 사이에 지뢰가 너무 많이 깔려 있었다. 게다가 아까 먹은 진통제 효과가 나타나는지 머릿속이 멍했다. 15분 거리인 호텔까지 아무 말도 않고 갈 수 있으면 좋으련만.

하지만 하늘은 내 편이 아니었다. 첫 번째로 마주친 신호등이 빨간불로 바뀌자 매트가 다시 내 쪽을 돌아봤다. 나는 어떻게든 두통을 완화시키려고 관자놀이를 꾹꾹 누르며 문지르고 있었다.

"너 정말로 머리가 아픈 거야? 먼저 일어나려고 둘러댄 것 아니었어?"

나는 매트의 의심 어린 질문에 살짝 화가 났다. 그래서 조금 퉁명스럽게 대꾸했다.

"그래. 정말로 아파."

"저쪽에 스물네 시간 운영하는 상점이 있어. 들러서 두통약이라도 좀 살까?"

나는 생각지도 못한 호의에 살짝 놀랐지만 얼른 거절했다.

"아냐, 괜찮아. 아까 진통제 먹었어."

물론 아무런 효과도 없는 것 같다는 말은 속으로만 했다. 잠시 침묵이 흘렀다. 이렇게 조용히 호텔까지 가면 좋겠다고 생각하는데, 매트가 침묵을 깨고 다시 입을 열었다.

"캐시랑 나는…… 그렇게 심각한 사이가 아니야. 서로 편의상 만난다고나 할까…… 그 점을 네가 알아줬으면 해."

나는 깜짝 놀라서 뭐라고 대꾸해야 할지 망설였다. 그러다 결국 이렇게 대답했다.

"캐시는 그렇게 생각하는 것 같지 않던데. 아까 우리가 먼저 일어났을 때 캐시를 봤더니 완전 열 받은 얼굴이던걸. 그건 그렇고 나한테 왜 이런 얘기를 하는 거야?"

매트가 한숨을 내쉬었다. 적당한 말을 찾느라 고심하는 것 같았다.

"글쎄, 널 다시 만나니 옛날 생각이 났나봐. 이렇게 다들 한자리에 모인 건 처음이잖아."

한 사람은 빠졌지. 하지만 나는 굳이 그 사실을 언급하지 않았다. 매트가 냉소적으로 웃으며 덧붙였다.

"내가 줄곧 엉뚱한 사람 옆에 앉아 있다는 생각을 떨칠 수 없었어."

나는 이 말에 뭐라고 대꾸해야 할지 몰랐다. 나를 여전히 좋아한다는 말로 알고 유쾌하게 반응해야 하나? 아니면 이미 다른 사람과 사귀면서 이런 감정을 토로한다고 불쾌하게 반응해야 하나?

"매트, 너무 오랜만에 만나서 향수에 젖었나보다. 넌 과거와 현재를 극단적으로 혼동하는 것 같아. 그때 우리는 철부지 어린 애였어."

내 목소리가 살짝 떨렸다.

"끔찍한 일이 벌어졌고 모든 게 달라졌어. 우리도 달라졌고."

"그래, 우린 이제 더 이상 어린애가 아냐."

그러더니 어떤 기미도 없이 갑자기 손을 뻗어 무릎에 놓여 있던 내 손을 잡았다. 나는 뜨거운 불에 닿은 듯 얼른 손을 뺐다.

"이러지마. 넌 지금 다른 사람이랑 사귀고 있잖아…… 이러면 곤란해."

매트가 뭐라고 대꾸하려 하자 나는 얼른 말을 이었다.

"……설사 사귀는 게 아니더라도 달라지는 건 없어. 나는 전에 우리가 헤어질 때랑 똑같은 감정이야."

이 말에 매트가 내 쪽으로 고개를 돌렸다. 믿을 수 없다는 표정으로 나를 한참이나 노려보더니 입을 열었다.

"너 지미 일로 아직도 자책하는 거야? 맙소사, 그런 거야? 세월이 그렇게 흘렀는데 아직도 그렇단 말이야? 어디, 아니라고 말해봐."

"세월이 얼마나 흘렀는지는 중요하지 않아."

나는 앞으로 얼마나 더 많은 사람에게 이런 얘기를 해야 하나 싶어 막막했다.

"지미가 나를 구하려고만 하지 않았더라면 지금 이 자리에 살아 있을 거야."

"그랬다면 넌 이 자리에 없었겠지."

나는 어깨를 으쓱했다.

"그러니까 넌 그 빚을 이런 식으로 갚으려는 거야? 쭈글쭈글한 노처녀로 늙어 죽을 작정이고? 빌어먹을! 레이철, 넌 이제 겨우 스물세 살이야!"

매트의 분노와 비례해 차의 속력이 급속도로 빨라졌다.

"지미도 네가 그렇게 살기를 바랄까? 네가 평생 혼자 외롭게 늙어가길 바랄까?"

"난 외롭지 않아."

내가 반박했다. 하지만 내 목소리에는 뚱한 십 대처럼 시무룩한 기운이 있었다.

"그럼 지금까지 남자 친구를 사귄 적은 있어?"

매트의 말이 가시처럼 박혔다. 나 역시 그에게 날카롭게 쏘아붙였다.

"글쎄."

나는 머리카락을 쓸어 넘겨 가로등 불빛에 흉터를 노출했다.

"이걸 보면 다들 흥분이 가라앉는 것 같더라고."

그러자 매트는 뭐라고 욕설을 내뱉었다. 내가 방금 한 말이 지금까지 했던 어떤 말보다 그를 더 열 받게 한 것 같았다.

"다시는 그딴 식으로 말하지 마. 다시는!"

차가 호텔의 자갈 깔린 앞뜰로 불쑥 진입했다. 아니, 벌써 호텔에 도착했단 말인가? 매트가 브레이크를 급히 밟았지만 자갈 밟히는 소리가 요란하게 들렸다. 매트의 분노도 꺼져가는 엔진과 함께 급속도로 가라앉았다. 매트는 나를 향해 몸을 돌리더니 한 손으로 내 턱을 붙잡아 자기 쪽으로 끌어당겼다.

"이 흉터는……."

길게 이어진 내 흉터를 매트가 손가락으로 쓸면서 말했다. 그 손길이 참으로 경건하게 느껴졌다.

"아무것도 아니야. 이런 흉터 따위는 아무것도 아니라고."

나는 움찔해서 매트의 손길을 가만히 뿌리쳤다. 매트가 이토록 친밀하게 행동하도록 놔두다니, 너무 피곤하고 머리가 아파서 방심했나보다. 나는 매트를 현실로 되돌려 보내려고 필사적으로 노력했다.

"네 여자 친구는 이 흉터를 아무것도 아니라고 생각하지 않던걸. 고쳐볼 생각이 없느냐고 묻던데."

"캐시가 원래 좀…… 생각 없이 말하잖아. 아마 네가 두렵기도 하고 질투심도 나고…… 그래서 그런 말을 했을 거야."

그 말에 나는 깜짝 놀라 자세를 바로 하고 앉았다.

"캐시가 뭐 어떻다고? 아니, 왜?"

매트의 다음 말은 너무 뜻밖이라 말문이 막혔다.

"캐시는 내가 널 잊지 못한다는 걸 알거든. 캐시와 나 사이엔 아무리 노력해도 채워지지 않는 게 있어. 우리에겐 미래가 없어."

생각지도 못한 방향으로 이야기가 흘러갔다. 내 쪽으로 몸을 내밀고 있는 매트를 살짝 밀쳐냈다.

"우리 사이에도 미래는 없어, 매트."

내가 단호한 어조로 말했다.

"내 앞에서 다시는 이런 얘기 하지 마. 널 아프게 하고 싶지 않아. 캐시가 무슨 생각을 하든, 캐시 역시 아프게 하고 싶지 않아. 네가 캐시랑 잘 지내지 못한다면…… 그럼 헤어지든가. 공연히 내 핑계 대지 마. 내가 네 문제에 대한 해결책은 아니야."

"내 말은 그게 아니라,"

나는 매트의 말을 가로막았다.

"매트, 그만해. 이런 얘기가 왜 나왔는지 모르겠다. 우리 사이에 무슨 일이 있었다고 생각하나본데, 그렇지 않아."

나는 거부 의사를 확실히 밝히되, 주말 동안 마주치더라도 괜찮을 만큼의 여지는 남겨두려고 애썼다.

"한편으론 너를 언제까지나……."

나는 다음 말을 잇지 못하고 잠시 머뭇거렸다. '사랑해'라는 말이 나오려는 걸 억누르고 다른 말로 얼버무렸다.

"잊지 못할 거야. 내 과거의 중요한 부분이니까. 하지만 그게 다야. 끔찍한 일이 일어났어. 지미에게뿐만 아니라 우리 모두에게. 이런 기분으론 누구하고도 함께할 수 없어. 적어도 당분간은…… 이게 그 일에 대처하는 내 방식이야."

"그건 숨는 거지, 대처하는 게 아니야."

나는 아무런 대꾸도 하지 않았다. 그런 얘기는 전에도 익히 들었다. 하지만 매트의 다음 말은 그냥 넘길 수 없었다.

"그렇다면 지미도 네가 그렇게 살아가길 원할 것 같아? 지미도 네가 혼자 늙어가길 바랄까? 맙소사, 레이철, 지미는 너를 구하려고 자기 목숨까지 바칠 만큼 너를 사랑했어!"

나는 숨이 턱 막혔다. 지금까지 나를 괴롭혔던 두통과는 비교도 안 될 만큼 지독한 고통이 엄습했다. 매트는 내 반응을 보더니 깜짝 놀랐다.

"뭐야? 몰랐단 말이야? 지미가 늘 사랑에 눈이 먼 얼굴로 널 쳐다봤는데, 그걸 눈치채지 못했단 거야?"

이젠 더 이상 버틸 수 없었다. 이런 말을 하루에 두 번이나 듣다니, 내가 감당할 수 있는 한계를 넘어섰다. 나는 부정의 뜻으로 고개를 저었다. 눈물이 맺혀 눈앞이 가물거렸다.

"네가 잘못 안 거야. 우린 친구였어…… 그냥 친구였어."

내가 힘없이 속삭였다.

"너한테는 친구였는지 모르겠지만 지미에겐 아니었어. 다른 사람들은 다 알아차렸어. 훤히 보였으니까."

나는 너무 혼란스러웠다. 안 그래도 지끈거리는 머리가 제대로 작동하지 않았다.

"그렇지 않아. 내가 몰랐을 리 없어. 지미는 그런 말을 한 번도 하지 않았어…… 그 오랜 세월 동안 한 번도……."

머릿속이 뒤죽박죽 혼란스러운 가운데, 잡힐 듯 말 듯한 기억이 희미하게 떠올랐다.

"그럼 지미가 나를 왜 그렇게 미워했다고 생각하니?"

"지미는 너를 미워하지 않았어."

나는 떠나버린 친구를 변호하고 나섰다. 하지만 말로는 아니라고 하면서도 두 사람 사이에 늘 적대적인 기운이 감돌았다는 사실을 인정하지 않을 수 없었다. 매트가 다시 내 쪽으로 몸을 돌리더니 힘센 두 손으로 내 얼굴을 감쌌다.

"네 곁에는 늘 내가 있었어. 그래서 지미가 상당히 힘들었을 거야."

나도 모르게 지미를 괴롭혔던 걸 생각하니 가슴이 미어졌다. 이젠 그 사실을 알았지만 아무것도 좋아지지 않았다. 오히려 끔찍할 정도로 더 나빠졌다. 나는 매트가 키스라도 할까 봐 몸을 뺐다. 매트는 분명히 그럴 작정인 것 같았다.

"이러지 마, 매트. 난 그럴 수 없어. 이건 옳지 않아."

손으로 이리저리 더듬다가 차 문의 손잡이에 닿았다. 나는 문을 벌컥 열었다. 12월의 차가운 공기가 안으로 밀려들었다. 나는 매트가 찬 공기를 마시고 제발 정신 차리기를 바랐다. 매트가 또

다시 내게 다가오기 전에 안전벨트를 풀고 얼른 차에서 내렸다.

매트가 돌연 태도를 바꿨다. 자기 때문에 내가 힘들어한다는 걸 알았거나, 아니면 호텔의 환한 조명 속에서 내가 진짜로 아픈 게 보였나보다.

"힘들게 했다면 미안해, 레이철."

나는 고개를 저으며 말했다.

"얼른 가. 레스토랑으로, 캐시한테로 돌아가."

매트가 고개를 끄덕이며 물었다.

"괜찮겠니?"

나를 바라보는 매트의 얼굴에 수심이 가득했다.

"안색이 몹시 안 좋아."

"괜찮아질 거야. 머리가 지끈거려서 한숨 자야겠어."

매트가 주저하는 것 같아서 나는 억지로 웃으며 말했다.

"얼른 가라니까."

매트도 웃으며 말했다.

"난 널 절대로 포기하지 않을 거야."

그러더니 차에 올라타며 또다시 다짐하듯이 말했다.

"예전엔 물러났지만 이번엔 쉽게 물러나지 않을 거야."

"가라니까."

내가 거의 애원조로 말하자 마침내 매트가 떠났다. 차가 호텔 앞마당에 깔린 자갈을 휩쓸고 지나갔다. 차도로 진입하기 전에 차의 브레이크 등이 들어오더니 이내 사라졌다.

호텔 정문으로 이어지는 돌계단 세 개를 간신히 올라가는데,

매트가 마지막에 한 말이 머리에서 떠나지 않았다. 그건 다짐이라기보다는 위협처럼 들렸다.

* * *

카드키를 가느다란 구멍에 간신히 밀어 넣고 방으로 들어왔다. 시간이 많이 늦었을 거라고 짐작하고 시계를 봤는데 10시가 조금 넘었을 뿐이었다. 구두를 벗어 던지고 침대로 몸을 던졌다. 침대 옆 전등만 켜놓고 불을 모두 껐다. 베개를 여러 개 포갠 뒤 등에 받치고 눈을 감았다. 머리는 여전히 지끈거렸다. 밤새도록 두통에 시달리면 어쩌나 두려웠다. 진통제를 더 먹기엔 복용 간격이 너무 짧았다. 게다가 이런 속도로 먹었다간 결혼식 시작 전에 약이 바닥날 것이다. 하는 수 없이 마음을 가라앉히고 남은 알약을 몇 시간 간격으로 먹을지 계산했다.

머릿속을 비우려고 15분 정도 누워 있었지만 도무지 잡념이 끊이지 않았다. 하루 동안 벌어진 일들이 슬로모션으로 떠올랐다. 지미 어머니가 죽은 아들에 대해, 그리고 그 아들이 날 어떻게 생각했는지에 대해 얘기할 때 지었던 표정이 어른거렸다. 매트가 똑같은 주장을 했을 때 내가 헛되이 부정하던 소리가 귓전을 울렸다. 두 사람 주장이 사실일 리 없었다. 다들 아는 사실을 나만 몰랐을 리 없었다.

정녕 나만 그토록 까맣게 몰랐던 것일까? 그렇게 중요한 사실을 어째서 놓쳤을까? 그 답은 도저히 알 수 없었다. 전에도,

지금도, 또 앞으로도 알 수 없을 것이다. 그 사실을 직시하면 할수록 지미를 떠올리지 않겠다는 결심이 자꾸만 흔들렸다. 지금 이 자리에 지미가 있기를 바라는 마음이 그 어느 때보다 간절했다. 지미의 목소리가, 나를 볼 때마다 씽긋 웃던 그 모습이 한없이 그리웠다.

침대에서 벌떡 일어나 구두를 더듬어 찾아 신었다. 시간이 얼마나 늦었는지 개의치 않았다. 못내 궁금한 것을 물어볼 장소가 한군데 있었다. 당장 그곳에 가서 그동안 마음에 꼭꼭 담아둔 이야기를 쏟아내고 싶었다.

* * *

20여 분 전에 내게 편히 쉬라고 인사했던 도어맨이 또다시 나를 보자 어리둥절한 표정을 지었다. 밖으로 나오니 밤공기가 아까보다 훨씬 더 차가웠다. 찬바람에 얼굴이 얼얼했지만 나는 목적지를 향해 걸음을 재촉했다. 이 늦은 시간에 왜 나왔느냐고 누가 묻는다면, 지끈거리는 머리를 식히고 싶어 산책 나왔다고 주장했을 것이다. 하지만 실제로는 완전히 다른 종류의 위안을 찾아 나섰다. 내가 가려는 장소에 대한 두려움은 없었다. 겁날 게 뭐가 있단 말인가? 유령이 출몰한다 한들, 그 유령이 내가 사랑하는 사람이라면 하나도 두렵지 않았다.

어두운 거리엔 인적이 드물었다. 산책을 나오기엔 밤도 깊었고 날도 무척 추웠다. 살얼음이 깔린 도로는 유리처럼 반짝거렸고, 걸음을 옮길 때마다 뽀드득 소리가 났다. 얼음 조각이 얼굴을 때리는 것처럼 찬바람이 매섭게 불었다. 나는 스카프에 얼굴을 파묻고 결연히 나아갔다.

마지막 코너를 돌자 교회 건물이 눈에 들어왔다. 순간적으로 다리가 휘청하면서 넘어질 뻔했다. 교회는 언덕 꼭대기에 우뚝 서 있었다. 교회 주변엔 상점이나 주택이 하나도 없어서 고즈넉했다. 기차역이 제일 가까운 건물이었지만 그마저도 1, 2킬로미터는 족히 떨어져 있었다. 날씨가 화창한 날에도 교회 뜰을 둘러싼 높은 철책 때문에 붉은 벽돌로 된 기차역이 잘 보이지 않았다. 평화롭고 고요한 안식처라는 느낌을 주려고 교회를 이렇게 외따로 지은 건지 모르겠지만, 12월의 야심한 밤이라 그런 느낌은 전혀 들지 않았다.

커다란 아치형 철문으로 다가가면서 불현듯 문이 잠겨 있으면 어쩌나 하는 생각이 들었다. 넘어갈까? 울타리를 올려다보며 높이를 가늠했다. 어림도 없는 높이였다. 아침에 다시 올까? 하지만 지미를 가까이서 마주하고픈 마음이 워낙 커서 내일까지 기다릴 수 없었다.

그런데 철문을 밀자 의외로 쉽게 열렸다. 철문이 삐걱거리는 소리를 낼 거라 짐작했지만 경첩에 기름칠을 해놨는지 조용히 열렸다.

교회 뜰로 들어서자 마음이 살짝 흔들렸다. 오밤중에 적막한 묘지를 돌아다니다니, 내가 정신이 나갔나? 영화 속 여주인공이 이런 식으로 행동하는 걸 보고 늘 비웃지 않았던가?

근처를 지나가는 자동차 소리에 정신이 번쩍 들었다. 혹시라도 헤드라이트 불빛에 노출될까 봐 나는 얼른 커다란 떡갈나무 뒤로 몸을 숨겼다. 도로를 지나는 차에서 보면 교회 안이 훤히 보인다는 걸 잊고 있었다. 게다가 나는 흰색 롱코트 차림이라 은밀하게 행동하기는 어려웠다. 지금 내 행동이 무단 침입에 해당되는지 확신할 수 없었지만 혹시라도 경찰서에 붙들려가 내 행동을 해명하면서 이 밤을 마무리할 생각은 추호도 없었다. 차가 멀찌감치 사라지자 나는 주저하던 마음을 다잡고 서둘러 교회 뒤쪽 묘지로 걸어갔다.

내가 걸어간 곳에는 무덤이 많지 않았다. 반대편으로 돌아가면 더 크고 넓은 묘지가 나왔다. 이쪽 묘지에는 풀로 덮인 널찍한 공터가 있어 새로운 입주자를 기다리고 있었다. 새로 세워진 비석이 별로 없는 걸로 봐서, 옆 마을에 커다란 화장장이 생긴 뒤로는 전통적인 매장 방식을 선호하는 사람들이 전보다 줄어든 것 같았다. 그래도 지미 어머니는 떠나간 아들을 수시로 찾아오려고 일부러 가까운 곳에 안치했을 것이다. 지미가 안치된 곳을 빨리 찾으려면, 제일 깔끔하게 정돈된 무덤을 찾으면 될 것이다.

실제로 나는 여러 군데 둘러보지 않고서 지미의 무덤을 금방 찾아냈다. 화강암 묘비들 사이로 걸어가면서 비문을 대여섯 개 읽었다. 사랑하는 남편, 보고 싶은 할머니, 다정한 아버지 등 하나같이 절절한 문구로 시작됐다. 꽁꽁 얼어붙은 이 대지는 사랑하는 사람들의 탄식과 눈물로 흠뻑 젖었을 것이다.

지미의 무덤은 주변 무덤보다 확실히 더 산뜻했다. 흰 대리석으로 된 묘비가 달빛을 받아 은은하게 빛났다. 나는 간신히 몸을 가누면서 비문을 천천히 읽어 내려갔다.

지미 보이드

열여덟 살 어린 나이에 세상을 하직했으나

소중한 아들이자 충실한 벗인 너를 영원히 사랑하노라.

가슴 밑바닥에서 울음이 북받쳐 올라왔다. 쏟아지는 눈물과 흐느낌은 인간이 내는 소리라기보다는 동물의 것에 가까웠다. 다리 힘이 풀리며 무덤 옆 차디찬 풀밭에 털썩 주저앉았다. 그동안 꼭꼭 묻어뒀던 속내를 토로하고 싶어서 찾아왔지만, 북받치는 슬픔 때문에 한마디도 할 수 없었다. 상처가 웬만큼 아물었다고 생각했는데, 실제로는 상처 위에 얇은 거즈만 덮어놓고 살았던 것이다. 나는 무릎을 꿇은 채 흐느끼며 지미의 이름을 서럽게 불렀다.

너무 고통스러웠다. 육체적으로든 정신적으로든 더 이상 감당할 여력이 없었다. 오늘 밤 이곳에 온 것은 정말 미친 짓이었다. 나는 여전히 흐느끼면서 억지로 일어서려고 시도했다. 하지만 휘청거리면서 몸이 앞으로 기울어졌다. 넘어지지 않으려고 얼음처럼 차가운 잔디에 두 손을 짚었다. 갑자기 머리가 띵 하더니 가눌 수 없을 만큼 무겁게 느껴졌다. 결국 팔에 힘이 풀려 외마디 비명을 지르면서 차갑고 딱딱한 바닥에 쓰러지고 말았다.

통증이 머리에서 목과 어깨로 번졌다. 쓰러지면서 돌에 부딪쳤나 싶었지만, 뺨에 닿은 차가운 잔디 외에 다른 장애물은 없었다. 머리를 움직이지 않으려고 최대한 조심하면서 양팔을 몸 쪽으로 가져왔다. 두 손으로 땅을 짚고 상체를 일으키려 애썼다. 하지만 팔이 후들거려서 번번이 실패했다. 그 방법으로는 몸을 일으킬 수 없음을 깨달았다.

내가 엄청난 위험에 직면했다는 생각이 빠르게 스쳤다. 외딴 묘지에 쓰러져서 거의 꼼짝도 못 하고 있는데, 지금 내가 여기 있다는 사실을 아는 사람이 없었다. 적어도 내일 아침까지는 아무도 나를 찾지 않을 것이다. 여기서 죽을 수도 있겠다는 생각이 들었다. 쇠망치로 두드리는 것처럼 통증이 밀려왔다. 얼어 죽거나 저체온증으로 죽는데에 시간이 얼마만큼 걸리는지는 모르지만, 나를 구하려고 목숨을 잃은 소년의 무덤 옆에서 죽으면 안 된다는 건 확실히 알았다.

머리 통증을 애써 무시하면서 몸을 조금씩 옆으로 굴렸다. 아무리 천천히 움직여도 목에서 몸 전체를 마비시킬 듯한 경련이 일었다. 몇 번이나 멈추고 숨을 골랐다. 젖 먹던 힘까지 짜냈다. 살려는 의욕이 넘쳐서가 아니었다. 나를 잃으면, 특히나 이런 곳에서 나를 잃으면 아버지가 어떻게 될지 알고 있기 때문이다.

호흡을 가다듬고 나서 무릎을 가슴 쪽으로 천천히 당겨왔다. 다리는 내 몸에서 통증이 느껴지지 않는 유일한 부분이었다. 그런데 차가운 땅바닥에 누워 있어서 그런지 아무런 감각도 느껴지지 않았다. 다리를 오므리긴 했지만 다음 동작을 할 수 없었다. 기력이 거의 바닥난 상태라 어떻게든 한번에 성공하지 못하면 이대로 영영 일어날 수 없을 것 같았다. 팔에 단단히 힘을 주고 심호흡을 한 번 하고는 죽을힘을 다해 몸을 일으켰다.

눈앞에 별이 번쩍거렸다. 현기증이 일면서 다시 쓰러질 것 같았다. 어떻게든 버티려고 아랫입술을 꽉 깨물었다. 잠시 숨을 고른 뒤에 눈을 천천히 떴다. 여전히 두 팔을 바닥에 대고 엎드린 상태였지만 고맙게도 의식을 잃지는 않았다. 그런데 이상하게도 눈이 잘 보이지 않았다. 뭔가 심각한 문제가 생긴 게 분명했다. 추위로 얼어붙은 입술 사이로 나도 모르게 비명이 터져 나왔다. 오른쪽 눈이 전혀 보이지 않았다. 왼쪽 눈은 시야가 확 좁아져 터널 속에서 입구를 바라보는 것처럼 주변부가 뿌연 안개로 덮인 듯했다. 이런 증상은 추위에 노출되거나 비탄에 잠기는 것과는 하등 상관이 없었다. 내가 어리석게도 무시해버렸던 의사들의 경고 중에서 시력 상실은 마지막 증세였다.

절대로 당황하지 말자고 마음을 다잡고 왼손으로 바닥을 더듬었다. 그러자 지미의 널찍한 대리석 묘비에 손이 닿았다. 묘비를 붙잡고 다리에 불끈 힘을 주면서 일어났다. 아까 호텔을 나설 때 멍청하게도 휴대전화를 두고 나왔다는 게 기억났다. 유일한 희망은 어떻게든 도로까지 나가 도움을 청하는 것이다. 결례를 용서해달라고 빌면서 주변에 서 있는 묘비를 버팀목 삼아 천천히 움직였다. 다리가 후들거려 걸음을 떼기 어려웠지만 젖먹던 힘까지 동원해 걸었다.

왼쪽 눈의 시력이 급속도로 떨어지는 것 같았다. 아까는 터널 속에서 바라보는 것 같더니, 이젠 좁은 튜브를 통해 보는 것처럼 시야가 더 좁아졌다. 이런 증세가 더 악화될까 봐 두려웠지만 생각하지 않으려고 애썼다. 안 그래도 죽을 만큼 힘든데 그런 걱정으로 몸을 더 혹사할 수는 없었다. 그저 이 끔찍한 악몽에서 벗어나 편히 눕고 싶은 마음뿐이었다. 하지만 걸음을 떼는 것도 어려워 갓 깨어난 좀비처럼 흐느적거릴 뿐이었다.

몸을 의지하던 마지막 묘비에서 벗어났다. 멀리서 어떤 소리가 희미하게 들리는 것 같았다. 기차역에서 나는 소리일까, 아니면 자동차가 다가오는 소리일까? 아직 11시도 되지 않았을 테니 차가 끊길 시간은 아니었다. 도로가 조용하긴 했지만 이따금 지나는 차가 분명히 있을 것이다. 그런데 나무로 둘러싸인 어두운 교회 뒤편에서는 누구의 눈에도 띄지 못할 것이다. 소리가 점점 크게 들렸다. 자동차 소리였다.

"도와주세요!"

나는 별 소용도 없는 목소리로 소리쳤다.

"제발 멈춰요, 도와주세요!"

나는 차를 세우려고 팔을 흔들며 달려가려다 앞으로 휘청했다. 앞이 잘 보이지도 않고 가만히 서 있기도 어려운데 뛰려고 하다니, 참으로 어리석었다. 헤드라이트 불빛이 밤하늘을 비추며 지나갈 무렵, 나는 이미 땅바닥에 머리를 부딪쳐 의식을 잃었다.

3

—

정신을 차리고 보니 머리가 계속해서 쓰라렸다. 전처럼 지끈지끈 아프진 않았지만 이상하게 답답하고 아릿했다. 머리를 천천히 움직이려고 하자 부드러운 붕대의 감촉이 느껴졌다. 뭔지 만져보려고 팔을 들려는데 팔뚝에 꽂힌 물체가 세게 당기며 통증을 일으켰다. 몸에 기계장치 같은 게 잔뜩 연결돼 있는 것 같았다. 머리맡에서 계속 '삐!' 하는 소리가 나는 걸로 봐서는 모니터가 있는 장치가 부착된 것 같았다. 그리고 팔뚝에는 링거주사가 꽂혀 있는 게 틀림없었다. 이곳이 병원인 건 확실한데 왜 아무것도 보이지 않는 걸까?

눈을 몇 차례 깜빡여봤다. 그런데 이상하게도 눈꺼풀이 뻑뻑해서 제대로 움직여지지 않았고 여전히 아무것도 보이지 않았다. 왜 아무것도 보이지 않는 걸까? 도대체 나한테 무슨 일이 벌어진 걸까? 극심한 공포가 밀려왔다. 왜 기억나는 게 아무것도 없는 거지? 머리에 무슨 문제가 생긴 걸까? 그리고 눈에는?

뭐라도 기억해내려고 안간힘을 썼다. 그러자 전날 있었던 일들이 한 장면씩 스치듯 지나갔다. 전에 살던 집을 방문했고 레스토랑에서 친구들을 만났다. 그런 다음 호텔로 돌아갔다. 택시를 탔었나? 그건 기억나지 않았다. 아무튼 간신히 방에 들어갔는데…… 그다음엔 뭐했지? 그 뒤로는 필름이 끊긴 것처럼 아무것도 떠오르지 않았다.

전선과 튜브를 잔뜩 매단 채로 어떻게든 일어나 앉으려고 버둥거렸다. 몸을 이리저리 틀어봤지만 꼼짝할 수 없었다. 그런데 내가 꿈틀거리는 소리가 병실에 있던 누군가의 주의를 끈 것 같았다.

"아, 정신이 좀 드니, 레이철? 깨어난 걸 보니 반갑구나. 너희 아버지를 불러올게."

문이 열리는가 싶더니 잰걸음으로 복도를 걷는 소리가 들렸다. 뭐라도 물어보려다가 나 혼자 병실에 있다는 생각이 번쩍 들었다.

그 여자가 아버지에게 전화하려고 나간 걸까? 내가 병원에 있다고 아버지에게 벌써 연락했을까? 그 소식을 듣고 아버지가 얼마나 놀랐을지 생각하니 마음이 아팠다. 아버지는 요즘 몸이 무척 안 좋았다. 더 이상 내 문제로 걱정을 끼칠 수 없었다. 괜찮다고 아버지한테 얼른 알리고 싶었다. 내 목소리를 들으면 아버지가 좀 안심할 텐데, 전화기를 갖다 주면 좋겠다.

그렇지만 나도 내 상태를 몰라 불안한데 아버지를 어떻게 안심시킬 수 있을까? 좌절감과 무력감에 나도 모르게 끙, 하고 앓는 소리를 뱉었다.

"이런, 이런…… 지금은 아무 걱정 마. 다 괜찮아질 거야."

누군가가 침대 쪽으로 뚜벅뚜벅 걸어왔다. 아니, 이게 어떻게 된 일이지? 나는 머리에 부착된 각종 전선을 신경 쓰지 않고 몸을 일으키려 애썼다. 머리가 쿡쿡 쑤시고 현기증이 났다.

"아버지? 아버지 맞아요?"

거칠지만 따뜻한 손이 빳빳한 시트에 놓여 있던 내 손을 감싸 쥐었다.

"그래, 아버지다. 사랑스러운 내 딸."

아버지가 내 뺨에 뽀뽀하려고 몸을 기울이자 따뜻한 숨결과 까칠한 턱수염이 느껴졌다.

"아, 아버지……."

입을 열었지만 아무 말도 할 수 없었다. 하고픈 말도, 해야 할 말도 많았지만 북받쳐 오르는 설움을 주체할 수 없었다.

"그래, 그래."

아버지는 당황해하며 내 손을 여러 번 토닥였다. 아버지 얼굴은 볼 수 없었지만 어떤 표정을 하고 있을지 짐작할 수 있었다. 어렸을 때와 사춘기 시절에 내가 울음을 터뜨리면 아버지는 늘 당황해서 어쩔 줄 몰랐다. 아버지가 얼마나 속상하고 힘든지 알기에 나는 울음을 멈추려고 무진 애를 썼다.

"아버지가 와줘서 정말 기뻐요."

나는 코를 훌쩍이며 나도 모르게 어리광을 피웠다.

"네가 의식을 찾은 걸 보니 나도 정말 기쁘구나. 처음 소식을 듣고 달려와서 의식도 없이 온갖 장치에 연결된 널 봤을 때, 내가 얼마나 놀랐는지 아니? 생각하고 싶지도 않은 끔찍한 기억이 떠올랐단다."

아버지의 목소리에서 슬픔과 아픔이 느껴졌다. 아버지는 사고가 일어났던 그날 밤을 떠올리지 않을 수 없었을 것이다.

나는 당시에 아버지가 겪은 고통을 짐작만 할 뿐이다. 아버지는 지금 여기 있는 것과 같은 침대맡에서 몇 날 며칠 잠도 못 자고 불안에 떨었다고 했다. 내가 의식도 없고 반응도 없이 누워 있는 동안 아버지가 얼마나 끔찍한 공포 속에서 지냈는지 불과 몇 달 전에야 얘기를 들었다. 물론 의사들은 시간이 지나면 괜찮아질 거라고 아버지를 안심시켰다. 응급 구조대원이 늦지 않게 산소를 공급해서 뇌가 손상될 위험도 없으니 내가 완전히 회복될 수 있을 거라고 누누이 강조했다. 하지만 아버지는 내가 처음으로 눈을 뜬 순간까지 극심한 불안과 공포에 떨었다.

그런데 내가 눈을 뜬 바로 그 순간, 아버지의 고통은 끝났지만 내 고통은 새롭게 시작됐다.

아버지는 끔찍한 소식을 어떻게든 천천히 알리고 싶어 했다. 내가 좀 더 강해질 때까지, 어떤 소식도 감당할 수 있을 때까지 자꾸 기다리라고 했다. 하지만 나는 진실을 알려달라고 막무가내로 졸랐다. 아무리 강해진다 한들, 가장 친한 친구가 내 목숨을 구하려다 죽었다는 소식을 듣고 멀쩡할 사람이 어디 있겠는가?

5년 전 사고 이후로 아버지도 나 못지않게 힘든 시간을 보냈던 것이다.

"그 사고에 대한 기억이요?"

내가 조심스럽게 물었다.

"그 사고라니?"

아버지가 놀란 목소리로 말했다.

"아니다. 난 그저 가엾은 네 엄마 생각이 났던 거야."

아버지가 지금까지 엄마 얘기를 좀체 하지 않았기 때문에 나는 적잖이 당황했다. 나를 잃을까 걱정한 나머지 오래전에 겪은 고통스러웠던 기억이 떠오른 거라고 짐작했다. 그래서 어떻게 반응할지 고심하는데 마침 병실 문이 열리며 사람들이 들어왔다.

"안녕하세요, 선생님."

아버지가 그들을 반갑게 맞았다. 아버지는 방금 병실에 들어온 남자와 익히 아는 사이처럼 들렸다. 그제야 나는 병실에 얼마 동안 있었는지 궁금해졌다.

"내가 여기 얼마 동안 있었어요?"

"서른여섯 시간이 좀 넘게 있었단다."

의사가 나를 진정시키려는 듯 차분한 목소리로 대답했다. 하지만 나는 전혀 진정되지 않았다. 그동안 나한테 무슨 일이 벌어졌는지 기억해내려고 기억을 짜내고 또 짜냈다. 그러자 전기회로의 두 단자 사이에 전기가 통하듯 몇 가지 이미지가 순간 스쳤다. 묘시, 지독한 두통, 흐릿한 시야. 그래, 이젠 다 기억났다. 기계가 부착되지 않은 쪽의 팔을 들어 머리를 만져봤다.

"머리도 아프고 눈도 안 보였는데…… 그래서 수술을 한 건가요?"

의사가 재미있다는 듯 허허 웃었다. 방금 내가 한 질문이 우습게 들렸나?

"허허, 다행히 눈은 멀쩡하단다, 레이철."

"하지만 아무것도 보이지 않는 걸요!"

내가 큰 소리로 호소했다. 또다시 웃음소리가 들렸다. 이번엔 아버지도 동참했다.

"그건 네 눈을 붕대로 싸매놔서 그렇단다. 눈이 좀 긁혔거든. 앞으로 넘어지면서 돌조각이 눈에 튀었나봐. 머리를 어찌나 세게 부딪쳤는지 큰일 날 뻔했단다."

간호사의 목소리가 들리는 방향으로 고개를 돌렸다.

저건 또 무슨 소리지? 그런데 무슨 헛소리를 하느냐는 듯한 내 표정을 못 봤는지, 아니면 그냥 무시하기로 했는지, 간호사가 하던 말을 계속했다.

"그래서 지금 툴로치 선생님이 오신 거잖아. 이제 붕대를 풀고 봉합선을 확인하실 거야."

"하지만 전 머리를 부딪친 적이 없어요."

나는 딱히 누구에게랄 것도 없이 소리쳤다. 아버지가 다시 내 손을 꼭 잡았다.

"자, 그만. 흥분하지 마라, 레이철. 처음엔 사물이 좀 흐릿하게 보일 거야."

"제가 기억하는 바로는 머리를 부딪친 게 아니에요. 그냥 머리가 무지하게 아팠어요. 두통이 참을 수 없을 정도로 심했다고요."

나는 본의 아니게 짜증 섞인 목소리로 말했다.

"지금도 머리가 아프니?"

의사가 관심을 보이며 물었다.

"아, 아니요."

내가 대답했다. 물론 지금도 머리가 아프긴 했다. 하지만 전처럼 지끈지끈 아프진 않았다.

"지금은 그러니까 좀 쓰라린……."

"지금은 그럴 거야. 하지만 하루 이틀 지나면 가라앉을 테니 걱정 말거라. 간호사가 말했듯이 머리를 아주 세게 부딪쳐서 그런 거란다."

나는 좀 더 항변하려 했지만 의사가 내 머리 뒤쪽부터 붕대를 풀기 시작하는 바람에 가만히 있었다. 붕대가 한 꺼풀씩 벗겨질 때마다 압박감은 줄었지만 불안감은 커졌다. 미라처럼 보였을 머리가 온전히 드러나자 나는 크게 낙심했다.

"그래도 전혀 보이지 않아요. 눈이 완전히 멀었나봐요!"

호들갑스러운 내 반응에 의사가 성가시다는 기색을 살짝 내비쳤다. 나를 형편없는 엄살쟁이라고 생각한 게 분명했다.

"자자, 거즈를 마저 제거해줄 테니, 장님용 지팡이는 나중에 알아보도록 하세요, 아가씨. 간호사, 블라인드 좀 내려봐."

아버지가 뭐라고 하든 나는 이 의사를 좋아하지 않기로 마음먹었다. 그래도 일단은 의사의 목소리가 들리는 쪽으로 얼굴을 돌렸다. 그러자 눈두덩을 덮고 있는 둥그런 거즈를 의사가 한쪽씩 제거했다. 눈을 깜빡였더니 눈꺼풀이 자유롭게 움직였다. 블라인드를 내려 병실이 어둑하긴 했지만 침대맡에 서 있는 네 사람의 형체가 흐릿하게 보였다. 먼저 의사가 보였고, 그 옆에 하얀 가운을 입은 젊은이가 보였다. 침대 발치에는 간호사가 있었고, 의사 반대편에는 아버지가 있었다.

"형체가 보여요."

내 목소리에는 기쁨과 불신이 뒤섞여 있었다.

"좀 흐릿하긴 하지만……."

"잠깐만. 간호사, 빛을 더 들어오게 해도 되겠군."

간호사가 블라인드 한쪽의 기다란 끈을 조절하자 갑자기 병실이 환해졌다. 나는 흰머리가 성성한 노의사와 안경 쓴 젊은 인턴, 중년의 간호사를 차례로 쳐다봤다. 내가 환하게 웃자 그들도 나를 따라 밝게 웃었다. 나는 그렇게 웃는 얼굴로 아버지를 돌아봤다. 순간, 내 얼굴이 얼음처럼 굳어졌다.

"레이철, 왜 그러니? 선생님, 뭐가 문제죠?"

의사가 자그마한 손전등을 얼른 꺼내 내 눈을 비추면서 반응을 살폈다. 하지만 나는 그를 뿌리치며 아버지를 뚫어져라 쳐다봤다.

"레이철, 뭐가 문제인지 말해줄래?"

의사가 다그쳤다.

"어디 아프니? 시력에 문제가 있는 거야?"

문제가 있느냐고? 흠, 문제가 있긴 있었다. 하지만 의사가 생각하는 그런 문제가 아니었다.

"아뇨, 잘 보여요. 지금은 모든 게 또렷하게 보여요."

"그럼 뭐가 문젠데?"

"아버지요."

"뭐, 나?"

아버지가 어리둥절한 표정을 지었다. 흠, 이젠 아버지도 나랑 같은 처지로군. 나는 아버지를 구석구석 찬찬히 뜯어봤다. 그런데 아무리 살펴봐도 도무지 이해가 되지 않았다. 의사의 목소리가 정신 질환자를 다룰 때 쓰는 어조로 바뀌었다.

"네 아버지가 어떤데?"

나는 뭐라고 대답해야 좋을지 몰랐다.

"레이철, 겁나게 왜 그러니? 뭐가 문제인지 어서 말해봐."

"네 아버지한테 무슨 문제라도 있는 거니, 레이철?"

나는 그 질문에 답하려고 의사를 쳐다보다가 또다시 아버지를 쳐다봤다. 회복된 시력으로 아버지의 통통한 볼을 살폈다. 걱정으로 살짝 어두워지긴 했지만 또렷한 눈망울도 살폈다. 그리고 아버지가 입버릇처럼 빼겠다고 다짐하던 똥배도 살폈다. 지금 내 앞에 있는 사람은 3주 전에 마지막으로 봤던, 초췌하고 겉늙은 아버지가 아니었다. 아버지에게서 암으로 쇠약해진 기색을 전혀 찾아볼 수 없었다.

"아뇨! 그게 문제예요. 아버지한테 아무런 문제가 없잖아요!"

4

—

2013년 12월,
역시 5년 뒤……

나는 미처 의식하지 못했지만 남자는 꽤 오랫동안 나를 주시했던 것 같았다. 어쩌면 혼잡한 지하 플랫폼을 지날 때부터 내 옆에 있었는지도 몰랐다. 금요일 밤 런던을 탈출하려는 인파에 휩쓸리다보니 정신이 하나도 없었다. 하필이면 혼잡한 퇴근 시간에 지하철을 갈아타야 했다. 타일이 깔린 구불구불한 통로 위로 트렁크를 끌고 걷느라 진땀을 뺐다. 트렁크에 발이 걸려 성질을 내는 사람들한테 연신 미안하다고 사과했다.

너무 늦게 집을 나선 게 크나큰 실수였다. 매트가 그날 아침에 차로 태워다준다고 했을 때 수락했어야 했다. 하지만 그날까지 마감해서 넘겨야 할 기사 때문에 나도 어쩔 수 없었다.

"그럼 기다릴게. 네 일이 끝나면 같이 가지 뭐."

나는 매트의 제안에 잠시 고민하다 결국 거절했다.

"아냐. 우리 둘 다 늦을 필요는 없잖아. 너 먼저 가. 난 일을 마친 뒤에 급행열차를 타고 갈게."

* * *

그땐 그렇게 하는 것이 좋겠다고 생각했다. 하지만 막상 기차를 타는 일도 힘들어지니 후회가 막심했다. 트렁크를 끌면서 남의 발가락을 짓이기는 와중에도 수시로 시계를 확인했다. 런던발 그레이트 비숍스포드행 기차를 타려면 시간이 너무 촉박했다. 이러다간 후식이 나오기 전에 레스토랑에 닿으면 다행일성싶었다. 사라한테 미안한 마음이 들어 발걸음을 더 재촉했다. 그러다 양복 입은 남자 두 명과 세게 부딪쳤다. 그중 한 사람이 격하게 반응했다.

"죄송합니다."

상대가 내 사과를 들었는지 살필 겨를도 없이 계속 내달렸다. 시계를 다시 확인했다. 출발 시간이 12분밖에 남지 않았다. 기차를 놓치지 않으려면 뛰어야 했다. 팔을 내리려는데, 갑자기 천장 조명이 반지에 반사돼 아찔할 정도로 눈이 부셨다. 이런! 얼마나 바쁘고 정신이 없었으면 반지를 숨기는 것도 깜빡했을까. 나는 반지를 얼른 돌려서 다이아몬드가 박힌 부분을 손바닥 쪽으로 숨겼다. 이젠 평범한 백금 반지만 겉으로 드러났다. 다이아몬드 반지를 훤히 내놓고 다닌 걸 알면 매트가 화를 낼 것이다. 매트는 내가 반지를 끼고 다니는 걸 싫어했다. 하지만 멋진 약혼반지를 금고에 고이 모셔두기만 하면 무슨 의미가 있겠는가?

이제 막 떠나려는 기차에 간신히 올라탔다. 죽기 살기로 뛰었더니 숨이 턱까지 차올랐다. 트렁크를 선반에 올리고 자리에 앉으려는데 다리가 후들거렸다. 새해에는 꼭 헬스클럽에 다녀야겠다고 다시 한 번 다짐했다. 그동안 등록만 해두고 3개월째 나가지 못했다. 운동을 해야겠다고 생각하면서도 일에 파묻혀 살다보니 그런 결심은 늘 뒷전으로 밀렸다. 하긴 그런 게 운동뿐일까!

그나마 매트가 나 못지않게 바빠서 얼마나 다행인지 몰랐다. 내가 일 때문에 시간을 많이 못 내도 매트는 늘 이해해줬다. 그렇지 않았다면 지금까지 관계를 이어오지 못했을 것이다. 매일 야근에 주말도 없이 일하고, 막판에 약속을 취소한 적도 많았지만 매트는 그러려니 하고 넘어갔다. 어쩌다 한숨 돌릴 짬이 생기면, 남들은 어떻게 사회생활과 연애를 균형 있게 꾸려가나 생각해보기도 했다. 이런 식으로 계속 살면 안 된다는 생각이 들었지만 금세 털어버렸다. 어차피 내년에 매트와 함께 살 집을 구하면 이런 생활을 청산할 테니까. 그런데 집을 구하러 다닐 시간을 내는 게 문제였다.

잡지사의 말단 사원 신세를 벗어나면 여유를 좀 누릴 수 있을 것이다. 하지만 일을 줄일까 하는 생각이 들 때면 면접 도중 들었던 얘기를 떠올렸다. 면접관들은 학력과 경력이 훨씬 뛰어난 후보들을 놔두고 지방 신문사에서 2년 일한 내게 기회를 주면서 능력을 확실히 보여달라고 요구했다. 그게 8개월 전이었다. 나는 그들이 제대로 뽑았다는 걸 입증하려고 고군분투했다. 사무실에 제일 먼저 출근하고 제일 늦게 퇴근했다. 당분간은 이런 생활을 계속할 수밖에 없었다.

문득 내가 약혼자 얼굴보다 사무실의 야간 청소원들 얼굴을 더 자주 본다는 생각이 들었다. 그제야 나는 정말로 일을 좀 줄이고 여유를 찾아야겠다고 다짐했다. 내가 소홀히 대하는 사람은 매트뿐만이 아니었다. 아버지를 보러 그레이트 비숍스포드에 다녀온 지도 6개월이 넘었다. 아버지에게 가려고 마음먹었다가도, 사라의 결혼식이 열리는 12월에 어차피 갈 건데 하면서 차일피일 미뤘다.

기차가 덜컹거리며 역을 출발하는가 싶더니 어느새 쏜살같이 내달렸다. 플랫폼에서 서성이는 사람들을 휙휙 지나쳤다. 기차가 어둠 속으로 진입하고 나서야 시커먼 창문에 비친 한 남자가 눈에 들어왔다. 통로를 사이에 두고 맞은편에 앉은 남자였다. 다부진 체구와 벗겨지기 시작한 머리가 칠흑같이 검은 창문에 또렷이 비쳤다. 남자는 다른 승객들처럼 신문을 읽거나 음악을 듣는 대신에, 오로지 한 가지에만 집중하는 것 같았다. 그가 집중한 건 바로 나였다. 내가 전혀 움직이지 않았지만 남자는 내가 자신을 의식하고 있다는 걸 알아차린 것 같았다. 그런데도 고개를 돌리지 않았다. 오히려 나를 더 유심히 쳐다보는가 싶더니 지저분한 이를 드러내며 음흉한 미소를 지었다. 순간 등골이 오싹해졌다.

나는 얼른 가방에서 잡지를 꺼내 방어하는 자세를 취하며 창문 쪽으로 돌아앉았다. 잡지를 10여 페이지나 넘겼지만 한 글자도 눈에 들어오지 않았다. 남자의 시선이 계속 느껴져 슬며시 창문을 쳐다봤다. 아니나 다를까, 남자는 여전히 나를 쳐다보고 있었다. 오싹 소름이 돋고 목 뒤의 머리털이 쭈뼛 섰다. 한번은 남자를 몰래 살피다 눈이 마주치고 말았다. 남자는 내가 자기를 살피는 모습을 쳐다보며 또다시 음흉하게 웃었다. 게다가 이번엔 혀를 살짝 내밀어 입술까지 핥았다.

나는 더 이상 참을 수 없었다. 이런 경우, 개중에는 얼굴을 마주 보며 말로나 표정으로 맞서는 여자도 있을 것이다. 하지만 나는 그런 부류가 아니었다. 바보처럼 군다는 생각이 들었지만 자리에서 벌떡 일어나 옆자리에 둔 코트를 집어 들고 객차 앞쪽으로 걸어갔다. 좌석 사이의 좁은 통로를 서둘러 걸어가는데, 뒤에서 의기양양하게 웃는 소리가 어렴풋이 들리는 것 같았다.

나는 책을 읽는 어느 중년 여인의 맞은편에 앉았다. 이제 그 이상한 남자는 한참 뒤에 있으니 창문에 그의 모습이 비치진 않았다. 그런데 마음이 편해지기는커녕 자리를 괜히 바꿨다는 생각이 들었다. 남자의 거동을 살필 수 없어 더 불안했다. 왜 이렇게 바보같이 굴었지? 달갑지 않은 남자의 관심을 처음 받아본 것도 아닌데, 왜 그리 발끈했을까? 학창 시절 친구인 캐시처럼 굉장한 미인은 아니더라도 어지간히 예쁜 여자라면 귀찮은 남자의 접근을 능숙하게 처리할 수 있을 것이다. 내가 너무 예민하게 굴었나 싶은 마음이 들면서도, 한편으론 이 낯선 남자의 의도가 그런 익숙한 범주에 속하지 않는다는 생각이 들었다.

지금까지 기차 여행을 하면서 이렇게 마음이 불편했던 적은 한 번도 없었다. 그나마 객차에 사람이 많아서 마음이 좀 놓였다. 검표원이 표를 확인하러 왔을 때 이상한 남자에 대해 말할까 하는 생각이 빠르게 스쳤다. 하지만 금세 단념했다. 남자가 나를 굉장히 위협적으로 쳐다보긴 했지만 검표원에게 알릴 정도로 위험한 징후는 없었다. 그런 불만을 토로했을 때 나올 반응이 상상이 갔다.

'……그러니까 어떤 남자가 당신을 '이상한 눈으로' 쳐다봤다 이건가요, 아가씨? 그래요?'

그래서 아무 말도 않기로 마음먹었는데, 검표원이 내 얼굴에서 불안한 기색을 느꼈는지 표를 돌려주면서 걱정스레 물었다.

"괜찮으세요? 안색이 안 좋은 걸 보니……."

검표원이 말끝을 흐렸다. 나는 그가 삼킨 뒷말을 상상했다.

'……피해망상에 사로잡힌 것 같군요, 정신이 나간 것 같군요, 완전히 미친 것 같군요. 흠…….'

맞은편에 앉은 여자가 책을 내려놓고 내 반응을 기다렸다. 단조로운 통근 열차에서 뭔가 새로운 사건을 기대하는 것 같았다. 하지만 여자의 기대는 여지없이 무너졌다.

"아니, 괜찮아요. 오늘 밤에 특별한 모임이 있는데 늦을까 봐 신경 쓰여서 그래요."

"흠, 우린 예정대로 가고 있습니다. 그러니 이번엔 영국 국유철도를 비난하지 마세요."

나는 검표원의 농담에 크게 웃었다. 하지만 내가 듣기에도 억지로 웃는 티가 팍 났다.

검표원이 다음 좌석으로 이동하자 나는 아까 그 건장한 남자를 힐끗 돌아봤다. 황갈색의 꾀죄죄한 재킷을 걸친 남자가 자리에서 일어나 옆 객차로 황급히 걸어가고 있었다. 내가 안도하는 한숨을 크게 내쉬자 맞은편에 앉은 여자가 다시 책을 내려놓고 나를 의심스러운 눈으로 쳐다봤다. 나는 여자를 향해 가볍게 웃은 뒤, 다시 잡지에 집중했다.

기차가 일정한 속도로 달리자 몸이 노곤해지면서 피로가 몰려왔다. 결국 잡지를 내려놓고 머리를 편하게 기댄 채 눈을 감았다. 오랜만에 집으로 돌아가려니 기분이 묘했다. 몇 년 동안 만나지 못했던 친구들을 만날 거라 더 그랬다. 자주 연락하며 지내자던 약속을 지키지 못해 아쉽기도 하고 미안하기도 했다.

그래도 대학 시절에는 연락을 자주 하며 지냈다. 학기가 끝나면 다들 가족이 사는 고향으로 돌아와 만나곤 했다. 그런데 대학을 졸업하고 멀리 흩어져서 직장에 다니다보니, 요즘엔 거의 만나지 못했다. 그레이트 비숍스포드에 정착한 친구는 한두 명뿐이었다. 우리의 꿈과 이상을 펼치기에 고향 동네는 너무 비좁았다. 다들 일을 찾아서 혹은 사귀는 사람을 따라서 곳곳으로 흩어졌다.

나 역시 언론 분야에서 경력을 쌓으려고 런던으로 향했다. 매트도 사업을 꾸려나가기 위해 수도인 런던에 머물렀다. 매트의 부모님은 아들에게 사업을 물려주고 스페인으로 떠났다. 물론 아무리 바빠도 사라하고는 꾸준히 연락하고 지냈다. 멀리 떨어져 있거나 잘 챙겨주지 못해도 변치 않는 우정이 있는 법이다. 물론 내 인생에서 늘 중요한 자리를 차지할 거라 여겼지만 소원해진 사람도 더러 있었다.

오늘 저녁 모임은 전부터 학수고대한 자리였는데, 기사를 마무리 짓느라 이렇게 늦어버렸다. 내가 도착할 즈음엔 파장 분위기일까 봐 애가 탔다. 무엇보다도 우리가 여전히 끈끈한 우정으로 맺어진 사이인지, 아니면 우정의 실타래가 다 풀려 해체될 지경인지 확인하고 싶었다.

여행 초반에 달갑잖은 관심을 보였던 남자는 이 객차로 돌아오지 않았다. 따라서 더 이상 불안에 떨지 않아도 됐다. 그래도 나는 기차가 역에 멈출 때마다 하차하는 사람들을 일일이 살폈다. 어두운 플랫폼을 샅샅이 뒤지며 남루한 황갈색 재킷을 찾았지만 번번이 실패했다. 남자가 여전히 기차에 타고 있다는 사실에 마음이 계속 불안하고 초조했다. 주요 역에서는 사람들이 한꺼번에 우르르 내리는 바람에 제대로 확인하지도 못했다. 몇 정거장만 더 가면 그레이트 비숍스포드 역이었다. 또한 기차의 최종 목적지까지도 얼마 남지 않았다. 남자가 나와 같은 역에서 내릴 가능성은 얼마나 될까? 정거장을 하나씩 지날 때마다 가능성이 점점 더 커졌다. 또다시 등골이 오싹해졌다.

역에 도착하면 택시를 타고 레스토랑으로 직행할 작정이었다. 먼저 호텔에 들러 옷을 갈아입고 싶었지만 너무 늦은 터라 그럴 수 없었다. 매트에게 역까지 마중 나오라고 말하지 않은 게 후회됐다. 모임 중간에 자리를 뜨게 하면 내가 이기적으로 구는 것 같아 그냥 택시를 타겠다고 했었다. 택시 승강장에 택시가 한 대라도 대기하고 있기를 간절히 바랐다.

역까지 10분 정도밖에 남지 않았다. 나는 커다란 핸드백을 뒤져 콤팩트와 빗을 꺼냈다. 이 객차에는 이제 나를 포함해서 세 명밖에 없었다. 화장품을 꺼내 얼굴을 손봐도 괜찮을 것 같았다. 형광등 불빛이 썩 좋진 않았지만 초췌한 얼굴을 단장하기엔 그만이었다. 파우더를 두드리고 아이섀도를 덧칠한 다음 입술에 립글로스를 발라 촉촉하게 보이도록 했다. 콤팩트 크기가 작아 얼굴이 한눈에 들어오지 않았다. 더 잘 보려고 거울을 위아래로 움직이며 각도를 조절했다. 그런데 콤팩트를 닫으려다가 거울 귀퉁이에 황갈색 물체가 얼핏 스치는 걸 포착했다.

나는 아까 그 이상한 남자가 뒤에 있나 싶어 몸을 휙 돌렸다. 하지만 아무도 없었다. 객차에는 나 빼고 승객이 두 명 더 있었는데, 둘 다 곤히 자는 것 같았다. 나는 자리에서 조용히 일어났다. 혹시라도 남자가 뒷자리 어딘가에 길게 누워 있을까 싶어 심장이 쿵쿵거렸다. 제일 가까이에 있는 비상 정차 줄을 확인한 뒤 통로를 조심조심 걸어갔다. 줄을 잘못 당기면 250파운드의 벌금을 내야 하지만, 그 순간 누가 그냥 "와!" 하고 소리만 쳤어도 당장에 줄을 당겨 기차를 멈췄을 것이다.

물론 거기엔 아무도 없었다. 객차 통로를 절반쯤 지나면서 내가 또 바보같이 군다는 생각이 들었다. 거울에 비친 상은 아마도 가로등 불빛에 반사된 주황색 섬광이었을 것이다. 내가 너무 예민하게 반응해서 엉뚱한 상상을 한 게 분명했다. 객차에 매복한 사람이 있을 리 없었다. 다른 객차까지 몽땅 뒤질 생각이 아니라면 스토커에 대한 생각은 떨쳐야 했다.

그때 마침, 다음 정차역은 그레이트 비숍스포드라는 안내 방송이 나왔다. 나는 처음에 앉은 자리에서 트렁크를 내렸다. 그리고 두 번째 자리에서 나머지 소지품을 서둘러 챙긴 후 자동문이 열리기를 초조하게 기다렸다. 기차가 역에 완전히 멈추고 문이 열리자 냅다 뛰어내렸다. 다행히 한참 앞쪽 객차에서 세 사람이 더 하차했다. 나는 그들을 따라잡으려고 트렁크를 끌면서 빠르게 걸었다.

하지만 트렁크를 질질 끌면서 높다란 계단을 올라가는 동안 점점 뒤처지게 됐다. 급기야 사람들이 시야에서 사라졌다. 그런데 뒤에서 누군가가 플랫폼을 걸어오는 소리가 들리는 것 같았다. 뒤를 돌아봤지만 어두워서 아무것도 보이지 않았다.

나머지 계단을 날듯이 뛰어 올라갔다. 콘크리트로 된 계단에 트렁크가 부딪치며 쿵쿵 소리를 냈다. 계단을 다 올라오자 바로 옆에 조그마한 매표소가 있었다. 다른 승객이나 경비원이 있는지 주변을 살폈다. 아무도 보이지 않았다. 바로 그때 역사 바깥쪽에서 차가 출발하는 소리가 들렸다. 아까 그 승객들이 마중 나온 사람들을 만났을 것이라고 짐작했다. 다시 경비원이 있나 둘러봤다. 아직 10시밖에 안 됐는데 근무하는 사람이 한 명도 없을까 싶었다.

"실례합니다. 근무하는 분이 아무도 없나요?"

나는 아무라도 나타나길 고대하며 소리쳤다. 떨리는 내 목소리가 텅 빈 역내에 울려 퍼졌다.

아무런 대답도 없었다. 계단 꼭대기에 서 있다가 불현듯 위험을 느끼고 계단통에서 멀찍이 비켜났다. 기차에서 나보다 늦게 내린 사람이 혹시라도 있다면 금방이라도 매표소에 다다를 것이다. 계단을 올라오는 발소리가 들리는지 귀를 기울였지만 아무 소리도 들리지 않았다.

그렇다면 가능성은 두 가지로 압축할 수 있었다. 아까 플랫폼에서 들은 소리가 내 상상이 만들어낸 것이거나, 그게 아니라 누가 진짜로 내렸다면 지금 어두운 계단 어딘가에서 매복하고 있는 것이다. 첫 번째 가능성이 맞기를 간절히 바랐다. 잠재적 범죄 대상이 되기보다는 피해망상에 사로잡혔다고 생각하는 편이 나았다. 미치지 않았음을 입증하려고 기다리는 대신, 나는 도망치듯 매표소 앞을 가로질러 밖으로 나갔다. 밖에는 차디찬 12월의 겨울밤이 나를 기다리고 있었다.

택시 승강장은 기차역 한쪽에 있었다. 고맙게도 군데군데 보안등이 켜 있어 어둡지 않았다. 운이 좋았는지, 택시 한 대가 승강장에서 시동을 켠 채로 대기하고 있었다. 택시 상단의 노란 표시등이 냉랭한 밤공기 속에서 환하게 빛났다. 운전기사의 주의를 끌려고 한 팔을 치켜들었다. 바로 그때 엔진의 회전속도가 빨라지더니 택시가 움직이기 시작했다.

"잠깐만요!"

나는 소리쳤다.

"멈춰요!"

트렁크를 길 한복판에 팽개치고 택시를 붙잡기 위해 뛰기 시작했다. 어떻게든 기사의 눈길을 끌려고 두 팔을 미친 듯이 흔들었다. 택시 실내가 어둑했기 때문에 승객이 타고 있는지, 아니면 기사가 하루 일을 마감하고 퇴근하기로 결정했는지 알 수 없었다. 한참을 더 뛰어갔다. 소용없는 줄 알면서도 후미 등이 빨간 점처럼 작게 보일 때까지 계속 쫓아갔다.

트렁크를 가지러 터벅터벅 되돌아오는데 너무 속상해서 눈물이 핑 돌았다. 다른 택시는 눈에 띄지 않았다. 아마도 내일까지는 택시들이 이 근처에 얼씬도 하지 않을 것이다. 매트에게 전화해서 나와달라고 하는 수밖에 없었다. 핸드백에서 휴대전화를 꺼내 번호를 누르려는데 문득 매트가 도착하려면 30분은 족히 걸리겠다는 생각이 들었다. 혼자서 매트를 기다려야 하다니, 익숙한 번호를 누르는데도 손가락이 벌벌 떨렸다. 어쩌면 이곳에 나 혼자가 아닐지도 모른다는 생각이 드니 심장이 벌렁벌렁 뛰었다.

전화가 연결되기를 기다리면서 혹시라도 누가 역사를 나서나 보려고 출입구 쪽으로 고개를 돌렸다. 그런데 한참이 지나도 호출음이 들리지 않아 휴대전화의 화면을 얼른 확인했다.

"신호 없음."

다른 시간이나 장소에서라면 얼마든지 무시하고 넘어갈 글자였지만 지금 이곳에서만큼은 절대로 용납할 수 없었다.

"안 돼, 안 돼. 지금은 안 돼. 제발 이러지 마."

타이르고 설득하면 연결이 될 것처럼 휴대전화에 대고 간청했다. 다시 걸기 버튼을 누른 뒤, 손가락으로 휴대전화를 초조하게 두드렸다. 하지만 한없이 길게 느껴진 시간이 지난 뒤에 아까와 똑같은 반응이 나타났다.

바보처럼 보이든 말든, 어떻게든 신호를 잡아보려고 은색 휴대전화를 머리 위로 치켜들어 커다란 포물선을 그리며 좌우로 흔들었다. 헛되이 팔을 흔드는 와중에도 역사 안쪽에서 검은 그림자가 어른거리는 듯한 모습을 놓치지 않았다. 나는 얼음처럼 굳었다. 놀란 토끼 눈을 하고 역사 출입구를 노려봤다. 눈에 어찌나 힘을 주고 노려봤는지 눈물이 주르르 흘러내렸다. 그제야 내가 눈을 깜빡이는 것도 잊었다는 걸 깨달았다. 역사 출입구 주변에서 다른 움직임이 포착되진 않았지만 조금 전에 내가 잘못 본 건 절대로 아니었다. 안에 뭔가가 혹은 누군가가 분명히 있었다. 그자가 사악한 의도로 어둠 속에서 틈을 노리는 게 분명했다.

소용없는 줄 알면서도 다시 걸기 버튼을 한 번 더 눌렀다. 가장 기본적인 기능도 제대로 수행하지 못하는 휴대전화를 길바닥에 내동댕이치고 싶은 마음이 굴뚝같았다. 게다가 공교롭게도 공중전화가 역사 안에 있었다. 아까 계단을 다 올라왔을 때 바로 옆에 공중전화가 여러 대 있는 것을 봤었다. 하지만 건물 안으로 돌아가느니 여기서 전파 신호를 잡겠다고 미친 듯이 날뛰는 게 나을 것 같았다. 이젠 정신을 바짝 차리고 현실을 직시해야 했다. 나는 12월의 어두운 밤에 혼자 외진 곳에 서 있다. 이 상황을 알릴 수단도 없다. 초저녁에 나를 겁주던 남자가 기차에서 내려 내 뒤를 쫓는지 알아볼 방법도 없다.

두려운 생각이 연이어 떠오르자 정신이 혼미할 지경이었다.

그래서 끔찍한 상상을 펼치지 않도록 당면한 문제에 집중하려고 애썼다. 우선 매트든 택시 회사든 경찰이든 누구한테라도 연락하는 게 급선무였다. 다만 연락할 방법이 없다는 게 문제였다. 이런 상황에선 답이 뻔했다. 다른 전화기를 찾는 수밖에 없었다. 영국 길거리 어딘가엔 아직도 구닥다리 공중전화가 있을 것이다. 휴대전화가 우리 사회를 완전히 장악하진 못했을 테니까. 공중전화를 마지막으로 사용한 게 언제인지 기억나지도 않았지만 분명히 있을 거라고 확신했다. 주차장과 택시 승강장 주변을 재빨리 살폈다. 흠, 몇백 미터만 걸어가면 역사 안에 공중전화가 잔뜩 있는데, 저런 곳에 있을 리 만무했다. 지금처럼 공중전화 바로 옆에 살인광이 숨어 있지 않다면야 그게 당연했다. 난데없이 피식 웃음이 나왔다. 어쩌면 스토커도 못 되는 사람을 나 혼자 엉뚱하게 상상해서 극악무도한 범죄자로 취급하는 건 아닌가 싶었다.

그러다 낡은 교회 앞에 공중전화 박스가 하나 있었던 게 갑자기 떠올랐다. 아직도 있는지는 모르지만 전엔 분명히 있었다. 교회까지 끽해야 1, 2킬로미터 남짓이라 그리 멀지도 않았다. 만에 하나 공중전화 박스가 치워졌더라도 어차피 시내로 가는 중간 지점쯤 되니까 손해날 건 없었다. 더 가다보면 다른 공중전화 박스를 찾거나 택시를 잡을 수도 있을 것이다. 이렇게 마음먹고 나니 두려움이 조금 가셨다.

교회로 향하는 길로 들어서기 위해 마지못해 역사 쪽으로 방향을 틀었다. 밤중에 소리가 얼마나 멀리까지 퍼지는지 확실히 모르지만 최대한 조용히 움직이는 게 좋겠다고 판단했다. 바퀴 달린 트렁크를 끌지 않고 손잡이를 잡아 번쩍 들어 올렸다. 들고 가려면 시간이 더 걸리겠지만 덜컹거리는 소리로 추적자를 유도하진 않을 테니까. 한꺼번에 많은 물건을 들고 가는 게 번거로웠지만 휴대전화를 손에 꼭 쥐었다. 그리고 신호가 잡히길 고대하며 약 20초 간격으로 다시 걸기 버튼을 눌렀다.

* * *

남자가 나를 뒤쫓는다는 사실을 언제 확실히 알았는지 기억나지 않는다.

숨소리도 들리지 않을 만큼 조용히 움직였다고 생각했다. 역사에서 꽤 벗어날 때까지 발걸음을 조심스럽게 떼며 소리를 최대한 죽였다. 내 발소리가 들리지 않을 만큼 멀리 왔다는 확신이 들고 나서야 좀 더 활발하게 걸었다. 수시로 뒤를 돌아봤지만 아무도 보이지 않았다. 기차역을 벗어나는 길은 여러 갈래로 뻗어 있었다. 그 사람이 내가 떠나는 모습을 보지 못했다면 어느 길로 갔는지 알아낼 수 없을 터였다. 오그라들었던 심장이 조금 펴지려고 하는데 난데없이 무슨 소리가 들렸다. 가볍게 쨍그랑하는가 싶더니 곧이어 떼구루루 구르는 소리가 들렸다. 도로에 떨어져 있는 병을 누가 잘못해서 발로 찼나 싶었다.

석상처럼 꼼짝 않고서 온 신경을 곤두세웠다. 이쪽 도로에는 가로등이 하나도 없어서 교회로 가는 내내 어둑한 길이 이어졌다. 커다란 나무가 군데군데 서 있고 서늘한 달빛과 희끄무레한 별빛만 비춰서 몸을 숨기려면 얼마든지 숨길 수 있었다.

하지만 지금은 숨어서 기다릴 때가 아니었다. 그래서 냅다 뛰었다. 그러자 좀 더 묵직하게 뛰어오는 발소리가 들렸다. 확실하진 않았지만 그 소리가 생각보다 가깝지 않게 들려 마음이 살짝 놓였다. 내가 얼마나 앞섰는지 알고 싶어 어깨너머로 힐끔 돌아봤다. 묵직한 발자국 소리는 계속 들리는데 사람은 보이지 않았다. 나는 걸음아 날 살려라 하며 온 힘을 다해 뛰었다.

하지만 평소에 운동을 안 해서 그런지 생각보다 내 다리는 그리 튼튼하지 않았다. 그건 아까 기차를 놓치지 않으려고 내달릴 때 이미 드러났다. 그래도 아드레날린이 분출됐는지, 학창 시절 이후 이렇게 빨리 달려보긴 처음이었다. 그렇지만 추척자의 발소리가 계속 들려왔고, 이 속도로 한없이 달릴 수도 없는 노릇이었다. 게다가 신고 있는 구두가 생존을 위한 달리기용이 아니라 패션용으로 디자인된 것이라, 군데군데 얼어붙은 빙판길에서 여러 번 미끄러질 뻔했다. 한번은 균형을 잃어서 진짜로 넘어질 뻔했다. 팔을 휘휘 돌리며 균형을 회복하느라 트렁크를 바닥에 떨어뜨렸다. 용케 넘어지진 않았지만 트렁크를 그냥 놔두고 달렸다. 20초도 안 돼서 누군가가 부딪치는 소리가 요란하게 났고 곧바로 비명도 들렸다. 그 덕에 남자가 얼마나 떨어져 있는지 알 수 있었다. 부딪치면서 발목이라도 삐었으면 싶었지만 그건 과한 내 욕심이었다. 아무튼 그가 다쳤을지도 모른다는 생각이 들자 계속 달아날 투지가 생겼다.

언덕 꼭대기까지 얼마 남지 않았다. 희미한 달빛 속에 교회 첨탑이 보였다. 이젠 거의 다 왔다. 하지만 그 앞에 공중전화 박스가 없을지도 모른다는 의심이 자꾸 들었다. 그날 밤엔 내 뜻대로 되는 게 하나도 없었으니까. 그래서 100미터쯤 전방에서 공중전화 박스가 보였을 때, 처음엔 헛것이 보이나 싶었다. 심장이 쿵쾅거리고 옆구리가 찢어질 듯 아팠으나 속도를 늦추지 않았다.

뒤에서는 아무 소리도 들리지 않았다. 그래도 응급호출 번호를 누를 시간을 벌려면 최대한 서둘러야 했다. 전화가 연결되는데 얼마나 걸릴까? 남자가 나를 덮치기 전에 도움을 청할 수 있을까? 말소리를 낼 만큼 폐에 공기가 남아 있을까? 그 답을 알려면 더 빨리 달리는 수밖에 없었다. 달리는 와중에도 엄지손가락으로는 휴대전화의 다시 걸기 버튼을 죽어라 눌렀다.

공중전화 박스가 코앞으로 다가왔다. 손을 뻗어 공중전화의 수화기를 집으려는 데 뒤에서 누가 내 코트 자락을 확 잡아당겼다. 그 바람에 나는 뒤로 자빠지고 말았다. 이번엔 넘어지는 나를 붙잡으려고 아무도 팔을 뻗어주지 않았다. 결국 얼음처럼 찬 도로에 머리를 쿵! 하고 부딪쳤다. 어찌나 아프던지 머리가 깨질 것 같았다. 게다가 넘어지면서 남자의 육중한 몸을 깔아뭉개고 말았다. 버둥대면서 간신히 상체를 일으켜 네 발로 기었다. 머리에서 찐득한 피가 흘러내리는 것도 거의 의식하지 못했다. 움직이는 데 지장이 없는 걸로 봐선 뼈가 부러지지는 않은 듯했다. 손과 무릎도 까졌을 테지만 아픈 줄도 몰랐다.

엎드린 자세에서 일어서려는데 억센 손이 내 발목을 잡았다. 그 때문에 이번엔 앞으로 넘어지고 말았다. 본능적으로 발길질을 마구 했더니 남자가 구두 굽에 맞았는지 비명을 질렀다. 발목을 잡고 있던 손이 풀리자, 나는 특공대원처럼 팔꿈치와 팔을 사용해 재빨리 기어갔다. 1미터쯤 갔는데 남자가 다시 나를 덮쳤다. 남자의 무릎이 등 한가운데에 꽂혔다. 남자는 내가 꼼짝 못하도록 체중을 실어 누르면서 욕설을 내뱉었다. 나는 어떻게든 빠져나오려고 버둥거렸지만 꼼짝할 수 없었다. 더 이상 싸울 힘도 없었다. 머리에서 피가 줄줄 흘러내려 앞이 잘 보이지 않았고 의식마저 혼미해져 갔다. 어떻게든 저항하고 싶었지만 몸이 말을 듣지 않았다. 피로 얼룩진 하얀 코트 자락을 남자가 거칠게 잡아당겼다. 그러더니 내 팔을 뒤로 확 꺾으며 욕설을 내뱉었다.

"이년이!"

남자가 굵고 거친 손으로 내 손가락을 더듬어 약혼반지를 빼갔다. 등을 짓누르던 육중한 무게가 돌연 사라졌다. 그와 동시에 남자도 어둠 속으로 사라졌다.

이게 다 저것 때문이었단 말인가? 저놈의 다이아몬드 반지 때문에? 반지를 끼고 여행하는 바람에 이 사단이 났단 말인가? 게다가 난 저 사람을 제대로 보지도 못했다. 얼굴을 확인할 짬이 없었다. 아까 기차에서 만났던 남자가 아닐지도 몰랐다.

주변이 점점 더 어두워지는가 싶더니 깊은 나락으로 떨어질 것 같았다. 귓가에 희미한 소리가 들렸다. 처음엔 피가 줄줄 흐르는 소린가 싶었는데, 혼미한 의식 속에서도 그 소리가 전화벨

소리라는 걸 알아차렸다. 휴대전화를 용케 놓치지 않았나보다. 다시 걸기 버튼을 죽어라 누른 보람이 있었다.

"여보세요, 레이철? 레이철?"

휴대전화 너머로 들리는 목소리가 너무나 작고 멀게 느껴졌다.

"도와줘……."

나는 그 한마디만 외치고 암흑 속으로 빠져들었다.

5

그들은 내게 자꾸만 진정제를 투여했다. 내가 깨어나기를 이틀씩이나 기다렸다면서 다시 잠들게 하다니, 어이가 없었다. 그들이 진정제를 투여하지 않게 해달라고 아버지에게 간청했지만 아버지 눈에는 두려움과 걱정이 더 짙게 드리웠다. 의사가 간호사에게 진정제를 준비하라고 지시할 때, 나는 아버지에게 병마를 어떻게 이겨냈는지 설명해달라고 졸랐다. 하지만 아버지는 당황하며 연신 고개를 저었다. 나는 점점 더 낙심했다. 정맥에 투여된 약물이 효력을 발휘하는지 눈꺼풀이 스르르 닫혔다. 그제야 다들 안도의 한숨을 내쉬었다.

그 후로 나는 몇 번 눈을 껌뻑거렸다. 방은 어두웠지만 사람들이 여러 명 있는 게 느껴졌다. 왠지 낯익은 목소리들이 숨죽여 속삭이는 소리도 들렸다. 눈꺼풀이 납덩이처럼 무거워 실눈조차 뜨기 어려웠다. 병실에 누가 있는지 제대로 볼 수 없었지만 네댓 명 정도가 어렴풋이 보였다. 다들 어두운 옷을 입었는지, 아니면 병실이 어두웠는지 모르겠다. 확인하지도 못하고 다시 스르르 잠에 빠져들었다.

그날 밤늦게 다시 잠깐 의식이 돌아왔다. 그들이 누구였는지 모르지만 아무튼 지금은 모두 가고 없었다. 시간이 몇 시나 됐는지 감을 잡을 수도 없었다. 침대 옆으로 끌어온 의자 쪽에만 희미한 조명이 비치고 나머지 부분은 캄캄했다. 그 의자엔 아버지가 앉아 있었고, 무릎엔 책이 한 권 펼쳐져 있었다. 내 옆의 작은 탁자엔 빈 음식 쟁반이 놓여 있었다. 아버지는 하루 종일 내 곁을 지킨 듯했다. 살짝 벌어진 입으로 숨을 쉴 때마다 낮게 코 고는 소리가 났다. 몸도 피곤해 보이고 옷차림도 후줄근했다. 하지만 믿을 수 없을 만큼 건강해 보였다. 어떻게든 아버지와 얘기를 나눠야 했다. 도무지 앞뒤가 맞지 않았다. 무슨 일이 벌어지고 있는지 당장이라도 알아보고 싶었다. 하지만 아무리 깨어나려 해도 몸이 말을 듣지 않았다. 아버지를 부르지도 못하고 또다시 잠에 빠져들었다.

* * *

다음 날 아침, 음식 카트가 달그락거리는 소리에 잠이 깼다. 병실로 쏟아지는 환한 햇살에 놀라 나는 눈을 여러 번 깜빡거렸다.

"아침 먹을 시간에 맞춰 깼구나."

아버지가 유난히 쾌활한 목소리로 말했다. 어제 있었던 이상한 사건은 그저 내 상상에 불과하길 바라면서 아버지 쪽으로 천천히 고개를 돌렸다. 아버지는 내가 당신의 건강한 모습에 적잖이 당황하는 걸 눈치챘는지, 미소 짓던 입술을 살짝 떨었다. 그 순간 나는 자책감에 빠졌다. 유일한 피붙이인 아버지가 끔찍한 질병과 싸우느라 힘겨워하는 모습을 정녕 보고 싶단 말인가? 세상에 이런 못된 딸이 있단 말인가?

내가 애써 웃었다.

"안녕히 주무셨어요?"

쉰 목소리로 간신히 말했다. 누군가가 내 입에 솜뭉치를 집어넣은 것 같았다.

"기분이 좀 어떠니? 뭐라도 좀 먹을래?"

나는 고개를 저었다. 음식 생각만 해도 뱃속이 뒤틀렸다.

"차……."

목이 바싹 타서 말이 잘 나오지 않았다. 헛기침을 두어 번 하고 나서 다시 말했다.

"그냥 차만 마실게요. 아버지."

아버지는 내가 하얀 컵에 담긴 차를 죽 들이켜는 모습을 지켜봤다. 이렇게 별것도 아닌 일을 내가 무사히 해내는 모습에 감격하는 것 같았다. 차 마시는 것이 온전한 정신 상태를 판가름하는 잣대라도 되나? 미친 사람은 차도 못 마시나?

"간호사에게 한 잔 더 달라고 할까?"

내가 고개를 끄덕이자 아버지는 얼른 차를 더 가지러 나갔다. 그 덕에 잠시 생각할 짬이 생겼다. 하지만 아버지가 워낙 빨리 돌아오는 바람에 어리둥절한 머릿속을 정리할 수는 없었다. 그래도 차를 두 잔이나 거푸 마시고 나니 기운이 좀 났다.

"오늘 아침엔 머리가 어떠니, 레이철?"

"좋아진 것 같아요, 아버지. 그런데 도대체 어떻게 된 거예요?"

아버지는 거북한 얼굴로 내 질문을 되물었다.

"어떻게 된 거라니? 무슨 말이냐?"

"제발 그만하세요, 아버지. 말 그대로 아버지에게 무슨 일이 벌어졌느냐고 묻는 거예요. 왜 그동안 저한테 얘기하지 않으셨어요? 무슨 기적의 약이라도 드셨어요? 병세가 호전된 거예요?"

아버지의 표정이 일그러졌다. 무슨 말을 해야 할지 모르겠다는 눈치였다.

"레이철, 아직도 머리가 꽤 혼란스러운거니……."

나는 아버지의 말을 자르고 침대에서 일어나 앉으려고 버둥거렸다. 그러자 온몸에 멍이라도 들었는지 여기저기가 쿡쿡 쑤셨다. 나는 흥분하지 않고 천천히 또박또박 말하려고 애썼다. 또다시 진정제를 맞고 싶지는 않았다.

"아버지, 전 혼란스럽지 않아요. 아니, 좀 혼란스럽긴 해요. 하지만 아버지가 생각하는 식으로 혼란스러운 건 아니에요. 3주 전까지만 해도 아버진…… 정말 끔찍하게 아파 보였어요. 화학요법 치료를 하느라 몸도 약해지고 체중도 빠졌고…… 모든 상황이 정말 너무 안 좋았어요. 그런데 지금은…… 지금은 말도 안 되게…… 완전히 건강해 보이잖아요."

나를 찬찬히 살피던 아버지의 얼굴에 다시금 곤혹스런 표정이 떠올랐다. 게다가 눈에 눈물까지 고였다.

"레이철, 나는 진짜로 완전히 건강하단다."

"어쩜 그렇게 빨리 회복될 수 있어요?"

나는 모든 상황을 받아들이는 게 너무 버거웠다. 아버지가 내 침대맡에 있는 호출 버튼을 누르려고 손을 뻗었다.

"의사를 불러서 좀 살펴보라고 하는 게 좋겠다."

"안 돼요!"

내가 대뜸 소리쳤다. 목이 잠겨서 소리가 크진 않았다. 아버지는 호출 버튼을 누르려던 팔을 내리고 내 손을 꼭 쥐었다. 어떻게든 진정시키려고 손을 토닥토닥 두드렸다.

"나는 회복된 게 아니야, 레이철. 애초에 아프지도 않았으니까. 난 암에 걸리지 않았어. 그런데도 어째서 네가 그런 생각을 하는지 도통 모르겠구나."

* * *

그때 마침 간호사들이 들어왔다. 한 사람은 아침 식사 쟁반을 치우러, 다른 사람은 내가 씻는 걸 도우러 왔다. 아버지와 잠시 떨어지는 것이 차라리 잘됐구나 싶었다. 아버지는 왜 당신에게 벌어진 일을 숨기려는 걸까? 진정제 때문에 머리가 굼벵이처럼 둔해져 아버지가 그런 일을 왜 비밀로 하려는지 도무지 짐작할 수 없었다.

큼직한 흰 타일이 깔린 화장실에서 간호사가 이것저것 도와줬다. 팔뚝에 꽂혀 있던 링거주사는 밤중에 뺐기 때문에 움직이기가 한결 수월했다. 바퀴 달린 삼각대를 밀고 다닐 정도는 아니었지만 여전히 혼자서는 복도를 걸어 다닐 수도, 환자복을 갈아입을 수도 없었다. 간호사가 내 환자복의 매듭을 풀어 옷을 벗기고 샤워기 꼭지를 돌려 물을 틀었다. 혼자 씻을 수 있다고 말하자 간호사는 화장실에서 살그머니 나갔다.

나는 사나운 물줄기를 맞으며 자꾸만 떠오르는 온갖 의문을 떨쳐내려고 애썼다. 하지만 머릿속이 좀체 비워지지 않았다. 게다가 몸을 씻는 단순한 동작 중에도 답을 알 수 없는 또 다른 의문이 떠올랐다. 하얀 비누를 들어 손바닥 사이에 놓고 천천히 문지르다 손바닥에 상처가 난 걸 알았다.

샤워기에서 쏟아지는 물줄기로 비누 거품을 씻어낸 뒤, 손등과 바닥을 찬찬히 살폈다. 넘어져서 필사적으로 기어 다닌 사람처럼 양쪽 손바닥이 까져 있었다. 언제, 어떻게 이리됐는지 당최 기억나지 않았다. 교회 뜰에 있는 지미의 무덤 옆에서 넘어진 것까진 기억났다. 하지만 그곳은 잔디밭이었지, 콘크리트 바닥이 아니었다. 그렇다면 넘어진 뒤에 묘비를 붙잡고 일어서려다 상처가 났을지도 모른다. 생각의 실타래가 조금씩 풀리는지, 이번엔 묘지에서 나를 발견해 병원까지 데려온 사람이 누구인지 궁금해졌다. 더 큰 궁금증이 생기자 손바닥 상처는 금세 잊어버렸다.

조그마한 화장실이라 그런지 거울이 없었다. 몸을 씻으면서 살피니 온몸이 멍들고 긁힌 상처투성이였다. 머리나 얼굴에도 상처가 났나 보고 싶었지만 확인할 길이 없었다. 게다가 상처 부위가 몹시 쓰라린 걸 보면 생긴 지 얼마 안 된 것이었다. 그냥 세게 넘어지면서 생긴 상처는 결코 아니었다. 뭐가 어떻게 된 건지 종잡을 수 없었다. 나는 상처와 멍투성이이고, 아버지는 그토록 고생하던 병을 싹 이겨냈다. 이상한 나라에 간 엘리스가 나만큼 혼란스러웠을까?

화장실에 비치된 거친 타월로 몸의 물기를 대충 닦아내면서 풀리지 않는 문제를 골똘히 생각했다. 그러다 문득 한 가지 생각이 뇌리를 스쳤다. 아버지가 혹시 불법적인 방법으로 치료받느라 병을 숨기는 게 아닐까? 하지만 금세 가당찮은 생각으로 여겨졌다. 아버지는 워낙 정직해서 평생 주차 위반 딱지 한 번 끊지 않았다. 그런데 일단 그런 생각이 들자 이상하게 점점 더 신빙성이 있는 것 같았다. 어쩌면 아버지가 영국 정부에서 금지한 약물이나 허가하지 않은 치료를 받는지도 몰랐다. 정말로 그렇다면 아버지는 이 은밀한 치료제나 의사를 보호하려고 일부러 거짓말하는 게 틀림없었다.

간호사가 깨끗한 환자복을 갖고 들어오길 기다리는 동안, 수수께끼를 한 가지 풀어서 그런지 기분이 살짝 좋아졌다. 병원을 벗어나면, 그러니까 남들에게 들키지 않고 비밀을 털어놓을 수 있게 되면, 아버지는 필시 그 사실을 실토할 것이다. 흠, 비밀 얘기로 치면 나도 아버지한테 숨기는 게 한 가지 있었다. 자꾸만 재발하는 두통 말이다. 교회에서 의식을 잃고 쓰러졌던 이유를 의사한테라도 얼른 말해야 하는데, 도통 짬이 나지 않았다.

간호사가 내 팔을 잡고 병실로 안내하면서 놀랄 만한 정보를 한 가지 더 알려줬다.

"미리 얘기할 게 있는데, 레이철. 경찰관이 병실에서 널 기다리고 있어."

나는 발걸음을 떼다 말고 놀라서 젊은 간호사를 쳐다봤다.

"경찰관이요? 왜요? 도대체 뭣 때문에요?"

간호사는 그런 질문을 하는 게 이상하다는 듯 빤히 쳐다보며 말했다.

"글쎄, 요 전날 밤 교회 앞에서 무슨 일이 벌어졌는지 자세히 알아보러 왔겠지."

나는 간호사를 멍하니 쳐다봤다.

'교회 앞에서 무슨 일이 벌어졌다고?'

이 동네엔 범죄가 얼마나 발생하지 않으면 오밤중에 교회 뜰을 무단으로 출입했다고 경찰관을 보내는 걸까? 그게 정말로 범죄 행위가 될까? 묘지를 훼손한 것도 아닌데, 경범죄 따위로 처벌받지는 않겠지? 세상이 도대체 어떻게 흘러가는지 알다가도 모르겠다.

내가 아무리 허황된 꿈을 꾼다 한들, 그걸 어떻게 알아챌 수 있겠는가?

열린 병실 문 사이로 경찰관이 앉아 있는 모습이 얼핏 보였다. 아버지는 내가 문지방을 넘어서자 조개처럼 입을 꽉 다물었다. 아마 내 얘기를 하고 있었나보다. 경찰관은 짙은 제복 차림이었는데, 내 인기척에 벌떡 일어섰다.

"레이철, 경찰에서 너한테 물어볼 게 있다는구나. 그렇게 걱정스런 얼굴은 하지 않아도 돼. 그리고…… 누가 왔는지 볼래?"

아버지는 모자에서 토끼를 꺼내는 마술사처럼 의기양양한 목소리로 말했다. 나는 그제야 경찰관을 보려고 몸을 돌렸다.

그 순간 병실이 통째로 흔들렸다. 내 얼굴이 백지장처럼 창백해졌다. 본능적으로 문틀을 붙잡으려 했지만 소용이 없었다. 정신이 아득해지고 다리에 힘이 풀렸다. 나는 빅토리아 시대 귀부인처럼 까무러치면서 한마디 내뱉었다.

"지미!"

* * *

병원에서 기절하면 바로 조치를 취할 수 있으니까 좋다. 그 덕에 내가 어디에 있는지 금세 알아차릴 수 있었다. 전날 밤 아버지가 썼던 의자에 앉아서 머리를 무릎 사이로 숙였다. 간호사가 냉습포를 내 목덜미에 대고 지그시 눌러줬다. 내가 똑바로 일어나 앉으려고 버둥거리자 간호사가 얼른 말했다.

"서두르지 마, 레이철. 1, 2분만 있으면 돼."

그러더니 이번엔 아버지에게 몇 마디 건네는 것 같았다.

"뜨거운 물로 샤워를 조금 오래 했나봅니다. 금방 괜찮아질 거예요."

나는 그 말을 전혀 믿을 수 없었다. 그래서 간호사의 손길을 물리치고 똑바로 앉았다.

이번엔 비명을 지르거나 소리치거나 기절하지 않았다. 그냥 한곳을 주시하며 얼어붙었다. 그리고 지난 5년 동안 내 인생에서 빠져 있던 사람을 뚫어져라 쳐다봤다. 그가 슬며시 미소를 지었다. 그런데 내가 눈도 깜빡이지 않고 계속 쳐다보자, 그의 미소가 흔들리더니 걱정스러운 표정이 떠올랐다.

"레이철?"

그는 말을 잇지 못하고 머뭇거렸다.

나는 머릿속에 떠오른 유일한 질문을 내뱉었다.

"내가 지금 천국에 있는 거야?"

간호사는 이 질문이 꽤 우스웠나보다.

"글쎄, 영국 국립병원을 그렇게 부른 사람은 네가 처음인걸!"

나는 간호사의 말을 못 들은 척했다.

"여기가 천국이야? 우린 다 죽은 거야?"

이 말에는 간호사도 할 말을 잃었는지 입을 다물었다. 나는 아버지가 지미에게 눈짓을 보내는 걸 포착했다. '거봐, 내가 뭐랬어. 레이철이 이상하다고 그랬잖아'라고 말하는 것 같았다.

간호사는 얼른 정신을 차리고 자기 일을 수행했다.

"자자, 침대로 돌아가자, 레이철. 잠깐 누워서 쉬는 게 좋겠어."

나는 간호사의 참견이 점점 더 성가셨다. 이번에도 간호사의 말을 무시하고 지미에게 따지듯이 물었다.

"내가 교회 무덤 옆에서 죽었니?"

경찰 훈련을 받은 덕분인지, 지미는 이런 괴상한 질문에도 침착하게 대응했다.

"아니야, 레이철. 넌 교회에서 죽지 않았어. 그건 그렇고 누구 무덤 옆이라는 거야?"

"그야 물론 네 무덤이지."

이 질문에 대한 내 대답을 듣고는 지미의 직업 정신도 완전히 무너지고 말았다.

이번엔 누가 비상벨을 울렸는지 모르겠다. 병실에 있던 세 사람 중 하나이거나, 어쩌면 내가 눌렀는지도 모른다. 그 시점에선 다들 의술의 중재를 필요로 하는 것 같았다.

처음 보는 젊은 의사가 신속하게 뛰어왔다. 곧이어 "망상성", "진정제", "검사" 등 다양한 얘기가 오고 갔다. 하지만 그런 건 내게 아무런 의미도 없었다. 내 눈은 지미에게 고정되어 움직이지 않았다. 그들이 나를 침대에 눕히고 탈지면으로 팔을 쓱쓱 닦더니 피하 주사를 놨다.

머리를 다친 사람에게 진정제를 과다 투여하기는 어려웠는지, 요전에 맞았던 주사보다 훨씬 순했다. 깃털로 된 침대에 둥둥 떠 있는 것처럼 팔다리에 힘이 풀렸다. 하지만 머리만큼은 쌩쌩 돌아갔다. 눈은 감았지만 잠이 들지는 않았다. 술을 마셨는데 머리가 핑 돌 만큼 취하지 않은 상태와 비슷했다.

"레이철 말이 진심일까요? 제가 정말로 죽었다고 생각하는 걸까요?"

그 말에 아버지가 낙심한 목소리로 대답했다.

"모르겠다, 지미. 나도 모르겠어. 레이철이 나는 암으로 죽어간다고 하더구나."

그 후로 한참 침묵이 흘렀다.

"생각보다 심하게 머리를 부딪쳤나보다. 아무래도 오늘은 레이철이 어떤 질문에도 대답하기 힘들겠다. 지금 상태로는 레이철을 공격한 놈을 붙잡는 데 도움될 게 없겠어."

"아무래도 그럴 것 같네요."

"오늘은 그만 가보는 게 좋겠다. 의사들이 온갖 검사를 해볼 모양이다. 레이철이 좀 더…… 정신을 차리면 부르마."

"아뇨. 전 아무 데도 안 갑니다."

* * *

나는 이 학과 저 학과로 옮겨지며 여러 가지 검사를 받았다. X-Ray 촬영을 두 차례 하고 MRI 검사를 한 차례 받고 머리에 전극을 잔뜩 꽂은 채로 온갖 검사를 받았다. 그때쯤엔 나도 질문할 수 있을 만큼 정신이 또렷해졌다. 하지만 내가 뭘 물어봐도 대답해주는 사람이 없었다. 그저 내가 또다시 쓰러지거나 엉뚱한 소리를 할까 봐 살살 달래려고만 했다. 검사를 다 마치고 병실로 돌아왔을 땐 아무도 없었다. 나를 침대에 눕혀준 간호사는 아버지가 손님들과 함께 차를 마시러 구내식당에 갔다고 알려줬다. 어떤 손님이냐고 묻자 간호사는 모른다고 대답했다.

나는 오늘 중으로 세상을 떠난 사람을 문병객으로 몇 명이나 맞이할지 궁금해하면서 꼿꼿이 앉아 문을 노려봤다.

잠시 후 손님들이 줄지어 들어왔다. 아버지가 제일 먼저 들어오고 지미가 뒤따랐다. 이어서 매트, 캐시, 필립이 차례로 들어왔다. 나는 한 사람씩 들어온 순서대로 쳐다봤다. 마지막 세 사람을 보면서 계속 놀라고 있는데, 갑자기 매트가 내게로 달려오더니 입술에 가볍게 키스했다. 매트의 부드러운 입술이 닿자 움찔하면서도 매트의 어깨너머로 캐시의 반응을 살폈다. 놀랍게도 캐시의 얼굴엔 전혀 변화가 없었다. 속으로는 엄청 화났을 텐데, 뜻밖에도 내색하지 않았다.

"매트."

나는 나무라듯 매트를 부른 뒤, 그의 여자 친구에게 경계하는 눈빛을 보냈다. 요전에 매트가 나를 호텔까지 태워다주면서 앞으론 쉽게 물러나지 않을 거라 다짐했던 말이 떠올랐다. 설마 지금 이곳이 그 다짐을 실행할 적당한 장소라고 생각하는 건 아니겠지?

하지만 난 지금 침대 발치에 서 있는 한 사람 외엔 누구에게도 집중할 수 없었다. 근무 시간이 지났는지, 그는 이제 경찰 제복이 아닌 평범한 바지에 어두운 셔츠 차림이었다. 그런데 놀랍게도 이 병실에 있는 누구도 그가 여기 있다는 사실에 신경 쓰지 않았다. 금기 사항이라도 되는 양 아무도 언급하지 않았다. 뭐가 잘못돼도 대단히 잘못됐다. 어째서 다들 나처럼 행동하지 않는 것일까?

그러다 문득 그 답이 떠올랐다. 영화 「식스 센스」를 하도 여러 번 봐서 내용을 전부 외울 지경인데, 왜 이제야 떠올랐는지 알다가도 모를 일이었다.

"이 방에서 지미가 보이는 사람이 아무도 없단 말이야?"

다들 의미심장한 눈으로 서로 쳐다봤다. 그들 얼굴엔 나를 불쌍히 여기는 표정이 역력했다. 아버지가 그들을 대신해 나섰다.

"지미가 왜 안 보이겠니? 우리도 다 보여."

"아뇨, 아버지. 저를 속이지 마세요. 그냥 솔직히 말해주세요. 내 침대 발치에 지미의 '유령'이 보이잖아요. 나 말고 또 보이는 사람 있어? 응?"

아버지는 어찌나 괴로워하던지 대답할 말을 찾지 못했다. 그러자 그야말로 살아 있는 듯한 지미의 '유령'이 내 곁으로 다가와 침대에 걸터앉았고, 내 손을 가만히 잡았다. 지미가 앉을 때는 매트리스가 살짝 눌렸다. 게다가 지미의 손에서 따스한 기운이 전해졌다. 아무래도 지금까지의 유령 이론은 접어야 할 것 같았다.

"레이철, 아무 말도 하지 말고 잠깐 내 얘기 좀 들어봐."

내가 뭐라고 이의를 제기하려 하자 지미가 집게손가락으로 내 입술을 가볍게 막았다.

"중간에 끼어들지 말고. 알았지?"

칫! 지미가 진짜 유령이라면 대단히 권위적인 유령이다. 게다가 내 입술에 닿은 지미의 손가락은 너무나 강렬하고…… 너무나 진짜 같았다.

"넌 머리를 엄청 세게 찧었어."

지미는 내가 뭐라고 반발할까 봐 얼른 말을 이었다.

"사라의 결혼식을 위해 이곳으로 오던 길에."

드디어 내가 동의할 수 있는 얘기가 나왔다.

"그래, 나도 그건 알아."

내가 그 점만은 제대로 알고 있다는 사실에 다들 안도의 한숨을 내쉬었다.

"그런데 도중에 무슨 일이 생겼어. 우린 네가 기차역에서 나온 뒤에 강도를 만났다고 생각해. 공격을 당하는 와중에 머리를 다친 것 같아. 머리 부상 때문에 지금 네가 계속…… 이상한…… 얘기를 하는 것 같아."

지미는 그냥 잠자코 있는 게 나았다.

"그렇다면 이건 모두 꿈일 거야."

그게 아니라면 지금 이 상황을 설명할 방법이 없었다. 누군가가 절망적으로 긴 한숨을 내쉬었다. 나는 싹 무시하고 말을 이었다.

"이건 그저 대단히 생생한 꿈에 불과해. 진짜 같아 보이지만 잠재의식 속에서 벌어지는 일이야. 금방이라도 눈을 뜨면 다 끝날 거야."

한동안 침묵이 흘렀다. 아무도 그 침묵을 깨지 못했다. 확신에 찬 내 목소리에 아무도 반발할 엄두를 못 냈다.

매트가 지미의 반대쪽 침대 곁으로 조용히 다가와, 내 목덜미에 가볍게 손을 얹었다. 그러자 지미의 눈이 가볍게 떨리는 것 같더니 얼른 내 손을 놓고 침대에서 일어났다. 참으로 이상한 꿈이었다. 다시 십 대 시절로 돌아간 것 같았다. 어색한 분위기가 흐르는가 싶었는데, 마침 간호사실에서 연락이 왔다.

"면회 시간이 끝났나보구나."

아버지가 안도하며 말했다.

"자, 이제 다들 가는 게 좋겠다. 레이철은 좀 쉬고 나면 괜찮아질 거야."

사실 나는 마음이 한결 평온해진 상태였다. 모든 상황이 실제로 일어나는 게 아니라는 걸 알았으니까.

"저기, 아저씨도 집에 가서 좀 쉬세요."

매트가 갑자기 나섰다.

"너무 피곤해 보이세요. 제가 레이철과 함께 있을게요."

아버지가 망설이자 꿈속의 매트가 계속 우겼다.

"집에 가셔서 몇 시간이라도 눈 좀 붙이세요."

그래도 아버지는 가려고 하지 않았다.

"글쎄다, 난 그냥 여기 있는 게 좋겠다. 딸내미 혼자 두고 가는 게 영 내키지 않는구나."

매트도 지지 않았다.

"물론 그러시겠죠. 하지만 지금처럼 기진맥진한 상태에서 레이철에게 무슨 도움을 주겠어요. 집에 가서 쉬세요. 제가 잘 돌볼게요. 아저씨만 레이철을 돌볼 수 있는 건 아니잖아요. 레이철이 아저씨 외동딸이지만 제 약혼자이기도 하다고요!"

그 말에 나는 가슴이 철렁 내려앉아 얼른 캐시를 쳐다봤다. 캐시는 마침 코트와 핸드백을 집어 들고 나가려던 참이었다. 게다가 매트의 말에 전혀 개의치 않는 표정이었다.

"흠, 반지를 잃어버린 약혼자로군."

지미가 심중을 알 수 없는 목소리로 툭 내뱉었다.

나는 확인이라도 하려는 듯이 바보처럼 왼손을 내려다봤다. 손에는 아무런 장신구도 없었지만, 자세히 보니 손가락에 반지를 착용했던 자국이 희미하게 보였다. 게다가 손가락 관절이 벌겋게 부어 있었다. 뭘 끼고 있었는지 모르겠지만 억지로 빼앗긴 게 틀림없었다.

나는 얼떨떨한 얼굴로 매트와 지미를 번갈아 쳐다봤다. 두 사람은 침대를 사이에 두고 마주 보며 서 있었다. 둘 사이에 가로놓인 우정의 베일이 너무 팽팽하게 당겨져서 찢어지기 일보 직전이었다.

"반지가 있든 없든, 레이철은 여전히 내 약혼자야, 친구."

아아, 이 꿈은 갈수록 흥미진진해져 간다.

6

그 뒤로 스물네 시간에 걸쳐 모든 상황이 정말 이상하게만 돌아갔다.

흥미진진한 꿈이 악몽으로 변하는 건 언제부터일까? 어쩌면 그건 익숙한 일들이 갑자기 낯설고 위협적으로 느껴질 때가 아닐까? 잘 알고 있다고 생각하던 곳에서 길을 잃고 헤맬 때? 또는 무력감에 휩싸일 때, 그러니까 나는 똑바로 얘기하는데 아무도 내 말을 못 알아들을 때? 맞다. 우리는 그럴 때 악몽을 꿨다고 말한다. 하지만 내 진짜 악몽은 내가 잠에서 깨어나지 못한다는 사실을 깨달았을 때 시작됐다. 정말 어처구니없고 믿을 수도 없지만, 진짜로 그런 일이 벌어졌다.

그 사실을 순식간에 알아차린 건 아니었다. 의식 속에서 꼬리를 물고 이어지는 의문을 풀어가는 과정에 조금씩, 천천히 알아차렸다. 처음엔 꿈에 연속성이 있고 세부적인 면까지 너무나 생생한 게 마음에 걸렸다. 시간이나 장소의 급격한 전환이 전혀 없었다. 게다가 이 꿈은 연속적일 뿐만 아니라 단조롭기까지 했다. 이렇게 시시콜콜한 일상을 보여주는 꿈을 꿔본 적이 있었던가? 이 꿈에선 맛없는 병원 음식을 먹고 잠을 자고 (누가 꿈속에서 잠을 잔단 말인가?) 심지어 화장실도 갔다. '진짜' 꿈에서는 이런 일이 일어나지 않는다.

손님들이 다 가고 매트와 단둘이 병실에 남았을 때만 해도 나는 아무것도 몰랐다. 눈앞에서 펼쳐지는 일들을 그저 연극을 감상한다는 마음으로 느긋하게 지켜보기로 했다. 어차피 꿈이니까. 내가 무슨 짓을 하고 무슨 말을 해도 실제 결과로 이어지진 않을 테니까.

그래서 매트가 의자를 침대 쪽으로 바싹 끌어와 햇볕에 그을린 기다란 손가락으로 내 손에 깍지를 꼈을 때 나는 거부하지 않았다. 물론 매트가 내 손바닥에 난 상처를 건드렸을 때는 약간 움찔했다. 하지만 그때까지만 해도 꿈속에서 고통을 느낄 수 있다는 게 이상하다고 생각하진 못했다. 매트가 키스하려고 몸을 기울였을 때도 그냥 내버려뒀다. 매트는 부드럽게 키스하면서 중간중간 나를 얼마나 걱정했는지 모른다고 속삭였다. 매트가 한참 만에 몸을 일으켰을 때, 새장에 갇혀 날뛰는 카나리아처럼 내 심장이 미친 듯이 펄떡거렸다. 흠, 충분히 그럴 수 있었다. 꿈에서든 생시에서든, 참으로 오랜만에 이런 키스를 받아봤으니까.

그런데 매트의 다음 행동은 전혀 예상치 못했다. 그토록 다정하게 키스하더니 갑자기 정색한 표정으로 나를 나무라기 시작했다.

"그런데 레이철, 이건 정말 따져야겠다. 기차역에서 나와 인적이 드문 거리를 혼자서 걷다니, 도대체 무슨 생각을 했던 거야? 그게 얼마나 위험한지 몰랐어?"

나는 매트의 갑작스러운 태도 변화에 눈을 똥그랗게 뜨고 쳐다봤다.

"나한테 나오라고 전화를 하거나 택시를 타거나, 그것도 아니면 다른 승객이 나올 때까지 기다렸어야지."

매트는 말을 마치고 나서 나를 유심히 쳐다봤다. 뭔가 그럴듯한 대답을 기대하는 게 분명했다. 하지만 나는 해줄 말이 없었다.

"미, 미안해."

내가 힘없이 말했다.

"난 아무것도 기억나지 않아. 다만……."

다만 실제로 일어났던 일, 그러니까 저녁 모임에 참석했고 중간에 호텔로 돌아갔으며 막판에 묘지에 찾아갔던 것밖에 기억나지 않았다.

"다만 뭐?"

매트가 기대에 찬 눈으로 물었다.

"여기서 깨어난 것밖엔……."

꿈속이었지만 나는 현명하게도 내 현실이 다른 사람들의 현실과 동떨어진 것 같다고 계속 우기지 않았다.

"반지를 잃어버린 것 때문만은 아니야. 정말 그렇게 생각하진 마. 다행히 반지는 보험에 들어뒀으니까."

반지? 매트는 지금 이런 상황에서 반지 타령을 하는 건가? 흠, 꿈속의 매트는 확실히 돈에 관심이 많은 것 같았다.

"심각한 부상을 입었을 수도 있잖아. 이까짓 상처나 멍, 머리에 혹 나는 걸로 끝나지 않았을 수도 있어. 그 자식이 너한테 딴 짓을 했을 거라고 생각하면……."

매트는 내가 무슨 말이든 해주길 기다리는 것 같았다. 그래서 나는 꿈속의 내가 자초한 듯한 딜레마를 받아들이기라도 하듯이 천천히 고개를 끄덕였다.

"우리가 그 전화를 받았을 때, 네가 도와달라고 소리쳤을 때 말이야…… 흠, 내가 그렇게 쓸모없는 인간이라고 느낀 건 그때가 처음이었어. 지미가 있었으니 망정이지. 쳇, 내가 이런 얘길 하게 되다니!"

나는 대답 대신 살며시 미소를 지었다. 속으론 그다음 얘기가 무척 궁금했다.

"왜, 지미가 어쨌는데?"

"앞장서서 일을 처리했어. 어쨌든 경찰이잖아. 비상사태에 그렇게 행동하도록 훈련받았겠지. 우린 널 어디서 찾아야 할지 몰라 우왕좌왕했는데, 지미는 침착하게 경찰에 연락했어. 네가 기차역이나 그 근처에 있을 거라 짐작하고 경찰차를 그곳으로 급히 보냈지. 우리가 아직 주차장도 빠져나가지 않은 사이에 말이야! 네가 전화한 지 10분인가 15분 후에 경찰차가 교회 옆에서 널 찾아냈어. 그제야 우린 교회 쪽으로 방향을 돌렸는데, 넌 벌써 앰뷸런스를 타고 병원으로 가는 길이었고. 위기 상황에선 경찰 친구가 쓸 만한 것 같아."

그러니까 이번에도 지미가 날 구했구나. 꿈속에서까지 지미에게 영웅 역할을 맡긴 데는 다 그만한 이유가 있었다. 어쨌든 그 때문에 지미가 목숨을 잃긴 했지만…….

"하지만 그 후의 행동은 전혀 프로답지 않았어."

그 말에 내 귀가 쫑긋해졌다.

"왜, 그 후에 어떻게 됐는데?"

"흠, 병원에서 네가 검사받는 동안 그 자식이 이성을 잃었지 뭐야. 네가 얼마나 다쳤는지 몰랐을 때 말이야. 나더러 어쩌면 그렇게 무책임할 수 있느냐고 길길이 날뛰더군. 밤중에 너 혼자 여행하도록 놔뒀다는 거지. 널 제대로 돌보지도 못하면서 무슨 자격으로 네 옆에 있느냐고……."

매트는 잠시 말을 중단했다. 그러더니 씁쓸하게 자신의 잘생긴 뺨을 어루만지며 말을 이었다.

"주먹까지 휘둘렀다니까!"

나는 몸을 바로 앉으며 말했다.

"정말?"

매트는 내 반응을 애정 어린 염려로 착각하고 안심시키려는 듯 내 팔을 다독이며 말했다

"걱정하지 마. 다치진 않았으니까. 실은 필이 지미의 팔을 붙잡는 바람에 맞지도 않았어. 근무 시간은 아니었지만 어쨌든 프로답지 않은 행동이었어. 경찰에 정식으로 항의할까 봐."

매트가 내 눈을 보더니 얼른 말을 이었다.

"아, 물론 내가 참아야지. 그냥 발끈해서 한 행동일 테니까. 걱정 마. 일개 순경을 곤란에 빠뜨리진 않을게. 그 녀석 행동은 이해가 가. 오랫동안 널 마음에 두고 있었잖아."

또 그 소리였다. 지미가 날 깊이 사랑했다고 꿈속에서조차 납득시키려 하다니. 피한다고 될 일이 아니었다.

"지미는 네가 얼마나 강한 의지를 지녔는지, 또 얼마나 독립적인지 잊었나봐. 하긴 너희 둘은 꽤 오랫동안 연락하지 않고 지냈잖아, 그렇지?"

속으론 '위자보드의 도움 없이는 연락할 수도 없었지'라고 말하고 싶었지만, 논쟁하고 싶지 않아서 그냥 둘러댔다.

"어, 실은…… 연락이 끊어진 셈이지."

때마침 간호사가 약이 잔뜩 실린 카트를 밀고 들어왔다. 그녀는 매트에게 면회 가능 시간이 한참 지났다고 슬쩍 눈치를 줬다. 매트는 가야겠다고 일어나며 내 이마에 가볍게 키스했다. 그리고 내일 다시 오겠다고 약속한 뒤에 떠났다.

빳빳한 시트 위에 누워 방금 삼킨 알약이 약효를 발휘하길 기다리면서, 내 잠재의식이 정리한 대단히 복잡한 시나리오를 곰곰이 따져봤다. 여러 사실과 등장인물은 모두 현실에 기반을 뒀지만 세부 사항과 각종 사건은 너무나 기이하게 평행이 되는 현실과 꼬여 있었다. 내 인생이 맞는데, 내가 아는 인생은 아니었다. 여기서는 모든 상황이 훨씬 더 좋았다. 지미가 여전히 살아 숨 쉬었고 아버지는 전혀 아프지 않았다. 나도 딱히 아픈 곳이 없는 것 같았다. 매트와 나는 결혼을 전제로 약혼한 상태였다.

깨어난다면 오히려 안타까울 것 같았다.

그런데 나는 깨어나지 않았다. 잠을 자고 눈을 뜨고 새로운 하루가 시작됐는데, 여전히 꿈속이었다. 그 사실을 알아차린 순간, 처음으로 내 안에서 경고의 목소리가 울렸다. 이 안에서 뭔가가 잘못됐다고 내게 알려줬다. 그들은 오전 내내 나를 끌고 다니며 온갖 검사를 실시했다. 내 진짜 삶으로 돌아가지 못하게 되니, 꿈속에서 살고 있다는 행복감이 점차 사라져 갔다. 급기야 두 번째 MRI 스캔을 위해 대기하는 동안 나는 팔뚝을 세게 꼬집기도 했다. 아무 일도 일어나지 않았다. 다만 어찌나 세게 꼬집었는지 팔뚝에 시뻘건 자국이 남았다. 그나마도 나를 휠체어에 태워 밀어준 간호사가 불쌍하다는 표정을 지었기 때문에 꼬집던 손을 풀었다. 병동에 망상성 환자가 새로 들어왔다는 소문이 쫙 퍼졌는지, 다들 나를 세 살 먹은 어린아이나 정신박약아를 대하듯 살살 다뤘다.

혈액검사와 MRI 스캔, X-Ray 촬영 등 여러 가지 검사를 받다가 문득 진짜로 겁이 나기 시작했다. 내가 마치 네버랜드에 갇힌 죄수처럼 느껴졌다. 잠깐 방문하기엔 멋진 장소지만 영원히 살기는 싫었다. 이젠 아무리 나쁜 일이 벌어지더라도 '집'으로 돌아가고 싶었다.

그러다 너무나 끔찍한 순간이 찾아왔다. 병실 세면대 위에 걸린 작은 사각 거울에 내 모습을 처음으로 비춰봤을 때였다. 내 비명에 놀란 간호사가 급히 달려왔다. 그녀는 나를 보더니 어쩔 줄 몰라했다. 흠 하나 없이 매끄러운 뺨을 손가락으로 연신 문지르며 화를 내는 나한테 그녀가 뭘 어쩌겠는가?

"내 흉터, 내 흉터가 어디 갔죠? 도대체 내 흉터를 어떻게 한 거예요?"

그 뒤로는 계속 잠자코 있었다. 오후에 담당 의사를 만나기로 돼 있기 때문이다. 휠체어를 밀고 온 간호사는 내가 점심 식사에 손도 대지 않은 것에 실망했다. 나는 두렵기도 하고 혼란스럽기도 해서 통 입맛이 없었다. 게다가 병원 음식은 입맛이 좋을 때도 별로 당기지 않을 정도로 형편없었다.

상담실로 들어섰더니, 반갑게도 담당의사와 함께 (새로이 건강을 되찾은) 아버지가 기다리고 있었다.

"안녕, 레이철. 오늘은 기분이 좀 나아졌니?"

의사가 무척 상냥한 목소리로 물었다. 필시 긍정적인 답변을 기대하는 눈치였다. 하지만 나는 아무 말도 못 하고 고개를 저었다. 눈에서는 뜨거운 눈물이 흘러내렸다. 아버지가 얼른 팔을 뻗어 내 손을 잡았다. 하지만 의사는 내 반응을 애써 무시하며 계속했다.

"흠, 좋은 소식이 있는데 들어볼래, 레이철? 그동안 온갖 검사를 다 시행했는데, 다행히 너의 다소 무모한 모험으로 심각한 피해나 영구적 손상이 생기진 않았단다."

의사는 몸을 돌려 뒤쪽 패널에서 내 것으로 보이는 두개골 엑스레이를 가리켰다.

"모든 게 완전히 정상으로 보여. 뇌나 두개골 어느 것도 손상되지 않았어."

"정말 다행이네요."

아버지가 크게 안도하며 말했다.

"하지만 그건 다 틀렸어요!"

내가 버럭 소리쳤지만 그 소리는 내 귀에도 애처롭게 들렸다.

"아니다, 레이철. 검사 결과는 모두 정확해. 혹시나 해서 여러 번 확인했단다. 절대로 틀릴 리 없어."

"검사 얘기가 아니에요."

지금 이 상황에 흥분하면 제대로 말도 못 하고 또다시 진정제를 맞을 것 같아서 최대한 침착하게 반박했다.

"검사 결과가 정확하다고 말씀하시면 그렇게 믿어야죠. 선생님이 저한테 거짓말할 이유가 없으니까요. 하지만 다른 건 다 틀렸어요!"

"그만, 그만, 레이철."

이런, 내가 또다시 아버지를 겁먹게 했나보다. 실은 나 자신도 겁이 나 죽을 지경이었다. 하지만 이번엔 어떻게든 끝까지 밀어붙여야 했다. 나는 심호흡을 한 번 크게 하고 흥분을 가라앉힌 다음 얘기를 계속했다.

"이런 얘기가 이상하게 들린다는 건 저도 알아요. 하지만 제발 끝까지 들어주세요. 지금 여기서 무슨 일이 벌어지고 있는지 모르지만, 이건 절대 실제가 아니에요. 적어도 저한테는요. 제 삶에서, 제 진짜 삶에서는 아버지가 아팠어요. 그것도 굉장히 많이 아팠어요. 저도 역시 아팠고요."

의사가 살살 달래는 듯한 목소리로 말했다.

"그렇다면 너도 암에 걸렸다는 거니? 그런 거야?"

이 의사는 사람을 정말 짜증 나게 했다. 나는 이 자가 진짜로 마음에 들지 않았다.

"아뇨, 암은 아니에요. 뇌에 무슨 이상이 있나봐요."

흠, 누구도 이 말에 반박하지 않았다.

"다 그 사고 때문이죠."

"강도를 만났을 때 말이지?"

아버지가 물었다.

"아뇨. 레스토랑에서 자동차 사고를 당했을 때요. 거기서 지미가 죽고, 저도 심하게 다쳤잖아요."

의사가 어리둥절한 표정으로 아버지를 쳐다봤다. 아버지는 안개 속을 헤매는 사람처럼 고개를 절레절레 저었다.

"레이철이 말하는 사고를 알고 계십니까?"

"아, 예."

아버지가 머뭇거리며 대답했다. 그 사고도 내가 상상한 거라고 할까봐 잔뜩 졸았는데, 아버지가 알고 있다는 말에 나는 눈물이 와락 쏟아질 뻔했다.

"레이철과 친구들이 앉아 있던 레스토랑 창문으로 차가 진짜로 돌진했었습니다. 아마 한 5년쯤 전이었죠. 개들이 대학에 입학하기 직전이었으니까."

"사람들이 심하게 다쳤나요? 레이철도 부상을 입었고요?"

"자동차 운전자는 심하게 다쳤던 것 같아요. 하지만 레이철과 친구들은 창문에서 아슬아슬하게 비켜났어요. 레이철은 그중에서도 많이 다친 편이었죠. 창문에서 비켜나다가 넘어져 1, 2분 정도 의식을 잃었거든요. 아, 그리고 지미는 머리가 심하게 찢어졌어요."

"하지만 죽은 사람은 없었죠?"

의사가 핵심을 찔렀다.

"예, 죽은 사람은 없었습니다."

아버지가 단언했다.

"그런데 그때 레이철이 머리를 다쳤나요?"

"아, 네. 가벼운 뇌진탕이요."

"그리고 5년 뒤에 강도를 만나서 머리를 또 다쳤다고요……."

의사는 손끝을 맞붙이더니 교회 첨탑 모양을 만들며 지금까지 들은 얘기를 곰곰이 따졌다. 그러더니 고개를 끄덕이며 말했다.

"이제야 모든 게 앞뒤가 맞기 시작하네요."

흠, 그러세요? 난 아직 뭐가 뭔지 도통 모르겠는데…….

툴로치 박사는 탁자에 기대면서 인자하게 웃었다. 아버지와 나는 그가 무슨 얘기를 하려나 싶어 무심코 몸을 앞으로 내밀었다.

"레이철, 네가 뭣 때문에 이러는지 이제야 알겠다. 넌 지금 다소 심각한 기억상실증에 걸린 게 확실하구나."

흠, 툴로치 박사가 자신의 진단으로 기쁨의 함성을 기대했다면 크나큰 오산이었다.

기억상실증? 난 그렇게 생각하지 않았다. 아니, 그런 게 아님을 확실히 알았다. 무엇보다도 기억상실증은 뭔가를 잊어버렸을 때 내리는 진단 아닌가? 그건 나와 하등 상관없는 증세였다. 내 문제는 기억하지 못하는 게 아니라 외견상 사실이 아닌 일들을 기억하는 것이었다. 내가 그 점을 지적하자 의사가 의학적으로 설명했다.

"기억상실증에도 유형이 여러 가지란다. 영화에서처럼 단순히 머리를 세게 부딪친 다음 '내가 누구지?'라고 묻는 게 전부가 아니야. 그보다는 훨씬 더 복잡하지."

"그런 거였군요."

아버지가 말했다. 나는 몸을 홱 돌려서 아버지를 쳐다봤다. 아버지는 의사 말을 믿는단 말인가? 이런 진단이 이치에 맞는다고 생각한단 말인가?

"그렇다면 이 기억상실증이 얼마 동안 지속될까요, 선생님?"

"전 기억상실증에 걸리지 않았어요."

"글쎄요, 그때그때 달라서 말이죠. 하루나 이틀로 끝날 수도 있고 몇 주 동안 지속될 수도 있습니다. 어떤 경우엔 기억상실증에서 회복하는 데 여러 달 걸리기도 합니다."

"전 기억상실증에 걸리지 않았다니까요."

"레이철이 걸린 기억상실증의 경우, 실제론 일어나지 않은 일을 기억한다고 믿는 건데…… 글쎄요, 이런 사례는 다소…… 드물어서요. 얼마나 지속될지 말하기가 어렵습니다. 이쪽 분야 전문가를 만날 수 있도록 연결해드리겠습니다."

아버지는 내가 가장 두려워한 질문을 던졌다.

"혹시 이 기억상실증이 영구적으로 지속될 수도 있습니까?"

의사는 한참이나 머뭇거렸다. 나는 툴로치 박사의 대답을 기다리는 동안 숨도 쉬지 못했다. 급기야 산소가 부족해 머리가 어지러울 지경이었다.

"그럴 가능성도 없지는 않습니다. 물론 초반이라 확실히 단정할 수는 없습니다만……."

의사가 부드러운 어조로 덧붙였다.

"전문가가 좀 더 확실한 소견을 들려줄 겁니다."

의사가 자리에서 일어나 아버지와 악수를 나눴다. 상담이 끝난 것이다. 아버지가 휠체어를 밀며 상담실을 나설 때 나는 고개를 돌려 의사를 한 번 더 쳐다봤다.

백발이 성성한 의사는 이미 내 상담 자료와 각종 기록을 정리해서 파일에 넣고 있었다. 그러다 내 시선을 의식했는지 얼굴을 들어 나를 쳐다봤다.

"전 기억상실증에 걸리지 않았어요."

* * *

의사의 충고에 따라 나는 다음 날 아침에 퇴원하기로 했다. 의사는 전문의에게 진찰받으려면 어차피 시간이 걸릴 테니 집에서 쉬는 게 더 좋을 거라고 말했다. 나는 전혀 그럴 것 같지 않다고 생각했다. 전에 그레이트 비숍스포드의 집을 찾아갔을 때 분명히 그 집에 다른 사람들이 살고 있었다.

하지만 일단은 병원에서 나가고 싶은 마음이 간절했다. 그래야 내가 이상한 병에 걸리지도 않았고 지금까지 줄곧 진실만을 얘기했음을 입증할 수 있을 것 같았다. 병원에 누워 있으면 아무것도 달라질 것 같지 않았다.

"집에 돌아가면 모든 게 순식간에 기억날지도 모르잖아."

아버지가 기대에 차서 말했다. 아버지는 상당히 낙관적으로 보는 것 같았다. 아버지 기분에 찬물을 끼얹고 싶지 않았다. 그래서 내가 아는 진실을 굳이 언급하지 않았다.

"그럴지도 모르죠. 하지만 아버지의 세계에서도 제가 아버지랑 함께 살진 않죠, 그렇죠? 그러니까 모든 기억이 한꺼번에 돌아올 거라고 기대하진 마세요. 아셨죠?"

아버지가 갑자기 괴로운 표정을 지었다. 마치 내가 일부러 아버지를 괴롭힌다고 여기는 것 같았다.

"레이철. '아버지의 세계'니 '너의 세계'니 하는 건 없단다. 넌 그냥 좀 다쳤을 뿐이야. 일단 집으로 돌아가면 알게 되겠지."

나는 애써 미소를 지었다. 내가 생각보다 연기력이 뛰어난 것 같아 흐뭇했다.

"아버지 말씀이 맞겠죠."

* * *

매트는 내가 툴로치 박사와 상담한 내용을 들은 게 틀림없었다. 면회 시간에 거대한 꽃다발을 들고 찾아와서는 내게 키스하면서 왠지 약간 거슬리는 목소리로 나를 달랬다.

"오, 레이철. 가엾기도 하지. 기억상실증이라……. 하긴 처음부터 이상하게 행동하는 것 같더라니. 진짜 아무것도 기억나지 않는 거야? 내가 누군지는 알아?"

순간적으로 사악한 마음이 들어 장난을 쳐볼까 하다가 너무 잔인한 것 같아 그만뒀다.

"물론이지, 매트. 네가 누군지도 모를까 봐. 우린 십 대 시절부터 알고 지냈잖아. 난 그냥…… 최근에 벌어진 일을 '까먹었을' 뿐이야."

그때 마침 혈압을 재러 온 간호사에게 매트가 꽃다발을 내밀며 말했다.

"이것 좀 화병에 꽂아놓으세요."

간호사는 마뜩잖은 얼굴이었지만 일단 거대한 꽃다발을 받아 들었다. 나는 매트의 어깨 너머로 간호사를 향해 입 모양으로만 미안하다고 말했다. 하긴 매트는 늘 이렇게 자기 멋대로 행동했다. 그 점은 까먹지 않았다. 매트를 잘 알지 못하는 사람은 다소 오만하다고 여길 수도 있었다.

"최근에 벌어진 일을 기억할 수 없다면, 얼마나 최근 일을 말하는 거야? 지난 며칠?"

내가 고개를 저었다.

"지난 주?"

내가 다시 고개를 저었다.

"그보다 더 오래?"

이번엔 고개를 젓는 것만으론 대답이 되지 않았다.

"지난 5년을 통째로 '잃어버린' 셈이지."

매트가 의자에 털썩 주저앉았다.

"제기랄!"

나는 아무 말도 하지 않고서 매트의 충격이 어느 정도 가라앉길 기다렸다.

"그러니까 우리 사이에 있었던 일을 하나도 기억하지 못한단 말이야? 학교를 떠난 뒤에 있었던 일을? 그럼 약혼했다는 사실도 기억하지 못하겠네?"

나는 입술을 깨물었다. 매트가 충격에 빠진 건 알았지만 매트의 기분에 공감할 수는 없었다. 우린 이미 5년 전에 헤어졌다. 내가 떠났던 매트는 열여덟 살짜리 사내아이였지, 얼떨떨한 얼굴로 나를 쳐다보는 성인 남자가 아니었다.

매트는 한동안 말없이 앉아 있었다. 새로운 매트를 만난 지 얼마 되지 않았지만 나는 그가 벌써 해결책을 찾고 있다는 걸 알았다. 그러니까 사업에서도 성공 가도를 달리고 있겠지. 문제가 생겼다고? 흠, 그럼 해결해야지. 매트는 어떤 상황에서도 그런 마음가짐으로 임했다.

"흠, 한동안 아버지 집에서 지내는 것도 나쁘지 않겠다. 어차피 당분간은 널 돌봐줄 사람이 필요하잖아."

"난 아프지 않아, 매트."

"물론 그건 나도 알아, 레이철. 그냥 런던에 돌아가서 너 혼자 지내는 게 마음에 걸려서 그래. 게다가 너도 알다시피 난 함부르크에서 중요한 회의가 잡혀 있잖아. 내일 바로 떠나야 해."

"그래? 난 모르고 있었는데. 기억상실증이라잖아. 알지?"

흠, 이런 일에 기억상실증을 들먹이다니, 내가 좀 심했나?

매트가 순간적으로 당황했다. 이런, 매트가 언제부터 유머 감각을 잃은 거지?

"아, 물론 넌 몰랐을 거야. 그게 몇 달 전에 잡힌 일정이라…… 바꿀 수 있으면 어떻게든 내가 조정해볼 텐데…… 이렇게 막판에는……."

나는 매트의 팔을 다독이며 말했다.

"괜찮아, 매트. 걱정하지 마. 난 괜찮을 거야."

매트는 금방 떠났다. 하지만 나가기 전에 날 꼭 껴안고 키스하는 건 잊지 않았다. 매트의 키스는 왠지 익숙하면서도 완전히 새로운 느낌이 들었다. 내가 물러서려 하자 매트는 뜨거운 입술로 나를 옴짝달싹 못 하게 압박했다. 나도 모르게 매트의 키스에 반응하며 후끈 달아올랐다. 내가 실제로 매트의 약혼자는 아니지만, 이 황당한 상황이 정상으로 돌아오기 전에 이 정도 즐거움은 누려도 괜찮을 것 같았다.

키스하고 나서는 우리 둘 다 숨이 멎는 것 같았다.

"흠, 적어도 키스하는 방법까지 까먹은 건 아니네, 그렇지?"

매트의 눈길과 목소리에 자신감이 붙었다.

"네가 다른 걸 다 까먹었다면, 까짓것 나한테 다시 푹 빠지게 해줄게."

매트는 독일에 가면 아버지 집으로 전화하겠다고 약속했다. 그리고 일주일 정도 있다 올 거라고 나를 안심시킨 후에 떠났다.

그 정도면 충분했다. 엉망진창인 지금 상황을 정리할 시간을 넉넉히 벌었다. 나는 남들이 기억상실증 이론을 기꺼이 받아들이든 말든 상관하지 않았다. 그게 사실이 아닌 걸 알았으니까.

저 밖 어딘가에 내 진짜 삶이 기다리고 있다. 병원에서 나가기만 하면 사람들한테 그 사실을 입증할 수 있을 것이다.

7

다음 날 아침 간호사가 내 옷을 챙겨서 병실로 들어왔다. 내가 병원에 들어왔을 때 입었던 옷이라는데, 전혀 기억나지 않았다. 그래도 입어보니 딱 맞았다. 남의 옷을 입은 것 같아 기분이 이상했지만 환자복을 입고 나갈 생각이 아니라면 그냥 입어야 했다.

간호사는 뒤이어 비싸 보이는 가죽 가방을 침대에 내려놓았다.

"이게 무슨 가방이죠?"

내가 놀라 묻자 간호사가 안타까운 목소리로 대답했다.

"네 가방이잖아."

간호사가 왜 그리 딱하다는 목소리로 말했는지 모르겠다. 내가 구찌 핸드백의 소유자라니! 낯선 가방의 걸쇠를 간신히 열면서 속으로 매트가 준 선물이겠거니 짐작했다. 가방을 뒤집어서 빛이 바랜 병원 이불 위에 내용물을 몽땅 떨어뜨렸다. 단서가 될 만한 물건은 눈에 띄지 않았다. 열쇠 꾸러미, 손지갑, 빗,

화장품 케이스가 전부였다. 지갑을 열어보니 내가 평소에 갖고 다니는 돈보다 더 많은 돈이 들어 있었다. 카드꽂이에도 내 이름으로 된 신용카드와 각종 상점 카드가 빼곡했다. 내 지갑에는 원래 직불카드만 달랑 한 장 있었다.

관심이 제일 많이 가는 물건은 휴대전화였다. 작고 매끈한 표면이 조명을 받아 보물처럼 환하게 빛났다. 잘하면 진짜 보물이 될 수도 있었다. 나는 휴대전화를 낚아채듯이 집어 들었다. 그리고 떨리는 손가락으로 휴대전화를 작동하려고 이리저리 만졌다. 메뉴 화면을 띄우려고 몇 분 동안 이것저것 마구 눌렀다. 간신히 화면을 불러왔는데, 처음엔 연락처 목록에서 내가 찾던 단서가 보이지 않아 실망했다.

어쨌든 이 조그마한 기계 안에 뭔가 실마리가 있을 것 같았다. 연락처 명단을 하나씩 훑으며 내려갔다. 익숙한 이름도 꽤 있었지만 대부분 낯설었다. 휴대전화를 닫으려는데 마지막 이름이 내 눈을 사로잡았다. 휘태커 박사. 흐릿한 초록색 화면에 찍힌 이 다섯 글자가 안개 속을 밝히는 등대처럼 환하게 빛났다. 휘태커 박사는 내가 사고를 겪은 이후부터 쭉 치료해준 전문의였다. 두통 때문에 최근 복용하는 진통제도 박사가 처방해준 것이었다. 최근 너무 심해진 두통 때문에 런던에 돌아가면 만나려고 했던 사람도 바로 휘태커 박사였다.

떨리는 손가락으로 통화 버튼을 눌렀다. 익숙한 신호음이 들리기까지 대기 시간이 한없이 길게 느껴졌다. 겨우 연결됐나 싶었는데, 병실 문이 활짝 열리며 간호사가 꽃다발을 들고 들어왔다. 매트가 전날 밤에 들고 온 꽃이었다.

"미안하지만 병실에선 휴대전화를 사용할 수 없어요."

나는 간호사의 말을 무시하고 몸을 획 돌려 앉았다. 그리고 전화기 너머에서 하는 말을 더 잘 들으려고 반대쪽 귀를 손가락으로 틀어막았다.

"자, 얼른 끊어요. 여기서 나갈 때까진 안 된다니까."

나는 그따위 말은 집어치우라는 표정으로 간호사를 노려봤다.

"제임스 휘태커 박사의 사무실입니다."

아주 작은 소리가 귓전을 울렸다.

"지금은 전화를 받을 수 없습니다. 근무 시간은……."

나는 짜증이 나서 휴대전화를 매트리스에 던져버렸다.

"저기, 부탁이 있는데요."

나는 다이어리 뒷장을 한 장 북 찢어 잽싸게 메모했다.

"런던에서 그동안 내…… 아니, 그냥 날 치료해준 의사 선생님 이름과 전화번호예요. 그분께 연락하면 내가 누군지 바로 알 거예요. 툴로치 박사님에게 여기로 연락해보라고 전해주세요. 그러면 두통과 그 밖의 다른 증상에 대해 다 확인하실 수 있을 거예요."

나는 쪽지를 간호사에게 내밀었다. 간호사는 잠시 주저하더니 쪽지를 받아 유니폼 주머니에 찔러 넣었다.

"까먹지 마세요, 알았죠? 아주, 아주 중요한 거니까요."

휴대전화를 쓴다고 나무라던 간호사의 표정이 안타까운 연민으로 바뀌었다. 차라리 짜증 낼 때가 더 나았다.

"휘태커 박사님과 통화한 후에 저한테 꼭 연락하라고 전해주세요. 전 아버지 집에 있을 거예요. 낮이든 밤이든 상관없어요. 그분과 통화하고 나면 모든 게 이해가 될 거예요."

간호사는 여전히 안됐다는 표정을 짓고 있었다. 그러더니 무덤 앞에 꽃을 내려놓는 사람처럼 매트의 꽃다발을 침대에 조심스레 내려놓고 나갔다.

잠시 후, 아버지가 나를 데리러 왔다. 나는 휴대전화에서 의사의 전화번호를 찾았다는 말을 하지 않았다. 내가 말한 것들이 전부 사실이라고 병원에서 확인해주면 어차피 밝혀질 테니까. 그러니 '이게 전부 기억상실증에서 비롯된 거야'라는 식의 허튼 설명을 굳이 자초할 필요는 없었다.

물론 내 병력에 대한 얘기가 지금 벌어지는 이상한 상황을 어떻게 설명할지는 나도 아직 모르겠다. 죽은 줄 알았던 사람이 살아 있고, 병에 걸려 죽어가던 사람이 건강하게 돌아다니며, 뜬금없이 약혼자가 등장했다. 하지만 이런 문제까지 깊이 생각할 여유가 없었다. 일단 그것들은 공중에서 떨어진 색종이 조각처럼 한쪽에 치워둘 작정이었다. 안 그래도 복잡한 머리를 곁길로 새게 할 수 없었다. 일단은 휘태커 박사에게 연락하는 게 급선무였다. 나머지는 그 후에 처리해도 늦지 않을 것이다.

* * *

우리가 살던 집은 예전 그대로였다. 말 그대로 5년 전과 똑같왔다. 내가 며칠 전에 와봤을 때의 모습과는 확연히 달랐다. 철책과 나무 덧문은 애초에 없었던 것처럼 사라졌다. 현관문과 창틀은 지저분한 모습을 되찾았는데, 새로 페인트만 칠하면 멋질 것 같았다. 정원도 손질하지 않은 티가 팍팍 났다. 모든 게 아주 멋져 보였다.

아버지를 따라 현관 문턱을 들어서려다 뒤로 홱 물러서고 말았다. 기다란 검은 물체가 거실을 휙 지나가는 모습에 깜짝 놀랐던 것이다.

"아휴, 깜짝이야. 저게 뭐죠?"

"키치란다. 우리가 갑자기 들어와서 놀란 모양이다."

깜짝 놀란 걸로 치면 나도 못지않았다.

"키치가 누군데요?"

"우리 고양이지. 아니, 네가 이 집에 안 사니까 지금은 '내' 고양이로구나."

나는 아버지 얘기를 쉽사리 믿을 수 없었다. 내 사전에 애완동물이라곤 없었다. 어렸을 때 요상하게 생긴 금붕어 몇 마리를 키워본 것 말고는 애완동물을 키운 적이 없었는데, 아버지가 새삼스레 고양이를 키운다는 게 이상했다.

"네가 대학 들어가면서 사줬잖아. 외롭지 않을 거라면서."

흠, 그러고 보면 난 꽤 괜찮은 딸이었나 보다.

나는 새로 알게 된 사실을 받아들이면서 아버지를 따라 천천히 들어갔다.

'그러니까 내가 대학에 갔단 말이지.'

허름한 거실에 들어서자 그 증거물이 벽에 당당히 걸려 있었다. 커다란 금박 액자에 끼워진 사진 속에는 확실히 내 얼굴이 들어 있었다. 졸업 가운을 걸치고 사각모를 쓴 얼굴에는 자랑스러운 표정이 역력했고, 손에는 빛나는 졸업장이 있었다. 갑자기 눈물이 핑 돌았다.

'내가 졸업했구나. 대학에 들어가고 학위도 받았어. 진짜로 꿈을 이뤘구나.'

내가 실제 살았던 세계보다 훨씬 더 좋아 보이는 세계를 굳이 허물 필요가 있을까 하는 의문이 처음으로 들었다.

"차 한잔할래?"

아버지가 차를 끓이려고 주방으로 가면서 물었다. 아버지는 따끈한 차 한 잔이면 해결하지 못할 문제가 없다고 여기는 세대였다. 낡은 안락의자에 앉아 차를 기다리는 대신, 나는 거실을 둘러보기로 마음먹었다. 지금 나를 둘러싼 이 상황이 가짜임을 밝혀줄 증거든, 아니면 믿기 어렵지만 이 세계가 진짜일 수도 있다는 증거든, 뭐라도 찾아볼 요량이었다.

거실에는 졸업사진 외에 다른 사진도 몇 개 더 있었다. 벽난로 선반에 놓인 액자를 자세히 보려고 다가갔다. 처음 두 사진은 바로 알아봤다. 먼저 부모님의 결혼사진이 눈에 들어왔다. 의상과 헤어스타일은 유행에 뒤졌지만 두 분의 환한 미소는 무척 싱그러웠다. 언제 봐도 마음이 따뜻해지는 사진이었다.

다음 사진은 우리 세 식구가 모두 등장하는 유일한 사진이었다. 어딘지 정확히 기억나진 않지만 해변으로 놀러 가서 찍은 사진이었다. 가운데에 선 내가 두 분 손을 꼭 잡고 있었다. 갑자기 눈물이 어리면서 눈앞이 흐릿해졌다. 엄마의 모습은 가물가물하지만 새삼스레 엄마가 없다는 상실감이 밀려왔다.

살펴볼 사진이 두 개 더 있었다. 그중 첫 번째 사진을 보다가 웃음이 터져나왔다. 그 웃음은 나한테 정말로 필요한 해독제였다. 일곱 살 운동회 때 찍은 사진이었다. 지미와 내가 숟가락 위에 달걀을 얹고 세 발로 달리는 경기에서 이긴 후, 조그마한 은색 컵을 들고 있었다. 학창 시절을 통틀어 유일하게 이긴 경기였다. 아, 물론 내가 대학에서 십종경기 선수로 활약했을지 누가 알겠는가? 사진 속에서 우리의 눈은 자부심과 우정과 행복에 들떠 환하게 빛났다. 둘 다 앞니가 빠져 우스꽝스러웠지만 전혀 개의치 않고 활짝 웃었다.

마지막 사진은 처음 보는 것이었다. 좀 더 자세히 보려고 사진을 집어 들고 창가로 갔다. 분명히 최근에 찍은 사진이었다. 그날 아침 거울에 비친 내 모습과 많이 달라 보이지 않았다. 헤어스타일도 똑같았고 흠 하나 없는 얼굴도 그대로였다. 배경은 고급 호텔이나 레스토랑처럼 보였다. 테이블에는 선물 꾸러미가 한가득 놓여 있었고, 사진 가운데에 매트와 내가 자리 잡고 있었다. 매트는 한쪽 팔로 내 허리를 단단히 감았고 왼손으로 내 손을 번쩍 들어 손가락에 끼워진 커다란 반지를 카메라에 대고 자랑스레 보여줬다. 다이아몬드의 광채가 조그마한 유리 액자로는 담을 수 없을 만큼 눈부시게 빛났다.

컵이 달그락거리는 소리에 나는 죄지은 사람마냥 재빨리 돌아셨다. 그리고 얼른 사진을 제자리에 놓았다.

"뭐 떠오르는 거 없니?"

나는 서글픈 얼굴로 고개를 저었다.

"저 사진들은 다 기억해요."

오래된 사진들을 손으로 가리켰다.

"하지만 이 사진은 처음 보는 거예요."

아버지는 안락의자에 앉아 몸을 기댔다. 아버지 얼굴도 나처럼 서글퍼 보였다.

"어쨌든 반지는 멋지네요."

나 때문에 걱정하는 아버지를 어떻게든 웃게 하려고 슬쩍 농담을 던졌다.

"매트가 저 반지를 크래커 속에 넣어주진 않았겠죠?"

아버지 입술에 슬며시 미소가 번졌다. 우리는 말없이 차를 마셨다. 차를 마시는 동안엔 굳이 말하지 않아도 괜찮았다. 평온한 그 순간을 깨고 싶지 않았다. 하지만 한없이 미룰 수도 없는 노릇이라, 아버지에게 결국 얘기를 꺼냈다.

"아버지, 조만간 툴로치 박사님에게서 전화가 올 거예요. 그럼 저한테 얼른 알려주세요. 아셨죠?"

아버지가 놀란 얼굴로 나를 쳐다봤다.

"그분이 무슨 일로 전화한다는 게냐? 기억상실증 전문가에게 너를 맡기지 않았니?"

나는 그놈의 '기억상실증' 문제에 관심이 전혀 없다는 걸 들키지 않으려고 가볍게 한숨을 지었다.

"예. 실은 제가 그분께 뭘 좀 찾아달라고 쪽지를 남겼거든요. 찾으면 저한테 분명히 연락할 거예요. 걱정 마세요. 그때가 되면 다 알게 될 테니까."

아버지는 뭐가 뭔지 모르겠다는 표정이었지만 전화가 오면 알려주겠다고 약속했다.

잠시 후, 아버지는 점심을 준비하겠다고 일어서면서 나더러는 방에 들어가 좀 쉬라고 했다. 바로 그때 검은 고양이가 갑자기 쉬익 소리를 내며 나타나는 바람에 우리 둘 다 깜짝 놀랐다. 녀석은 내 옆 소파에 훌쩍 올라앉았다가 나를 보더니 털을 곤두세우고 냅다 달아났다.

"저 녀석이……."

아버지가 놀란 목소리로 소리쳤다. 녀석은 달아나다 말고 발톱을 세워 카펫을 박박 긁었다. 그러다 돌아서서 나를 보더니 낮게 으르렁거렸다.

"키치!"

아버지가 이번엔 나무라는 목소리로 소리쳤다.

"이게 무슨 짓이야?"

나는 성난 고양이가 다시 덤빌지 어떨지 몰라 노려보면서 자리에 앉았다. 고양이도 나를 계속 사납게 노려봤다. 발톱을 잔뜩 세우고 있었고 선명한 초록색 눈은 에메랄드처럼 번쩍였다. 녀석은 그렇게 한참 노려보다가 몸을 한 번 부르르 떨며 분노를 표하고 자리를 떴다. 아버지와 나는 어안이 벙벙해서 서로 쳐다보기만 했다. 그러다 내가 먼저 침묵을 깼다.

"저 녀석, 늘 저래요?"

"아니다, 한 번도 저러지 않았는데 이상하구나. 키치가 너를 무척 따랐거든."

"그렇다면 다행이네요. 녀석이 저를 좋아하지 않으면 앞으로 어쩌나 싶었거든요."

아버지는 찻잔을 치우면서 도저히 영문을 모르겠다는 얼굴로 허허 웃었다.

그날 오후 늦게 아버지가 다시 차를 준비해서 내 방문을 두드렸다. 나는 병원을 나설 때 걸쳤던 실크 정장 대신 좀 더 따뜻한 옷을 찾으러 방에 들어왔다가 낡은 옷장과 서랍 속에 든 옛날 물건에 마음을 빼앗겼다. 그래서 옛날 잡지와 옷과 기념품을 방 바닥에 잔뜩 늘어놨다.

아버지는 그 틈을 비집고 들어와 침대 옆 탁자에 김이 모락모락 피어나는 머그잔을 내려놓았다.

"제가 집을 떠날 때 물건을 별로 내다 버리지 않았나봐요."

"그랬지. 그 덕에 지금 아주 유용하게 쓰일지도 모르잖니. 자, 천천히 살피면서 기억을 되살리려무나."

나는 바닥에 널린 물건을 손으로 휙 쓸면서 말했다.

"여기 있는 물건은 거의 다 구닥다리예요. 이미 다 아는 거라고요."

나 때문에 아버지가 몹시 힘들어한다는 걸 알지만 그렇다고 아버지를 속일 수는 없었다.

"제 믿음은 전혀 변하지 않았어요. 아버진 제가 무슨 계시라도 받아 순식간에 다 기억하길 바라겠지만 그런 일은 일어나지 않을 거예요. 보다시피 전 아무것도 '까먹지' 않았어요. 제 기억 속엔 빈 구멍이 없어요. 하나도 없어요. 지난 5년 동안 일어난 일을 시시콜콜 기억해요. 다만 다른 사람들이 기억하는 5년과 '다를' 뿐이에요."

아버지의 애잔한 눈빛을 보고 나는 입을 다물지 않을 수 없었다. 이 시점에서 이러쿵저러쿵 떠들어봤자 아버지에게나 나에게나 아무런 도움이 되지 않았다.

"레이철, 그냥 전문가를 만나서 뭐라고 하는지 들어보자. 응?"

나는 고개를 끄덕였다. 아버지는 차의 치유 능력을 믿는 것만큼 의료 '전문가'의 무한한 힘을 믿었다. 그래서 잠시나마 거기에 의지하도록 그냥 놔두기로 했다.

아버지는 손때 묻은 물건을 내가 알아서 처리하도록 맡기고 나갔다. 하지만 문 앞에서 잠시 멈추더니 돌아서서 말했다.

"그건 그렇고 아까 고양이가 왜 그렇게 겁을 먹었는지 생각해봤는데 말이다."

내가 재활용품 통으로 직행할 잡지를 뒤적거리다 말고 고개를 들었다.

"하도 이상해서 하루 종일 생각해봤거든. 필시 너한테 냄새가 나서 그런 것 같다."

"아, 흠흠…… 알려줘서 고마워요, 아버지."

"아니, 내 말은 그게 아니라…… 너한테 병원 냄새가 나서 그런 것 같아. 소독약을 비롯해 온갖 약품 냄새가 몸에 뱄잖아. 그래서 키치가 소란을 피웠나봐. 이젠 괜찮을 거다. 두고 봐라."

나는 아버지 말을 믿고 싶었다. 정말로 믿고 싶었다. 하지만 내 눈엔 고양이가 난생처음 보는 사람한테서 자기 영역을 지키려는 것처럼 보였다.

* * *

다음 날 아침까지도 병원에선 전화 한 통 없었다. 기껏 걸려온 전화라고는 독일에 간 매트가 호텔 방에서 건 게 전부였다. 수화기를 들었을 때 툴로치 박사가 아니라 새로 생긴 약혼자라는 사실을 알고 실망했지만 나는 그런 속내를 애써 숨겼다. 다행히 매트는 길게 이야기할 생각이 없는 것 같았다. 한 10분 정도 통화를 하다 끊었다.

"매트는 잘 지낸다니?"

전화를 끊자 아버지가 물었다. 그런데 아버지 목소리가 왠지 신경이 쓰였다.

"잘 있대요. 일 때문에 무척 바쁜가봐요."

나는 직감에 따라 다음 질문을 바로 던졌다.

"아버진 매트가 썩 마음에 들지 않죠, 그렇죠?"

아버지는 곧바로 대답하지 않고 신문을 뒤적이며 한참이나 머뭇거렸다.

"매트가 내 마음에 들지 않다니, 그게 무슨 소리냐? 왜 그런 생각을 했어?"

"모르겠어요. 왠지 아버지 목소리랑 눈빛이 좀……."

내가 말끝을 흐리자 아버지가 다시 반박했다.

"설사 진짜로…… 맘에 들지 않는 구석이 있더라도, 네가 매트와 함께 있고 싶어 하는 한 아무 말도 안 할 거다. 게다가 너희 둘은 지금까지 오랫동안 잘 지내왔으니까."

"제 세계에서는 그렇지 않아요. 우린 그 사건…… 그러니까 학교를 졸업한 뒤에 금방 헤어졌어요."

내 말이 아버지에게 이상한 호기심을 촉발한 것 같았다.

"거참 흥미롭구나. 기억상실증 때문에 매트가 네 약혼자 자리에서 쫓겨났어. 그럼 네 세계에서는 일이 어떻게 진행됐는지 궁금하구나."

아버지는 이 문제를 좀 더 생각하는가 싶더니 궁금증을 참지 못하고 물었다.

"그럼 너의 '다른' 삶에서는 혹시 지미랑 사귀는 거냐?"

"천만에요, 아버지. 죽은 사람이랑 어떻게 사귀겠어요."

아버지와 나 사이에 의미심장한 침묵이 흘렀다. 우리는 눈빛만으로 더 이상 이 문제를 거론하지 않는 게 좋겠다고 합의했다.

* * *

다음 날 아침, 샤워를 마치고 부엌으로 들어갔다. 머리에선 여전히 물이 뚝뚝 떨어졌고, 가운은 언제 적에 입었던 것인지 기억이 안 날 정도로 작았다. 아버지는 너무 바싹 익힌 스크램

블드에그를 접시에 수북이 담느라 여념이 없었다. 그걸 보니 병원 음식이 꽤 괜찮은 편이었다는 생각이 스쳤다.

"아버지, 애쓰지 마세요. 전 아침에 토스트 하나면 된다니까요."

"무슨 소리냐. 말라비틀어진 빵 조각으로 아침을 때우면 건강을 회복할 수 없어."

아버지는 무슨 선전 구호라도 외치듯이 단호한 목소리로 말했다. 내 문제는 잘 차린 아침 식사로 고칠 수 있는 게 아니라고 말하려는데, 느닷없이 초인종이 울렸다.

"나가봐라. 나는 아침을 마저 차려야겠다."

나는 축축한 머리를 털면서 현관으로 갔다. 불투명한 유리문 뒤로 크고 검은 형체가 어른거렸다. 방문객을 맞으려고 자물쇠를 여는데 심장이 두근두근 뛰었다. 식욕을 없애는 데는 죽은 친구가 찾아오는 것보다 더 좋은 게 없었다. 지미는 커다란 종이 상자를 들고서 홀을 지나 주방으로 따라 들어왔다.

"아침을 먹으려던 참인데 마침 잘 왔다. 같이 먹을래, 지미?"

지미는 접시에 담긴 누리끼리한 음식을 보더니 얼른 대답했다.

"아니에요, 아저씨. 아침 먹고 왔어요. 그냥 인사차 잠시 들렀어요."

나는 지미와 눈이 마주치기도 전에 이미 거짓말하고 있음을 간파했다. 우리는 늘 상대방 마음을 꿰뚫어 볼 수 있었다. 아니, 어쩌면 그건 순전히 내 착각이었는지 모르겠다. 지미와 눈이 마주치자 갑자기 얼굴이 화끈 달아올랐다. 그와 동시에 내가 손바닥만 한 가운만 걸치고 있다는 데 생각이 미쳤다.

"그 상자엔 뭐가 들었니?"

아버지가 마침 질문을 해줘서 참으로 다행이었다. 나는 그런 걸 물어볼 정신이 없었다. 오래전에 죽은 친구가 내 앞에 앉아 있다는 사실에 정신이 팔린 나머지, 그가 설사 코끼리를 끌고 왔어도 물어볼 생각을 못 했을 것이다.

"제가 가져온 게 아니에요. 배달 트럭이 집 앞에 멈추기에, 제가 전해준다고 들고 왔을 뿐이에요. 레이철 앞으로 온 거네요."

나는 신축성이 전혀 없는 가운을 억지로 늘려 앞섶을 여미다 말고 고개를 들었다.

"나한테? 그게 뭔데?"

아버지가 내 어깨 너머로 상자를 보더니 말했다.

"아마 네 옷이 들었을 거다. 매트가 보내준다고 했거든. 여기엔 입을 만한 옷이 별로 없다는 걸 알았나보다."

"제대로 간파했네요. 직접 가서 내 옷을 챙겨 보내주다니, 매트가 참 자상해요."

내 말이 떨어지기 무섭게 지미 쪽에서 흥! 하는 소리가 작게 들리는가 싶더니, 곧이어 지미의 말이 이어졌다.

"직접 챙겨 보내준 게 아니라 비서를 시켰겠지."

지미의 비난에 나도 모르게 매트를 변호하고 나섰다.

"너도 알다시피 매트가 워낙 바쁘잖아. 어젯밤에 함부르크로 떠나야 했으니까."

지미의 얼굴에서 뭔가 짚이는 게 있다는 듯한 표정이 스쳤다. 하지만 지미는 내 반박에 더 대응할 정도로 어리석지 않았다.

아버지가 우리 사이에 오간 설전을 전혀 의식하지 못했는지 덧붙여 말했다.

"그건 그렇고, 레이철. 매트가 월요일에 잡지사에 연락해서 자초지종을 설명했다고 전해달랬는데, 내가 깜빡했구나."

깜짝 놀란 내가 몸을 틀어 아버지를 쳐다봤다.

"잡지사요? 무슨 잡지사요?"

"네가 일하는 잡지사지 무슨 잡지사겠니."

또다시 폭탄이 떨어진 것처럼 가슴이 철렁 내려앉았다.

"전 잡지사에서 일하지 않아요."

또 시작이군. 두 남자 사이에 오간 시선은 너무나 노골적이어서, '가엾은 레이철, 그놈의 기억상실증 때문에 여전히 고통받고 있구나'라고 큰 소리로 떠든 것이나 마찬가지였다.

갑자기 화가 치밀었다. 자리에서 벌떡 일어나려다 의자를 넘어뜨릴 뻔했다.

"제발 그런 눈으로 날 쳐다보지 말아요! '아아, 레이철이 미쳤구나. 살살 다뤄야지, 저러다 큰일 나겠다.' ……설마 내가 어디서 일하는지도 모른다고 생각하는 건 아니죠?"

"네가 잡지사에선 오래 근무하지 않았으니까 어쩌면 신문사에서 일했던 게 기억날지도 모르겠다. 그 전에 더 오래 일했던 곳이니까."

"제가 신문사에서도 일했다고요? 제가 언론인이라고요?"

목표를 이뤄냈다는 사실에 놀라 흥분했지만 나는 곧 고개를 세차게 흔들며 환상을 떨쳐냈다.

"아뇨. 전 거기서도 일하지 않았어요. 그랬다면 제가 기억하겠죠. 안 그래요?"

"네가 기억 못 하는 게 어디 그것뿐이냐?"

아버지가 웅얼거리듯 말했다. 이젠 아버지도 인내심이 한계에 달한 것 같았다.

반면에 지미는 한결같이 침착한 태도를 유지했다. 내 손을 잡더니 차분하게 말했다.

"앉아, 레이철."

내가 거부하자 내 팔을 잡아당겨 억지로 테이블에 앉혔다. 그런 다음 의자를 내 쪽으로 돌리고 내 눈을 똑바로 쳐다보면서 천천히 또박또박 물었다.

"레이철, 넌 지금 '어디서' 일하니?"

경찰에서 용의자를 심문할 때 이렇게 하라고 배웠나보다.

"유스턴에 있는 앤더슨즈 엔지니어링에서 영업부 비서로 일하고 있어. 지금까지 3년 6개월 동안 근무했어. 거기 전화번호는 020-7581-4387이야."

지미가 내 반응 속도와 능숙함에 놀랐는지는 모르지만 어쨌든 아버지보단 속내를 잘 숨겼다.

"아니, 그게 무슨……."

지미는 눈짓으로 아버지 입을 봉하고 다시 나를 쳐다봤다. 확실히 경찰다운 행동이었다.

"그걸 확인하려면, 아니 그보다 네가 한동안 출근하지 못할 거라고 알리려면 누구한테 연락해야 하지?"

"인사부의 제시카 스콧 씨한테 연락하면 돼. 그녀의 내선 번호는 203번이야."

내가 워낙 즉각적으로 반응하자 지미의 눈빛이 살짝 흔들렸다. 하지만 목소리는 여전히 침착하고 부드러웠다.

"아저씨, 전화기 좀 써도 될까요?"

아버지는 대답 대신 얼른 무선전화기를 들어 지미에게 건넸다. 지미는 번호를 누르려다 말고 나를 쳐다보며 물었다.

"네가 직접 얘기할래?"

나는 고개를 저었다. 그러면 내가 거짓말한다고 생각할지도 몰랐다. 지미가 직접 통화하도록 하는 게 나았다. 그래야 내가 진실을 말한다는 것을 확실히 알게 될 테니까.

내가 번호를 다시 말하자 지미가 무선전화기의 숫자를 재빨리 눌렀다. 교환원이 전화를 받았고, 지미가 요청한 내선 번호로 연결되는 시간이 영원처럼 길게 느껴졌다. 게다가 지미가 자리에서 일어났기 때문에 수화기 너머에서 들리는 소리를 하나도 엿들을 수 없었다. 그저 지미가 하는 이야기에 귀를 기울이며 대화 내용을 추측해야 했다.

"제시카 스콧 씨와 통화하고 싶습니다. ……안녕하세요, 스콧 씨. 제 이름은 지미 보이드입니다. 레이철 윌트셔의 친구입니다. 레이철에게 작은 사고가 생겨서 적어도 이번 주 말까지, 어쩌면 더 오래 출근하지 못할 것 같아 이렇게 연락드렸습니다."

그 뒤로 긴 침묵이 이어졌다.

"영업부에서 일한다고 들었습니다. 예…… 예…… 알겠습니다……. 대단히 감사합니다. 안녕히 계십시오."

지미가 전화를 끊으려고 빨간 버튼을 눌렀다. 그런 다음 몸을 돌려 아버지와 나를 봤다. 나는 성마른 다섯 살 꼬마처럼 안절부절못했다.

"어떻게 됐어? 응? 그녀가 뭐래?"

지미는 잠시 머뭇거렸다. 얼굴 표정을 읽을 수 없었지만 지미의 입에서 나올 얘기가 반가울 것 같지는 않았다. 그 느낌은 틀리지 않았다.

"레이철, 그 여자는 네 이름을 한 번도 들어본 적이 없대. 넌 거기서 일하지 않아."

* * *

흠, 이런 상황에서 와락 울음을 터트리는 게 성숙하지 못한 행동인 줄은 알지만 나도 어쩔 수 없었다. 희미한 희망의 불빛이 눈앞에서 비추는 것 같다가 붙잡으려 하면 매번 꺼져버렸다. 나는 분노와 실망으로 오열하며 벌떡 일어났다. 이번엔 의자를 제대로 넘어뜨리고 계단을 한달음에 올라가 내 방으로 뛰어 들어갔다. 그리고 침대로 돌진해 얼굴을 묻고 엉엉 울었다.

성난 십 대로 돌아간 것처럼 방문까지 걸어 잠그고 펑펑 울었다. 문을 열어달라는 아버지와 지미의 간청을 묵살하고 소리쳤다.

"가, 가라고!"

계속해서 목 놓아 울고 소리치는 바람에 목소리가 더 이상 나오지 않을 지경이었다.

나는 날이 어두워지고 나서야 방에서 나왔다. 시간이 이렇게 지나고 베개도 축축한 걸로 봐서 울다 잠이 들었나보다. 아버지는 거실 소파에 앉아 있다가 인기척이 들리자 초저녁 뉴스를 시청하는 척했다.

나는 아버지 옆에 털썩 주저앉았다. 아버지 무릎에 앉아 있던 고양이가 날 노려보다 훌쩍 가버렸다. 나는 아버지 어깨에 머리를 기댔다.

"죄송해요, 아버지."

아버지는 대답 대신 내 손을 꼭 쥐었다.

"너무 힘들어요. 도무지 말이 안 돼요. 모든 게 뒤죽박죽이에요. 아버지 얘기가 맞을지도 모르겠어요. 제가 정말로 미쳐가나 봐요."

그러자 아버지가 몸을 틀고 노기 어린 눈으로 나를 바라보며 말했다.

"그런 말은 하지 마라. 너한테 미쳤다고 말하는 사람은 아무도 없어! 넌 그냥 머리를 심하게 부딪쳐 충격을 받았을 뿐이야. 네가 좀…… 갈피를 못 잡고 혼란스러워하는 건 다 그 때문이야. 그래, 넌 그냥 혼란스러운 거야. 금방 괜찮아질 거야. 두고 봐라."

이번엔 너무 피곤해서 따질 기력도 없었다.

* * *

아버지는 내가 정말로 걱정스러웠나보다. 오밤중에 내 방에 살금살금 들어와 내가 잘 자고 있는지 몇 번이나 확인했다. 아버지의 애프터 셰이브 로션 향기가 느껴졌기 때문에 눈을 감고도 알 수 있었다. 아버지는 나를 그저 물끄러미 바라보다 나갔다. 나도 아버지가 왔음을 아는 척하지 않았다.

* * *

이튿날, 나는 입을 만한 옷을 찾으려고 매트가 보내준 옷상자를 뒤졌다. 편한 바지와 헐렁한 스웨터를 기대했지만 새로운 삶 속의 나는 간편한 옷차림을 좋아하지 않는 것 같았다. 결국 검은색 정장 바지와 에메랄드처럼 선명한 초록색 울 스웨터를 골라 입었다. 거울에 비춰 보니 썩 잘 어울렸다. 유명 디자이너 브랜드는 아니었지만 시내 중심가에서 파는 고가 의류인 것은 분명했다. 내 새로운 직장이 월급을 엄청나게 많이 주거나 아니면 매트가 구찌 핸드백 외에 의상까지 책임지고 있는 게 분명했다. 매트는 십 대 때부터 늘 나에게 후했다. 그 점은 지금도 변함이 없는 것 같았다.

나머지 옷은 전부 옷장에 걸어놓고 양가죽 재킷과 스카프를 걸쳤다. 집에 온 뒤로 한 번도 외출하지 않았다. 아버지가 내 계획에 동의해준다면, 체력을 테스트할 겸 외출할 작정이었다. 계단을 내려가다가 현관에서 들어오는 아버지와 눈이 마주쳤다. 그 순간, 내 계획은 말을 꺼내기도 전에 완전히 틀어지고 말았다. 아버지는 조간신문을 가지러 나갔다 들어오는 길이었다. 아버지도 빨랐지만 나는 더 빨랐다. 아버지가 붉은 담뱃갑을 재킷 주머니에 잽싸게 넣는 모습을 놓치지 않았다. 나는 총알처럼 달려가 아버지 주머니에 손을 넣고 마구 뒤졌다. 손가락 끝에 작은 상자가 잡혔다. 얼른 상자를 꺼내 들고 아버지에게 따졌다.

"이게 도대체 뭐예요?"

아버지는 겸연쩍은 얼굴로 아무 말도 못 했다. 아버지가 궁색한 변명 거리를 찾는 게 훤히 보였다. 하지만 어떤 변명도 검열을 통과하지 못했는지 아버진 계속 묵묵부답이었다.

"도대체 무슨 생각으로 담배를 다시 태우는 거예요? 이것 때문에 죽을 거라는 걸 모르세요? 이것 때문에 실제로도 죽어간다는 걸 정말 모르시느냐고요?"

우리 중 누구라도 부모와 자식의 역할이 뒤바뀐 걸 떠올렸다면 아마 웃음을 터뜨렸을 것이다. 하지만 난 너무 화가 났고 아버지는 너무 당황해서 그런 걸 떠올릴 짬이 없었다.

나는 손으로 담뱃갑을 쭈그러뜨려 안에 든 담배를 못 쓰게 만들었다. 그와 동시에 내 분노도 쪼그라들기 시작했다.

"아버지가 왜 담배를 태우는지 저도 알아요. 하지만 앞으론 절대 피우지 않겠다고 약속해주세요."

아버지는 애써 변명하거나 사과하지 않았다. 하지만 어떻게든 설명하려고 노력했다.

"네가 너무 걱정이 됐단다, 레이철. 넌 정신이 하나도 없는데, 그런 너를 도울 방법이 없구나. 아무 도움도 못 되는 내가 너무 무기력하게 느껴졌단다. 이건 그냥 스트레스를 해소하는 수단일 뿐이야."

"안 돼요, 아버지."

내 걱정으로 한시도 편할 날이 없는 아버지가 너무 가여웠다. 뺨을 타고 눈물이 흘러내렸다. 손등으로 눈물을 닦으며 생각했다.

'내가 언제부터 이렇게 울보가 된 거지?'

나는 아버지의 두 손을 꼭 잡고서 아버지가 처음 암 선고를 받았을 때 내가 어떤 기분이었는지 입으로, 눈으로 전달하려고 애썼다.

"아버지, 절 사랑한다면, 절 진심으로 사랑한다면, 이 해로운 물건에 다시는 손대지 않겠다고 약속해주세요."

아버지 눈에도 눈물이 맺혔다. 내가 기어이 아버지를 울리고 말았다. 하지만 이렇게 해서라도 아버지가 담배를 끊을 수만 있다면 그만한 가치가 있었다.

"전에도 제 걱정 때문에 이걸 피우다 죽을 뻔했잖아요. 아버지가 또 그렇게 되도록 놔둘 수 없어요."

* * *

나는 몇 시간째 계속 돌아다녔다. 딱히 갈 데는 없었지만 한 주를 무기력하게 보내다 밖에 나오니 마냥 좋았다. 아버지에게는 걱정하지 말라고 두어 시간마다 전화했다. 그렇게 한참 돌아다니다보니 어느새 오후도 중반으로 접어들었다. 문득 여태 점심을 먹지 않은 게 생각났다. 시내 중심가에서 멀지 않았기 때문에 레스토랑과 커피숍이 늘어선 거리로 걸음을 옮겼다.

길가에 서서 어느 가게로 들어갈지 고민하는데 뒤에서 갑자기 익숙한 목소리가 들렸다.

"저 끝에 있는 가게의 치즈케이크가 끝내주지."

나는 몸을 획 돌렸다. 심장박동이 빨라졌다. 지미가 진짜로 날 깜짝 놀라게 했나보다.

"내가 이제 치즈케이크를 좋아하지 않으면 어쩌려고?"

지미는 내 말이 터무니없다는 듯 이렇게 대답했다

"천만에. 그럴 리 없지. 다른 건 다 까먹었어도 그건 기억할걸? 절대로 변치 않는 것도 있거든."

어쨌든 상호 합의하에 조그마한 카페로 들어갔다. 지미가 커피와 케이크 두 조각을 주문했다. 창가에 빈 테이블이 여럿 있었지만 우린 무심결에 안쪽으로 들어갔다. 통나무 난로 옆에 두 사람을 위한 테이블이 있었다. 우리는 그쪽으로 가서 앉았다.

"흠, 오늘은 근무하지 않나봐, 보이드 순경? 이 동네에 범죄가 들끓는 이유가 있구만. 경찰이 통 일을 안 하잖아."

"실은 보이드 경위야. 그리고 난 오늘 비번이고."

"경위라…… 네가 갑자기 우러러보인다. 일은 재미있어? 어렸을 땐 경찰이 되고 싶다는 얘기를 한 번도 안 했잖아."

종업원이 커피와 케이크를 들고 왔다. 지미는 종업원이 컵과 접시를 테이블에 내려놓을 때까지 기다렸다.

"그래, 난 이 일이 좋아. 경찰에 들어온 건 내가 내린 최고의 결정이었어. 그 얘길 한 번도 안 했던 건…… 흠, 실은 그것 말고도 내가 얘기하지 않은 게 많았지. 솔직하게 털어놨더라면 좋았을 텐데."

가슴이 또다시 철렁 내려앉았다. 지미가 아주 큰 걸 터트릴 것 같았다. 하지만 그게 뭐든 가슴 깊은 곳에서 거부하는 목소리가 울렸다. 그런 얘기가 나오면 어떻게 받아들여야 할지도 몰랐다. 그래서 얼른 화제를 바꿨다.

"그건 그렇고, 요 전날 내 행동을 사과하고 싶어. 내가 그만 이성을 잃었지 뭐야."

지미가 손을 흔들며 내가 사과하는 걸 막으려고 했지만 나는 계속했다.

"아냐, 진심이야. 모든 게 대단히…… 그러니까 내 말은…… 있을 수 없는…… 앞뒤가 안 맞는…… 응, 믿기 어려운……."

"한마디로 말도 안 된다는 거네."

지미의 깔끔한 정리에 웃음이 나왔다. 지미는 이렇게 늘 나를 웃게 했다.

"내가 진실이라고 추호도 의심하지 않는 것들이 계속해서 거짓이 되고 있어. 마음이 너무 불안해."

지미는 커피를 한 모금 길게 마시고 나서 대답했다.

"그래, 그럴 거야. 얼마나 허탈하겠니."

지미는 다른 사람들처럼 내 얘기를 건성으로 듣고 위로하는 게 아니었다. 지미의 반응에 놀라 케이크를 입으로 가져가려다 그만 떨어뜨리고 말았다.

"그럼 넌 내 말을 **믿는** 거야?"

그동안 아무도 믿지 않는 주장을 되풀이하면서 이렇게 대놓고 물어본 적은 한 번도 없었다. 지미의 푸른 눈이 나를 지긋이 응시했다. 조심하지 않으면 그 눈 속으로 빨려들 것 같았다.

"난 **네가** 믿는 것을 믿어. 추호도 의심하지 않아. 그리고 네가 사람들을 납득시키려고 얼마나 애쓰는지도 알아."

지미가 얘기하다 말고 잠시 뜸을 들였다. 그새를 못 참고 내가 뭐라 말하려는데, 다행히 내가 끼어들기 전에 지미가 먼저 입을 열었다. 하마터면 듣지 못할 뻔한 이야기였다.

"네가 이렇게 힘들어하는 걸 보니 정말로 가슴이 미어진다."

지미의 얘기가 끝나기 무섭게 나도 모르게 눈물이 쏟아졌다. 지미가 내 얼굴을 살며시 들어 올리더니 냅킨으로 눈물을 닦아줬다. 그리고 계속해서 낮고 부드러운 목소리로 말했다.

"그리고 네가 이렇게 눈물을 많이 흘리는 것도 처음 봐. 여덟 살 때 자전거 타다 자꾸 넘어질 때도 이렇게 많이 울지는 않았는데."

숙녀답지 못하게 눈물, 콧물을 쏟다가 지미의 말에 또다시 웃음을 터트렸다.

"지난 5년 동안 정말 많이 울었어. 네가 상상도 못 할 만큼."

"뭣 때문에?"

드디어 올 것이 왔다. 이젠 뒤로 물러서거나 맹렬히 돌진하거나 둘 중 하나였다.

"너를 잃었기 때문에. 내 목숨을 구하느라 네 목숨을 잃었잖아. 그 때문에 내가 어떻게 살았는지 넌 모를 거야. 내가 널 얼마나 그리워했는지 절대로 모를 거야."

이제 지미가 그놈의 '머리를 부딪쳐 기억상실증에 걸렸지만 곧 괜찮아질 거야'라는 레퍼토리를 꺼낼 차례였다. 하지만 지미는 그런 얘기를 한마디도 꺼내지 않았다. 역시 지미였다. 어렸을 때부터 나를 챙겨주고 아껴주고 사랑해주더니, 이렇게 멋진 청년으로 성장해 내 앞에 앉아 있다. 지미에겐 뭐든 믿고 의지할 수 있었다. 진실마저 털어놓을 수 있었다.

"나한테 다 얘기해봐."

지미가 나를 달래듯이 말했다.

그래서 활활 타오르는 장작불 옆에서 저물어가는 햇살을 받으며 이야기를 시작했다. 사고가 일어난 날의 저녁 모임부터 교회 묘지에서 쓰러진 일까지 남김없이.

8

—

우리는 커피숍을 마지막까지 지킨 손님이었다. 실은 너무 늦게까지 앉아 있어서 주인이 눈치를 줄 정도였다. 주인은 바닥을 청소하고 빈 테이블의 의자를 거꾸로 뒤집고 전등을 거의 다 꺼버렸다. 그제야 우리는 시간이 너무 늦었다는 걸 알아차렸다.

퇴근도 못 하고 우리를 기다려준 그들에게 나는 미안하다고 말했다. 그사이 지미가 옷걸이에서 내 코트를 가져와 입기 편하도록 잡아줬다. 그러면서 자연스레 내 어깨에 손을 올리고 문까지 안내했다.

"내 차는 저 모퉁이에 세워뒀어. 아저씨가 수색대를 보내기 전에 얼른 가자. 집까지 태워다줄게."

호젓한 거리를 걸어가는데, 12월이라 바람이 몹시 차가웠다. 하지만 지미와 딱 붙어서 걸으니 그리 춥게 느껴지지 않았다. 물론 그 순간 내가 위험한 영역에 진입했다는 걸 모르진 않았다. 그날 오후 어느 시점엔가 문이 스르르 열렸고, 나는 뒤도 돌아보지 않고 그 안으로 들어갔다. 하지만 지금 상황에서 복잡한 문제를 더 추가할 수는 없었다. 내 앞에 산적한 수많은 의문부터 먼저 풀어야 했다. 하지만 지미와 나란히 걷는 건 정말 좋았다. 너무나 자연스럽고 편했다. 전에는 왜 그걸 몰랐을까?

겨우 5분 만에 집 앞에 도착했다. 차가 집 앞 도로에 섰을 때, 거실 커튼이 살짝 흔들리는 게 보였다. 그 모습을 보고 나는 웃음을 쿡 터뜨렸다.

"우리 아버지가 지금 커튼 너머에서 우리를 몰래 살피고 있다는 게 믿기니? 우리가 사춘기 애들인 줄 아나봐."

지미가 조수석 창을 통해 집 안을 살피려고 내 쪽으로 몸을 기울였다. 지미의 애프터 셰이브 로션과 샴푸 냄새가 코끝에 닿았다. 나는 상큼한 그 향을 잊지 않으려는 듯 더 깊이 들이마셨다.

내가 지금 뭘 하고 있는 거지? 나한테는 이런 걸 생각할 자격이 없었다. 지미와 나는 남녀 관계로 얽힌 적이 없었다. 예전에도 없었고 앞으로도 없을 것이다. 우린 언제나 가장 친한 친구였다. 게다가 내 곁에는 늘 매트가 있었다. 게다가 그 점은 지금도 변함이 없다. 그러니 나한테는 이런 식으로 생각할 자유가 없었다.

"이제 그만 안으로 들어가는 게 좋겠어."

"아저씨가 몽둥이를 들고 나오기 전에?"

그런 모습을 상상만 해도 웃음이 나왔다.

"그래, 맞아. 게다가 좀 있으면 매트가 독일에서 전화할 거야. 그러니까……."

나는 말을 잇지 못하고 얼른 입을 다물었다. 이 시점에서 왜 그런 말이 튀어나왔는지 알다가도 모를 일이었다. 우리 사이에 흐르고 있던 훈훈한 분위기가 급속도로 얼어붙었다. 그와 동시에 지미의 얼굴이 확 굳어졌다.

"물론 그러겠지."

이 두 마디 말과 함께 우리 사이에 막 피어오르려던 불꽃도 확 사그라들었다.

저녁을 먹고 가라고 권했지만 지미는 거절했다. 하긴 저녁 먹고 갈 기분이 아닐 것 같기는 하다. 그래도 살얼음이 살짝 낀 길에서 내가 미끄러지기라도 할까봐, 내 팔을 잡고 현관까지 동행해줬다. 하지만 그건 어디까지나 친구로서 베푼 호의였다. 분위기가 이처럼 순식간에 바뀔 수 있다는 게 믿기지 않았다. 오후 내내 느꼈던 그 기분은 뭐였지? 우리 사이에 뭔가 새로운 분위기가 정말로 만들어지긴 했던 걸까? 아니면 소중한 친구 이상의 감정을 느낄 수 있다고 상상했던 걸까?

지미가 나한테서 현관 열쇠를 받아들었다. 그리고 자물쇠에 밀어 넣고 막 돌리려 할 때, 내가 얼른 지미의 팔을 붙잡았다.

"그나저나 내일 진짜로 같이 갈 수 있는 거니? 실은 나 혼자 가도 돼. 문제없어."

지미의 눈은 속내를 드러내지 않았다.

"물론 같이 갈 수 있지. 안 될 이유라도 있니?"

'내가 우리 사이에 놓인 방해물을 상기시켜서 분위기를 망쳤으니까. 게다가 난 지금 그 방해물과 약혼한 상태잖아.'

“아니, 딱히 무슨 이유가 있는 건 아니고. 그냥…… 그러니까 네 휴일을 그런 식으로 허비하는 게 적절치 않은 것 같아서. 어느 날 갑자기 정신이 회까닥 돈 친구를 데리고 런던 시내를 돌아다니는 게…….”

내가 말을 잇지 못하고 머뭇거리자 지미가 나를 와락 끌어안았다. 그건 순전히 우정의 발로였지 다른 뜻은 없었다.

“어느 날 갑자기 정신이 회까닥 돈 친구가 아니라…….”

지미가 잠시 뜸을 들이더니 쐐기를 박았다.

“처음 만났을 때부터 죽 그랬거든.”

지미는 나를 꼭 안아주고 나서 열쇠를 자물쇠에 꽂고 부드럽게 돌렸다. 그리고 따스한 집안으로 나를 슬쩍 밀며 말했다.

“아까도 말했지만 그렇게 하는 것이 좋다고 생각해. 분명히 도움이 될 거야. 자, 얼른 들어가 쉬어. 내일 아침에 올게.”

* * *

아무래도 다음 날 런던에 가겠다고 말하면 아버지가 펄쩍 뛸 것 같았다. 그런데 지미가 동행할 거라고 하자 아버지는 의외로 선뜻 승낙했다. 만약 동행인이 다른 사람이었다면 아버지가 이렇게 선선히 승낙했을지 의구심이 들었다. 그런데 다음 날 아침에 지미가 왔을 때, 아버지는 어제와 달리 불안한 모습을 보였다. 동화에 나오는 늙은 암탉처럼 나를 졸졸 쫓아다니며 시시콜콜 참견했다.

"약은 다 챙겼니?"

나는 어깨에 둘러멘 구찌 가방을 톡톡 두드렸다.

"혹시라도 아프거나…… 무슨 일이 생기면 지체 없이 전화해야 한다, 알았지? 휴대전화도 챙겼지? 돈이랑……."

"그만하세요, 아버지. 겨우 하룻밤 자고 올 거예요. 내일 돌아온다고요. 가능하면 온갖 의문에 대한 답도 찾아서 말이죠."

아버지는 그래도 불안한 표정을 거두지 않았다. 그래서 나는 아버지를 꼭 안으며 말했다.

"너무 걱정하지 마세요."

그 순간 아버지에게서 애프터 셰이브 로션 향기가 났다.

"참, 이젠 밤에 좀 푹 주무세요. 밤새 제 방을 들락거리며 잘 자나 확인할 필요 없어요. 몇 번이나 들어오는지 다 세지도 못하겠어요."

밖에서 지미의 차가 도착했다는 소리가 들렸다. 발치에 둔 작은 가방을 집어 들려고 몸을 숙이느라 처음엔 아버지의 어리둥절한 표정을 보지 못했다.

"레이철, 난 밤에 너를 확인하러 간 적이 없단다. 단 한 번도. 네가 꿈을 꿨나보구나."

* * *

간밤에 지미는 우리 사이에 대해 고민을 많이 했을 것이다. 지미가 어떤 결론에 도달했는지 이번 런던 여행에서 알 수 있었다. 내 평생, 혹은 적어도 열여덟 살 때까지 그래왔던 것처럼 우린 다시 다정하고 순수한 친구 사이로 돌아갔다. 그 사고 이후 내가 어떻게 지내왔는지 이야기할 때 내 손을 꼭 잡아주던 남자는 연기처럼 사라졌다.

그 남자는 사라졌지만 그래도 내 곁에는 죽마고우 지미가 있었다. 일주일 전과 비교하면 어마어마한 진전이었다.

"자, 어디를 먼저 가고 싶은지 생각해봤니?"

나는 가방에서 반으로 접힌 종이를 꺼냈다.

"이곳에 먼저 가는 게 좋을 것 같아. 다른 장소는 모두 반대편에 몰려 있잖아."

때마침 창문으로 들어온 찬바람에 종이가 살짝 펄럭거렸다.

"아버지가 주소를 적어줬는데, 정확히 어딘지는 나도 잘 모르겠어."

지미가 줄이 쳐진 종이에 적힌 주소를 힐끗 보면서 물었다.

"그나저나 거기가 뭐 하는 곳인데?"

나는 한숨을 푹 내쉬며 종이에 적힌 글자를 쳐다봤다. 아무리 쳐다봐도 의미 없는 글자였다.

"내가 사는 곳이래."

마음을 편히 먹으려고 노력했지만 시간이 갈수록 점점 더 초조하고 불안해졌다. 내 집과 직장이 있는 런던으로 돌아가는 것은 내 진짜 삶을 되찾기 위한 마지막 희망이었다. 하지만 그때까지도 내가 거기에서 정확히 무엇을 찾게 될지 깊이 생각해보지 않았다. 가방에는 처음 보는 듯한 열쇠가 들어 있었다. 필시 아버지가 아침에 적어준 주소의 현관문 열쇠일 것이다. 그렇다면 나의 다른 집, 그러니까 빨래방 위에 마련한 작은 집은 어떻게 된 걸까? 완전히 다른 가구와 물건으로 가득한 그 집도 내가 사는 곳으로 밝혀지면 사람들이 뭐라고 할까? 그 두 집이 나란히 존재할 수 있을까? 그게 정녕 가능할까?

머릿속에서 어떤 단어가 맴돌기 시작했다. 그놈의 기억상실증이라는 단어보다 훨씬 더 끔찍하고 두려운 단어였다. 정신분열증. 정신분열증이 다중인격의 형태로 나타난 걸까? 문득 최근에 그런 주제와 관련된 기사를 읽은 것 같았다. 내가 지금 그런 증상을 앓고 있는 걸까? 내가 정말 정신질환에 걸린 걸까? 이런 생각을 떨쳐내기 위해서 지미와 이야기를 나눠보려고 입을 열었다.

"지미, 갑자기 생각나서 물어보는데…… 너 혹시 결혼했니?"

우리 차가 갑자기 차선을 살짝 벗어나는 바람에 뒤에 오던 화물차에서 빵! 하고 경적이 울렸다.

"결혼? 아, 아니. 뜬금없이 그게 무슨 소리야? 지금쯤 내가 결혼했는지 정도는 알고 있어야 하는 거 아니야?"

내가 어깨를 으쓱하며 말했다.

"꼭 그런 건 아니지. 내가 약혼했는지도 몰랐는데."

"하긴 그렇구나."

계기판의 끝자리 숫자가 바뀔 즈음 그 얘기를 다시 꺼냈다.

"그럼 만나는 사람은 있어?"

지미는 미소만 지을 뿐 대답하지 않았다. 나는 더 궁금해졌다.

"여자 친구는 있어? 애인은? 아니면 남자 친구는?"

"없어, 없어. 전혀 없어. 나 참……."

"왜 없는데?"

"도대체 뭘 묻고 싶은 거야? 내가 게이 같아?"

내가 지미의 팔을 쿡 찔렀다.

"뭘 묻는지 알잖아. 왜 아무도 없는 건데? 너처럼 괜찮은 남자가…… 넌 누굴 만나도 멋진 파트너가 될 건데, 왜 혼자 지내는 거야?"

지미가 처음으로 불편한 기색을 드러냈다. 내가 금지된 영역으로 너무 깊숙이 침범한 게 틀림없었다. 우리 사이엔 못할 얘기가 없었는데……. 흠, 지금은 사정이 많이 달라졌나보다.

"일단은 일이 문제지. 근무 시간도 길고 밤낮이 바뀔 때도 많으니까. 관계를 유지하기가 어려워. 혼자 있는 게 편해서 그런지도 모르고."

더 자세히 묻고 싶었지만 지미가 불편해하는 것 같아 마음을 접었다. 지금은 때가 아니었다. 내가 더 캐묻지 않자 지미가 안도의 한숨을 내쉬었다.

그즈음 우리는 런던의 뒷골목을 이리저리 헤매고 있었다. 종이에 적힌 주소를 찾아가는 건 생각보다 시간이 꽤 걸렸다. 엉뚱한 길에서 한참 헤매다 마침내 화려한 장식의 기둥이 줄지어 늘어선 빅토리아풍 건물 앞에 도착했다.

"드디어 찾았다."

지미가 건물 앞에 마련된 주차장에서 빈 공간을 발견하고 잽싸게 차를 집어넣었다.

"너희 집에 다 왔다."

"내 집이 아니야."

내가 우울한 목소리로 중얼거렸다. 그래도 여기까지 왔으니 어쩔 수 없이 문을 열고 밖으로 나왔다. 서늘한 아침 공기를 마시며 잠시 서 있다가 낯선 건물을 올려다봤다. 아무 기억이라도 떠올리려 애썼지만 전혀 떠오르지 않았다.

"자자, 얼른 들어가서 확인해보자."

지미가 손을 내밀었다. 나는 지미에게 이끌려 건물 앞 돌계단 쪽으로 억지로 걸음을 옮겼다.

하지만 건물에 들어가기도 전에 난관에 봉착했다. 출입구에는 아무나 들어가지 못하도록 키패드가 달린 보안문이 설치되어 있었다. 나는 계단을 세 개 정도 올라가다 멈추고 잘됐구나 하는 심정으로 말했다.

"거봐."

"그렇게 빨리 단념해서 쓰나."

지미는 내 팔을 끌며 출입문 쪽으로 계속 걸어갔다. 바로 그 때, 유리문 안쪽에서 푸른색 유니폼을 입은 간호사가 나타났다. 건물 밖으로 서둘러 나오려는 게 분명했다. 간호사가 문을 열고 나오자 지미가 잽싸게 계단을 올라갔다. 간호사는 지미를 미심쩍은 눈으로 바라봤지만 곧 나를 발견하고 경계심을 풀었다.

"고맙습니다."

지미가 문턱을 넘으면서 간호사에게 말했다.

나도 엉겁결에 고맙다고 인사했다.

"아, 고마워요."

간호사는 벌써 출입구를 지나 계단을 내려가면서 쾌활한 목소리로 소리쳤다.

"천만에, 레이철."

* * *

우리는 엘리베이터를 타고 올라가는 내내 말이 없었다. 5층에 도착해 엘리베이터 문이 열린 뒤에도 긴장을 풀지 못했다. 엘리베이터 좌우로 기다란 복도가 펼쳐졌다.

"어느 쪽이야?"

지미가 물었다.

"난들 아니?"

내가 퉁명스럽게 대꾸했다. 지미가 나를 돌아보더니 내가 받아야 할 대접보다 더 친절하고 참을성 있게 말했다.

"힘든 거 알아, 레이철. 하지만 한 번은 부딪쳐야 할 일이야. 미리부터 겁먹거나 포기하지 마."

물론 지미 말이 맞았다. 하지만 나는 이 모든 게 사실이 아니기를 간절히, 간절히 바랐다.

열쇠를 꽂자 예상대로 문이 열렸다. 우리는 집을 보러 온 손님처럼 낯선 집 안을 여기저기 살폈다. 침실 문이라고 생각해 열었더니 장롱식 건조기가 나왔다. 다행히 잊고 있던 유머 감각이 되살아났다.

"장롱식 건조기라…… 흠, 여긴 맨 마지막에 수색하는 곳 아닌가?"

한참 동안 여기저기 기웃거리다보니, 마치 귀중품을 찾아 벽장과 서랍을 뒤지는 절도범이 된 기분이었다. 처음엔 모든 게 낯설기만 했지만 이따금 익숙한 옷과 보석과 지갑이 눈에 띄었다. 게다가 금속 상자에 차곡차곡 담긴 세금 고지서와 여권을 보니, 내가 이곳에 살았다는 사실을 도저히 부인할 수 없었다.

만약 다른 상황이라면 환영할 만한 소식일 것이다. 실내 장식도 고급스러웠고 크기도 빨래방 윗집보다 네 배나 넓었으니까. 그런데 이렇게 멋진 숙소가 생겼다고 기분이 좋아지지는 않았다. 이게 내 '진짜' 집이라면(이렇게 확실한 증거들이 있는데 내가 어떻게 반박할 수 있겠는가) 이 삶이 진짜가 아니라고 계속해서 우길 근거가 있을까?

내가 침실을 뒤집어엎는 동안 지미는 부엌에 들어가 김이 모락모락 나는 커피 두 잔을 타 왔다.

"블랙이야. 우유를 찾아봤는데 없더라고."

지미가 머그잔을 내밀며 말했다.

"실은 우유만 없는 게 아니던걸. 찬장이 텅 비었더라. 집에서 요리를 통 안 해 먹었나봐."

흠, 매트의 생활 방식을 짐작건대 그러고도 남았을 것이다.

머그잔을 조심스레 들고서 크림색 소파에 앉았다. 비싸 보이는 소파에 뜨거운 커피를 쏟지 않으려고 몸을 살살 뒤척였다.

내 집에서 너무나 조심스럽게 행동하는 게 우스웠다.

"내가 이걸 다 어떻게 장만했을까?"

뜬금없이 이런 의문이 떠올랐다.

"런던 물가가 장난 아닐 텐데. 여긴 임대료만 해도 어마어마할 거야. 내 새 직장에서 월급을 많이 줄 것 같지도 않은데."

지미가 얼굴을 살짝 찌푸리더니 슬며시 옆으로 돌리며 말했다.

"아마 매트네 가족 소유의 집일 거야. 이 건물에 이것 말고도 여러 채를 갖고 있을걸. 가족이나 다름없으니까 너한테 임대료를 싸게 내줬겠지."

나는 딱히 부끄러운 짓을 한 것도 아닌데 괜히 당황스러워 얼굴을 붉혔다. 달리 뭐라 대답도 못 하고 "아"라고 한마디 내뱉었다. 기자치고는 말주변이 영 없었나보다.

우리는 집 안 수색을 마쳤다. 여기가 내 집이 아니라는 증거를 찾아 헤맸지만 모든 단서는 그 반대를 가리켰다. 설사 내 이름이 찍힌 온갖 청구서와 잡동사니 우편물이 결정적 증거가 아니라고 우긴다 하더라도, 커피 테이블에 놓인 사진은 도저히 반박할 수 없는 증거였다.

내가 뭘 그리 열심히 들여다보나 싶었는지, 지미가 등 뒤로 다가와 내 어깨에 턱을 살짝 걸치고 쳐다봤다. 사진은 은도금한 액자에 끼워져 있었는데, 매트와 내가 에펠탑을 뒤로하고 서 있는 모습이 찍혀 있었다. 지금 지미가 서 있는 포즈처럼 매트가 내 뒤에 서 있었다. 매트와 나는 카메라를 향해 활짝 웃었다. 둘 다 코트와 스카프로 단단히 싸맨 걸로 봐서, 날이 몹시 추운 것 같았지만 사진 속에는 따스한 기운이 감돌았다. 그 모습이 너무 충격적이라 나도 모르게 숨이 턱 막혔다.

사진 속의 우리는 무척이나 행복하고 즐거워 보였다. 누가 봐도 사랑에 푹 빠진 커플이었다. 그레이트 비숍스포드로 돌아간 후로 줄곧 과거를 밝히려고 애쓰느라 매트를 향한 감정은 죄다 묻으려고만 했다는 사실을 처음으로 깨달았다.

"매트가 저기서 너한테 청혼했나봐."

지미의 목소리에는 아무런 감정도 실려 있지 않았다. 나는 사진에서 눈을 떼지 못했다. 잠시 후 지미가 가만히 물러나는 게 느껴졌다.

"난 늘 파리에 가고 싶었어."

내가 생각에 잠긴 듯 말했다. 지미는 아무 말도 하지 않고 빈 컵을 챙겨 부엌으로 향했다. 그래서 내가 작지만 단호하게 덧붙인 말을 지미가 들었는지 모르겠다.

"……하지만 난 한 번도 가보지 못했어."

* * *

더 이상 이 집에 머물 이유가 없었다. 지미가 필요한 물건을 더 챙겨가라고 권했지만 거절했다. 남의 물건을 집어가는 것 같아 꺼림칙했기 때문이다.

차에 돌아온 뒤, 우리 사이에 드리운 암울한 기운을 없애려면 무슨 말이든 해야 할 것 같았다.

"방금 집을 보고 나왔지만, 그래도 여전히 다 가짜인 것 같아."

내가 빅토리아풍 건물을 향해 손사래를 치며 말했다.

"눈앞에 증거가 떡하고 있으니 당연히 받아들여야 하겠지만, 마음속에서는 여전히 죄다 거짓으로 보여."

지미 역시 우리를 짓누르는 장막을 거둬내려고 부단히 애쓰는 것 같았다.

"걱정하지 마. 모든 게 한꺼번에 돌아올 수는 없잖아. 가서 뭐라도 좀 먹자. 그런 다음 네가 일하는 잡지사에 들러보고. 거기에서 뭔가 답을 찾을지도 모르잖아."

그때까지만 해도 지미는 자기 말이 얼마나 적중할지 전혀 알지 못했다.

* * *

지미가 잡지사에 미리 전화를 해뒀으니 망정이지, 안 그랬더라면 내부가 하도 넓어서 어디가 어딘지도 모르고 헤맬 뻔했다. 로비에 들어서자 바닥이 아이스링크처럼 반짝거렸다. 곡선형으로 다듬어진 커다란 안내 데스크에는 담당자가 여럿 있었다. 다들 눈에 띄게 멋지고 세련된 차림새였다. 내가 딱히 촌스럽게 차려입지는 않았지만 이곳 사람들과 비교하니 왠지 초라해 보였다.

나는 만나려던 사람의 이름을 까먹는 바람에 당황해서 종이쪽지를 찾으려고 가방을 뒤졌다. 그러자 지미가 얼른 나섰다.

"레이철 윌트셔 양이 루이스 켄델 부인을 뵙고자 합니다. 만나기로 약속하고 왔습니다."

안내원이 우리더러 소파에 앉아 기다리라고 했다. 우리는 엘리베이터 정반대편에 놓인 붉은색 가죽 소파에 앉아 기다렸다. 줄지어 늘어선 엘리베이터 문이 열리고 여자가 나올 때마다 나는 엉거주춤 일어났다. 잡지사 건물은 워낙 방대해서 안내 데스크 주변으로 사람들이 끊임없이 들락거렸다. 내 상관은 그들 중 한 사람일 게 분명했다.

그렇게 15분 넘게 기다리고 나서야 명품 정장과 터무니없이 높은 구두를 신은 여자가 우리 앞에 나타났다. 나이는 나보다 겨우 열 살쯤 많아 보였다.

"레이철!"

그녀는 로비를 절반쯤 지나오다가 나를 알아보고 대뜸 소리쳤다. 나는 벌떡 일어나 손을 내밀었다. 하지만 그녀는 내 손을 무시하고 얼굴을 들이밀더니 소리만 요란하게 키스하는 시늉을 했다. 순간, 값비싼 향수 냄새가 훅 끼쳤다.

"어떻게 지냈니? 가엾기도 하지. 우리가 얼마나 걱정했다고."

하지만 그 목소리에서 걱정하는 기색은 하나도 느껴지지 않았다. 그녀는 인사에 허비할 시간이 없다는 듯 살벌한 구두를 획 돌려 엘리베이터로 향했다. 그녀가 지미를 싹 무시하는 같아 내가 나서서 소개해야겠다는 생각이 들었다.

"켄델 부인, 이분은 제 오랜 친구 지미 보이드 씨입니다. 여기 오면 뭔가 기억날까 싶어서 지미가 런던까지 동행해줬습니다."

그녀는 순식간에 몸을 돌려 내 옆에 선 남자에게 살짝 미소를 지어보였다. 하지만 입만 씰룩거렸지 눈으로는 거들떠보지도 않았다. 아까 우리가 인사하려고 일어났을 때 이미 지미를 머리끝에서 발끝까지 싹 훑었던 것이다. 나는 지미가 그 점을 눈치채지 않았으면 싶었다.

"켄델 부인이라니, 그냥 루이스라고 불러."

그녀는 흠 없이 완벽하게 관리받은 손으로 엘리베이터 버튼을 잽싸게 눌렀다.

"네 애인 매트가 월요일에 전화해서 강도 사건에 대해 알려줬어. 아휴, 끔찍해. 게다가 약혼반지를 빼앗겼다며?"

그 사실을 확인이라도 하듯이 그녀의 눈이 내 왼손을 향했다.

"이런 비극이 다 있나!"

우리는 그녀를 따라 얼른 엘리베이터에 탔다. 그녀는 내가 강도에게 폭행당한 것보다 다이아몬드 반지를 빼앗긴 것이 더 비극이라고 생각하는 것 같았다. 그녀를 보고 있자니 왠지 캐시가 떠올랐다. 10년 정도 지나면 캐시가 딱 저런 모습이지 않을까 싶었다.

우리가 9층에서 내리자마자 한 직원이 서류 뭉치를 들고 복도를 뛰어가다 루이스를 보고 얼른 다가와 말을 걸었다. 그녀가 다급한 문제를 처리하려고 잠시 멈춘 사이, 지미와 나는 정중하게 뒤로 물러나 주변을 살폈다.

우리 앞에는 개방형으로 설계된 넓은 사무실이 펼쳐졌다. 천장에 설치된 네온등이 실내를 환하게 비췄다. 엘리베이터 양쪽으로 책상이 줄지어 늘어서 있었다. 각 부서는 푸른색 펠트지로 감싸인 칸막이로 구분됐다. 사무실 분위기가 전체적으로 생쥐를 이용해 각종 실험을 진행하는 실험실 같았다.

"네 상사라는 여자 끝내준다."

지미가 내 귀에 속삭였다.

"아주 화끈해."

"쉿!"

내가 킥킥거리며 말했다. 나만 그렇게 생각한 게 아니어서 기분이 좋았다. 루이스는 문제를 다 처리했는지 직원을 보내고 나서 우리에게 돌아섰다.

"흠, 네가 여기서 뭘 하고 싶은지 잘 모르겠어. 사무실을 둘러보며 인사하러 다닐래, 아니면 네 책상을 뒤져볼래?"

"어, 그냥 제 책상을 살펴볼게요."

"그럼, 좋아. 행운을 빌게. 떠나기 전에 또 봐."

루이스는 그 말을 끝으로 휙 돌아섰다.

"저, 저기, 잠깐만요."

루이스가 다시 몸을 돌렸다. 억지로 미소를 짓긴 했지만 바쁜데 왜 자꾸 귀찮게 하냐는 듯 성가신 표정이 역력했다.

"제 책상이 어떤 거죠?"

그러자 이번엔 루이스의 얼굴에 신기해 죽겠다는 표정이 떠올랐다.

"맙소사! 정말 기억상실증에 걸렸구나! 거참, 신기하네. 매트가 그렇다고 말은 했지만…… 진짜로 그렇단 말이야?"

루이스는 책상까지 안내하면서도 내 상태에 호기심을 강하게 보였다. 좁은 칸막이로 구획된 책상을 이리저리 지나가는 동안, 어떤 동료는 나를 힐끗 쳐다보며 무시했지만 대부분은 고개를 들고 미소를 지었다. 혹시라도 잘 아는 사람일지 몰라 나도 그들에게 미소를 보냈다.

루이스가 마침내 두 책상이 맞붙은 자리 앞에 멈췄다. 책상 하나는 젊은 여자가 차지하고 앉아 자판을 미친 듯이 두드리고 있었다.

“디이, 잠깐 멈추고 레이철에게 몇 가지 좀 보여줄래?”

그러더니 아주 기막힌 비밀을 알려주는 것처럼 속삭였다.

“그나저나 레이철이 진짜로 기억상실증에 걸렸나봐!”

루이스가 그 말을 끝으로 자리를 뜨자, 젊은 여자가 자리에서 일어나 손을 내밀었다.

“안녕하세요, 나는 디이 엘리스라고 해요. 우린 비슷한 시기에 입사했어요.”

나는 고개를 끄덕이며 미소를 지었다. 딱히 할 말이 없었다.

“참, 우리 둘 다 루이스를 아주 싫어해요.”

나는 그녀가 내민 손을 다정하게 잡았다. 누군지 전혀 기억나지 않았지만 친구를 만난 것처럼 반가웠다. 디이는 찬찬히 도와주면서도 곁눈질로 간간이 벽시계와 컴퓨터를 훔쳐봤다. 우리 때문에 일을 못 하고 있는 게 틀림없었다.

“바쁜데 내가 너무 방해했죠? 어린애 다루듯이 일일이 도와주지 않아도 돼요.”

디이가 안타까워하는 얼굴로 말했다.

"미안해요. 마감이 코앞이라…… 어떤 상황인지 알죠?"

내가 그걸 어찌 알겠는가?

"여기 있는 동안 레이철이 찾아볼 만한 게 있을까요? 지난주에 작업했던 일이나, 아니면 기억을 되살리는 데 도움이 될 만한 거라도?"

디이가 지미를 똑바로 쳐다봤다. 루이스와 달리 디이는 지미를 위아래로 훑어보지 않았다. 그 점이 더욱 마음에 들었다.

"흠, 작업 중인 일은 없을 거예요."

그러더니 무슨 단서라도 찾는 양 이마를 찌푸리며 생각했다.

"친구 결혼식에 가기 전에 업무를 다 끝내려고 정말 열심히 일했거든요. 그나저나 결혼식은 잘 끝났나요?"

"참석하지 못했어요."

"저런, 안됐군요."

디이는 입술을 깨물며 뭐든 기억해내려고 애썼다.

"아, 그렇다면 지난 몇 달간 작업했던 기사를 살펴보는 건 어떨까요? 그런데 그게 도움이 될까요?"

"그럼 좋겠네요."

내가 얼른 대답했다.

그러자 디이는 "기록보관소"라는 말을 중얼거리며 자리를 떴다. 기다리는 동안 나는 의자에 앉아 책상을 살폈다. 책상 위나 서랍에서 사무용품 외에 개인 물품은 눈에 띄지 않았다. 디이가 잡지를 잔뜩 들고 돌아오는 모습을 보고 나는 얼른 서랍을 닫았다. 남의 책상을 염탐한 것 같아 괜히 찔렸다.

"여기 있어요. 색인을 보면 당신이 작성한 기사를 찾을 수 있을 거예요. 마침 회의실이 비어 있더라고요. 거기 가서 차분히 살펴보세요."

사방 벽이 유리로 된 회의실이긴 해도 툭 터진 사무실보다는 남의 시선을 어느 정도 차단할 수 있었다. 지미가 오크 테이블에 잡지를 내려놓고 의자 두 개를 바짝 끌어왔다. 의자 쿠션이 두툼해서 앉으니까 아주 편했다.

잡지의 발행일을 살핀 다음 최신호를 가장 먼저 집어 들었다. 지미도 무작위로 하나 골라 들었다. 내가 미심쩍은 눈으로 쳐다보자 지미가 어깨를 으쓱하더니 말했다.

"기다리는 동안 퍼즐이라도 풀려고."

우리는 말없이 앉아 과월호 잡지를 뒤적였다. 지미가 두 차례 일어나 근처 자판기에서 뜨거운 커피를 뽑아 왔다. 회의실은 잡지 넘기는 소리 외엔 쥐 죽은 듯 조용했다.

"내가 작성한 기사지만 꽤 괜찮은걸."

내가 한참 만에 잡지를 덮으며 말했다.

"어련하시겠습니까?"

지미가 놀리듯 말하자 내 얼굴이 살짝 붉어졌다.

"자랑하려는 게 아니라 내가 실제로 꿈을 이뤘다는 게 놀라워서 그래."

지미가 내 손을 지긋이 잡으며 말했다.

"당연한 건데 놀라긴."

* * *

잡지를 세 권째 읽어 내려갔다. 그러다 어느 한 기사에서 내 현실 감각이 송두리째 무너지고 말았다.

처음엔 기사 제목에 별로 신경 쓰이지 않았다. 그저 우측 상단에 있는 작은 컬러 사진에 눈이 갔다.

"오, 맙소사!"

나는 아연실색하며 소리쳤다.

"왜? 뭔데? 뭐가 문제야?"

지미가 벌떡 일어나 옆으로 다가왔다.

나는 어찌나 놀랐는지 목소리도 나오지 않았다. 그래서 손가락으로 사진을 가리켰다. 지미가 사진 밑에 달린 설명을 큰 소리로 읽었다.

"할링포드 클리닉의 제임스 휘태커 박사."

지미가 어리둥절한 표정으로 나를 쳐다봤다.

"이게 왜?"

"휘태커 박사님이야."

대답하면서도 머릿속에 온갖 생각이 떠올랐다.

"나를 치료해주는 분이란 말이야."

너무 답답해서 나도 모르게 목소리에 짜증이 묻어났다.

"그 사고 이후 줄곧 이분한테 치료받았어. 그리고 지난 6개월 동안 두통을 치료해준 의사도 바로 이분이야!"

우리는 아무 말도 하지 않고 기사를 두 번이나 읽었다. 그런 다음에야 고개를 들고 눈을 마주쳤다.

"머리 부상을 치료한다는 얘기는 안 나오는데."

지미가 조심스레 입을 열었다.

"알아."

"가만 보니까 이분은 이제 환자를 치료하는 것 같지 않아."

"알아."

"그저 임상 실험과 연구에만 전념하는 것 같아."

나는 아무 말도 하지 않았다.

"그나저나 기사를 썩 잘 썼네."

지미가 위로한답시고 넌지시 말했다.

"고마워."

나는 제목을 다시 살피고 싶은 것처럼 잡지를 내 쪽으로 당겼다. 하지만 제목은 이미 머릿속에 각인되었기 때문에 다시 볼 필요도 없었다.

다중인격장애: 의학적 사실인가, 허구인가?

제목 아래엔 이탤릭체로 필자 이름이 적혀 있었다.

레이철 월트셔.

9

잡지사 건물을 어떻게 나왔는지 기억나지 않는다. 지미는 디이에게 잡지를 돌려주고 나를 엘리베이터로 안내했다. 엘리베이터 안에서 백지장처럼 창백한 내 얼굴을 보고 사람들이 슬슬 피했다. 지미는 내가 쓰러질까 봐 허리를 단단히 잡았다. 내가 진짜로 아파 보였을 테지만 사람들이 상상하는 식으로 아픈 건 결코 아니었다.

밖으로 나와 찬바람을 쐤는데도 숨이 턱턱 막혔다. 물에 빠진 사람처럼 제대로 숨을 쉴 수가 없었다.

"그냥 천천히 숨을 쉬어봐. 진정하고 천천히."

지미는 금세 역할을 바꿔, 충격에 휩싸인 사람을 다루는 전문가로 변신했다. 당시 내 상태는 '충격'이라는 말 외에 달리 묘사할 어휘가 없는 것 같았다.

퍼즐 조각들이 별안간 다 맞춰졌는데, 상황이 명확해지기는커녕 완전히 엉뚱한 방향으로 치달아 공포감을 불러일으켰다.

"사실이었어. 모두 사실이었어. 하지만 그게 어떻게 '사실'일 수 있는 거야?"

내 목소리가 어찌나 크던지, 지나는 사람들이 경계하는 눈초리로 쳐다봤다. 내가 어지간히 정신 나간 여자로 보였나보다.

"자, 얼른 여길 빠져나가자."

나는 재촉하는 지미를 따라 멍한 상태로 주차장으로 향했다. 지미는 나를 어린애 다루듯 조심스럽게 조수석에 앉혔다. 그리고 차문을 닫은 뒤에 운전석 쪽으로 걸어갔다. 지미가 걸어가는 모습을 보면서 어쩜 저리 침착하게 행동할 수 있는지 궁금했다. 당장 가까운 병원에 전화해서 나를 입원시켜야 하지 않을까? 하지만 지미는 전혀 걱정스러워 보이지 않았다. 어쩌면 나만큼 정신이 나갔는지도 모르겠다. 지미가 차에 시동을 걸고서 분주한 런던 거리로 나왔다. 그때까지 둘 다 아무 말도 하지 않았다.

"흠……."

마침내 지미가 어색한 침묵을 깼다.

"좀 놀랍긴 하네."

"나 참, 그건 금세기 최고로 절제된 표현이다."

10여 분쯤 지나서 지미가 다시 입을 열었다.

"나 지금 빙빙 돌고 있어."

"나랑 붙어 다니더니 너도 맛이 갔구나."

내가 우울한 목소리로 말했다.

"그게 아니라, 레이철. 말 그대로 여길 빙빙 돌고 있다는 얘기야. 이 블록을 벌써 대여섯 번이나 돌았어. 이젠 어디로 가고 싶니? 아직도 너의 다른 집과 회사에 가고 싶은 거야?"

나는 창문 쪽으로 고개를 돌렸다. 낙심한 얼굴을 보이고 싶지 않았다.

"그게 무슨 의미가 있겠어. 거기 가서 뭘 찾을지 뻔히 알잖아. 동시에 두 장소에서 두 가지 직업에 종사하며 살 수는 없잖아. 이젠 고집을 꺾고 사람들이 하는 말에 귀를 기울여야 할 것 같아."

지미는 도로에서 시선을 거두고 얼른 시계를 확인했다.

"시간이 아직 이른데, 오늘 밤 안으로 그레이트 비숍스포드로 돌아갈래?"

나는 한숨을 푹 쉬면서 생각했다. 원래는 런던에서 하룻밤 묵을 계획이었다. 그래야 내가 거주한다고 추정하는 두 집과 근무한다고 추정하는 두 회사를 모두 둘러볼 수 있을 테니까. 아울러 임무를 다 마친 후에는 비좁은 내 집에 들어가 포장 음식과 와인을 음미하며 끊어진 기억의 끈을 하나씩 이어볼 생각이었다. 오늘 아침까지만 해도 이런 낙관적인 생각으로 기분이 들떠 있었다. 그런 행복한 결말은 날아갔지만 이대로 아버지에게 돌아가서 새로 알게 된 사실만 전하려니 마음이 너무 착잡했다.

"오늘 밤엔 돌아가고 싶지 않아."

내가 단호한 목소리로 말했다.

"차분히 생각할 시간이 필요해. 모든 게 뒤죽박죽이야. 차분히 생각하고 정리해야겠어. 그래야 다음에 무슨 일이 닥치든 대처할 수 있을 것 같아."

지미가 고개를 끄덕이며 동의했다. 나는 지미가 그냥 아버지 집으로 돌아가자고 우기지 않아 기뻤다.

"아무래도 오늘 밤엔 혼자 있는 게 좋겠어."

지미의 눈치를 살피며 조심스럽게 말했다. 지미가 운전하다 말고 나를 힐끗 보더니 웃으며 말했다.

"그야 물론이지. 나도 당연히 그렇게 생각해. 단, 내가 말하는 '혼자'는 내가 동행하는 걸 전제한 거야. 오늘 밤 너 혼자 두고 떠날 생각은 추호도 없으니까 그렇게 알고 있어. 레이철."

우리는 그렇게 하기로 합의했다. 생각할 게 너무 많아서 오늘은 돌아가지 않고 런던에 머물기로 결정했다. 하지만 내 소유로 추정되는 숙소에서 밤을 보내려던 계획은 접었다. 빅토리아풍 아파트를 내 집으로 받아들일 준비가 전혀 되지 않았기 때문이다. 게다가 그 집에 가면 자연스레 매트가 떠오를 거라 지미도 썩 유쾌하지 않을 게 뻔했다. 결국 호텔을 찾아보는 수밖에 없었다.

금요일 저녁 6시가 넘은 시간이라 런던 시내에서 적당한 숙소를 찾기가 쉽지 않을 것 같았다. 하지만 다행히 처음 들어간 호텔에서 방을 구할 수 있었다. 우리는 호텔 주차장에 차를 세워두고 로비로 들어갔다. 지미가 방이 있는지 알아보는 사이 나는 뒤에 서서 기념품 가게를 멍하니 바라봤다.

잠시 후 지미가 방을 잡는 데 성공해서 내 옆으로 돌아왔다. 그 순간, 좀 전까지 생각지도 못한 질문이 머릿속에 떠올랐다. 지미가 방을 하나만 잡았을까, 아니면 두 개를 잡았을까? 이 궁금증은 내가 묻기도 전에 해소됐다. 지미가 플라스틱으로 된 카드키를 내 손에 쥐여줄 때, 그의 손에 카드가 하나 더 있었던 것이다.

"나란히 붙은 방이야."

나는 지미의 말에 살며시 웃었다. 하지만 그게 안도의 미소였는지, 실망의 미소였는지 나도 종잡을 수 없어서 플라스틱 카드만 만지작거렸다.

지미의 제안에 따라, 우리는 식사할 장소를 찾아보기로 했다. 방해받지 않고서 조용히 얘기할 만한 장소여야 했다. 호텔로 오는 길모퉁이에 조그마한 이탈리안 레스토랑을 봐뒀다고 지미가 말했다. 일단 그곳으로 정한 뒤, 각자 방에 들어가 짐을 풀고 15분 후에 복도에서 만나기로 했다.

나는 방에 들어가 찬물로 얼굴을 씻고, 바람 때문에 헝클어진 머리를 빗었다. 화장품을 많이 가져오지 않아 가볍게 기초화장만 했다. 그래도 시간이 남아 침대로 가서 잠시 누웠다. 호텔 방은 쾌적하긴 했지만 별다른 특색이 없었다. 오만 가지 생각으로 뒤숭숭한 머리를 식힐 만한 게 하나도 없었다.

레스토랑은 호텔에서 몇 분만 걸어가면 나올 만큼 가까웠다. 레스토랑 정면의 대형 유리창을 들여다보니 왠지 낯설지 않았다. 전에 어디선가 본 것 같다는 느낌을 지울 수 없었다. 예약도 없이 찾아온 탓에 빈자리가 있는지 물어봐야 했다. 웨이터가 확인하는 동안 내가 왜 낯설지 않다고 느꼈는지 생각나서 소리쳤다.

"「레이디와 트램프」!"

지미는 조금 전에 갈아입고 나온 바지와 흰색 셔츠를 내려다

보며 말했다.

"부랑자 트램프? 흠, 그것도 매력적이지. 내 차림새가 그 정도로 형편없다고 생각하진 않지만!"

"너 말고, 이 바보야. 여기 말이야."

내가 레스토랑 실내를 가리키며 말했다. 만화가가 밑그림을 그릴 때 틀림없이 이곳을 참고했을 것 같았다. 조그마한 테이블에는 체크무늬 식탁보가 깔려 있었다. 테이블마다 놓인 초는 가물거렸고 촛농은 빈 키안티 와인 병을 타고 흘러내렸다. 그리고 숨겨진 스피커에서 경쾌한 바이올린 음악이 흘러나와 분위기를 한껏 고조시켰다.

지미는 내 말뜻을 알아차리고 치아를 활짝 드러내며 웃었다. 때마침 웨이터가 우리를 자리로 안내하겠다고 나섰다.

"내가 스파게티 가닥을 너랑 같이 먹을 거라고 기대한다면 오산이야. 그리고 마지막 미트볼을 양보할 생각은 눈곱만치도 없으니까 절대 넘보지 마. 그 정도로 널 사랑하진 않으니까!"

"네가 「레이디와 트램프」에서 스파게티 먹을 때 나오는 「벨라노테」만 부르지 않으면 우린 아무 문제없을 거야."

나는 지미의 형편없는 노래 실력을 떠올리며 응수했다. 가벼운 농담을 주고받으며 테이블로 걸어가는데, 머릿속에서는 지미가 방금 한 마지막 말이 계속 맴돌았다.

우리가 이렇게 농담을 주고받은 이유는 순전히 속내를 숨기기 위해서였다.

하지만 음식을 주문한 뒤에도 시시껄렁한 대화만 계속할 수는 없었다. 이젠 현실로 돌아와 생각을 정리해야 했다.

"이젠 머릿속이 좀 명쾌해졌니? 시간이 좀 지났으니까 생각해봤을 거 아냐?"

나는 와인을 길게 한 모금 마신 후 솔직하게 대답했다.

"'명쾌해졌다'는 말은 어울리지 않는 것 같아. 지난 5년의 삶을 사람들이 말하는 식으로 기억하느냐고 묻는 거라면, 전혀 아니야. 난 하나도 기억나지 않아. 내가 아는 현실은 저번에 너한테 말해준 그 현실뿐이야. 그때와 지금 사이에 달라진 게 있다면, 내가 생각하는 현실이 실제론 일어날 수 없다는 걸 이제 알았다는 거야."

지미가 내 두 손을 잡으며 용기를 북돋워줬다.

"그것만으로도 한 발짝 크게 내디딘 거야. 기억상실증 전문가를 만났을 때, 어떻게 하면 진짜 기억을 되살릴지 좀 더 열심히 듣지 않겠니?"

"하긴 그래도 좋겠다."

말은 이렇게 하면서도 내 목소리는 사뭇 회의적으로 들렸다.

"그나저나 전문가는 언제 만나기로 했어?"

"다음 주말에 만날 거야."

지미가 그때도 함께 가겠다고 나서줄지 궁금했다. 물론 그때는 매트가 귀국한 뒤라 약혼자인 매트와 함께 가야 할 것 같았다. 그런데 동행하고 싶은 사람이 매트인지 확신이 서지 않아 내심 놀랐다. 선택권이 나에게 있다면, 매트와 지미 중 과연 누가 내 옆에 있어야 할까?

웨이터가 요리를 들고 오자 지미가 내 손을 놔줬다. 그러자 이상하게 허전하고 힘이 빠졌다. 흠, 적어도 방금 떠오른 질문에 대한 답은 확실해졌다.

"너한테 일어났다고 네가 생각하는 일들을 찬찬히 따져보니까 조금씩 이해가 돼."

"그래?"

"정말이야."

지미는 이 문제를 정말 진지하게 생각했나보다. 어쩌면 이성적으로나 논리적으로 앞뒤가 안 맞는 문제를 두고서 경찰관 특유의 직업정신을 발휘했는지도 몰랐다.

우리는 김이 모락모락 나는 파스타와 신선한 야채샐러드를 게걸스레 먹었다. 별로 기대하지 않았던 하우스 와인도 맛이 아주 좋았다. 식사하는 중에도 지미는 내가 상상한 현실의 세부사항을 합리적으로 해석하고 명확하게 설명하려고 계속해서 증거를 찾았다.

"하지만 내가 그런 걸 어떻게 시시콜콜 알고 있을까? 가령 앤더슨즈 엔지니어링의 인사과 직원 이름과 번호를 어떻게 알았을까?"

"그건 간단해. 네가 전에 그 회사에 지원했을 수도 있잖아. 그때 자세한 내용을 머릿속 어딘가에 저장했을 거야. 넌 한 번 들으면 쉽게 까먹지 않잖아."

그럴듯한 설명이었지만 별로 믿음이 가지 않았다. 나는 다른 사안을 또 끄집어냈다.

"좋아, 그러면 내가 왜 아버지가 암으로 죽어간다는 끔찍한 상황을 설정했을까?"

지미는 그 질문에 대한 답이 떠오를 때까지 한참 동안 생각에 잠겼다.

"아주 어렸을 때 너는 실제로 아버지가 담배를 끊도록 설득한 적이 있잖아. 흡연의 폐해를 다룬 TV 광고 같은 걸 보고 아버지가 죽을까 봐 두려웠겠지. 그런 두려움이 머릿속 어딘가에 잠재돼 있었을 거야."

지미의 말은 일리가 있었다. 예전부터 나는 담배 피우는 사람을 유난히 싫어했다.

"그리고……."

지미가 다시 입을 열었다. 이젠 자신의 이론에 완전히 빠져든 기색이었다.

"기사를 작성하려고 실제로 휘태커 박사를 인터뷰했잖아. 아마 그때 상상 속 허구적 인물에 대한 개념이 머릿속에 심어졌을 거야."

나는 멋쩍게 웃었다.

"그렇다면 그분 번호가 내 휴대전화에 저장된 이유가 납득이 가네."

또한 내가 그런 주제로 된 기사를 봤다고 생각한 이유도 이해가 갔다. 내가 썼으니까 당연히 익숙했을 것이다.

"내가 뭐랬어. 하나씩 따져보면 거의 다 설명할 수 있다니까."

나는 지미의 말에 수긍했다. 지금까지 지미의 이론에서 어떤 허점도 찾을 수 없었다. 다만 한 가지 의문은 여전히 남았다.

“하지만 내가 꾸며낸 것들은 왜 죄다 이렇게 끔찍할까? 왜 이렇게 절망적이고 비극적일까? 왜 아버지를 아프다고 상상했을까? 하긴 나도 아픈 사람으로 등장했지. 게다가 왜 그리 혼자 외롭게 지냈을까? 왜 온전히 행복한 삶을 상상하지 않았을까?”

나는 거기에서 멈췄다. 악몽 같은 상상의 세계에서 내가 꾸며낸 최악의 비극을 언급하지 않았음을 알았다. 한참 뜸을 들이다 결국 입을 열었다.

“네가 왜 사고를 당했다고 생각했을까?”

지미는 오랫동안 대답하지 않았다. 실은 너무 오래 입을 다물고 있어서 아예 대답하지 않을 것처럼 보였다.

“어쩌면 네 진짜 삶이 완벽한 ‘현실이었’으니까. 더 정확히 말하면 완벽한 ‘현실이라서’ 그런 게 아닐까? 이미 완벽한 현실 속에 살고 있으니, 정반대되는 상황을 가공해낸 거지. 그리고 내가…….”

지미도 다음 말을 바로 잇지 못하고 잠시 머뭇거렸다.

“내가 죽었다고 생각한 이유는, 아마 내가 꽤 오랫동안 네 삶의 일부분이 아니었기 때문일 거야.”

지미의 목소리는 슬픔으로 가득 찼다.

“우리 사이가 멀어졌잖아. 아주 오랫동안 만나지 못했어. 어쩌면 그건 우리의 우정이 끝났음을 상징하는 게 아닐까?”

아니 어쩌면 그 이상일 거라고 나는 생각했다. 지미가 없는 삶은 죽느니만 못한 삶이며, 그런 삶을 산다는 건 내가 상상할 수 있는 최악의 지옥이라는 걸 무의식적으로 알아차렸기 때문일 것이다.

* * *

우리는 접시를 깨끗이 비웠다. 곁들여 마신 와인 덕분에 기분이 알딸딸했고, 잡지사를 나설 때 느꼈던 불안이 조금은 누그러졌다. 지미도 알코올 덕분에 경계심을 살짝 푸는 것 같았다. 나는 지미가 말하면서 무심코 내 손을 만지작거린다는 사실을 의식하고 있는지 궁금했다.

그런데 지미의 손길이 이상하게 뜨거웠다. 살면서 지미의 손과 내 손이 맞닿은 적이 수천 번도 넘었을 텐데, 왜 이제야 전기가 통하는 것일까? 왜 별안간 이런 기분에 휩싸인 것일까? 다른 남자와 약혼까지 한 이 마당에?

"자, 말해봐, 레이철. 미스터리한 부분을 어느 정도 정리했으니까, 너는 두 가지 과거를 어떻게 설명하고 싶니?"

나는 테이블에 놓인 바구니에서 막대 모양의 빵을 집어 들었다. 그러고 나서 손가락 사이에 끼우고 지휘하는 것처럼 이리저리 흔들었다.

"난 아직 아무것도 이해되지 않아. 아무것도."

나는 빙빙 도는 막대 모양 빵에서 눈을 떼지 못했다. 하지만 이쯤에서 멈출 지미가 아니었다.

"자, 어서 말해봐. 네 나름대로 생각한 게 있을 거 아냐?"

나는 엄지와 검지 사이에 끼운 빵을 앞뒤로 마구 돌렸다. 어찌나 열심히 돌렸던지, 열기가 느껴질 정도였다.

"바보같이 들릴 거야, 정말로."

"웃지 않겠다고 약속할게."

막대 모양 빵이 더 빨리 돌아갔다.

"사고가 일어났던 날 밤에 진짜로 무슨 일이 벌어졌다고 생각해. 시간과 관련돼서 말이야. 그러니까 내 말은, 현실이……."

나는 말을 잇지 못하고 주저했다. 생각한 걸 말로 표현하려니 정말로 바보같이 들렸다.

"왠지 모르지만 현실이 두 개로 분리된 것 같아."

바로 그때 툭 하고 부러지는 소리가 났다. 막대 모양 빵이 두 동강난 모습에 나도 모르게 흠칫했다. 지미의 반응을 살피고 싶었지만 고개를 들 수 없었다. 식사하는 내내 지미는 내가 미치지 않았음을 입증하려고 무지 노력했다. 그런데 내 이론은 지미의 그런 생각을 완전히 뒤엎었다.

"두 개로 분리됐다고?"

목소리만으로는 지미가 내 생각을 믿지 않는지, 아니면 충격을 받았는지 알 수 없었다.

"그래. 내 삶에, 아니 우리 모두의 삶에…… 균열이 생기고 말았어……. 사고가 일어난 바로 그 순간에."

"균열이 생겼다고?"

"으응. 그런데 한쪽의 삶은 다 괜찮았어. 모든 게 바라던 대로 흘러갔어. 하지만 다른 쪽 삶은…… 정반대로 흘러갔어. 바로 그 순간부터 나는 심신이 망가졌고 모든 게 엉망진창이 됐어. 게다가 넌, 너는……."

"죽었고."

그 말과 함께 지미의 인내심이 바닥났다. 나는 고개를 들고서 지미의 표정을 살폈다. 황당한 내 이론에 터져 나오려는 웃음을 참느라 지미가 얼마나 괴로워하는지 봤다. 결국 지미가 웃음을 터뜨리고 말았다. 어찌나 심하게 웃었던지, 주변에서 식사하던 사람들이 놀라 우리를 쳐다봤다. 나는 부러진 막대 모양 빵을 지미에게 던졌다.

"그만 웃어. 그냥 이론일 뿐이야."

이목이 쏠리는 게 당황스러워 내가 낮게 말했다.

눈물까지 흘리며 웃어대던 지미가 마침내 정신을 차리고 입을 열었다. 그런데 그 말은 심각한 경고처럼 들렸다.

"그건 네가 허구한 날 스티븐 킹의 소설 나부랭이만 읽어서 그런 거야!"

* * *

우리는 기분 좋게 레스토랑을 나섰다. 그날 겪었던 정신적 충격을 고려한다면 상당히 놀라운 일이었다. 때마침 하늘에서 탐스러운 눈송이가 내리기 시작했다. 크리스마스 전등이 장식된 나무와 하얀 눈송이가 어우러져 환상적인 풍광을 연출했다.

추운 날씨 탓에 도로는 이미 빙판처럼 미끄러웠다. 나는 술

취한 사람마냥 두 번이나 미끄러질 뻔했다. 그러자 지미가 내 팔을 덥석 잡았다.

"이놈의 구두가 문제라니까."

미끄덩하는 나를 지미가 번개처럼 붙잡아 똑바로 세워줬다. 지미가 잡아주지 않았더라면 꼴사납게 넘어질 뻔했다.

"'다른 옷'을 입었더라면 훨씬 실용적이었을 텐데."

지미는 나의 '다른 옷'이 상상에만 존재할 뿐이라고 상기시키지 않았다. 다만 이렇게 에둘러 말했다.

"신발이 문제가 아니라 네가 문제야, 네가. 하여간 끊임없이 돌봐줘야 한다니까."

"흠, 경찰은 원래 그러라고 있는 거 아냐? 경찰의 모토가 '지키고 보살피는' 거잖아."

그러자 지미가 웃으며 말했다.

"그건 미국 경찰이 노상 떠드는 말이지."

"흠, 내가 잘못 알았군. 바로잡을게."

나는 이렇게 말하는 순간에도 발을 헛디뎌 또 넘어질 뻔했다.

"그래? 자세 하나도 바로잡지 못하면서!"

즐겁게 웃고 떠들며 걷다보니 어느새 호텔에 도착했다. 로비에 들어서자 사방이 대낮처럼 환하고 따뜻했다.

나란히 붙은 방 앞에 서서 헤어지기 전에 나는 지미를 꼭 안아줬다.

"오늘 함께 있어줘서 고마워."

내가 지미의 귀에 대고 속삭였다.

"나 혼자서는 엄두도 못 냈을 거야. 너랑 같이 다녀서 정말 좋았어."

지미가 그야말로 온화한 미소를 짓더니 몸을 숙이고 내게 살며시 키스했다. 나는 흠칫 놀라 몸을 살짝 뺐다. 지미의 눈빛은 한없이 다정했지만 불꽃이 일지는 않았다. 그러니까 친구한테 할 수 있는 순수한 키스였다. 그저 '천만에, 별 얘기를 다 하는구나'라는 의미였다. 그런데 왜 카드키를 꽂고 방으로 들어왔을 때, 나는 그 키스가 좀 더 특별한 의미였으면 좋겠다고 바랐을까?

처음엔 잠이 쉽게 들지 않을 것 같았다. 낮에 있었던 일들이 머릿속에 맴돌아 밤새 뒤척이면 어쩌나 걱정했다. 그런데 무척 피곤한데다 식사 때 곁들인 와인의 취기가 올라와 침대에 눕자마자 곯아떨어졌다. 그리고 몇 시간 동안 단잠에 빠졌다.

중간에 꿈을 꿨다. 처음엔 아주 기분 좋게 시작됐다. 나는 햇볕이 따사롭게 내리쬐는 해변에 느긋하게 누워 있었다. 아버지가 가까이에서 뭐라고 얘기하는 것 같았지만 알아들을 수는 없었다. 나 역시 아버지에게 무슨 말을 하거나 몸짓을 하려 했지만 모래 속에 누워 나른한 상태라 꼼짝할 수 없었다.

그러다 꿈이 늘 그렇듯 느닷없이 모든 상황이 바뀌었다. 해변이 순식간에 사라졌다. 아버지도 연기처럼 사라졌다. 나는 시간을 거슬러 올라가 자동차 사고가 일어난 날 밤으로 돌아갔다. 그런데 이번엔 차가 돌진하는 모습을 본 사람이 매트가 아니었다. 바로 나였다.

나는 뭘 해야 하는지 알았다. 얼른 경고하려고 입을 열었지만 목소리가 나오지 않았다. 사람들의 관심을 끌려고 아무리 버둥거려도 다들 웃고 떠드느라 내게 신경 쓰지 않았다. 요란스런 몸짓으로 긴박한 위험을 알리려 애썼지만 허사였다. 죽음의 사자가 시속 100킬로미터로 돌진하는 와중에 웨이터들은 우리 테이블에 접시를 내려놓고 와인 잔을 다시 채웠다.

바로 그때 새빨간 비상벨이 눈에 들어왔다. 이상하게도 비상벨이 내 뒤쪽 벽에 붙어 있었다. 주먹으로 비상벨을 세게 내리치자 경보음이 '삐!' 하고 울렸다. 그런데도 누구 하나 움직이지 않았다. 나는 의자에서 빠져나오려고 몸부림쳤지만 사고가 일어났던 날 밤처럼 테이블에 막혀 꼼짝할 수 없었다. 왜 다들 경보음을 듣지 못하는 거지? 삐삐거리는 소리가 너무 커서 자동차 경적처럼 귀가 먹먹할 지경인데, 친구들은 전혀 감지하지 못했다. 그렇게 가만히 앉아서 임박한 죽음을 기다리고 있었다.

질주하는 차가 우리를 덮치려는 순간, 나는 지난 5년 동안 밤마다 시달리던 악몽을 또다시 체험했다. 바로 그때 내 목소리가 살아났다. 목구멍에서 비명이 터져 나왔다. 목청껏 비명을 지르는데, 바로 옆에서 유리가 깨졌다. 그 소리에 놀라 눈을 번쩍 떴다. 그런데 깨진 건 유리가 아니었다. 내가 몸부림치다 침대 옆 탁자에 놓인 램프를 건드렸는지, 램프의 도자기가 떨어지며 와장창 깨져버렸다.

나는 일어나 앉았다. 심장이 두근거리는 소리가 천둥소리처럼 요란했다. 아무리 기다려도 두근대는 심장이 가라앉지 않았다. 가라앉기는커녕 점점 더 빠르게 뛰었다. 의식이 조금씩 돌아오자 내 이름을 부르는 소리가 들렸다. 정신을 차리고 귀를 기울이니, 지미가 미친 듯이 방문을 두드리며 나를 부르고 있었다. 어찌나 격렬하게 두드렸는지 문짝이 경첩에서 떨어져 나갈 지경이었다.

의식이 온전히 돌아오지 않은 채로 침대에서 내려섰다가 날카로운 도자기 파편을 밟는 바람에 다시 침대로 올라왔다. 갑작스러운 아픔에 욕설을 내뱉으며 반대편으로 기다시피 내려가 문으로 향했다. 지미가 다른 사람들을 몽땅 깨우기 전에 얼른 문을 열어야 했다.

새벽 2시에 복도를 지나는 사람이 있었다면 우릴 보고 아주 이상하게 생각했을 것이다. 헝클어진 머리에 반 벌거숭이 차림으로 내 방 앞에 서 있는 지미를 본 사람은 아무도 없었다. 지미는 바지만 허둥지둥 챙겨 입었을 뿐 나처럼 맨발이었다.

반쯤 정신 나간 지미가 내 방으로 성큼성큼 걸어 들어왔다.

"괜찮니, 레이철? 네 비명을 들었어."

지미가 끔찍한 비명의 원인을 찾느라 방안을 휘휘 둘러봤다. 지미의 목소리와 행동에서 불안한 기색이 역력히 드러났다. 비상사태에도 침착함을 유지하도록 훈련받았을 텐데, 이런 모습을 보이다니 상당히 의외였다.

"악몽을 꿨나봐."

나는 간결하게 대답하면서 다친 발로 디디지 않으려고 한 발로 팔짝팔짝 뛰어 안락의자에 앉았다.

지미가 안도의 한숨을 내쉬었다. 지미의 몸에서 긴장감이 한꺼번에 빠져나가는 것 같았다.

"맙소사, 그게 다야? 난 누가 널 죽이는 줄 알았어. 그런데 뭐가 깨지는 소리도 나던데……."

"램프하고 씨름을 좀 했거든."

그 순간, 지미는 내가 왼쪽 발을 부여잡고 있는 모습에 주목했다. 실은 발바닥에 상처가 깊게 나서 피가 계속 흐르고 있었다.

"레이철, 다쳤구나! 왜? 무슨 일이야?"

지미가 적성에 맞는 직업을 택한 건지 또다시 의문이 들었다. 경찰치고는 아무래도 추론 능력이 좀 모자라지 않나 싶었다.

"네가 문을 부수기 전에 열어주려고 서둘러 일어나다 램프 파편을 밟았지 뭐야."

목소리에 원망 섞인 투정이 묻어났다. 아직 악몽에서 완전히 벗어나지 못한데다가 발바닥까지 쿡쿡 쑤셔서 나도 어쩔 수 없었다. 지미가 즉시 의자 옆으로 다가오더니, 내 팔을 살며시 치우고 다친 발을 살폈다.

"어디 좀 봐."

나는 움찔하고 놀랄 자세를 취하며 지미의 손에 왼쪽 발을 내맡겼다. 지미는 손바닥으로 내 발의 뒤축을 아주 조심스럽게 받치고서 피가 줄줄 흐르는 발바닥을 살폈다.

"일단 깨끗이 씻자."

지미가 일어나며 말했다.

"상처 부위에 뭐가 있는 것 같진 않아. 그래도 혹시 모르니까 좀 더 밝은 데서 봐야겠다."

내가 말뜻을 알아차리기도 전에 지미는 나를 번쩍 안아 들고 화장실로 향했다.

"혼자 걸을 수 있어."

내가 고집을 부렸다.

"아니면 한 발로 뛰어가도 돼."

지미는 내 말을 무시하고 살짝 열린 화장실 문을 발로 뻥 찼다. 그런 다음 불을 켜고 나를 어디에 놓을지 둘러봤다. 지미의 맨가슴에 안겨 있으니 기분이 묘했다. 게다가 난 짧은 슬립만 걸치고 있었다. 악몽을 꾸느라 땀까지 흥건하게 흘렸기 때문에 슬립이 몸에 찰싹 달라붙어 있었다. 허벅지를 가리려고 아랫단을 내리려다 오히려 가슴골만 더 드러내고 말았다. 지미가 내 발에만 집중하고 있어서 천만다행이었다.

지미는 욕조 가장자리에 나를 앉히고 샤워기로 발과 발목을 씻어주었다. 물에 닿자 처음엔 상당히 따끔거렸다. 그런데도 몸을 많이 뒤틀 수 없었다. 왼쪽 다리를 들고 있어서 최대한 얌전하게 있으려고 신경 썼다. 속옷을 입지 않은 걸 이때처럼 후회해본 적이 없었다.

부드러운 물줄기와 형광등 조명 아래서 지미는 상처 부위를 꼼꼼히 살폈다. 이물질이 없다는 확신이 들었는지, 출혈을 멎게 하려고 상처 부위를 꽉 눌렀다. 한 사람만 사용하도록 설계된 작은 화장실이라 우리는 가까이 붙을 수밖에 없었다. 실은 너무 가까워서 지미의 심장박동이 점점 빨라지는 것까지 느껴졌다. 놀란 가슴이 가라앉아 이젠 호흡이 안정될 만도 한데, 오히려 더 거칠어졌다. 그제야 나만 이렇게 가슴이 콩닥콩닥 뛰는 게 아니라는 걸 알았다. 지미는 엄지손가락으로 상처를 누르는 와중에 나머지 손가락으로 내 발목을 살살 어루만졌다. 지미가 의도적으로 그러는지 무의식중에 그러는지 알 수 없지만, 어쨌든 그 행동은 내 심장이 정상 리듬으로 돌아오는 데 전혀 도움이 되지 않았다.

뭔가 새로운 일이 벌어지고 있었다. 폐쇄된 좁은 공간에 거친 숨소리가 울리며 야릇한 감정이 일렁이는 것 같았다. 지미가 고개를 들고 나를 바라봤다. 한 번도 보지 못한 눈빛이었다. 내 얼굴에 반사된 그 눈빛을 지미 자신도 알아차렸을 것이다. 그 순간, 온 세상이 멈춘 것 같았다. 우리를 둘러싼 연약한 보호막이 깨질까 봐 우리는 입을 열지도, 몸을 움직이지도 못하고 그대로 얼어붙었다.

"지미……."

내가 지미의 가슴에 손을 살짝 대면서 속삭였다. 손끝으로 잠깐 스쳤을 뿐인데 펄떡펄떡 뛰는 맥박이 강하게 느껴졌다. 그런데 바로 그때, 지금 이 상황을 부정하려는 듯 지미가 고개를 세게 흔들더니 벌떡 일어섰다. 그리고 필요 이상으로 꾸물거리며 샤워기를 제자리에 꽂고 물을 잠갔다. 내게 고개를 돌렸을 때 지미의 얼굴엔 아무런 감정도 드러나지 않았다. 방금 우리 사이에 튀었던 불꽃은 온데간데없었다.

"이젠 피가 멈춘 것 같아. 그래도 모르니까 반창고가 있으면

붙여두는 게 좋겠어."

"으응."

흥분된 상태에서 갑자기 현실적인 문제로 돌아오려니 말이 제대로 나오지 않았다.

내가 발의 물기를 말리고 상처에 반창고를 붙이는 사이, 지미는 침실로 가서 카펫에 떨어진 램프 파편을 치웠다.

나는 화장실 문에 기대어 지미가 침실을 치우는 뒷모습을 넋 놓고 바라봤다. 탄탄한 팔 근육과 매끈한 등이 무척 멋있어 보였다. 문득 지미에 대한 감정이 우정의 길에서 한참 벗어났다는 생각이 들었다.

당장이라도 지미에게 달려가 안기고 싶었다. 하지만 그럴 수 없는 현실이 육체적 고통처럼 아프게 느껴졌다. 지미는 이런 내 감정에 절대로 화답하지 않을 게 뻔했다. 우리가 방금 뛰어들려 했던 영역이 무엇이든, 지미는 그 영역으로 들어갈 생각이 전혀 없는 것 같았다. 내가 억지로 밀어붙이면 지미를 영원히 잃을 수도 있었다. 그런 일을 또 겪을 수는 없었다.

"자, 이제 된 것 같아."

지미가 일어나며 말했다.

"걸을 때만 조심하도록 해."

"고마워."

내 목소리가 가라앉은 걸 지미가 눈치챘는지 모르겠다. 침실이 서늘해서 나도 모르게 몸을 떨었다. 그러자 지미가 바로 알아차리고 얼른 다가오더니 내 어깨를 감쌌다.

"레이철, 이러다 꽁꽁 얼겠다. 걸칠 만한 가운 같은 거 없니?"

나는 고개를 저었다. 꼭 필요한 옷만 챙겼지, 오밤중에 누구랑 같이 있을 건 예상하지 못했다.

"감기 걸리기 전에 얼른 이불 속으로 들어가는 게 좋겠다."

지미가 나를 다시 안아 들려고 몸을 숙이려는 찰나, 나는 몸을 휙 빼서 절뚝거리며 침대로 걸어갔다. 내가 괜히 고집부린다고 생각했는지 지미가 슬며시 웃었다. 실은 지미가 그렇게 생각하는 편이 나았다. 살이 맞닿았을 때 생기는 여파를 지미가 알아차리는 것보단 나를 고집쟁이로 생각하는 게 더 속 편했다.

나는 얼른 이불 속으로 파고들었다. 이불이 주는 따사로움보다 몸을 가리는 게 더 급했다. 그런데 뜻밖에도 지미는 자기 방으로 돌아가지 않고 침대에 걸터앉았다.

"도대체 무슨 악몽을 꿨기에 방을 난장판으로 만든 거야?"

내가 피식 웃으며 말했다.

"아, 아무것도 아냐."

"아무것도 아닌 것 같지 않은걸. 내가 얼마나 놀랐는지 알아?"

지미의 얼굴을 보니 진심으로 걱정하는 표정이었다.

"미안해."

말로는 미안하다고 하면서도 미안한 이유를 나도 몰랐다. 걱정을 끼쳤기 때문인지, 화장실에서 있었던 일 때문인지, 그도 아니면 앞으로 저지를 온갖 잘못 때문인지 종잡을 수 없었다.

"그냥 늘 꾸던 꿈이야. 나한테는 별스런 꿈도 아니야. 자동차 사고가 있던 날 밤에 대한 꿈이었어."

"그런 꿈을 자주 꾸니?"

내가 서글픈 얼굴로 고개를 끄덕였다.

"사고가 일어난 날 이후로 줄곧?"

"네가 죽은 날 이후로 줄곧."

황당하기 짝이 없는 내 말에 둘 다 잠시 할 말을 잃었다.

"그런데 왜 지금도 그런 꿈을 꾸는 거지?"

지미가 내 얼굴을 더 잘 보려고 몸을 돌리며 말했다.

"이젠 그런 일이 실제로 일어나지 않았다는 걸 알잖아."

내가 비참한 얼굴로 고개를 저었다.

"나도 모르겠어."

그런데 문득 한 가지 생각이 떠올랐다. 나는 그 운명적인 날 밤에 실제로 일어났던 일을 제대로 알지 못했다. 어둠 속에 갇힌 사람마냥 그날 일을 제대로 보지 못했다. 바로 그날 현실이 두 갈래로 갈라졌기 때문이다. 그날 밤 실제로 일어났던 일을 알게 된다면, 가상현실 같은 두 번째 삶이 실체를 잃고 신기루처럼 사라질지도 몰랐다.

"다 말해줘. 그날 밤에 대해 기억나는 걸 전부 다 말해줘. 우리가 테이블에 앉았던 그 순간부터."

지미는 간절한 내 목소리에서 심상찮은 기운을 느꼈는지, 이야기를 시작하기 전에 내 어깨를 가만히 잡았다. 진실을 알고 나서 내가 괴로워하면 어쩌나 걱정하는 눈치였다.

지미의 이야기는 내가 기억하는 것과 똑같았다. 이야기를 듣는 동안 친구들 사이의 우정과 동지애가 살아나는 것 같았다. 나는 지미가 내게 준 페니를 언급할 때까지 잠자코 듣기만 했다.

"그걸 아직도 가지고 있어!"

내가 엉겁결에 소리쳤다. 하지만 곧 다시 정정했다.

"아니, 다른 삶에서 그렇다는 말이야. 보석 상자에 고이 모셔 놨어. 버릴 수가 없더라고. 너와 날 이어주는 마지막 끈인 것 같아서."

지미가 말없이 미소를 지었다. 그 순간 또 다른 생각이 순간적으로 떠올랐다.

"그리고 우린 다음 날 만나기로 약속했어. 그래, 진짜로 그랬어. 다음 날 너를 보러 오라고 네가 부탁했어. 그런데 네 목소리가 너무 이상했어. 그 후로 몇 년 동안 그게 마음에 걸렸어. 그때 무슨 얘길 하려고 그랬던 거야?"

조명 탓인가? 아니면 내 질문에 지미의 뺨이 정말로 붉어진 것일까?

"아, 그래? 난 모르겠는데. 그건 전혀 기억나지 않아."

나는 이야기의 흐름을 흩뜨리고 싶지 않아서 반박하지 않았다. 하지만 지미가 왜 거짓말을 하는지는 계속 궁금했다.

지미의 이야기는 내 기억과 계속 일치했다. 그러다 돌진하는 차를 피하려고 테이블에서 서둘러 벗어나는 부분에 이르렀다.

"……그 남자가 창문으로 돌진하기 직전에 다들 가까스로 벗어났어."

"하지만 난 의자에 걸려 넘어졌어. 테이블과 벽 사이에 껴서 꼼짝할 수 없었고. 그렇지 않았니?"

지미가 잠시 입을 다물었다. 뭐라고 말해야 할지 고심하는 눈치였다.

“너무 갑작스럽게 벌어진 일이라서…… 아마도 네가 마지막으로 빠져나왔을 거야.”

지미는 이 부분을 대충 얼버무리고 넘어가려는 것 같았다. 하지만 나는 그냥 넘길 수 없었다.

“아니, 내가 마지막이 아니었어. 아버지 말로는 네가 다쳤다고 했어. 그렇다면 차가 돌진했을 때 넌 여전히 창문 근처에 있었다는 거잖아. 어떻게 된 거야?”

그제야 나는 지미가 뭘 주저하는지 깨달았다.

“내가 기억하는 게 맞지? 넌 날 구하러 돌아왔어. 위험한 상황에서 날 끄집어냈어.”

지미는 왠지 그 사실을 인정하는 걸 곤혹스러워했다.

“우린 다들 도와 가며 위험에서 벗어났어.”

내가 고개를 저었다. 아직도 그때 일이 눈에 선했다. 다들 창가에서 물러났다. 나만 빼고 다들 안전한 곳에 있었다. 그런데 그들 중 한 사람만 나를 구하러 돌아왔다.

“네가 내 목숨을 구해줬어.”

지미는 그 사실을 계속 부인할 것처럼 보였다. 하지만 잠시 머뭇거리다가 단호한 내 목소리에 마음을 바꿨는지 익살스럽게 말했다.

“네가 내 행운의 페니를 가지고 죽는 걸 볼 수 없었거든.”

하지만 그런 우스개로 물러날 내가 아니었다.

"네가 내 목숨을 구해줬어."

이번엔 지미가 웃음기를 싹 빼고 아주 솔직하게 대답했다.

"내가 어떻게 두고 볼 수만 있었겠어?"

나는 무슨 말을 해야 할지 몰랐다. 어떤 말로도 고마운 마음을 전할 수 없었다. 그 빚을 갚을 길은 더더욱 없었다.

"그 때문에 네가 다쳤잖아."

나는 손을 들어 지미의 이마에 흘러내린 머리카락을 뒤로 넘겼다. 머리 선에서 눈썹까지 삐죽삐죽 뻗은 상처가 허옇게 드러났다.

"내 상처와 아주 흡사해."

내가 놀라며 소리쳤다.

"나한테 있었다고 생각한 상처 말이야. 물론 내 건 더 깊고 길었어."

손가락으로 지미의 상처를 따라 내려갔다.

"내 상처는 여기서 이렇게 내려가."

손가락이 지미의 뺨을 지나며 까칠한 수염에 닿았다.

"여기까지 이어졌어."

기억에만 존재하는 흉터를 지미의 뺨에 아로새겼다. 내 흉터가 끝나는 지점에서 멈추지 않고 계속 내려가 살짝 벌어진 지미의 입술에서 멈췄다.

순간 전기가 찌리릿 통했다. 아까 화장실에서 튄 불꽃은 지금과 비교하면 아무것도 아니었다.

지미가 내 손가락을 입술로 물고서 촉촉한 혀로 부드럽게, 너무나 부드럽게 핥기 시작했다. 전기에 감전된 것처럼 온몸이 전율했다.

다음 순간 나는 지미의 품에 안겼다. 누가 먼저랄 것도 없이 서로 자석처럼 끌렸다. 나는 지미의 격렬한 키스와 다부진 몸에 압도됐다.

시간이 멈춰버렸다. 격정적인 두 불길이 하나로 합쳐져 뜨겁게 타올랐다. 어깨에서 슬립 끈을 내리는 지미의 손길이 살며시 떨렸다. 주저하는 것 같았다. 하지만 지미 못지않게 나도 바라는 바였으니 주저할 필요가 없었다. 어쩌면 내가 더 열렬히 원했는지도 몰랐다. 아니 엄밀히 말하면, 나는 이 순간을 오랫동안 기다리고 간절히 염원했다. 다만 너무 눈치가 없어서 여태 알아채지 못했을 뿐이다.

지미의 입술과 손이 벗은 내 몸을 탐색하는 동안 나도 모르게 탄성이 새어 나왔다. 지미의 손길에 내가 이렇게 쉽사리, 이렇게 음탕하게 반응할 줄은 미처 몰랐다. 한 번도 맛보지 못한 기분이었다.

이불은 이미 한쪽으로 치워져 있었다. 지미 앞에서 알몸을 내보이는데도 전혀 당황스럽지 않았다. 그동안 쌓아온 우정을 생각한다면 이런 기분이 이상할 만도 했지만, 심지어 근친상간한다는 느낌이 들만도 했지만 전혀 그렇지 않았다. 우리의 거친 숨소리가 적막한 방안에 울려 퍼졌다. 지미의 떨리는 몸이 내 몸과 결합해 더 격렬하게 전율했다.

그런데 지미가 언제부터 몸을 뺐는지 기억나지 않는다. 한순간 우리는 하나로 합쳐져 입술과 손으로 서로 탐색했는데, 어느 순간 나 혼자만 남아 있었다. 내 어깨를 감싸고 나를 으스러지게 안아주던 손이 갑자기 완강하게 나를 밀쳐냈다.

창피한 일이지만 나는 무슨 일이 벌어지는지 바로 알아차리지 못했다. 내가 지미의 바지 단추를 푸느라 씨름하는데 지미의 손이 내 팔목을 잡았다. 지미의 갑작스런 변화에 놀라고 분노하며 내가 고개를 들었다. 지미의 얼굴엔 불꽃이 거의 꺼지고 강철처럼 차고 단단한 기운이 서렸다.

바보처럼 지미의 거부를 무시하고 다시 키스하려고 다가갔다. 내 입술로 지미의 입술을 벌리고 뜨거운 반응을 끌어내 아까처럼 불꽃을 일으킬 수 있다고 생각했다.

하지만 아니었다. 지미는 얼음물을 뒤집어쓴 사람마냥 냉정했다. 나는 지미가 도대체 무슨 이유로 멈췄든 개의치 않았다. 거기서 멈추고 싶지 않았다.

"오, 맙소사. 멈추지 마. 제발 멈추지 마."

자존심이고 뭐고 다 팽개치고 애원했다. 나는 지미의 눈을 뚫어져라 쳐다봤다. 그리고 푸른 심연에서 욕망의 불꽃이 희미하게 꺼져가는 걸 포착했다. 지미가 단호하게 몸을 일으켜 침대 가장자리에 멀찍이 걸터앉았다.

"난 그럴 수 없어, 레이철. 너도 알잖아."

난 알지 못했다. 물러서려는 지미를 다시 붙잡으려고 창피한 줄도 모르고 다가갔다. 하지만 지미는 단단한 바위처럼 꿈쩍도 하지 않았다.

지미가 바닥에서 내 슬립을 집어 들고 나를 쳐다보지도 않은 채 내 쪽으로 던졌다.

"얼른 입어."

이 두 마디가 결국 내 욕망을 삼켜버렸다. 내 욕망의 심부까지 산산이 부숴버렸다. 나는 조그마한 천 조각을 집어 잽싸게 걸쳤다. 너무나 수치스러웠다. 지미에게 내 몸을 난잡하게 내던졌다고밖에 표현할 길이 없었다. 나를 받아달라고 애원했지만 지미는 끝까지 거절했다. 나를 완강히 뿌리쳤는데 내가 못 알아듣고 덤볐던 것이다. 아, 물론 처음엔 지미도 반응했다. 하지만 그건 자신을 유혹하려는 여자에게 보이는 수컷의 본능적 반응이었다. 무릎반사 같은 충동적 반응.

하긴 지미는 육체적 욕망을 불태울 생각이 애초에 없었다. 그건 부정할 수 없는 사실이었다. 지미는 그런 식으로 나를 원했던 적이 한 번도 없었다. 과거에도 없었고 지금도 전혀 없었다. 그런데도 나는 삼류 소설에 나오는 요부처럼 그에게 육탄 공세를 퍼부었다.

"당장 이 방을 떠나줘."

내가 떨리는 목소리로 말했다. 금방이라도 눈물이 쏟아질 것 같았다. 지미는 얼른 내 말을 따랐다. 그것만 봐도 지미의 속내를 알 수 있었다. 그런데 서둘러 나가다 말고 문간에서 잠깐 멈췄다. 그리고 돌아서서 나를 뚫어지게 쳐다보았다.

"미안해, 레이철. 날 용서해줘."

지미의 목소리는 무척 고통스럽게 들렸다. 하지만 내가 뭐라 대답할 말을 찾기도 전에 문을 열고 나가버렸다.

미안해? 지미가 나한테 미안하다고? 도대체 뭣 때문에? 사과해야 할 사람은 나였다. 감정을 자제하지 못하고 문란하게 행동했으니, 욕을 먹어야 할 사람은 바로 나였다.

지미는 아무 잘못도 없었다. 나를 원하지 않은 것 말고는……. 그렇다고 지미를 비난할 수도 없었다. 그 순간, 나는 지구상에 살아 숨 쉬는 모든 생명체 중에서 가장 혐오스럽고 구역질 나는 존재가 된 기분이었다.

* * *

그날 밤도 내내 울다 잠이 들었다. 이젠 거의 습관처럼 굳어진 일상이었다. 다음 날 아침, 지미가 벌겋게 충혈된 내 눈을 봤는지 모르겠지만 예의상 아무 말도 하지 않았다. 실은 지미도 썩 좋아 보이진 않았다. 우리는 아침에 만나기로 한 시간에 복도에서 만났다. 광기에 사로잡혀 우리의 우정을 영원히 망가뜨렸을지도 모르는 행동을 하기 전에, 다시 말해 둘 다 멀쩡한 상태였을 때 잡았던 시간이다.

눈을 뜨자마자 나는 그 모든 일이 꿈이었으면 하고 바랐다. 아무 일도 일어나지 않았기를, 돌이킬 수 없는 일을 저지르지 않았기를 간절히 바랐다. 하지만 고개를 들어 깨진 램프를 본 순간, 지미와 나의 우정이 회복될 수 없을 정도로 훼손됐음을 알았다.

복도에서 기다리는 지미를 봤지만 얼른 다가가지 못했다. 뭐라고 말해야 할지 도무지 생각나지 않았다. 지미도 할 말을 못 찾고 쭈뼛거리는 것 같았다. 그러더니 겨우 이렇게 물었다.

"아침을 먹고 갈래, 아니면 곧장 갈래?"

"그냥 가고 싶어."

내가 얼른 대답했다. 지미의 눈빛이 흔들렸다. 무슨 말을 하려는 것 같더니 그냥 고개를 끄덕였다. 그러고는 내 손에서 가방을 받아 들고 엘리베이터 쪽으로 몸을 돌렸다.

"그럼 가자."

* * *

내 평생 그보다 더 불편한 자동차 여행은 없을 것 같았다. 차 안에 긴장감이 감돌았다. 런던에서 그레이트 비숍스포드까지 가는 내내 또 한 명의 승객이 우리 사이에 앉아 있는 것 같았다.

결국 우리는 대화 나누는 걸 포기했다. 차 안에 감도는 적막감과 어색한 침묵을 전혀 불편해하지 않은 것처럼 행동했다. 실제로는 둘 다 자신을 기만하고 있었다. 처음으로, 정말 난생처음으로 지미와 편하게 이야기를 나눌 수 없었다. 자꾸만 떠오르는 생각을 터놓고 말하지 못하는 중압감은 참으로 컸다. 그런데도 차를 타고 가는 내내 입을 열지 못했다. 마침내 고향 마을에 도착했다는 표지판이 보였을 때는 고맙게도 말할 시간이 없었다.

익숙한 거리가 나오자 나는 한시라도 빨리 차에서 내리고 싶었다. 차에서 내려 간밤의 일에서 벗어날 수 있기를 간절히 바랐다. 그날은 정말 최악의 날이라는 생각이 문득 들었는데, 그 생각이 틀리지 않았음이 금세 입증됐다.

마지막 모퉁이를 돌자 우리 집이 나왔다. 집 앞에는 매끈하게 빠진 자동차가 한 대 서 있었다.

"끝내주는군."

지미가 그 차 뒤에 주차하면서 중얼거렸다.

나는 낯선 차를 보고 어리둥절했다. 하지만 MR 10이라는 번호판을 보고 고개를 끄덕였다. 매트의 차였다.

지미가 시동을 끄고 나를 쳐다봤다. 어젯밤 이후로 나를 똑바로 쳐다본 것은 지금이 처음이었다.

"레이철, 그러니까…… 실은……."

내가 고개를 저었다.

"아무 말도 하지 마. 말할 필요 없어."

지미가 팔을 뻗어서 내 손을 잡았다. 한편으론 지미의 손길을 획 뿌리치고 싶었지만 다른 한편으론 지미가 내 손을 영원히 잡아주기를 더 간절히 바랐다. 지미의 손에 잡힌 내 손이 몹시 떨렸다. 그러자 지미가 내 반응을 오해했다.

"아마 당장은 내가 몹시 미울 거야. 알아. 하지만 나한테 기회를……."

나는 지미가 무슨 기회를 달라고 하는지 듣지 못했다. 말하려는 순간 조수석 문이 벌컥 열렸고 매트가 초조한 얼굴을 불쑥 들이밀었기 때문이다.

불길에 닿은 것처럼 손을 잽싸게 뺐지만 매트는 지미가 내 손을 잡고 있는 모습을 놓치지 않았다. 괜한 이야기가 오갈까 봐 내가 얼른 차에서 내렸다.

"매트, 여긴 어쩐 일이야? 사흘 뒤에나 독일에서 올 거라고 생각했는데……."

매트가 나를 으스러지게 껴안았다. 지미를 의식해서 그러는 것 같았다. 내가 그의 품에서 벗어날 즈음 지미가 차에서 내렸다.

"일을 서둘러 마무리 짓고 왔어. 네 옆에 있어야 할 것 같아서. 그런데 나 대신 잠깐 네 옆에 있어줄 사람이 있었구나."

맙소사. 또 시작이었다. 병원에 있을 때 나를 매료시켰던 둘의 유치한 경쟁심이 지금은 그냥 시시하고 성가셨다.

"지미가 하루 휴가를 내고 런던까지 동행해줬어. 내가 해결할 일이 엄청 많았는데, 고맙게도 지미가 선뜻 도와줬어."

매트가 고개를 돌려 차 지붕 너머로 지미를 쳐다봤다.

"하루가 아니라 이틀인가보네. 오늘도 땡땡이치는 걸 보면."

상황이 어떻게 흘러갈지 뻔히 보였다. 나는 이런 분위기가 몹시 거슬렸다. 아직까진 지미가 미끼를 물지 않았지만, 수컷들의 팽팽한 기 싸움에 회오리가 몰아칠 것 같았다.

"어젯밤에 너무 늦어서 돌아올 수 없었어. 결국 근처 호텔에서 묵었어. 아버지도 우리 일정을 알고 계셔."

매트가 고개를 끄덕였다. 문득 지미와 내가 밤새 함께 지냈다는 얘기를 아버지에게 들었을 때 매트가 어떤 반응을 보였을지 궁금해졌다.

"갑자기 방을 구했는데도 다행히 빈방이 두 개 있더라고."

나는 모든 게 떳떳하다는 걸 매트에게 알리려고 주절거렸다. 하지만 내 귀에도 어설픈 변명처럼 들렸다. 약혼자인 매트가 내 일거수일투족을 알 권리라도 있는 양 우리의 행동을 일일이 보고하는 나 자신에게 화가 났다. 게다가 거짓말까지 해야 하다니, 마음이 몹시 불편했다.

"아주 점잖게 행동했으니까 걱정 마."

나는 매트를 안심시키고 집이 있는 방향으로 걸어갔다.

"당연히 그랬겠지."

매트가 대답했다. 그 점을 한시도 의심하지 않았다는 투로 말했지만 지미를 쳐다보는 표정은 전혀 그렇지 않았다.

"넌 안 들어가?"

지미가 자신에게 내 짐 가방을 건네려 하자 매트가 물었다. 그 소리에 내가 걸음을 멈추고 돌아섰다. 둘 다 안으로 들어올 줄 알았기 때문이다.

"응, 오늘은 그냥 갈게. 계속 땡땡이칠 수는 없잖아? 그리고 너도 레이철과 단둘이 시간을 보내고 싶을 테고. 레이철이 너한테 할 말이 많을 거야."

나도 모르게 얼굴이 화끈 달아올랐다. 안 돼. 안 돼, 제발 침착해야 해.

매트는 의혹을 호기심으로 가장하려고 무던히 애쓰며 지미와 나를 번갈아 쳐다봤다.

"잡지 기사에 대해서 말이야."

지미가 차 쪽으로 돌아서며 말했다.

"잘 있어, 레이철."

나는 지미에게 달려가 품에 안기고 싶었다. 가지 말라고 붙잡고 싶었다. 말도 안 되는, 그야말로 터무니없는 바람이었다. 물론 나는 그런 엉뚱한 행동은 하지 않았다.

내 발은 시멘트를 발라놓은 것처럼 꼼짝하지 않았다. 하지만 잘 있으라는 지미의 인사가 마음에 걸렸다. 영원히 이별할 때 하는 인사처럼 들려 가슴이 먹먹했다.

매트가 지미의 차를 뒤로하고 내게 걸어오려는데, 지미가 갑자기 매트를 붙잡았다. 내가 듣지 못하도록 작게 얘기했지만 거리가 갑자기 조용해지는 바람에 그 말을 똑똑히 들었다.

"레이철을 잘 돌봐줘, 매트. 굉장히 힘든 스물네 시간을 보내고 왔으니까."

* * *

아버지는 나를 보더니 한시름 놓았다는 듯 크게 안도했다. 물론 나를 염려한 탓도 있겠지만, 그보다 유머 감각이라곤 없는 매트를 더 이상 상대하지 않아도 됐기 때문이었다. 매트가 온 뒤로 우리가 돌아오길 기다리는 몇 시간이 아버지에겐 힘든 시간이었을 것이다.

"우리에 갇힌 사자처럼 안절부절못하고 거실에서 계속 서성이더라."

아버지가 부엌에서 차와 토스트를 만들면서 내 귀에 대고 속삭였다. 딱히 배가 고프진 않았지만, 우리가 함께 떠난 걸 매트가 알았을 때 어떤 반응을 보였는지 궁금해서 부엌에 그대로 있었다.

"네가 다 감당해야 하니 안쓰럽다. 매트가 뭣 때문에 저리 흥분하는지 난 모르겠다."

아버지는 머그잔과 스푼을 쟁반에 내려놓다 말고 나를 살폈다. 아무 말 없이 한참 동안이나 쳐다봤다.

"왜요?"

나는 아무것도 모르는 척 거듭 물었다.

"아, 왜요?"

애써 태연한 척했지만 얼굴에 번지는 홍조 때문에 실패하고 말았다. 아버지가 다 안다는 듯한 눈으로 계속 쳐다보자 내 얼굴이 점점 더 붉어졌다. 아버지가 정확히 무엇을 아는지, 혹은 추측하는지는 모르겠지만 내가 처한 상황과 크게 다르진 않을 것 같았다.

"조심하거라, 레이철. 안 그러면 누군가 다칠 거야."

그러더니 굳은 얼굴을 풀고서 나를 따뜻하게 감싸 안았다.

"그 사람이 네가 아니었으면 좋겠어."

차와 토스트를 다 먹을 즈음엔 분위기가 상당히 좋아졌다. 자연스레 아버지와 매트는 런던에서 있었던 일을 듣고 싶어 했다. 지난 스물네 시간 동안 벌어진 일을 소상히 얘기하려니 시간이 꽤 걸렸다. 물론 나를 비롯해 누구도 간밤의 일은 듣고 싶어 하지 않을 터라 건너뛰었다.

이야기를 다 마쳤는데도 두 사람은 한동안 말이 없었다. 그러다 매트가 먼저 입을 열었다.

"그럼 이제 다 기억나는 거야?"

매트가 들뜬 목소리로 물었다.

"아니, 그런 건 아냐. 솔직히 말하면 전혀 아니야. 그래도 이젠 무슨 일이 벌어지지 않았는지 정도는 안 것 같아."

매트는 실망한 기색이 역력했다. 이 상황에 실망했다기보다는 나한테 실망했다는 느낌을 지울 수 없었다. 내가 기억을 되살리기 위해 충분히 애쓰지 않는다고 의심하는 것 같았다. 내가 좀 더 노력하면 순식간에 기억날 텐데 그러지 않는다고 서운한 눈치였다.

"걱정 마라, 레이철."

아버지가 내 손을 꽉 잡으며 말했다.

"시간이 해결해줄 거야. 적어도 이번 주에 기억상실증 전문의를 만날 때 어디서부터 얘기할지 감은 잡았잖아."

"예, 지미도 그렇게 말했어요."

그러자 매트의 얼굴이 확 굳어졌다. 다행히 뒤틀린 심사를 말로 드러내지는 않았다.

"참, 내가 이것저것 찾아봤는데, 지난 5년간의 삶을 기억하는데 도움이 될지도 모르겠구나."

그러고 보니 소파 옆에 두툼한 앨범과 기념품 상자가 잔뜩 쌓여 있었다. 아버지는 기대에 찬 얼굴로 상자와 앨범을 커피 테이블에 올리며 끙, 하고 신음을 내뱉었다.

"난 시내에 볼일이 있어서 잠깐 나가봐야겠다. 너희 둘은 이걸 살펴보거라. 궁금한 게 있으면 매트가 자세히 알려줄 게다. 아마 나보다 낫지 싶다. 난 네 삶에서 실제로 벌어진 일의 절반도 말해주지 않았을 테니까!"

최근에 일어난 일을 생각하면, 백번 옳은 말이었다.

* * *

첫 번째 앨범을 몇 장 넘기는데, 아버지가 나갔는지 현관문 닫히는 소리가 딸깍 하고 났다. 그 소리에 매트가 얼른 옆으로 오더니 내 손에서 앨범을 치우고 나를 껴안았다.

"이따위 사진은 나중에 보자. 네 기억을 환기해줄 더 좋은 방법을 알고 있거든."

그러고는 내가 어떻게 막을 새도 없이, 혹은 막고 싶은지 생각할 새도 없이 매트가 내 입술에 자신의 입술을 포갰다. 뜨거우면서도 부드러운 키스로 내 반응을 끌어내려 애썼다. 나는 잠시 경직됐지만 매트의 키스에 반응하지 않을 수 없었다. 내 기억을 번쩍 돌아오게 하는데 어쩌면 이런 게 필요한지도 몰랐다. 왕자의 키스가 잠자는 숲 속의 공주를 깨운다는 얘기는 동화 속에서만 나오는 게 아닐지도 모르니까. 섹시하고 능수능란하고 자신감 넘치는 매트라면 쇼윈도에 세워진 마네킹한테서도 반응을 끌어낼 수 있을 텐데, 하물며 지난 7년 동안 이런 키스의 수혜자였던 여자에게서 반응을 끌어내지 못하겠는가!

매트의 입술이 내 입술과 포개져 움직이고 매트의 손이 내 등을 자기 것인 양 휘젓는 동안 불현듯 기억이 떠올랐다. 십 대 시절 내가 매트를 얼마나 열렬히 사랑했는지, 매트가 내게 얼마나 중요한 존재였는지 다 기억났다. 세상 모든 여자가 첫사랑의 기억을 잊지 못하듯이 나 역시 매트를 잊지 않았다. 게다가 지미가 죽었을 때 내가 매트를 얼마나 매몰차게 차버렸는지도 기억났다. 우리가 함께 쌓아온 추억을 모조리 지워버렸다. 그런데 매트와 헤어진 일로 몹시 괴로워하긴 했지만, 그 괴로움은 지미를 잃은 상실감에 비하면 아무것도 아니었다는 사실도 또렷이 기억났다. 그런 일이 상상 속에서만 일어났다고 하니, 게다가 여러 정황상 그렇다는 증거가 속속 드러나고 있으니, 내 의식이 전하려는 메시지가 뭔지 알아내는 데 심리학 학위 따위는 필요하지 않았다.

일부러 밀쳐내진 않았지만 내 반응이 미적지근해지자 매트가 결국 낌새를 눈치챘다.

"레이철?"

매트가 내 이름을 속삭이더니 목을 살며시 깨물었다. 무덤덤하게 굴면서도 나도 모르게 몸을 떨었다. 매트가 고개를 들고 내 얼굴을 살폈다. 내 얼굴에서 열정과 욕망을 찾으려고 애썼다.

"아직은 좀 부담스럽니? 그만할까?"

내가 고개를 끄덕이자 고맙게도 매트가 나를 이해해줬다. 그가 냉정을 되찾으려고 노력하는 모습에 마음이 몹시 무거웠다. 내가 이러지 말아야 한다는 걸 알기에 죄책감까지 들었다. 전날 밤에 지미도 이런 기분이었을까? 인생은 참 아이러니한 것 같다.

"그냥 아버지가 찾아준 물건을 살펴보는 게 어때?"

내가 힘없이 제안했다.

"네가 원한다면……."

매트가 동의했다. 하지만 단서를 달았다.

"하지만 내가 널 쉽게 포기할 거라고 생각하진 말고."

물론 매트는 다짐하듯이 한 말이었을 테지만 어쩐지 위협처럼 들렸다.

앨범을 세 개나 살펴보면서 몇 시간째 기억을 되살리려 했지만 소용이 없었다. 가본 적도 없는 곳에서 알지도 못하는 사람들과 찍은 사진을 보는 것도 이젠 질렸다. 내가 모르는 내용을 매트가 시시콜콜 설명해줬지만 대학 시절 찍은 수많은 사진은 전부 미스터리로 남았다.

"아주 즐겁게 보냈나봐."

내가 앨범에서 사진을 한 장 꺼내며 말했다. 손에 맥주병을 들고 친구들과 어깨동무를 하며 활짝 웃고 있는 사진이었다. 얼굴엔 취기도 살짝 돌아 보였다.

"좋은 시절이었지."

매트가 한마디 거들었다. 그러더니 방어할 틈도 없이 고개를 숙이고 내 입술에 잽싸게 키스했다.

"하지만 지금이 더 좋아."

매트의 뻔뻔한 자신감을 존경하지 않을 수 없었다 하지만 나는 매트의 작전에 말려들 마음이 없었기에 얼른 대화를 나누는 분위기로 유도했다.

"그나저나 우리가 장거리 연애의 어려움을 잘 넘겼나보네?"

그 순간 매트의 눈빛이 살짝 흔들렸다. 앗, 뭐지? 뭔가 숨기는 게 있는 걸까?

"흠, 지금도 이렇게 함께 있잖아. 잘 지냈으니까 그런 게 아니겠어?"

매트의 목소리에서 뭔가 꺼림칙한 게 느껴졌다. 매트가 갑자기 화제를 바꾸려는 걸로 봐선 분명히 뭔가 있었다.

"그리고 이렇게 약혼까지 했잖아."

매트의 목소리에 다시 자신감과 만족감이 묻어났다.

"그럼, 이렇게 약혼까지 했는데."

내 목소리에는 전혀 다른 감정이 들어 있었다.

* * *

"진짜로 같이 안 가시겠어요? 같이 가신다면 대환영이에요."

매트가 아주 공손하게 청했다. 나는 아버지가 그 말에 담긴 진심을 눈치챘는지 궁금했다. 아버지의 반짝이는 눈빛을 보니, 제대로 알아들은 것 같았다.

"아니다. 너희끼리 가서 재미나게 놀려무나. 괜스레 같이 가서 분위기 망치고 싶지 않다. 게다가 난 매트가 자고 갈 방을 치워야 하거든."

우리가 졌어요, 아버지. 잘했어요!

매트는 차에 오를 때까지 아무 말도 하지 않았다.

"그러니까 이번에도 손님방 신세라 이거지?"

나는 웃지 않으려고 애썼지만 입술이 자꾸만 씰룩거리는 건 어쩔 수 없었다.

"아저씬 아직도 우리가 십 대 청소년이라고 생각하시나봐."

매트가 잽싸게 시동을 켜면서 투덜댔다.

"'내 지붕 아래서는 안 된다' 같은 고리타분한 원칙을 고수하시다니! 우리가 런던에서 어떻게 지냈을지 생각도 안 하시나?"

나 역시 우리가 런던에서 어떻게 지냈는지 모르는 상황이니, 지금은 아무 말도 안 하는 게 상책이었다.

"어쨌든."

매트가 내 쪽으로 몸을 돌리더니 괜히 윙크를 날리며 말했다.

"거실 마룻장 중에서 어떤 게 삐걱거리는지 아직도 기억하고 있어. 네가 방문 빗장을 풀어놓기만 하면 돼."

겉으론 웃었지만 매트가 진담으로 하는 말인가 싶어 내심 불안했다. 자기 전에 방문을 확실히 걸어 잠가야겠다고 속으로 다짐했다.

그날 저녁 우리는 의외로 상당히 즐겁게 보냈다. 아버지의 감시와 갑갑한 집을 벗어나자 매트는 확실히 생기가 돌았다. 아니, 내가 기억하는 옛날 모습으로 돌아간 것 같았다. 자상하고 매력이 넘쳤다. 우리가 들어간 레스토랑에서도 여자들이 자꾸 부러운 눈으로 나를 쳐다봤다. '저 여자가 뭐가 좋다고?'라는 듯

한 시선을 노골적으로 보내는 여자도 있었다. 결국 매트에게 한마디 하고 말았다.

"저런 시선은 잊고 있을 때가 더 좋았어."

매트도 그런 시선을 의식했지만 어깨를 으쓱하며 무시했다.

"저런 시선 때문에 걱정할 필요 없어."

"걱정하는 게 아냐. 성가신 거지. 너무 무례하잖아."

매트가 자리에서 일어났다.

"계산하고 올게."

그리고 가기 전 내 머리에 가볍게 키스하며 속삭였다.

"난 너만 바라본다는 걸 명심해."

2분도 채 안 돼 그 말의 신빙성을 의심할 일이 터졌다. 매트가 테이블 사이를 가로질러 스탠드바가 있는 쪽으로 걸어가는 동안, 갑자기 윙윙거리는 소리가 작게 들렸다. 빈 접시 옆에 놓인 매트의 휴대전화가 울리는 소리였다. 금방 그치겠거니 했는데 끈질기게 울려댔다.

매트를 부르려고 고개를 들려다 나도 모르게 휴대전화에 눈길이 갔다. 작고 네모난 화면에 전화한 사람의 이름이 선명한 초록색으로 찍혀 있었다. 거꾸로도 얼마든지 읽을 수 있었지만 굳이 집게손가락으로 휴대전화를 빙그르 돌렸다.

"캐시."

단순하고 악의 없는 이 두 글자가 착신 벨 소리와 상관없이 내게 경종을 울렸다.

캐시가 뭣 때문에 매트한테 전화했지? 휴대전화는 여전히 끈

질기게 울려댔다. 나라도 받아야 하나? 결정하지 못한 채 휴대전화에 손을 뻗었지만 받지는 않았다. 왠지 받으면 안 될 것 같았다. 근처 테이블에서 식사하는 사람들이 힐끔힐끔 쳐다봤다. 휴대전화 벨 소리가 신경에 거슬렸을 것이다. 나는 그들에게 미안한 얼굴로 살짝 웃어 보였지만 전화를 끝까지 받지 않았다.

결국 벨 소리가 멈췄다.

1, 2분 후에 매트가 내 코트를 들고 돌아왔다. 나는 매트에게 좀 전에 걸려온 전화에 대해 물어보고 싶었다. 캐시가 왜 그에게 전화했는지, 저번에 내가 사고 난 날 밤까지 거의 몇 년 동안 만난 적도 없다고 말했는데, 왜 캐시가 그의 휴대전화로 전화했는지, 그것도 아주 가까운 친구와 가족에게만 알려줬다고 말한 번호로 전화했는지 따지고 싶었다.

집으로 가는 도중에 매트의 휴대전화가 다시 울렸다. 마침 빨간 신호에 걸려 멈춰 있던 터라 매트가 주머니에서 휴대전화를 꺼내 화면을 확인했다. 무슨 생각을 하는지 알 수 없는 표정이 잠시 떠올랐지만 얼른 통화를 차단했다. 나는 매트의 거짓말을 듣기도 전에 캐시라는 걸 직감했다.

"누구야?"

"일 때문에 연락한 사람이야. 내일 통화하면 돼."

집에 돌아왔을 때 아래층 전등이 여전히 켜 있었다. 내가 가방에서 열쇠를 찾는 사이에 매트는 문간에서 마지막으로 한 번 더 은밀한 시간을 즐기고 싶어 했다.

"오늘 밤 아주 즐거웠습니다, 윌트셔 양."

나는 겉으론 웃었지만 속으론 아까 휴대전화가 울렸을 때 떠오른 매트의 낯선 표정을 계속 생각했다.

"내가 문간에서 너한테 찐하게 키스하려고 하면 너희 아버지가 몽둥이를 들고 나오시겠지?"

그러더니 내 대답을 기다리지도 않고 나를 확 끌어당겨 키스했다. 다른 때 같았으면 무릎에 힘이 빠졌을 정도로 격렬한 키스였다. 마침내 몸이 떨어졌을 때, 매트의 눈은 욕망으로 활활 타올랐다. 하지만 다행히 다른 생각에 빠져 있는 내 상태를 눈치챈 것 같지는 않았다.

다시 가방을 뒤져 간신히 열쇠를 찾아냈다. 아버지에게 인사하러 거실로 들어갈 때 매트가 내 귀에 대고 짓궂게 속삭였다.

"침실 문 잠그지 않는 거 알지?"

* * *

하루 종일 긴장하며 가슴을 졸였는데, 내 방에 들어오니 이제야 마음이 좀 놓였다. 나는 신발을 벗어 던지고 낡은 침대에 털썩 쓰러졌다. 봉인된 병에서 공기가 조금씩 새어 나오듯, 마음속 깊은 곳에 묻어둔 생각과 감정이 꿈틀대며 밖으로 빠져나오려 했다. 하지만 그게 아니라도 대처해야 할 수많은 문제와 온갖 모순된 감정에 눌려 말 그대로 질식할 지경이었다. 지미의 거절에 따른 고통과 굴욕은 물론이요 약혼녀의 미지근한 반응에 당황하면서도 자꾸만 집적거리는 매트까지 막아내려니, 정신이 하나도 없었다. 게다가 내 정신은 아직도 완전히 다른 시간 속의 과거에 연연하고 있었다. 그러니 새롭게 튀어나오는 문제에 대처할 여력이 있겠는가!

복잡하고 어지러운 생각에서 어떻게든 벗어날 요량으로 방을 정리하기 시작했다. 모든 문제의 원흉이 무기력함에서 비롯되기라도 한 것처럼 미친 듯이 방을 치우고 소지품을 정리했다. 마지막으로, 전날 런던에 들고 갔던 여행 가방을 집어 들었다. 가방 지퍼를 열고 내용물을 침대에 몽땅 쏟았다.

자잘한 물건은 금방 정리했다. 이젠 호텔에서 입었던 슬립만 남았다. 그날 밤에도 그 슬립을 입을 생각이었는데, 부드러운 원단에 손이 닿자 갑자기 지난밤 장면이 눈앞에 생생하게 펼쳐졌다. 침실이 사라지고 호텔 방이 보였다. 지미의 뜨거운 입술이 느껴졌다. 지미가 지금 내 옆에 있는 것처럼 강렬한 느낌이었다. 나는 어떤 물체에 접촉하면 그 물체에 얽힌 이야기를 읽어낼 수 있다는 사이코메트리를 믿지 않았다. 심령술과 관련된 건 아무것도 믿지 않기 때문이다. 그런데도 지미가 슬립을 천천히 벗기던 손길이 믿을 수 없을 만큼 생생하게 느껴졌다. 슬립을 쥐고 있는 손에 힘이 들어갔다. 오랫동안 부인해왔던 진실에 이제야 눈을 떴는데, 마음의 눈을 뜬 순간 모든 희망이 사라졌다는 것도 깨달았다.

나는 비명을 지르며 슬립을 던져버렸다. 바닥에 떨어진 슬립은 무해한 천 조각일 뿐이지만, 그 천에는 불도장처럼 뜨거웠던 지미의 손길이 찍혀 있었다. 저 옷은 이제 예사로운 게 아니었다. 약혼자가 같은 지붕 아래 자고 있는 오늘 밤엔 도저히 입을 수 없었다. 아니, 앞으로 다시는 입을 수 없을 것 같았다.

그날 밤에도 꿈을 꿨다. 내 정신 상태는 깨었을 때나 잠들었을 때나 똑같이 혼란스러웠다. 신기하게 꿈속에서도 잠이 들었다. 잠든 장소는 내 침실이 아니라 생판 모르는 곳이었다. 하지만 아버지와 함께 있는 걸로 봐선 내가 사는 곳인 것 같았다. 아버지의 목소리가 가까이서 들렸지만 무슨 말인지 알아듣지는 못했다. 꿈속에서 나는 뭔가 중요한 약속이 있다는 걸 알았다. 무슨 약속인지는 분명하지 않았다. 기억상실증 전문가를 만나기로 했는지, 아니면 다른 사람을 만나기로 했는지 전혀 알 수 없었다. 다만 내가 잠을 너무 많이 자는 바람에 아주 중요한 약속을 어기게 될 거라는 불길한 예감에 휩싸였다는 사실은 확실했다.

전에도 비슷한 꿈을 꾸곤 했다. 특히 시험이나 연휴를 앞뒀을 때 이런 꿈을 꿨다. 그런데 이번 꿈은 예전과 비슷하면서도 훨씬 더 다급하게 느껴졌다. 잠을 너무 많이 자지 말아야 한다는 생각이 강렬하게 들었다. 꿈속에서 나는 중요한 약속을 어기면 파국에 이를 것을 알았다. 약속을 다른 날로 바꿀 수 없다는 점도 익히 알았다. 너무 많이 자지 않는 게 굉장히 중요했다. 그 점을 주지시키려는 듯 아버지가 꿈속의 나에게 속삭이는 소리가 들렸다.

"일어날 시간이야, 레이철. 이제 그만 자고 일어나렴."

나는 아버지에게 대답하고 싶었다. 내가 깨어 있다는 걸 알리고 싶었다. 하지만 잠이 나를 제압했다. 잠의 족쇄가 어찌나 세게 옥죄는지 움직일 수도, 말할 수도 없었다. 일어날 수도, 약속을 지킬 수도 없게 되자 두려움이 엄습했다. 좌절감에 부닥치자 심장박동이 빨라졌다.

'삐' 하는 소리가 천천히 나더니 바늘로 콕콕 쑤시는 것처럼 꿈속으로 침투했다. 그 소리는 잠의 장막을 뚫고 들어와 끈질기게 울려대서 도저히 무시할 수 없었다. 도대체 무슨 소리일까? 꿈속에서 그 소리가 어찌나 또렷이 들리는지, 잠의 촉수에 힘이 빠지기 시작했다. 그제야 나는 알람이 울린다는 걸 깨달았다. 일어나려고 눈을 깜빡일 때도 그 소리는 그치지 않았다. 멍한 상태에서 침대 옆 테이블에 손을 뻗었다. 알람 시계가 여기 어딘가에 있을 것이다. 잠들기 전에 무심코 설정한 게 틀림없었다. 하지만 손을 아무리 더듬어도 잡히는 건 없었다.

고개를 들었다. 잠의 안개가 살짝 걷혔다. 그리고 '삐' 하는 소리가 조금씩 희미해지더니 잠시 후엔 완전히 사라졌다. 어둠 속에서 멍하니 눈을 깜빡거렸다.

꿈 때문에 넋이 나가 있는데, 갑자기 어디선가 산들바람이 불어오더니 아버지가 제일 좋아하는 애프터 셰이브 로션 향이 풍겨왔다. 가상의 알람 시계보다 이 냄새에 정신이 번쩍 들었다. 밤중에 이런 향을 감지한 게 처음은 아니었다. 아버지가 보이지 않는 걸로 봐선 전처럼 내 상태를 확인하러 방에 들어온 건 아니었다. 그렇다면 도대체 무슨 뜻일까? 냄새를 맡는 환각 현상도 있단 말인가?

이런 생각으로 머릿속이 복잡한데 갑자기 복도에서 작은 소리가 들렸다. 그 소리를 자세히 들으려고 신경을 곤두세웠다. 조금 뒤 소리가 다시 들렸다. 누군가의 침입을 알리려는 듯 낡은 마룻장이 삐걱거리는 소리였다. 처음엔 '도둑이 들었구나'라는 생각이 일순간 스쳤다. 하지만 곧 잠이 덜 깨서 별 허튼 생각을 다 한다고 자책했다.

그런데 또다시 삐걱거리는 소리가 들리더니, 얇은 커튼 사이로 비쳐 드는 달빛에 방문 손잡이가 천천히 돌아가는 모습이 보였다. 손잡이가 다 돌아간 뒤엔, 문을 열려는 힘에 못 이겨 쇳소리가 났다. 그래도 문은 꿈쩍하지 않았다. 손잡이가 풀렸다가 다시 돌아갔다. 이번엔 더 세게 문을 열려고 해서 경첩이 삐걱거릴 정도로 큰 소리가 났다. 그래도 문은 열리지 않았다.

나는 숨을 죽이고 기다렸다. 조금이라도 움직이면 밖에서 소리를 들을까 봐 꼼짝하지 않았다. 초조하게 입술을 깨물었고, 매트가 몇 번이나 더 시도할지, 잠금장치가 얼마나 더 버텨줄지 궁금해했다. 차라리 도둑이 들었으면 더 좋았을 거라는 생각까지 들었다.

"레이철?"

매트가 문 경첩에 대고 낮게 속삭였다.

"레이철, 자고 있어? 나야, 매트."

시간이 영원히 멈춘 것 같았다. 더 이상 숨을 참고 있을 수 없었다. 이대로 조금만 더 가다간 참았던 숨을 한꺼번에 몰아쉬느라 엄청난 소리를 내거나 아니면 산소 부족으로 혼절할 것 같았다. 다행히 그런 일은 일어나지 않았다. 1분 정도 더 버텼더니 매트가 손님방으로 돌아가는 발소리가 들렸다.

* * *

다음 날 아침, 부엌으로 갔더니 매트가 옷을 차려입고 테이블에 앉아 있었다. 매트 앞에는 빈 커피 잔과 펼쳐진 신문이 놓여 있었다.

"안녕?"

전날 밤 약혼자를 방에 들이지 않은 여자치고는 밝은 목소리로 인사했다. 한술 더 떠서 몸을 숙이고 매트의 뺨에 살짝 키스까지 했다.

"잘 잤어?"

매트가 의례적으로 물었다. 마침 나는 머그잔에 커피를 따르느라 매트에게 등을 돌리고 있었다. 대답할 때 매트가 내 얼굴을 보지 못해 다행이었다.

"응, 아주 푹 잤어. 실은 잠자리에 들자마자 곯아떨어졌지 뭐야. 세상모르고 푹 잤어."

그만해, 레이철. 내 안에서 작은 외침이 들렸다. 억지로 믿게 하려고 과장하는 티가 역력했던 것이다.

매트도 분명히 그렇게 생각하는 것 같았다.

"그럼 밤에 내가 문 두드리는 소리를 듣지 못했겠네?"

나는 매트와 눈을 마주치지 못했다. 그저 머그잔이 깨질 정도로 휘젓기만 했다.

“못 들었는데. 진짜로 왔었어?”

매트는 한동안 말이 없었다. 그렇게 한참 뜸을 들이면서 내 시선을 자신에게 향하게 했다.

“너랑 함께 있으려고 갔었어.”

“아, 그래?”

달리 더 할 말이 없었지만 매트가 더 듣고 싶어 하는 것 같아서 한마디 덧붙였다.

“난 네가 그냥 농담하는 줄 알았어.”

적절한 대답이 아니었다. 매트의 표정은 많은 것을 암시했다. 그런데 아무 말도 하지 않으니, 나는 자꾸 군색한 변명을 늘어놓을 수밖에 없었다.

“하지만 어차피 아무것도 할 수 없었잖아. 여기선 안 돼. 아버지가 옆방에서 주무시는 데 뭘 할 수 있었겠니?”

“전에는 개의치 않았잖아.”

매트 말이 맞았다. 십 대 시절엔 복도를 몰래 오가면서 스릴을 즐겼었다. 들킬지도 모른다는 두려움은 짜릿한 흥분을 배가시켰을 뿐이었다.

“글쎄, 그때랑 지금은 달라. 이젠 철이 들었잖아. 게다가 난 여전히 여러 가지 문제로 머리가 복잡해. 너도 다 이해한다며? 참고 기다린다며?”

매트가 조금이라도 겸연쩍어했다면 난 목소리를 누그러뜨렸을 것이다. 어쨌든 매트는 그때 내가 깼는지 잠들었는지 확실히 몰랐을 테니까. 매트가 신문을 바르게 접어놓고 입을 열었다.

"지금도 극도로 참고 있다고 생각해, 레이철. 난 그냥 평범한 인간이야. 한때는 어엿한 성인으로 할 짓 못할 짓 다 했는데, 어느 날 갑자기 우리 관계를 다 까먹고 빗장을 걸어 잠근 채 어둠 속에 숨어버리면 나더러 어쩌란 말이야?"

제기랄. 매트는 내가 깨어 있었다는 걸 알고 있었다. 그래놓고는 자신이 쳐 놓은 덫에 내가 빠져들도록 기다렸던 것이다. 내가 바보짓을 하도록 내버려둔 채로. 갑자기 화가 치밀었다.

"내가 노상강도를 만나는 바람에 네 인생 계획이 잔뜩 꼬였나 본데, 정말 미안해. 하지만 일부러 그런 게 아니야. 기억상실증에 대해서도 사과할까? 아, 하는 김에 겨우 며칠 전에 만난 것 같은 남자랑 섹스하고 싶지 않은 점도 미안하다고 할까?"

그러자 매트가 내게 다가왔다. 화가 풀리진 않았지만 매트가 껴안는 걸 가만히 두었다. 몸은 안겨 있어도 마음은 너무나 멀리 있었다. 매트도 내가 잔뜩 경직돼 있다는 걸 감지했을 것이다.

"미안해."

매트가 내 머리칼에 대고 속삭였다.

"널 그냥 보고만 있자니, 너무 힘들어. 그동안 내가 알고 사랑하고 원하던 사람이 아닌 것 같아."

매트의 진심 어린 말에 분노가 사르르 녹아내렸다. 매트를 성인으로서 사랑했던 기억은 없지만, 그건 매트의 잘못이 아니었다. 문득 우리 둘이 에펠탑 앞에서 찍은 사진이 떠올랐다. 사진을 찍던 당시의 감정을 기억하진 못하지만, 내가 지금 쌀쌀맞게 대하는 이 남자를 그땐 진심으로 사랑했다는 걸 의심할 수 없었다. 나는 낮게 신음하면서 몸의 긴장을 풀었다. 그리고 매트의 단단한 몸통을 꽉 끌어안았다.

"미안해, 매트. 내가 더 노력할게. 정말로 노력할게. 내게 시간을 좀 더 줘. 지…… 지금보다 회복될 시간을 좀 줘."

심장이 두 근 반 세 근 반 했다. 하마터면 '지미를 잊을' 시간을 달라고 말할 뻔했다! 매트가 내 턱을 들어 올려 자신을 바라보게 하더니 다짐하듯이 말했다.

"너무 오래 걸리진 마. 알았지?"

그런 다음 내게 키스했다. 키스는 아주 진하고 길었다. 내가 놓친 게 무엇인지 알게 해주려는 것 같았다. 나도 매트에게 키스했다. 왠지 미안하기도 했고, 한때는 그를 무지무지 사랑하기도 했으니까. 이유를 대자면 한이 없지만, 여하튼 매트는 미워할 수 없는 남자였다. 그런데 몇 분 후에 매트가 뜻밖의 얘기를 했다. 아버지가 헛기침을 해서 우리의 포옹을 노골적으로 방해한 후 얼마 지나지 않았을 때였다.

"레이철, 정말 미안한데, 아무래도 오늘 중으로 런던에 돌아가야 할 것 같아."

나는 간밤의 일로 아직도 미안한 마음이 들었던지라 진짜 애석한 목소리로 말했다.

"정말? 꼭 가야 하는 거니? 오늘은 우리 둘이 같이 지낼 줄 알았는데."

매트는 약간 찔린 표정을 지었지만 마음을 바꾸진 않았다.

"미안해. 중요한 일이 생겨서 오늘 중으로 처리해야 하거든."

"일요일인데?"

"너도 알잖아. 내가 주말도 없이 일한다는 걸."

"실은 잘 몰라. 기억상실증이잖아."

거기서 멈출 수도 있었지만 매트의 눈빛이 영 꺼림칙했다. 여자의 직감이라는 게 발동했다.

"간밤에 걸려온 전화와 관련된 일이니?"

"그래, 맞아. 급하게 처리해야 할 문제가 생겼는데, 월요일까지 미룰 수 없게 됐어. 오늘은 그냥 아저씨랑 느긋하게 쉬도록 해. 밤에 전화할게. 알았지?"

10여 분 후, 매트는 현관에서 내게 작별 키스를 했다. 그리고 아버지와 악수한 뒤에 서둘러 떠났다. 크롬으로 도금된 미끈한 차가 출발하는 모습을 현관에서 지켜봤다.

"이렇게 일찍 떠나다니 무척 서운하구나."

차가 시야에서 완전히 사라지자 아버지가 말했다. 나는 아버지가 전혀 서운해하지 않는다는 걸 알았다. 차마 대놓고 말하진 못했지만 아버지를 한참이나 쳐다봤다. 한편으론 그날 얼마나 더 많은 거짓말을 듣게 될지 궁금하기도 했다.

* * *

그날은 별 탈 없이 지나갔다. 한 시간 정도는 아버지의 고양이와 친해지려고 애썼지만 실패했다. 또 한 시간은 캐시와 관련된 일이 얼마나 다급하기에 매트가 느닷없이 런던으로 떠났을지 궁리하면서 보냈다. 그리고 나머지 시간은 지미를 생각하지 않으려고 노력하느라 허비했다.

여러 가지로 애는 썼지만 모두 허사여서 의기소침해 있는데, 뜻밖에 신혼여행에서 돌아온 사라가 전화를 했다. 사라와 데이비드는 부모님 댁에서 하루 머물고 다음 날 북쪽의 해러게이트로 돌아갈 예정이었다. 떠나기 전에 나랑 점심을 같이 먹기로 약속했다.

그날 밤은 기분 좋은 일을 고대하며 잠이 들었다. 아무런 꿈도 꾸지 않고 푹 잤다.

10

—

우리는 시내에 있는 작은 식당 앞에서 만나기로 했다. 나는 여느 때처럼 사라보다 한참 먼저 도착했다. 날씨가 하룻밤 새 훨씬 더 추워져서 목도리와 장갑으로 중무장을 했는데도 12월의 찬 공기가 뼛속까지 스며들었다. 게다가 금방이라도 눈발이 흩날릴 것 같았다.

한참 떨고 서 있자 사라가 왔다. 택시에서 내리는 사라를 보니 학창 시절로 돌아간 기분이었다. 사라는 내 갈비뼈가 으스러질 정도로 세게 껴안았다. 체구는 나보다 15센티미터나 작은데 어디서 그런 힘이 나오는지 신기했다. 우리는 오랫동안 부둥켜안고서 재회의 기쁨을 나눴다.

한참 만에 떨어진 우리는 상대의 눈에 고인 눈물을 보며 웃음을 터뜨렸다. 웃지 않으면 울음이 터졌을 테니까.

"잘 지냈니, 내 사랑 레이철?"

갑자기 울컥해서 말이 나오지 않았다. 사라의 반가운 인사에

목이 멨다. 내가 계속 사라의 어깨에 얼굴을 묻고 있으니 지나는 사람들이 힐끔힐끔 쳐다봤다. 그래도 우리는 조금도 개의치 않았다.

"아직 살아 있긴 한데 약간 맛이 갔어."

현재의 내 상황을 정확하게 요약한 말이었다.

"그렇다면 하나도 변하지 않았네."

사라는 내 팔짱을 끼고서 레스토랑 쪽으로 향했다.

"아휴 춥다. 얼른 들어가서 몽땅 얘기해줘."

사라가 안으로 들어가면서 장난꾸러기처럼 덧붙였다.

"그나저나 세인트루시아보다 여기가 훨씬 더 추운 거 아니?"

우리는 잠시 기다리다 자리로 안내받았다. 음료를 주문하고서 본격적으로 이야기를 시작했다.

"어떻게 됐어? 기억은 되찾은 거야?"

"신혼여행은 어땠어? 얼른 얘기해줘."

우리는 하하 웃으며 서로 자기 질문에 대한 얘기부터 하라고 다그쳤다.

"미안하지만."

결국 사라가 나섰다.

"머리 부상과 기억상실증에 대한 내 질문이 신혼여행에 대한 너의 시시한 질문보다 우세하다고 봐."

"그래, 내가 졌다."

내가 웃으며 말했다.

"어디서부터 시작할까? 기억도 안 나는 노상강도 얘기부터 할까, 아니면 그 뒤에 이어진 흥미진진한 얘기부터 할까?"

햇볕에 건강하게 그을린 사라의 얼굴이 기쁨으로 반짝였다.

"그야 당연히 흥미진진한 얘기부터지."

하지만 막상 얘기를 시작하려고 하자 사라가 마음을 바꿨다.

"아니다. 처음부터 자세히 듣고 싶어. 하나도 빠짐없이!"

"그럼 시간이 꽤 걸릴 텐데. 데이비드와 함께 오늘 오후 기차로 떠나야 하는 거 아니야?"

사라가 그런 건 아무래도 상관없다는 듯 어깨를 으쓱했다.

"내가 안 가면 혼자 떠나겠지, 뭐. 결혼 서약서의 잉크도 마르지 않았으니 그냥 물러버릴까? 그럼 데이비드도 좋아할걸!"

그럴 리 없다는 걸 잘 알기에, 나는 와인을 길게 한 모금 마시고 이야기를 시작했다. 결혼식 전날 열린 파티를 시작으로 그동안 벌어졌던 일들을 빠짐없이 들려줬다.

사라는 귀를 쫑긋 세우고 들었다. 고개를 끄덕이며 듣다가 미진한 부분이 있으면 자세히 캐물었다. 나의 다른 현실에 대해 그 누구보다 매료됐다.

"그럼 너의 다른 과거에서 나는 어땠어? 제발, 키도 크고 늘씬하고 예뻤다고 말해줘. 아니, 그보단 캐시가 뚱뚱하고 못생겼다고 말해줘. 그래야 속이 시원할 것 같아."

사라의 말에 웃음이 나왔다.

"실망시켜서 미안하지만, 우리가 어렸을 때 알던 캐시보다 훨씬 더 매력적이었어. 아, 그리고 성질도 훨씬 더 고약했다는 사실을 빼먹을 순 없지."

사라가 입술을 비틀며 말했다.

"상상이 되고도 남는다."

나는 사라를 유심히 쳐다봤다. 사라는 캐시와 관련된 얘기를 에둘러 말한 적이 한 번도 없었다. 사건이 일어난 순서대로 얘기하다보니, 매트의 휴대전화에 찍힌 사라의 전화에 대해서는 아직 얘기하지 않았다. 그 얘기를 들려주면 사라가 어떻게 나올지, 나 역시 상상이 가고도 남았다.

"그렇다면 네가 살았다고 생각한 다른 삶은 정말 최악이었네, 맞지? 죄다 아프거나 끔찍한 흉터가 있거나 죽었잖아. 네가 현재 삶에서 누리는 좋은 점은 하나도 일어나지 않았어. 맞지? 내가 제대로 이해한 거야?"

"간단히 요약하면, 그렇다고 봐야지."

"그런데도 넌 그곳으로 돌아가야 한다면서 여기저기 들쑤시고 다녔던 거야?"

"그래, 맞아."

나는 사라가 무슨 말을 할지 짐작했다.

"사람들 말이 맞았어. 너 정말 미쳤구나. 실제보다 낫기는커녕 100배나 더 나쁜 상상의 세계에 대해 지껄이면 사람들이 너한테 미쳤다고 하지 않던?"

물론 다들 그렇게 말했다. 다만 미친 것이 특이한 매력처럼 들리게 말한 사람은 사라뿐이었다.

"네가 무슨 말을 하는지 알아. 하지만 그렇다 하더라도, 내 진짜 현실처럼 느껴진 곳으로 '돌아가고' 싶었어. 돌아간다는 게 맞는 표현인지는 모르겠지만 아무튼 그랬어. 하지만 지금은 아니야. 그날 밤 이후로 마음이 바뀌었어."

"와우, 매트하고 무슨 일 있었구나?"

나는 한참 동안 대답하지 못했다. 내 대답의 파장이 얼마나 클지 알았기 때문이다.

"아니, 지미하고……."

갈색으로 그을린 사라의 얼굴이 순간적으로 창백해지고 눈이 왕방울만큼 커졌다.

"저기요!"

마침 우리 테이블 옆으로 지나는 웨이터를 사라가 붙잡았다. 그리고 거의 바닥이 드러난 와인 병을 가리키며 말했다.

"이거 한 병만 더 갖다 주실래요? 아무래도 더 필요할 것 같거든요."

* * *

호텔에서 있었던 일을 얘기하면 사라가 어떻게 나올지 감이 잡히지 않았다. 내가 그렇게 선뜻 매트를 속이고 바람을 피웠다는 걸 알면, 사라는 깜짝 놀랄 것이다. 어쩌면 나한테 실망할 것이라고 생각했다. 사라가 그토록 당연하게 받아들이리라곤 상상하지도 못했다.

"인고의 시간이었군."

"뭐라고?"

"내 말 똑똑히 들었잖아."

"그래, 똑똑히 들었어. 하지만 너는 내 말을 똑똑히 들었니? 지미가 날 거절했다니까. 전혀 나한테 관심이 없었어. 게다가 다음 날엔 나를 똑바로 쳐다보지도 않았어. 날 진짜로 미쳤다고 해도 좋아. 하지만 그건 확실히 '난 이걸 하고 싶지 않아'라는 뜻이었어."

"천만에."

사라가 곧바로 반박했다.

"전혀 그렇지 않아. 지미에겐 너밖에 없어. 늘 그랬어."

"넌 그 자리에 없어서 잘 몰라, 사라. 지미가 얼마나 혐오스러운 표정을 지었는지 못 봤잖아. 지미가 내 방에서 도망치듯 나갔단 말이야."

"그렇다면 집으로 돌아올 때 지미에게 그 일에 대해서 물어봤니?"

"아니."

내가 비참한 목소리로 대답했다. 차로 돌아오는 내내 어색했던 분위기가 떠올랐다.

"우리 둘 다 입을 열지도 못했어. 너무 당황스럽고 수치스러웠어."

사라가 고개를 저었다.

"여기엔 네가 모르는 게 있어. 지미는 누구한테도 그렇게 행동할 사람이 아니야. 하물며 너한테는 더더욱 아니야. 지난 몇 년 동안 너는 지미를 만나지 못했잖아. 이번엔 내 말을 믿어. 지미는 고등학교 시절에 너한테 푹 빠졌던 것처럼 지금도 너만 바라보고 있어."

"아냐, 네가 틀렸어."

내가 침울하게 바로잡았다.

"두고 보면 알게 되겠지."

대화가 갑자기 끊겼다. 그날 밤에 대해서는 더 이상 얘기할 게 없었다. 결국 우리는 화제를 바꿔 사라의 결혼과 신혼여행에 대해 떠들었다. 그제야 나는 한숨 돌릴 수 있었다. 사라는 레스토랑으로 오는 길에 사진관에 들러 결혼사진을 찾았다고 했다. 접시가 다 치워진 뒤에 사라가 커다란 앨범을 테이블에 올려놨다.

이토록 아름다운 신부를 본 적이 없을 만큼 사라는 눈부시게 아름다웠다. 두툼하게 양각된 앨범을 넘기면서 이 멋진 순간을 함께하지 못해 무척 아쉬웠다. 형형색색의 색종이 조각들 속에서 사라와 데이비드가 행복하게 웃는 사진을 한참 동안 들여다보면서 손가락으로 사진을 어루만졌다. 사라가 내 속내를 알아차리고 다정하게 말했다.

"너한테 무슨 일이 생겼는지 알았을 때 결혼식을 미루려고 했어. 하지만 너희 아버지와 매트가 동의하지 않았어."

"잘했어. 미뤘다면 오히려 내가 화냈을 거야."

페이지를 더 넘기자 리셉션 장면을 찍은 사진이 나왔다. 테이블은 붉은 꽃으로 장식됐고 의자 뒤편에는 그 꽃과 어울리는 진홍색 매듭이 단단히 매여 있었다.

"정말 멋지다."

감탄사가 절로 나왔다.

다음 페이지에는 하객들 사진이 나왔다. 식사를 마친 하객들 모습을 자연스럽게 찍은 사진이었다. 매트의 잘생긴 얼굴이 여러 그룹의 사진에 등장했다. 매트는 언제나 카메라를 향해 활짝 웃고 있었다. 반면에 뒤쪽에 보이는 지미는 내 약혼자처럼 카메라를 향해 웃지 않았다. 한편으론 여러 사진에 등장하는 캐시에게 눈길을 주지 않을 수 없었다. 캐시는 항상 매트 옆에서 멀지 않은 곳에 있었다. 캐시의 아름다운 얼굴을 유심히 보고 있으니, 사라가 한마디 했다.

"캐시는 예나 지금이나 끝내주지? 저 드레스는 입고 나서 꿰맸나봐!"

웃음이 나왔다. 캐시가 입은 진홍색 드레스는 피부처럼 정말로 몸에 딱 달라붙었다.

"내가 받을 관심을 가로채려고 그런 것 같아."

"그건 캐시가 아무리 용써도 불가능한 일이야."

사라를 다독이면서 다음 페이지로 넘어갔다. 이번엔 캐시가 매트에게 바짝 붙어 춤추는 사진이 나왔다.

"캐시가 매트에게 밤새 저렇게 붙어 있었니?"

사라가 잘 모르겠다는 듯 어깨를 으쓱했지만, 말하지 않는다고 모를 내가 아니었다.

"맙소사. 걔는 절대로 기회를 놓치지 않는구나, 그렇지?"

"어떤 앤지 알잖아."

사라가 단호하게 말했다.

이번엔 내가 입을 다물었다. 그렇다, 나는 캐시를 잘 알았다. 내가 잘 모르는 사람은 오히려 매트인 것 같았다.

"어쨌든."

사라가 앨범을 덮으며 말했다.

"캐시가 눈을 얼마나 깜빡이고 가슴골을 얼마나 내보이든 상관없어. 매트가 약혼한 사람은 너니까. 매트와 영원히 함께할 사람은 바로 너야."

나는 고개를 끄덕였다. 하지만 그렇다고 캐시가 단념할지는 확신이 서지 않았다. 캐시 본인이 그러기로 마음먹지 않는 한 앞일은 알 수 없었다.

"너희 둘이 최근 몇 달간 힘든 시기를 겪었다는 건 알아. 하지만 그건 일 때문이라고 네가 그랬어. 대학 때처럼 심각한 일은 아니랬어."

내가 재빨리 자세를 바로 하며 물었다.

"뭐라고? 대학 때 우리한테 무슨 일이 있었니? 도대체 무슨 얘기야?"

사라가 아차 싶었는지 입을 다물었다. 방금 한 실수에서 빠져나갈 구멍을 찾느라 머리를 굴리는 게 보였다. 나는 애써 차분한 목소리로 다시 물었다.

"대학 시절에 무슨 일이 있었냐니까? 말해줘, 사라. 내 일을 내가 모른다면 말이 안 되잖아. 그건 공평하지 않아."

사라의 목소리에서 웃음기가 싹 가셨지만 어쨌든 내 간청이 통하긴 했다.

"대학 다닐 때 너랑 매트가 크게 다투고 넉 달가량 헤어졌었어. 2학년 때야."

정말 빅 뉴스였다. 매트는 그 사실을 말해줄 생각이 전혀 없었나보다. 우리 관계에 대해 얘기할 때 털어놓을 수도 있었을 텐데 언급하지 않았다.

"우리가 헤어졌다고? 도대체 왜? 무슨 일이 있었는데?"

"말할 수 없어."

"바보같이 굴지 마. 넌 말할 수 있어."

내가 살살 구슬렸다.

"화내지 않을게. 그냥 알고 싶어서 그래."

"아냐, 그게 아냐. 나도 모르니까 말할 수 없다는 뜻이야."

그런 일을 사라가 모른다니 참 이상했다. 내 인생에서 굉장히 중요했을 사건에 대해 사라가 어떻게 모른단 말인가? 우린 늘 속내를 터놓고 지내왔다. 당연히 이 일에 대해서도 말했을 것이다. 하지만 사라는 진짜로 모른다고 했다. 물론 어떻게든 알아내려고 온갖 방법을 동원했을 것이다. 하지만 내가 이 일에 대해서만은 털어놓지 않았나보다.

"내가 그 일로 화가 많이 났었니?"

내가 물었다.

"응, 굉장히 많이. 하지만 아무리 졸라도 자세한 얘기는 해주지 않았어. 너도 알잖아. 내가 얼마나 집요하게 캐묻는지!"

사라가 구사했을 온갖 협박과 회유가 떠올라 웃음이 나왔다. 그런 노력에도 성공하지 못했다니 정말 의외였다.

그러자 사라가 경고 조로 내게 손가락을 흔들며 말했다.

"그러니까 절친한테는 항상 비밀을 털어놔야 하는 거야. 나중에 기억상실증에 걸려서 빈틈을 메워야 할 날이 올지도 모르잖아!"

그즈음 레스토랑에 빈자리가 하나둘 생기기 시작했다. 창밖을 내다보니 잔뜩 찌푸렸던 하늘이 어느새 어둑해져 있었다. 하고픈 얘기가 아직도 많았지만 더 앉아 있을 수 없었다. 우리는 계산을 하고 레스토랑을 나왔다. 조금이라도 더 함께 있으려고 내가 택시 승차장까지 바래다주겠다고 말했다.

우리는 건널목에 서서 신호등이 바뀌길 기다렸다. 신호등이 금세 초록빛으로 바뀌었고 사라는 벌써 도로에 한 발을 내디뎠다.

그런데 바로 그때 내 귀에 사이렌 소리가 들렸다. 꽤 먼 곳에서 울리는가 싶더니 금방이라도 들이닥칠 것처럼 귀에 거슬렸다. 응급차가 다가오는지 보려고 좌우를 살폈지만 전혀 보이지 않았다. 우리를 향해 돌진하는 건 아무것도 없었다. 그런데도 사방에서 소리가 들렸다. 삐뽀삐뽀 하는 사이렌 소리가 건물과 도로에 울려 퍼졌다. 놀란 눈으로 앞을 보니 다른 보행자들은 벌써 건널목을 건너가고 있었다. 질주하는 차량과 부딪칠 수도 있는데 다들 무심히 발걸음을 옮겼다. 나중에 생각해보니, 이 상황은 최근에 꿨던 꿈과 굉장히 비슷했다. 꿈에서 사람들은 코앞에 닥친 위험을 전혀 의식하지 못하는데 나만 초조하게 발을 동동 굴렀다.

어쨌든 지금은 다가오는 위협에서 사라를 구하는 것만 생각했다. 이젠 사이렌 소리가 어찌나 큰지 내가 지른 비명도 거의 들리지 않았다. 비명과 함께 나는 사라의 코트 소매를 잡아채서 뒤로 확 잡아당겼다. 방금 내 친구가 서 있던 곳을 차가 번개처럼 지나갈 거라고 생각했다. 하지만 아무것도 지나가지 않았다. 도로는 여전히 텅 비어 있었다.

아까 도로를 건너던 보행자들은 이미 반대편에 안전하게 도착했다. 자기들이 얼마나 위험한 상황에 처할 뻔했는지 전혀 의식하지 못했다.

"어디로 갔지?"

내가 주변을 살피며 물었다. 반대편 도로에 안착한 '생존자들' 중 일부가 이상한 내 행동을 보고 쑤군거렸지만 나는 개의치 않았다.

고맙게도 사라는 약간 휘청거렸을 뿐, 보이지도 않고 존재하지도 않는 위험 경로에서 벗어나는 일을 자주 겪은 사람마냥 태연했다.

"뭐가 어디로 갔다는 거야?"

"사이렌……."

사라가 멍한 눈으로 계속 쳐다보자 내가 설명했다.

"사이렌 소리 말이야. 너도 들었지? 우리 쪽으로 금방 닥칠 것 같았잖아!"

내 말끝이 흐려졌다. 실제로는 사이렌 소리가 전혀 나지 않았다는 생각이 스쳤기 때문이다. 끔찍한 기시감이 엄습했다.

"넌 그 소리를 못 들었구나, 그렇지?"

사라가 고개를 저었다.

"하지만 귀청이 터질 것처럼 요란했어. 당장이라도 우릴 덮칠 것 같았단 말이야."

사라가 다시 고개를 천천히 저었다.

사라가 나 말고는 아무도 그 소리를 듣지 못했다고 말해주지 않아도 알 수 있었다. 사라의 눈에 이미 그렇게 쓰여 있었다.

"이런 일이 전에도 있었니?"

사라가 다정하게 물었다.

있지도 않는 알람 시계와 밤새도록 들리는 '삐' 소리, 이따금 코끝을 스치는 아버지의 애프터 셰이브 향이 떠올랐다.

"두어 번 있었어. 무슨 소리를 듣기도 하고, 때로는 냄새를 맡기도 해."

내가 솔직히 인정했다.

"이번 주에 의사를 만나면 이런 문제를 꼭 얘기하도록 해."

사라가 강력히 권했다. 설명하기 어려운 온갖 증상에 또 다른 문제를 추가하고 싶지 않았지만 사라의 충고대로 하는 수밖에 없었다.

"기억상실증에 흔히 동반되는 증상일 수도 있잖아."

사라는 내 표정이 계속 어두운 걸 보더니 이 문제를 완전히 다른 각도에서 보도록 유도했다.

"어쩌면 네가 머리를 부딪친 후에 굉장히 예민한 감각을 갖게 됐는지도 모르지. 그러니까 다른 사람들이 들을 수 없는 소리나 냄새까지 예민하게 감지할 수 있는 거야."

"강아지처럼?"

사라가 웃으며 나를 꽉 안았다.

"물론 아주 예쁘고 혈통 좋은 강아지처럼."

* * *

병원의 대리석 계단을 내려와 인파로 복잡한 거리를 걷는 내내 의사가 한 말이 머릿속을 맴돌았다. 각종 병원과 클리닉이 밀집한 거리를 지나자, 크리스마스 쇼핑객들로 넘치는 상점가가 나왔다. 상담 한 번으로 내 문제를 간단히 해결할 수 있을 거라고 기대하진 않았지만, 어느 정도 해답을 얻을 수 있을 것이라고 생각했는데 오만 가지 의문만 더 생겼다.

크리스마스 전에 좋은 물건을 싸게 사려고 흥정하는 쇼핑객과 여행객 틈에 끼여 걸음을 재촉하면서도 머릿속으로는 상담실에서 오간 대화를 계속 생각했다. 이번 방문은 내가 상상했던 방향과 완전히 다르게 흘러갔다. 클리닉 자체는 내가 기대했던 것보다 훨씬 고급스러웠다. 그에 비에 상담실은 의외로 소박했다. 상담자의 기를 팍 죽이는 가죽 소파도 없었고, 나를 격리시키려고 대기하는 하얀 가운의 남자들도 없었다. 내 이야기가 너무 허무맹랑해서 '정상인' 틈에 섞여 살 수 없다고 판단하면 나를 강제로 끌고 갈 거라 생각한 것이다.

심지어 의사도 내 예상에서 벗어났다. 프로이트에 심취한 남자 의사를 기대했지만 굉장히 푸근하고 따뜻한 여자 의사가 앉아 있었다. 그녀는 정신과 전문의답게 나한테서 지난 5년에 걸친 괴상한 망상을 몽땅 끌어냈다. 그런데도 상담실 어딘가에 숨겨진 비상 버튼을 누르지 않았다. 그 덕에 나는 내 얘기가 너무 요상하진 않은가보다고 안심할 수 있었다.

물론 내가 전혀 예상하지 못한 점도 있었다. 나는 이번 상담으로 모든 게 끝날 거라고 기대했다. 하지만 나의 잃어버린 과거를 짜 맞추려면 앞으로 여러 번 더 상담을 받아야 했다. 생리적 문제를 진단하는 데 필요한 검사와 절차는 다 끝났지만 한방에 해결할 치료책은 없었다. 환상을 말끔히 없애주고 새로운 현실을 진짜 현실로 받아들이게 해주는 약이나 치료 방법이 없다니, 참으로 실망스러웠다. 앤드루스 박사는 친절했지만 망상을 없애는 문제에 대해 솔직하고 단호했다.

번잡한 런던 시내를 걷는 동안 내 마지막 질문에 대한 박사의 솔직한 대답이 그림자처럼 나를 쫓아왔다.

"레이철, 기억이 언제 돌아올 거라고 꼬집어 말할 수 없어요. 내일이나 다음 주에 돌아올 수도 있지만 훨씬 더 오래 걸릴 수도 있어요. 드물긴 하지만…… 솔직히 말할게요. 굉장히 드문 사례지만, 잃어버린 기억을 영영 찾지 못하고 그대로 고착되는 사람도 있어요."

기억을 영영 찾지 못한다고? 걷는 내내 이 말이 뇌리에서 떠나지 않았다. 살얼음 낀 도로에 부딪치는 발소리처럼 공허하게 메아리쳤다.

물론 상담 내용이 모두 비관적이었던 건 아니다. 앤드루스 박사는 내가 요즘 상상으로 체험하는 이상한 감각에 대해 위로가 될 만한 말도 해줬다. 그러니까 환청과 환후가 머리 외상을 입은 사람에게 드물지 않게 나타난다면서 그럴듯한 이론까지 설명해줬다. 후각은 특히 과거의 좋은 기억을 떠올리게 하기 때문에 아버지의 애프터 셰이브 향은 내 안위를 구체적으로 내포한다고 했다. 어렸을 때 부모님 품에 안겨 안심하던 기분을 반영한다는 것이다. 박사는 내가 사이렌 소리를 듣는 이유에 대해서도 그럴듯하게 설명했다. 노상강도를 당한 후 병원으로 호송될 때 의식이 전혀 없었던 게 아니어서 앰뷸런스의 사이렌 소리가 은연중에 기억 속에 심어졌다가 혼란한 정신이 현실에 눈뜨려 애쓸 때 임의로 재생된다고 했다.

있지도 않은 알람 시계 소리를 듣는 이유에 대해서는 박사도 자신 있게 설명하지 못했다. 그래도 시간이 지나면 모든 미스터리를 파헤칠 거라며 나를 안심시켰다.

흠, 시간이 지나면? 말은 참 쉬웠다. 그렇다면 진실이 한 번에 한 가지씩 드러나도록 그냥 참을성 있게 기다리면 된다. 한 가지 진실이 떠올라 그에 상응하는 가상의 과거를 버리다보면 결국 진짜 과거만 남을 테니까.

하지만 그러려면 시간이 너무 오래 걸릴 것 같다. 그냥 한번에 해결할 방법을 알려주면 좋겠다고 생각했다. 그런 치료가 아무리 끔찍하고 고통스럽더라도 참아낼 자신이 있었다.

앤드루스 박사와 한 상담이 성에 차지는 않았지만 박사의 태도는 마음에 들었다. 완전히 다른 두 과거를 갖게 된 이유를 말했을 때 박사는 전혀 비웃지 않았다. 평행 우주에 대한 내 이론을 털어놨을 때, 적어도 박사는 지미처럼 깔깔 웃거나 내가 공상 소설에 심취했다고 비난하지 않았다. 상담 도중에 생각이 이쪽 방향으로 흐르려는 걸 나는 얼른 차단했다. 지미에 대한 생각을 하지 않기로 굳게 결심했기 때문이다. 사람의 가장 내밀한 비밀을 파헤치는 데 능통한 정신과 의사 앞에서 지미를 떠올리다니, 절대로 안 될 일이었다.

요새 지미와 직접 얘기하진 못했지만 지미가 아버지에게 날마다 연락한다는 사실은 알고 있었다. 아버지가 지미와 은밀히 통화하는 소리를 열린 문틈으로 여러 번 들었다. 아마도 지미는 나와 직접 얘기하고 싶진 않아도 내 안부는 궁금한 모양이었다. 지미가 전화로 내 안부를 묻는 게 한편으론 기쁘면서도, 내가 아니라 아버지와 통화하는 게 점점 더 서운했다. 지미가 저번에 호텔에서 벌어진 일로 여전히 불편해서 나를 대면하거나 용서할 생각이 없는 것 같다고 생각했다. 그리고 도대체 언제까지 그럴 건지 답답했다.

쇼핑에 목매는 사람들한테 이리 치이고 저리 치이는 데 지쳐 작은 커피숍으로 들어갔다. 다행히 빈 테이블이 하나 있었다. 의사와 상담하기로 한 시간이 원래는 오후였는데 막판에 오전으로 당겨졌다. 아침 일찍 기차를 타고 런던에 오는 게 싫진 않았지만, 그 바람에 저녁때 매트와 만나기로 한 시간까지 너무 많이 남았다. 저녁을 먹고 나서 매트가 그레이트 비숍스포드까지 태워주기로 했다. 상담 시간이 바뀐 사실을 매트에게 굳이 알리지 않았다. 남는 시간에 런던에서 크리스마스 선물을 살 생각이었다. 그런데 상담 내용으로 머릿속이 복잡해서 백화점을 가득 메운 쇼핑객 사이를 비집고 다닐 마음이 싹 가셨다.

시계를 보니 아직 점심때도 되지 않았다. 매트와 이른 점심을 먹어도 나쁘지 않을 것 같았다. 앤드루스 박사의 얘기가 생생하게 기억날 때 매트에게 설명할 수도 있을 것이다. 그러면 기대만큼 약혼자 역할에 쉽사리 빠져들지 못하는 이유를 매트가 좀 더 수긍할지도 몰랐다. 얼른 휴대전화를 꺼내 연락처 목록에서 매트의 사무실 번호를 찾았다.

신호음이 두 번 울리자 매트의 비서가 사무적인 목소리로 전화를 받았다. 그녀는 내 목소리를 알아차리고 금세 호의적인 태도로 말했다.

"아, 월트셔 양. 어쩌죠? 랜들 씨는 방금 나가셨는데요. 10분쯤 전에 댁으로 가셨어요. 그런데 어차피 점심 식사를 위해 거기서 만나실 거잖아요, 그렇죠?"

"음……."

내가 왜 그녀의 생각을 곧장 바로잡지 않았는지 모르겠지만 내 안에서 경고의 목소리가 그러지 말라고 했다. 나는 그 경고를 무시하지 못했다.

"차가 막히지 않으면 금방 도착하실 거예요. 만나시면, 오후 스케줄은 모두 취소했다고 전해주시겠어요? 아까 그러라고 지시하셨거든요."

"아, 알았어요. 전해줄게요."

"목소리 다시 들어서 정말 반가웠어요. 점심 맛있게 드세요. 그리고 윌트셔 양이 회복되고 있다는 소식을 듣고 다들 기뻐하고 있어요."

"고마워요……."

그녀의 이름을 떠올리려 애썼지만 허사였다. 그래서 고맙다는 말만 한 번 더 반복했다.

"고마워요."

휴대전화를 한참 쳐다보다가 마침내 폴더를 닫고 가방에 다시 넣었다. 커피를 다 마셨는지, 요금을 계산했는지 기억나지 않지만, 커피숍을 나설 때 아무도 나를 붙잡지 않은 걸로 봐선 이미 계산했나보다.

매트의 비서가 상사의 계획을 오해할 만한 이유는 수없이 많았다. 우리가 어차피 저녁에 만나기로 한 상태였고, 매트가 오후 일정을 모두 취소하라고 하니까 그녀는 우리가 저녁 대신 점심을 같이 먹을 거라고 혼동했을 수도 있었다. 아무튼 그녀는 매트가 나를 만나러 집으로 가는 길이라고 확신하는 것 같았다. 어째서 그런 오해를 하게 됐을까?

사실 나는 훨씬 더 큰 의문을 애써 무시하고 있었다. 매트 같은 일벌레가 일정을 모두 취소할 만큼 긴급하고 중요한 일이 뭘까? 약혼자와 점심을 먹으려고 취소한 건 분명히 아니었다.

매트의 정확한 집 주소를 찾기 위해 주소록을 살펴봐야 했지만 택시가 쉽게 잡혔다. 번잡한 시내 도로를 택시가 기듯이 가는 동안 나는 잡념을 없애고 머릿속을 비우려고 노력했다. 이렇게 깜짝 방문을 하고 나면 어떤 결과가 펼쳐질지 예측하는 목소리를 듣지 않으려고 무진 애를 썼다. 매트가 일하는 방식을 내가 잘 몰라서 그렇지, 한낮에 사무실을 비우는 게 별일이냐고 거듭 되뇌었다.

'그래, 별일 아닐 거야.'

내 안의 목소리가 말했다.

고급스러워 보이는 아파트 단지 앞에서 택시가 멈춰 섰다.

"핸버리 맨션에 다 왔습니다."

미소를 지으려고 했지만 얼굴이 너무 경직돼서 어색했다. 지갑에서 지폐를 꺼내 택시 기사에게 건네려는데 손이 미세하게 떨렸다. 왜 이렇게 바보처럼 구는지 알다가도 모를 일이다. 쓸데없는 의심으로 속을 썩는 나 자신이 한심하게 느껴졌다. 안 그래도 극적인 사건이 넘치는 마당에 새로운 에피소드를 추가할 필요는 전혀 없었다.

그래서 기사에게 마음을 바꿨다고 말하려는데, 마침 빗방울로 얼룩진 창문 너머의 건물 앞쪽 거주민 전용 공간에 주차된 매트의 차가 보였다. 그러니까 매트가 '진짜로' 여기 있단 말이지. 그러더라도 아직은 아무런 의미가 없었다. 그런데도 문고리를 잡은 채 주저하던 손에 힘이 들어갔다. 나는 얼른 문을 열고 택시에서 내렸다.

붉은 벽돌과 유리로 된 높다란 건물을 올려다보는데 또다시 마음이 흔들렸다. 부질없는 추적으로 밝혀지면 얼마나 바보처럼 보일까? 피해망상에 사로잡혔다고 하면 어쩌지? 결국 다음 상담에서 앤드루스 박사에게 물어볼 항목이 하나 더 늘어날 터였다.

그런데도 나는 걸음을 멈추지 않았다. 매트가 비서에게 설명하지 않고 대낮에 집으로 돌아갈 타당한 이유가 수없이 많다는 걸 알면서도 확인하고픈 충동을 억누를 수 없었다.

하지만 정말 끝까지 가고 싶은가, 라는 의문이 처음으로 고개를 들었다. 내 안에서 속삭이는 경고의 목소리를 억누르긴 했지만 완전히 얼간이는 아니었다. 이대로 무작정 쳐들어가면 좋지 않은 결과로 이어질 게 뻔했다. 하지만 비서의 말이 내게 의혹을 심어줬고, 난 그 의혹에 대한 답을 찾아야 했다. 뒤쪽에서 택시가 시동을 걸더니 황급히 떠났다. 이 상황을 회피할 마지막 기회가 사라졌다. 나는 심호흡을 한 번 하고 어깨를 쫙 폈다. 그리고 건물 쪽으로 당당히 걸어갔다.

판유리로 된 커다란 출입구 앞에는 제복을 입은 경비원이 서 있었다. 내가 들어갈 수 있도록 경비원이 공손하게 유리문을 열어줬다. 안으로 들어오고 나서야 나는 매트가 몇 호에 사는지 모른다는 생각이 들었다. 수첩 주소록에는 건물 주소만 적혀 있었다.

로비 왼편에는 스무 개 남짓한 우편함이 보였다. 매트의 집은 저들 중 하나일 터였다. 당장 안내 데스크로 가서 제복을 입은 직원에게 매트 랜들 씨가 몇 호에 사느냐고 물어보면 해결될 것이다.

하지만 그러면 직원은 해당 아파트에 전화해서 방문자가 있다고 알릴 게 뻔했다. 아무나 들여보낼 생각이었으면 로비에 보안요원을 배치하지도 않았을 것이다. 직원에게 물어보고 들어가면 깜짝 방문의 의미도 퇴색될 것이다. 그러니 어떻게든 안내데스크를 거치지 않고서 매트가 사는 집의 정확한 호수를 알아내야 했다.

순간적으로 번뜩인 영감에 따라, 나는 가방에서 백지를 한 장 꺼냈다. 내가 그 시간에 그곳에 있어야 한다는 걸 입증하려는 듯 종이를 확인하는 척했다. 보안요원의 검문만 피하면 매트의 집은 어떻게든 알아낼 수 있을 것 같았다. 마침 안내 데스크에 놓여 있는 전화벨이 울렸다. 나는 직원이 전화받는 틈을 이용해 로비 안쪽에 있는 엘리베이터 쪽으로 걸어갔다. 성큼성큼 걸어 데스크를 재빨리 지나치려고 했지만 직원에게 걸리고 말았다.

"저기요."

나는 못 들은 척하고 계속 걸었다. 마땅한 권리를 행사하듯 당당히 걸으라고 되뇌며 걸음을 멈추지 않았다.

"저기요, 아가씨."

직원의 목소리가 좀 더 커졌다. 나도 모르게 걸음이 주춤거렸다. 로비에 다른 사람은 없었다. 나를 부르는 소리가 확실했다. 이대로 지나칠까도 생각했지만 건장한 보안요원에게 붙잡혀 끌려 나가는 모습을 연출하고 싶지는 않았다. 데스크 쪽으로 돌아서며 천연스럽게 웃어 보였다. 아까는 있는 줄도 몰랐던 또 다른 직원이 서류를 만지다 말고 나를 쳐다봤다. 그깟 서류보다 눈앞의 일이 훨씬 흥미로울 터였다.

나를 불러 세웠던 첫 번째 직원이 손가락을 까딱이며 데스크 쪽으로 오라고 했다. 참으로 난처한 노릇이었다. 출입구를 힐끔 쳐다봤다. 경비원이 출구를 단단히 지키고 있었다. 그 앞을 뚫고 도망가는 건 어림도 없었다. 얼굴에 미소를 띤 채 태연히 걸었지만 다리 힘이 풀려 금방이라도 쓰러질 지경이었다. 그런데 가까이 다가가면서 보니 성이 난 것처럼 보였던 눈초리는 사실 상큼한 눈웃음이었다.

"네?"

목소리가 살짝 떨렸다.

"뭐 잊으신 것 없습니까?"

남자가 물었다.

나는 눈을 깜빡이며 어리둥절한 표정을 지었다. 도대체 뭘 잊었다는 거지? 안내 데스크에 보고하는 걸 잊었나? 내가 이 건물에 살지 않는다는 걸 잊었나? 쳇, 지난 5년 동안의 인생을 통째로 잊어버렸는데, 그까짓 게 다 뭐람!

"열쇠는요?"

남자는 어린아이에게 대답을 유도하는 것처럼 계속 물었다.

"아, 아, 물론 열쇠가 있어야죠."

나는 가방을 열고서 있지도 않은 열쇠를 뒤지는 척했다.

남자가 아까보다 더 활짝 웃으며 데스크 너머로 현관 열쇠를 건넸다. 열쇠에는 은도금한 커다란 장식품이 달려 있었다. 남자가 친절한 목소리로 계속 말했다.

"들고 다니기 번거롭다고 랜들 씨 아파트 키를 항상 저희한테 맡기셨잖아요, 월트셔 양."

남자가 건넨 열쇠를 받으면서 보니, 다행히 은도금한 장식품에 아파트 호수가 새겨져 있었다.

그런데 남자가 무슨 말을 할 듯 말 듯 머뭇거렸다. 그 말을 해도 되는지 고민하는 것 같더니 결국 입을 열었다.

"얼른 회복되시길 바랍니다, 월트셔 양. 요사이 통 뵙지 못해 무척 서운했거든요."

"아, 예, 고맙습니다. 참 친절하시네요."

나는 열쇠를 꽉 쥐고서 두 직원에게 웃어 보였다. 그런데 나이가 더 어린 직원이 약간 불안해하는 게 마음에 걸렸다. 그는 나와 열쇠를 번갈아 쳐다보다가 다시 자기 동료를 쳐다봤다. 나한테 열쇠를 내준 게 영 꺼림칙하다는 표정이었다. 하지만 나는 그가 동료에게 우려하는 것을 말할 때까지 꾸물거릴 생각이 전혀 없었다.

나는 얼른 몸을 돌려 엘리베이터 쪽으로 걸어갔다. 그러자 뒤에서 서둘러 속삭이는 소리가 들리더니 곧이어 두 남자가 탄식하는 소리가 들렸다. 나는 엘리베이터의 호출 버튼을 눌렀다.

뒤에서 아까보다 더 다급하게 속삭이는 소리가 들렸다. 둘 다 몹시 당황한 것 같았다. 한 사람이 뭐라고 지시하자 곧 전화기 숫자 버튼을 잽싸게 두드리는 소리가 들렸다. 또다시 탄식과 함께 뭐라고 불평하는 소리가 들렸다.

엘리베이터가 왜 이리 안 내려오는 거야? 또다시 뒤에서 전화 거는 소리가 들리는데 마침 엘리베이터가 띵 하며 도착을 알렸다. 나는 "아직도 통화 중이야"라는 직원의 말소리를 뒤로하고 엘리베이터에 올라탔다.

"월트셔 양."

나이가 더 많은 남자가 나를 불렀다. 그는 자리에서 일어나 데스크를 막 나서고 있었다. 하지만 그가 몇 걸음 옮기기도 전에 엘리베이터 문이 스르르 닫혔다.

매트의 아파트는 꼭대기 층에 있었다. 내가 도착할 때까지 매트의 전화기가 계속 통화 중이기를 바랐다. 이젠 안내 데스크 직원들이 뭘 걱정하는지, 그들이 매트에게 내 도착을 알리기 전까지 내가 올라가지 않기를 바라는 이유를 알 것 같았다.

행운은 내 편이었다. 현관에 도착했는데도 안에서 내 방문을 알아차린 낌새는 보이지 않았다. 안쪽에서 음악 소리가 희미하게 났지만 사람 목소리는 들리지 않았다.

심장이 하도 쿵쾅거려서 귀가 먹먹할 지경이었지만 숨을 한 번 깊이 들이마시고 자물쇠에 열쇠를 꽂았다. 문을 열자 바닥에 나무가 깔린 로프트 스타일의 널찍한 실내가 드러났다. 실내는 흰색과 검은색 가죽으로 우아하게 꾸며져 있었다. 음악 소리는 거실 왼편에서 들려왔다. 값비싼 하이파이 오디오에서 아주 끈적끈적한 재즈 음악이 흘러나왔다.

거실엔 아무도 없었지만 널찍한 사각 유리 테이블에 놓인 개봉한 와인 병과 빈 잔 두 개가 눈에 들어왔다. 커다란 가죽 소파 한쪽에 전화기가 있었지만 수화기가 내려져 있었다.

'흠, 저러니 경고 전화를 받을 수 없었겠지.'

갑자기 목구멍이 싸해서 나도 모르게 얼굴을 찌푸렸다.

나는 한동안 그 자리에 못 박힌 듯 서 있었다. 그런데 안쪽에서 인기척이 나는가 싶더니 곧이어 가볍게 웃는 소리가 들렸다. 나는 움직이지 않았다. 이제 의혹에 대한 답을 알았다. 눈앞의 증거를 보니 확실히 알았다. 솔직히 말하면 아까 카페를 나서기도 전에 이미 알았는지도 모른다. 그나저나 이런 추잡한 결과를 굳이 눈으로 확인할 필요가 있을까?

소리가 나는 방향으로 걸음을 옮겼다. 기어이 확인해보기로 마음을 먹었다.

문은 열려 있었다. 흠, 닫혀 있을 이유가 있겠는가? 자기들 말고 누가 올 거라고 전혀 예상하지 못했을 테니까. 나는 조용히 방으로 들어갔다. 그리고 그들이 인기척을 느끼고 화들짝 놀라기 전에 뒤엉킨 몸뚱이를 보고야 말았다. 둘의 반응은 완전히 달랐다. 매트는 감전이라도 된 듯 화들짝 놀라며 품에 있던 여자를 밀어냈다. 반면에 캐시는 아주 신중하게 움직였다. 속내를 알 수 없는 표정으로 벌거벗은 가슴을 가리려고 천천히 이불을 당겼다.

그 상태로 잠시 동안 아무도 움직이지 않았다. 1, 2초 정도밖에 안 되는 짧은 시간이었지만 영원처럼 길게 느껴졌다. 소름끼치게 추잡한 장면에서 그대로 얼어붙은 것처럼.

무슨 말을 하려고 했지만 입이 떨어지지 않았다. 놀랍게도 침묵을 깬 사람은 캐시였다.

"뭐야, 완전 똑같네."

매트는 캐시를 날카롭게 째려본 뒤 침대 옆에 널브러져 있는 바지를 잽싸게 집어 들었다. 바짓가랑이에 다리를 넣으려고 버둥거리면서도 시선을 나에게 고정했다. 나는 말 그대로 볼 것 못 볼 것 다 보고야 말았다.

황급히 돌아서서 널찍한 거실로 나왔다. 잰걸음으로 거실을 가로질렀지만 웬일인지 모든 일이 슬로모션으로 진행되는 것 같았다. 뒤에서 캐시가 뭐라고 얘기하자 매트가 성난 목소리로 반박하는 소리가 들렸다. 문 앞에 거의 도달할 즈음에 매트가 큰 소리로 나를 불렀다.

"레이철, 기다려! 제발 기다려!"

걸음을 더 재촉해 재빨리 문을 열고 나왔다. 문이 닫히자 매트의 다음 말은 더 이상 들리지 않았다.

끔찍한 장면에서 벗어나 복도로 나온 뒤에야 숨을 돌렸다. 약혼자가 다른 여자랑 뒤엉켜 있는 장면을 본 순간, 숨 쉬는 것도 잊어버렸다. 정신이 아득하고 눈앞이 흐릿했는데 산소가 들어가자 다시 모든 감각이 살아났다. 그와 더불어 통증이 밀려오고 굴욕감이 치밀었다. 나를 괴롭히지 않은 감정을 굳이 꼽자면 놀라움뿐이었다. 그러고 보면 애초에 이런 상황을 예상했던 게 틀림없었다.

엘리베이터를 타지 않고 비상계단 표시를 따라가 방화문을 열고 나왔다. 매트가 현관문을 벌컥 여는 소리가 들렸다. 땀으로 번들거리는 상체에 셔츠를 대충 걸치고 복도로 뛰어나왔다.

매트는 방화문 닫히는 소리를 들었거나 내가 어디로 향했는지 짐작한 것 같았다. 매트 역시 엘리베이터 버튼을 누르지도 않고 곧장 복도를 지나 비상계단으로 향했으니까. 딸깍, 하고 문이 열리는가 싶더니, 내 이름을 부르는 소리가 콘크리트 계단에 울려 퍼졌다. 매트의 집은 5층이었다. 내가 먼저 출발했으니 뛰어 내려가면 피할 수 있을 것 같았다. 하지만 절반도 못 가서 매트에게 따라잡히고 말았다. 하이힐 때문에 전력을 다할 수도 없었고 눈앞이 흐릿해져 앞이 잘 보이지도 않았기 때문이다.

그렇긴 해도 매트는 맨발로 콘크리트 계단을 한 번에 두세 계단씩 건너뛰며 거의 날듯이 내려왔다. 나를 멈추게 하려고 매트가 팔을 뻗었는데, 워낙 세게 내미는 바람에 나는 하마터면 앞으로 고꾸라질 뻔했다. 다행히 매트가 재빠르게 붙잡아 뒤로 당긴 덕분에 곤두박질치는 걸 간신히 면했다. 매트의 얇은 셔츠 너머로 축축한 열기가 훅 끼쳤다. 나는 움찔하며 물러났다. 그건 캐시한테서 나온 열기였다.

"레이철, 제발 멈춰. 그러다 굴러떨어지겠어."

나는 얼른 돌아섰다. 타오르는 분노 덕분에 눈물이 금세 말랐다.

"네가 무슨 상관인데! 그렇게 되면 더 좋지 않겠어?"

매트의 얼굴이 비통하게 일그러졌다.

"그게 무슨 말이야? 내가 널 얼마나 염려하는데!"

내 입에서 모진 말이 쏟아져 나왔다.

"글쎄, 날 얼마나 염려할까? 잘 모르겠는걸. 아, 좀 전에 다른 여자랑 뒹군 것도 날 염려해서 그런 건가?"

매트가 얼굴에 경련을 일으키며 팔을 뻗었다. 하지만 나는 반사적으로 뿌리쳤다.

"제발, 레이철. 내가 다……."

나는 매트의 말을 잘랐다.

"다 뭐? 뭘 하고 싶은데? 다 설명한다고? 아니, 그럴 필요 없어. 추잡한 장면을 이미 다 봤는데 무슨 설명이 필요하겠어. 난 이제 무슨 일이 벌어졌는지 완벽하게 알았어!"

"그건 별일 아니야!"

매트가 소리쳤다.

"정말?"

내가 톡 쏘아붙였다.

"내가 서 있던 곳에서 봤을 땐 그렇지 않던걸! 게다가 그 자리는 로열석이었어. 내가 아무리 기억상실증에 걸렸다 해도 너랑 캐시가 하던 짓이 별일 아니라고 치부할 수 없다는 건 기억해."

매트가 좌절감에 머리를 쓸어 넘겼다.

"아니, 내 말은 그게 아니야. 그 일이 나한테 아무 의미도 없다는 뜻이야. 걔는 나한테 아무 의미도 없어. 그냥 섹스 상대였을 뿐이야. 그게 다야."

나는 새삼 놀라는 표정을 지으며 소리쳤다.

"하! 그렇게 말하면 내 기분이 풀릴 거라고 생각하는 거니?"

매트가 뭐라 대응할 말을 찾지 못하는 사이 내가 다시 따졌다.

"잘 들어, 매트. 난 이제 그게 뭐든 상관 안 해."

"안 돼, 레이철. 그렇게 말하지 마. 나한테 설명할 기회를 줘.

이 일을 바로잡을 기회를 달란 말이야."

나는 매트가 자신이 한 일을 제대로 파악하지 못하는 것에 화가 치밀었다.

"'이 일을 바로잡을 기회' 따위는 없어, 매트. 모르겠니? 네가 무슨 이유로 그랬든, 그건 중요하지 않아. 어떤 것으로도 바로잡을 수 없다는 게 중요해."

"아냐, 그런 말 하지 마."

매트가 비통한 목소리로 간청했다. 마음이 살짝 흔들릴 뻔했지만 매트의 다음 말은 그의 운명을 완전히 결정지었다.

"게다가 지난주에 네가 문을 걸어 잠그는 바람에……."

매트는 하던 말을 끝맺을 수 없었다. 내 안에서 펄펄 끓는 용암처럼 분노가 혈관을 타고 용솟음쳤다.

"뭐? 그래서 그런 짓을 한 거야? 내가 사고당한 지 3주밖에 안 지났는데, 그게 딴 여자랑 자는 걸 정당화할 수 있다는 거야? 그 말이야? 응?"

매트는 아차 잘못 말했구나, 하는 표정을 지었다. 절대로 입에 담지 말았어야 할 말을 내뱉었던 것이다. 바로 그때 아까 캐시가 했던 말이 뇌리를 스쳤다. 위에서 두 사람이 침대에 있는 모습을 내가 포착했을 때 캐시가 분명히 그렇게 말했다.

"그건 그렇고 캐시가 아까 한 말은 뭐야? 완전 똑같다고 말했잖아?"

매트의 얼굴이 조금씩 붉어졌다. 반면에 나는 얼굴에서 핏기가 가시는 걸 느꼈다.

"뭐야? 그럼 이런 일이 전에도 있었던 거야? 전에도 걔랑 바람을 피웠던 거야? 그런 거야?"

"아냐, 아냐. 절대로 아니야. 오늘 처음이야. 한 번뿐이라니까. 그냥 어쩌다보니…… 그렇게 됐어."

매트의 변명과 달리 뭔가 더 있다는 느낌을 지울 수 없었다.

"하지만 전에도 걔랑 같이 있었던 거지, 그렇지?"

말로는 아니라고 했지만 매트의 눈에는 뼈아픈 고백이 담겨 있었다. 머릿속이 갑자기 환해지면서 지저분한 퍼즐 조각들이 모두 맞춰졌다.

"맙소사! 전에도 둘이 함께 있는 모습을 내가 목격했구나, 그렇지? 대학 시절에?"

순간적으로 내 기억이 돌아왔나 싶어 매트가 반색하며 물었다.

"그게 기억난 거야?"

"아니, 전혀."

내가 야유하며 쏘아붙였다.

"하지만 진짜로 그랬던 거지, 그렇지? 너희 둘이 함께 있는 모습을 목격하는 바람에 우리가 헤어졌던 거지?"

매트가 비참한 얼굴로 고개를 끄덕였다.

"하지만 그땐 날 용서해줬잖아."

나는 매트의 눈에서 간절함이 담긴 희망을 읽었다. 하지만 그 희망이 싹을 틔우기 전에 발로 짓밟아 완전히 뭉개버렸다.

"하지만 이번엔 아냐, 매트. 나한테 또다시 이런 짓을 할 기회를 더 이상은 주지 않을 거야. 이걸로 끝이야."

11

—

그 길로 매트와 헤어지고 오랫동안 걸었다. 끓어오르는 분노가 진정될 때까지 하염없이 걸었다. 비수로 후벼 파듯 아팠던 모멸감도 어느새 얼얼한 상처 정도로 가라앉았다. 하지만 아무리 걸어도 매트의 방에서 맞닥뜨린 장면은 머릿속에서 지워지지 않았다. 완벽한 두 육체가 뒤엉킨 모습은 한 폭의 명화 같았다. 기억 속에 각인된 그 이미지를 어떤 방법으로도 떨쳐낼 수 없을 것 같았다. 그러고 보면 인생은 참으로 아이러니하다. 기억을 잃은 문제로 내내 고민하고 있는데, 이젠 기억을 지워버리지 못해 안달하고 있다.

추운 날씨에 무작정 걷다보니 몹시 피곤해졌다. 혼잡한 교차로에 이르러 고개를 들고 거리 표지판을 살폈다. 듣도 보도 못한 동네였다. 매트의 집에서 뛰쳐나와 몇 시간째 거리를 헤맸으니 어디가 어딘지도 몰랐다. 이젠 어디로 갈지 생각해야 했다. 그런데 의외로 간단하게 행선지가 떠올랐다.

얼른 택시를 잡아탔다. 일주일 전에 지미와 함께 방문했던 런던 집의 주소를 기사에게 불러줬다. 가는 도중에 잠시 멈춰서 필요한 물품을 구입했다. 런던 시내를 지나는 내내 휴대전화가 울려댔지만 싹 무시했다. 실은 계단에서 매트와 헤어진 뒤부터 휴대전화가 계속 울렸지만 한 번도 받지 않았다. 결국엔 매트도 포기했는지 더 이상 전화하지 않았다. 무슨 말을 한들 통하지 않을 거라는 사실을 드디어 깨달았나보다. 물론 더 할 말도 없었을 것이다.

오는 길에 구입한 조립식 박스를 운전기사가 건물 안까지 들어주었다. 고마운 마음에 팁을 두둑이 챙겨줬다. 집에 들어와서 나는 판지로 만들어진 박스와 테이프, 가위, 기다란 끈을 벽에 세워놨다.

아버지에게 전화하는데 말이 잘 나오지 않았다. 상황을 요약해서 설명하기가 쉽지 않았다. 실제보다 좋게 이야기하려고 노력했지만 자식을 염려하는 부모는 으레 실제보다 더 나쁘게 생각하기 마련이다. 아버지가 런던행 기차를 타고 당장 달려온다는 걸 말리느라 진이 다 빠질 지경이었다.

"거기서 너 혼자 밤새 끙끙 앓게 할 수는 없다."

"아뇨. 그럴 일은 없어요."

아버지를 설득하느라 빈말을 내뱉었지만, 속으로는 정말로 그럴 일이 없기를 빌었다.

"짐 싸느라 바빠서 끙끙 앓을 짬이 없다니깐요."

결국 아버지도 내가 자살을 감행할 정도로 몹시 우울한 상태가 아니라고 확신했는지, 당장 쫓아오겠다는 주장을 철회했다. 그 대신 아침 일찍 전화하라고 신신당부하며 전화를 끊었다. 아버지 입장에서는, 내가 매트와 파혼하고 런던 집을 떠나 아버지에게 돌아간다는 사실이 그리 나쁜 소식은 아닐 터였다. 나 또한 아버지와 같은 생각인지 아직은 판단하기 어려웠다.

박스를 조립해서 방마다 하나씩 던져놨다. 전문 운송 업자처럼 차분하게 찬장, 선반, 옷장을 차례로 비우며 기억에도 없는 물건들을 정리해나갔다.

그레이트 비숍스포드로 가져갈 물건은 많지 않았다. 오래전부터 쓰던 물건이나 중요해 보이는 서류만 담으니 상자 두 개로 충분했다. 나머지 물건은 자선단체나 폐기물 센터로 보내질 운명이었다. 기억에 없는 물건은 되도록이면 챙겨가고 싶지 않았다.

박스에 물건을 담아 테이프로 봉하고 나면 서글플 것 같았는데 전혀 그렇지 않았다. 오히려 속이 후련했다. 기억상실증을 앓는 게 무조건 나쁜 것만은 아니었다. 기억하지 못하는 삶을 정리하고 떠나는 거라 미련이나 아픔이 느껴지지 않았다.

다만 매트와 파리에서 찍은 사진을 두고는 잠시 망설였다. 어느 박스에 담아야 할지 감이 오지 않아 아예 박스를 새로 하나 더 만들었다. 그냥 버리기에는 너무 고가인 물품을 주로 담았다. 필시 매트에게 받은 선물일 터라 조만간 그에게 돌려보낼 것이다.

네 시간에 걸쳐서 짐을 모두 정리했다. 허리가 욱신욱신 쑤셨고, 땀과 먼지로 몸도 지저분했다. 끔찍한 장면을 목격하긴 했지만 그래도 오늘이 과거를 벗어 던지고 미래를 향해 첫발을 내디딘 첫날이었다.

침대 모서리에 등을 기댔다. 너무 피곤해서 침대 위로 올라갈 기력도 없었다. 그냥 잠시 눈을 감고 쉬고 싶었다.

* * *

멀지 않은 곳에서 누군가를 다급하게 부르며 문을 쿵쿵 두드리는 소리가 들렸지만 나를 완전히 깨울 정도로 가깝지는 않았다. 그런데 경첩 하나가 떨어질 정도로 문이 벌컥 열리는 소리에 깜짝 놀라 결국 눈을 떴다. 침대에 기댄 자세로 바닥에 앉아서 고개를 들었다. 갑자기 환해진 불빛 때문에 눈이 부셨다. 몇 차례 눈을 껌뻑인 뒤에, 느닷없이 들이닥친 사람을 쳐다봤다. 침실 입구를 가득 메운 커다란 실루엣이 보였다.

"맙소사!"

졸린 눈으로는 알아보지 못했지만 귀로는 누구인지 단박에 알아차릴 수 있었다.

"지미? 도대체 네가 여긴 웬일이야?"

지미는 내 질문에 대답하지 않고 뒤쪽에 서 있는 남자에게 얼른 돌아섰다. 키 작은 중년 남자가 나와 지미를 번갈아 쳐다보더니 머뭇거리며 입을 열었다.

"경찰 양반, 아무 일 없는 건가요?"

나는 억지로 자리에서 일어났다. 꿈이라면 금세 사라지겠지 싶어 눈을 비볐다. 하지만 손을 뗀 뒤에도 두 사람은 여전히 그 자리에 서 있었다.

지미가 남자에게 협조해줘서 고맙다면서 현관으로 안내했다. 남자는 지미의 손짓에 따라 현관 쪽으로 돌아서긴 했지만 뭔가 엄청난 장면에서 너무 일찍 퇴장당해 실망하는 눈치였다.

"혹시 무슨 진술이나 증언이 필요하시면……."

남자가 말꼬리를 흐렸다.

"그럴 필요까진 없습니다. 아무튼 도움을 주셔서 다시 한 번 감사드립니다."

나는 지미가 문을 닫고 돌아올 때까지 기다렸다. 경찰 신분증을 재킷에 넣는 모습을 보면서도 나는 아무 말도 하지 않았다. 하지만 갸우뚱한 고개와 치켜세운 눈썹으로 질문을 대신했다.

지미는 약간 당황한 것 같았지만 후회하는 기색은 없었다.

"그거 불법 아니니?"

"뭐가 불법이라는 거야?"

"경찰 신분증을 이용해서 남의 집에 함부로 침입했잖아."

지미와 눈이 마주쳤지만 그가 무슨 생각을 하는지는 읽어내지 못했다.

"함부로 침입하지 않았어."

지미가 내 말을 고쳐줬다.

"관리인에게 너희 집 문을 열게 했을 뿐이야."

"그 사람한테 뭐라고 둘러댔는데? 나를 테러분자라고 그랬니? 위험한 은행 강도? 아니면 정신병원에서 탈출한 환자?"

지미는 내 질문에 억울한 표정을 지었다. 낮은 목소리로 반박하며 내 쪽으로 성큼성큼 걸어왔다.

"네가 도무지 전화를 받지 않는다고 말했어…… 최근에 머리 부상을 입은 데다가 나쁜 소식까지 들었다고 말했어…… 그리고 네가 어쩌면…… 다쳤을지 모른다고 말했어."

그러더니 두 팔로 나를 감싸 안았다. 나를 세게 끌어안을 때 지미의 몸이 떨리는 게 느껴졌다. 나에게 연락이 닿지 않는 바람에 지미가 얼마나 걱정했을지, 얼마나 두려워했을지 그제야 알았다.

"우리 아버지한테 얘기를 들었구나?"

지미의 가슴에 얼굴을 묻은 채 간신히 물었다.

"그래."

"오늘 밤에 짐을 꾸려서 내일 바로 돌아올 거라고 아버지가 말하지 않았어?"

지미가 깊게 한숨을 쉬더니 약간 갈리진 목소리로 대답했다.

"난 그저 너랑 얘기하고 싶었어. 네가 괜찮은지 확인하고 싶었고. 그런데 아무리 전화를 해도 도무지 연결이 안 되잖아."

"일부러 받지 않았어. 매트가 거는 거라고 생각했거든."

지미가 몸을 살짝 떼더니 내 얼굴을 살폈다. 내가 매트의 이름을 말하는 게 얼마나 힘든지 살피려는 것 같았다.

하지만 내 표정으로는 무슨 상황인지 알 수 없었는지, 약간 주저하며 물었다.

"아저씨 말씀으로는 너희 둘이 다퉜다던데. 정말이야?"

나는 씁쓸하게 웃으며 대답했다.

"뭐 그런 셈이지. 매트는 자기 집에서 캐시랑 뒹군 게 별일 아니라고 생각하나봐. 하지만 난 그 생각에 동의하지 않아."

순간 다양한 감정이 지미의 얼굴을 스쳤다. 너무 순식간에 지나가서 구별하기 어려웠지만 다정하고 희망에 찬 표정부터 분노를 가까스로 억누르는 표정까지 다양했다.

"아저씨가 그런 말씀은 안 하시던데!"

"아버지한테 곧이곧대로 얘기하지 않았으니까."

지미는 내 손을 잡고서 소파 쪽으로 데려갔다. 나를 소파에 앉힌 후 자기도 옆에 앉았다. 소파에 앉은 후에도 지미는 내 손을 놓으려 하지 않았다. 나도 굳이 손을 빼지 않고 그대로 있었다.

"자세히 말해봐."

지미가 재촉했다. 다정하고 따뜻한 목소리를 들으니 다시 막역한 친구로 돌아온 것 같았다. 하지만 지미의 눈빛은 낯설었다. 그 눈빛에 심장이 마구 떨렸다.

의사를 만난 일부터 매트의 배신을 포착한 순간까지 10년 같았던 하루를 털어놓았다. 지미는 내 얘기를 듣는 동안 한마디도 하지 않았다. 워낙 미동도 하지 않아서, 내 얘기에 어떤 반응을 보이나 살피려고 지미의 얼굴을 유심히 쳐다보기도 했다. 매트와 캐시가 뒤엉켜 있는 장면을 목격한 부분을 얘기할 때 지미의 턱이 단단해지는 걸 보고서야 지미가 분노를 억지로 참고 있다는 걸 알았다.

얘기를 다 듣고 나서 지미는 내 손을 자기 쪽으로 가져갔다. 무슨 말을 해야 할지 몰라 한참 궁리하는 것 같았다.

"정말 안타깝다, 레이철. 그 자식이 너한테 그런 짓을 하다니, 너를 이토록 아프게 하다니, 정말 안타깝다. 네가 그 녀석을…… 얼마나 많이…… 사랑하는지 알아. 하지만 넌 그런 취급을 받을 이유가 없어. 아니, 그보다 훨씬 좋은 취급을 받아야 해."

지미의 얼굴이 가깝게 다가왔다. 나는 눈을 들어 지미를 쳐다봤다. 말로는 못 한 이야기를 내 눈에서 읽어주길 간절히 기대했다.

지미가 고개를 낮추기 시작했다. 나도 모르게 입술이 벌어지고 눈이 살포시 감기려 했다. 잠시 후 지미의 입술이 내 이마를 가볍게 스쳤다. 하지만 그걸로 끝이었다.

지미가 자리에서 일어나는 바람에 분위기가 순식간에 바뀌었다. 지미는 내 시선을 마주치지 못하고 일부러 시계를 쳐다보는 척했다.

"이런, 시간이 많이 늦었다. 나가서 음식을 좀 사올까? 하루 종일 아무것도 먹지 않았을 거 아냐?"

내가 고개를 끄덕였다. 입을 열면 내 감정을 숨길 수 없을 것 같았기 때문이다.

"알았어. 그럼 나가서 먹을 걸 좀 사올게. 오래 걸리지는 않을 거야."

지미가 지나치게 허둥대는 모습이 오히려 우스꽝스러웠다. 앞으로 몇 번이나 더 지미의 몸짓을 오해하고 엉뚱하게 행동해서 지미를 도망가게 할지 알 수 없었다. 내 안에 깊이 묻어둔 감정이 뭐든 간에 이젠 영원히 잠들게 해야 했다. 그 감정이 화답받을 일은 영원히 없을 테니까.

지미는 가까운 테이크아웃 음식점에서 식사 거리를 사 가지고 금세 돌아왔다. 그사이 나는 꾀죄죄한 얼굴과 손을 씻었다. 지미의 손에는 온갖 종류의 중국 음식과 와인 두 병이 들려 있었다.

"누구 더 올 사람이라도 있니?"

커피 테이블에 잔뜩 펼쳐진 향긋한 음식을 보고 내가 물었다.

"그러지 않기를 빌자."

나는 지미가 누구를 염두에 두고 하는 말인지 뻔히 알았다. 하지만 그럴 일은 전혀 없었다. 그날 밤 내 집에 나타나봤자 좋을 게 하나도 없다는 걸 매트가 알 테니까. 만약 매트가 여기에 쳐들어올 정도로 어리석다면, 두 남자 사이에 무슨 일이 벌어질지 생각만 해도 몸서리가 쳐졌다.

놀랍게도 나는 배가 몹시 고팠다. 즉석에서 차려진 만찬을 남김없이 먹어치웠다. 한 조각 남은 음식까지 집으려고 젓가락을 이리저리 놀렸다. 그러다 문득 지미가 이런 내 모습을 흐뭇하게 바라보고 있다는 걸 느꼈다.

"그럴 필요 없어."

"뭐가 필요 없다는 거야?"

지미가 영문을 모르겠다는 표정으로 물었다.

"내가 잘 있나 일일이 확인할 필요 없다는 말이야. 실연의 아픔으로 앓아눕지는 않았는지, 식음을 전폐하다 굶어 죽진 않았는지, 우울증으로 어리석은 짓을 하진 않았는지 노상 걱정하지 말라는 말이야."

"그런 걱정한 적 없어."

지미가 큰 소리로 부정했다. 하지만 그 말을 믿을 내가 아니었다. 그런 말을 믿기엔 이 남자를 너무 오랫동안 알았다.

"그럼 아까 쳐들어온 건 뭐야? 무슨 큰일이나 난 것처럼 뛰어들어 왔잖아."

지미는 내 눈을 쳐다봤을 뿐, 아무 말도 하지 않았다.

"날 챙겨줄 부모님은 한 분으로 족해."

고마움도 모르는 사람처럼 들릴 걸 감수하고 지미를 끝까지 몰아붙였다.

"나를 구하겠다고 그렇게 애쓰지 않아도 돼. 그건 네 일이 아니야."

지미의 눈은 무슨 생각을 하는지 읽어낼 수 없었다. 한참 만에 지미가 입을 열었다.

"나도 알아. 다만……."

지미의 목소리가 흐려졌다.

"다만 뭐?"

"다만…… 너와 매트 사이에 벌어진 일에 나도 일말의 책임이 있는 것 같아."

그 말은 내가 기대했던 얘기가 아니었다. 물론 듣고 싶었던 얘기도 아니었다.

"도대체 무슨 이유로 그런 생각을 한 거야?"

지미가 맞은편 안락의자에 앉아서 한숨을 깊이 내쉬었다. 우리 사이에는 커다란 커피 테이블이 놓여 있었다.

"매트와 난 늘 사이가 좋지 않았어."

"그야 두말하면 잔소리지."

지미는 내가 빈정대는 소리에도 아랑곳하지 않고 계속했다.

"네가 머리를 다친 후에 나랑 함께 보낸 시간이 많았잖아. 매트보다 내가 더 자주 너를 만났으니까."

지미의 얘기를 듣다보니 불현듯 저번에 호텔에서 있었던 일이 떠올랐다. 나는 얼굴을 붉히며 그 생각을 얼른 떨쳐냈다.

"그게 너희 둘 사이에 좋게 작용하진 않았을 거야."

내가 반박하려는데 지미가 손을 들어 제지했다.

"그리고 오늘 그 자식 집에서 일어난 일도 나한테 어느 정도 책임이 있는 것 같아."

나는 어이없는 표정으로 지미를 쏘아봤다.

"네가 캐시한테 남의 약혼자랑 붙어먹으라고 돈이라도 쥐어 줬니?"

지미는 답답하다는 듯 두 손으로 머리를 쥐면서 소리쳤다.

"레이철, 제발 그렇게 말하지 마. 매트가 오늘 그런 짓을 한 이유가 저번에 우리 사이에 일어날 뻔한 일에 대한 복수라고 생각하지는 않아?"

나는 둔탁한 물건으로 머리를 강타당한 것 같았다.

"뭐? 설마 내가 매트에게 그 얘기를 했을 거라고 생각했니?

내가 그런 얘길 털어놨을 것 같아? 아니 왜 내가 그랬을 거라고 생각한 거야?"

지미는 답을 찾으려는 듯 내 얼굴을 살피며, 내가 감히 털어놓지 못한 감정을 읽어내려고 애썼다.

하지만 지미가 내 얼굴에서 본 게 무엇이었든 내가 간절히 기대한 반응을 끌어내진 못했다. 결국 한참 만에 입을 열더니 덤덤한 목소리로 대답했다.

"그냥 아무 이유도 없어."

우리는 각자 생각에 잠겨 말없이 테이블을 치웠다. 호텔에서 있었던 일을 지미가 인정해주길 오랫동안 기다렸건만, 막상 얘기가 나오고 보니 괜히 꺼냈구나 싶었다. 지미는 그 일을 몹시 후회하고 있었고 나도 그 일을 후회한다고 짐작하는 게 분명했다.

하루 동안 벌어진 일만으로도 벅찬데 지미 문제까지 겹치니, 감당할 수 없을 지경이었다. 지미에게 하품을 크게 하면서 자야겠다고 말한 건 전혀 과장한 게 아니었다.

"너무 피곤해서 이만 자야겠어. 넌 저기 있는 소파에서 자도 괜찮겠니?"

소파에서 자지 않으면 내 침대를 공유하는 수밖에 없으니, 지미가 서둘러 대답했다.

"물론이야. 저 정도면 훌륭하지."

내가 방문을 열려고 하는데 지미가 부드럽게 덧붙였다.

"잘 자, 레이철."

* * *

놀랍게도 나는 아주 잘 잤다. 꿈도 꾸지 않았고 이상한 알람 소리도 듣지 않았다. 애프터 셰이브 로션 냄새도 맡지 않았다. 지미가 일찌감치 일어나 아침 식사를 준비했나보다. 부엌에서 커피 끓는 소리가 나고 테이블에는 황금색 크루아상이 놓여 있었다. 크루아상을 집어서 뜯어 먹었더니 고소한 버터 향이 느껴졌다. 지미가 잔에 커피를 따라서 우유와 함께 건넸다.

"아침부터 장 봐 오느라 바빴겠네."

내 말에 지미가 환하게 웃었다. 다행히 어젯밤의 어색함은 싹 가셨다. 서로 중립 지대에 머무는 한 아무 문제도 없을 거라는 생각이 들었다.

지미가 스툴을 하나 빼서 내 앞으로 밀었다. 내가 스툴에 오르지 못해 낑낑대자 지미가 웃음을 참으려고 애썼다.

"힐을 신으면 더 쉬울 텐데."

내가 투덜거렸다.

그런데 내가 말리기도 전에 지미가 내 허리를 잡더니 그 높다란 스툴 위로 번쩍 들어 올려 앉혀줬다. 지미의 손이 아주 잠시 머뭇거리는가 싶더니 내가 자리 잡고 앉자 그마저 덧없이 사라졌다. 짧은 접촉에도 온몸에 전율이 일었다.

"춥니?"

지미가 물었다. 나는 매혹적인 자태와는 거리가 멀게 민소매 티셔츠와 반바지 차림이었다. 게다가 화장기 하나 없는 얼굴에 머리는 뒤로 질끈 묶었다. 지미는 내 대답을 기다리지도 않고서 재킷을 벗어 어깨에 둘러줬다. 지미의 체취와 온기가 고스란히 전해졌다.

나를 내려다보는 지미의 시선이 무척 따뜻했다. 이젠 전혀 춥지 않았다. 지미의 눈길은 내 머리를 시작으로 의자에 앉아 달랑거리는 다리까지 찬찬히 훑었다. 그 표정이 참 따뜻하다고 생각하는데, 갑자기 지미가 씽긋 웃었다. 예전에 나를 향해 수없이 지어주던 바로 그 미소였다.

"뭐가 그렇게 웃긴데?"

나는 따지듯 묻고 나서, 지미의 시선에 얼굴이 붉어지려는 걸 숨기려고 커피를 길게 한 모금 마셨다.

"네가 그렇게 앉아 있는 모습이 웃겨서. 열세 살 때도 딱 그렇게 앉아 있었잖아."

"흠, 그 꼬마 아가씨를 마음에 두고 있어서 여태 애인이 없는 거구나."

내가 크루아상을 하나 더 집으며 말했다.

* * *

박스와 짐을 지미의 차에 모두 싣는 데 한 시간이 넘게 걸렸다. 남은 짐을 가지러 엘리베이터를 타고 올라가는데 휴대전화가 또다시 울렸다. 두 시간 전부터 일정한 간격으로 울려대고 있었다. 바지 주머니에서 휴대전화를 꺼내 액정에 찍힌 이름을 확인한 뒤 바로 수신 거부 버튼을 눌렀다.

"또 매트니?"

지미가 물었다. 나는 고개를 끄덕이며 휴대전화를 주머니에 넣었다.

"이러다 결국 포기하겠지."

"과연 그럴까?"

지미가 삐딱하게 물었다. 마침 엘리베이터 문이 열렸다. 지미가 먼저 나가면서 슬며시 덧붙였다.

"난 아닐 것 같은데."

지미가 앞장서 나가는 바람에 나는 지미의 표정을 보지 못했다. 흠, 왜 아니라고 생각하는 걸까?

* * *

잠시 후, 마지막으로 집을 한 바퀴 휘 둘러본 뒤 나왔다. 문을 당겨 닫으며 이것으로 끝이라는 생각이 들었다. 물론 조만간 집세와 각종 요금을 정산하러 한 번 더 들르겠지만 오늘부로 이 집하고는 완전히 이별이었다.

"괜찮니?"

지미가 내 어깨를 꼭 안아주며 물었다.

"의외로 괜찮아."

내가 대답했다.

"좋아."

지미가 선언하듯 단호하게 말했다.

"혹시 기억이 돌아와 물건을 죄다 들여놓고 싶어지면 딴 사람한테 도와달라고 해야 할 거야!"

겉으론 웃었지만 지미의 말이 왠지 마음에 걸렸다. 기억이 돌아왔을 때 지금 내린 결정을 진짜로 후회하면 어떡하지? 문득 매트와 캐시의 모습이 떠올랐다.

흠, 그 이미지를 떨쳐내려면 진짜로 시간이 꽤 걸릴 것 같았다. 앤드루스 박사가 내 기억을 아무리 빨리 되살려주더라도 어떤 결정은 절대로 물리고 싶지 않을 것 같았다.

크리스마스 시즌인데도 도로에는 차가 많지 않았다. 시커먼 하늘과 세찬 바람 때문에 사람들이 시내로 많이 나오지 않은 것 같았다. 날씨가 아무리 궂어도 지미의 차 안은 따뜻하고 아늑했다. 실은 차 안이라서 그런지, 지미와 함께 있어서 그런지 나도 잘 모르겠다.

"잡지사 일은 어떻게 할지 생각해봤어?"

나는 이마를 찌푸렸다. 그동안 그 문제를 생각하고 또 생각했다. 잡지사 일을 포기할지는 다른 어떤 사안보다 결정하기 힘들었다. 오래전부터 꿈꾸던 일이지만 내가 노력해서 성취한 게 아니라는 생각에 왠지 찜찜했다. 남의 자리를 꿰차는 것 같아 영 부담스러웠다.

"왜 그렇게 바보 같은 생각을 해."

내가 그 일을 계속할지 주저하는 이유를 설명하자 지미가 대뜸 반박했다.

"네가 쓴 기사들을 읽어봤잖아. 넌 그 일을 할 자격이 충분해."

나는 애석한 듯 한숨을 쉬면서도 지미의 칭찬에 기분이 살짝 좋아졌다.

"글쎄, 잘 모르겠어. 앞으로 몇 주 동안 더 생각해보고 최종 결정을 내릴까 해."

"그건 그렇고."

지미가 방금 떠오른 생각인 양 대안을 제시했다.

"전에 일했던 신문사에 다시 돌아가는 건 어때? 아저씨 말씀으로는, 네가 아무 때나 돌아가도 신문사에서 기꺼이 받아줄 거라던데."

여태 그 생각은 한 번도 못 했다. 내가 그 제안을 곰곰이 생각하는데 지미가 덧붙여 말했다.

"그러면 아버지랑 가까이 지낼 수 있으니 좋잖아."

지미의 말에 나도 모르게 웃음이 나왔다. 웃는 모습을 숨기려고 고개를 돌려 창밖을 내다봤다.

바로 그 순간, 내 세계의 축이 또다시 기울면서 이상 증세가 도졌다.

"여기서 좌회전해!"

지미가 다급한 내 목소리에 화들짝 놀라 쳐다봤다.

"뭐? 왜? 그 길이 아닌데?"

하지만 내 얼굴을 보더니 더 이상 묻지 않고 핸들을 돌렸다. 뒤에서 택시가 경적을 요란하게 울려댔지만 지미는 아랑곳하지 않고 차선을 하나씩 옮기며 방향을 왼쪽으로 틀었다.

"이쪽으로 쭉 가."

지미가 의아한 얼굴로 다시 쳐다봤지만 내가 고개를 흔들자 아무것도 묻지 않았다. 곧이어 혼잡한 교차로가 나왔다.

"어느 쪽으로 갈까?"

"여기서 우회전해서 끝까지 가면 길이 왼쪽으로 급하게 휘어질 거야."

지미는 어디로 가느냐고 묻지 않았다. 퉁명스러운 내 지시에 발끈하지도 않고 한마디 툭 던졌다.

"너에 비하면 내비게이션 아가씨는 천사다, 천사."

지미의 농담에 쿡 웃음이 나오고 긴장이 살짝 풀렸다. 골목을 이리저리 돌면서 나아가는 동안 심장이 쿵쾅거리고 배 속이 뒤틀리며 숨도 제대로 못 쉬었다. 거부할 수 없는 힘이 자석처럼 우리를 잡아당겨 목적지로 이끄는 것 같았다.

우리는 런던의 남부럽지 않은 동네를 뒤로하고 허름한 상점이 늘어선 거리로 접어들었다.

"저쪽에 좀 세워봐."

나는 앞쪽에 있는 주차장을 가리켰다.

"저 밴 뒤에."

지미가 내 요구대로 차를 능숙하게 세웠다. 그리고 시동을 끄고 나서 나를 쳐다봤다.

약 15분에 걸친 여정 동안 나를 사로잡았던 공포심이 조금씩 잦아들었다. 그 대신 익숙한 불안감이 밀려들었다. 내가 지금 하려는 말은 모든 걸 무너뜨릴 것이다. 사람들이 또다시 나를 정신병자 보듯 할 것이다.

무릎 위에서 맞잡은 두 손이 심하게 떨렸다. 떨고 있는 내 손을 지미가 꼭 잡아줬다.

"어느 거야?"

"뭐가 어느 거라는 거야?"

나는 지미의 커다란 손에 시선을 고정한 채 되물었다. 지미가 잡아주자 더 이상 손이 떨리지 않았다.

"어느 게 너희 집이냐고?"

고개를 들었지만 눈물이 쏟아질 것 같아 지미를 제대로 볼 수 없었다. 길 건너편에 있는 건물을 가리키려고 고개를 살짝 젓히며 말했다.

"저기 저 빨래방 건물."

지미가 건물을 잠시 바라보더니 안전벨트를 풀었다.

"따라와."

나는 당황해서 지미를 쳐다봤다.

"가서 확인해봐야지."

지미가 차에서 내리더니 조수석 쪽으로 다가와 문을 열었다. 내가 마지못해 내리자 팔을 붙잡아 단단히 부축했다. 백지장처럼 파리하게 얼굴이 굳은 내가 걱정됐는지, 긴장을 풀어주려고 농담을 던졌다.

"그건 그렇고 너랑은 자동차 랠리에 절대로 나가지 않을 거야. 조수가 이렇게 땍땍거려서야 원……."

우리는 길을 건너려고 기다렸다. 이곳에 살 때 수없이 건너다닌 길이었다. 신호가 바뀌자 지미가 성큼 앞서며 나를 이끌었다. 지미는 지금 저 집이 내가 살던 집이 아니라는 걸 알았을 때 내가 어떤 반응을 보일지, 내가 보인 반응을 어떻게 처리할지 궁리하고 있을 것이다. 하지만 나는 정반대 상황을 염려하고 있었다. 최대한 침착한 목소리로 지미에게 물었다.

"저 집에서 내가 쓰던 물건이 잔뜩 나오면 어떡하지?"

우리는 이미 빨래방 앞에 도착했다. 김이 뿌옇게 서린 빨래방 안에서 사람들이 쳐다보고 있는데도 아랑곳하지 않고 지미가 나를 감싸 안았다. 사악한 무리에게서 나를 보호하려는 듯 세게 안아줬다.

"우리 둘이 대처하면 돼. 뭐가 됐든 우리 둘이서 대처하면 될 거야."

그것은 각오이자 다짐이자 약속이었다. 그 덕에 지미의 품을 벗어나 또 다른 내 집으로 나아갈 힘이 생겼다.

* * *

상가 위에 세워진 주택의 입구는 건물 옆으로 돌아가야 나왔다. 나는 모퉁이를 돌다 말고 지미에게 앞서 가라고 길을 내줬다.

지미가 문 앞에 먼저 도착해 궁금함이 담긴 눈으로 나를 쳐다봤다. 나는 지미의 궁금증을 풀어주지 않고 대뜸 이렇게 말했다.

"네 옆에 가구주 이름이 적힌 패널이 보이지?"

"응, 보여. 하지만 다가구 주택엔 다……."

"윈터, 헌트, 웹, 프리먼."

초인종 옆에 적힌 가구주 이름을 내가 정확하게 불러주자 지미가 당황하며 눈살을 찌푸렸다. 내가 서 있는 곳에서는 그들의 이름이 보이지 않았다.

"제일 꼭대기 층이 우리 집이야. 월트셔."

지미가 내 얼굴과 패널을 번갈아 쳐다봤다.

"네가 다섯 개 중에서 네 개는 맞췄어. 그런데 꼭대기 층은 비어 있어."

나는 코너를 돌아서 패널을 확인했다.

지미의 말이 맞았다. 지난번에 이 장치를 봤을 때만 해도 꼭대기 층엔 내 이름이 선명하게 적혀 있었다. 여기까지 오도록 나를 이끌어준 확신에 의심이 싹트기 시작했다.

"이 집은 어쩌면 네 친구가 살았던 집일 수도 있어. 네가 기억 못 하는 친구 말이야."

지미가 넌지시 추측했다. 그럴듯한 추측이었지만 한 가지 걸리는 점이 있었다.

"너는 친구의 이웃집 사람들 이름도 기억하니?"

지미는 아무런 대답도 하지 않았다. 필시 경찰의 수사 감각을 총동원해 증거를 찾고 있을 것이다.

내가 출입 패널에서 두 번째 초인종을 누르며 말했다.

"헌트 부인은 묻지도 않고 아무한테나 문을 열어주거든. 범죄에 노출될 수도 있는데 말이야."

아니나 다를까 초인종을 누른 지 얼마 안 돼 딸깍 하는 소리와 함께 현관문이 천천히 열렸다.

지미가 앞서서 어두운 복도로 들어갔다. 복도에는 빨래방에서 퍼진 세재 냄새가 희미하게 풍겼다. 계단을 올라가려는데 익숙한 그 냄새에 다리가 살짝 흔들렸다. 지미가 내 손을 잡았다. 나는 지미의 손이 생명줄이라도 되는 양 꽉 붙잡고 낡은 계단을 하나씩 올라갔다.

우리는 탈 없이 첫 번째와 두 번째 층계참을 지났다. 다음 층으로 올라가려는데 흑단처럼 까만 머리에 뚱뚱한 중년 여자가 우리 앞으로 스치듯 지나갔다. 여자는 무슨 서류를 읽으며 걷다가 내가 인사하자 화들짝 놀랐다.

"안녕하세요, 키워스 부인."

그녀는 걸음을 멈추고 웃음 띤 얼굴로 우리를 봤다. 그런데 자기 앞에 낯선 사람이 둘이나 서 있자 그녀의 미소가 흔들렸다.

"안녕하세요?"

눈으로는 경계하면서도 그녀가 얼른 인사를 건네며 물었다.

"그나저나 내가 아는 분들인가요?"

아주 흥미로운 질문이었다. 그녀의 눈길이 나를 잠시 훑는가 싶더니 얼른 지미에게 관심을 돌리며 미소를 보냈다. 주인아주머니의 익숙한 반응에 나도 모르게 웃음이 나왔다. 그녀는 늘 남자 세입자를 편애했다. 더구나 젊은 남자라면 사족을 못 썼다.

"아마 우리를 기억하지 못할 겁니다."

지미가 얼른 대답했다. 틀린 말은 아니었다.

"우린 여기 사는 사람의 친구거든요."

이건 물론 거짓말이었다.

키워스 부인은 여전히 반신반의하는 눈치였지만 말로는 우리를 반겼다.

"아, 그렇군요. 다시 만나서 반가워요."

그녀는 우리를 지나쳐 내려가면서도 뭔가 미심쩍은 듯 두 번이나 돌아봤다. 아마 오전 내내 지미를 언제, 어디서 만났는지 궁리하며 보낼 것이다. 나? 흠, 나는 벌써 잊었을 거고.

층계참에 다시 우리 둘만 남자, 나는 지미가 좀 전의 일을 어떻게 생각하는지 살폈다.

"저분이 이 건물의 주인인 키워스 부인이야. 말이 좀 많은 게 흠이지만 꽤 괜찮은 분이지. 아, 그리고 젊은 남자만 보면 침을 좀 흘려."

지미는 아무 말도 하지 않았다. 내 마지막 말에 웃지도 않았다. 자신의 믿음이 조금씩 흔들리는 듯 고개를 갸웃거리며 골똘히 생각하는 것 같았다.

"너한테 홀딱 반한 것 같아."

내가 짓궂게 놀렸다. 지미는 이 농담에도 별 반응을 보이지 않았다. 다만 약간 심란한 어조로 대꾸했다.

"그렇지만 너를 전혀 못 알아보던걸."

그 뒤로 우리는 입을 꾹 다물고 꼭대기 층까지 올라갔다. 집 앞에 도달하니 익숙한 장면이 눈앞에 펼쳐졌다. 순간 가슴이 철렁 내려앉았다.

"드디어 왔구나."

지미가 주변을 둘러봤다. 현관문은 덧칠한 페인트가 벗겨져 들떠 있었고, 사방의 벽도 낙서와 얼룩으로 지저분했다. 복도에 난 창문은 먼지가 심하게 껴서 안 그래도 흐릿한 12월의 햇살이 많이 들지 못했다.

"솔직히 말하면, 난 너의 다른 집이 더 좋다."

내가 어깨를 으쓱했다.

지미가 뒤로 살짝 물러나며 길을 내주었다.

"흠…… 네가 노크할래?"

나는 한 발 앞으로 나섰지만 굳이 노크할 필요도 없다고 생각했다. 내 집에 사는 사람이 누구든 쿵쾅쿵쾅 울려대는 내 심장 소리를 이미 들었을 것 같았다.

목재 패널을 두드리기도 전에 이 집은 내 집이 아니라는 사실을 깨달았다. 내가 살 때 쓰던 낡은 자물쇠 대신, 유난히 반짝거리는 원통형 자물쇠가 새로 달려 있었기 때문이다.

목재 패널을 두드리는 소리가 텅 빈 복도를 따라 길게 퍼져 나갔다. 한참이 지나도 반응이 없자 이번엔 문을 더 세게 두드렸다.

"집에 아무도 없나봐."

지미가 말했다.

"어쩌면 사는 사람이 없는 집일지도 모르지. 1층 초인종 옆에도 이름이 없었잖아."

지미의 말에 나는 크게 실망했다. 먼 길을 돌아 이렇게 찾아왔는데 집에 들어가지도 못하다니, 말로 다 할 수 없이 속상했다. 이미 드러난 증거만으로도 결과를 예측할 수 있었지만 그래도 눈으로 직접 확인하고 싶었다. 안에 들어가 잃어버린 내 인생의 감춰진 흔적이 없다는 걸 확인해야 마음이 편해질 것 같았다.

그런데 불현듯 어떤 생각이 뇌리를 스쳤다. 문을 포기하고 복도 쪽에 난 창문으로 잽싸게 걸어갔다. 빛바랜 목재 창틀에 손을 올리고 잡을 만한 곳을 찾았다. 누런 창틀을 두 손으로 잡고 밀어 올렸다. 창문이 꼼짝도 하지 않자, 두 무릎을 벽에 붙이고 두 팔에 힘을 실어 위로 힘껏 당겼다.

"어어, 너 지금 뭐하는 거야?"

지미가 뛰어와 물었다.

나는 대답할 새도 없이 끙 하는 소리를 내면서 창문을 들어 올리려고 애썼다. 지미가 손을 잡으며 나를 진정시켰다.

"레이철, 기물 파손 죄로 체포되고 싶지 않으면, 왜 그러는지 얼른 말해줄래?"

나는 한숨을 푹 내쉬며 상황을 설명했다.

"전에 살던 미국인 남자가 창틀에 사이에 열쇠가 있다고 그랬거든. 자꾸 열쇠를 잃어버려서 여분의 열쇠를 여기 숨겨뒀댔어. 그게 아직도 있다면 집 안으로 들어갈 수 있을 거야."

"그 말은 즉, 무단 침입을 하겠다는 거네."

지미가 단호하게 말했다.

"그랬다가는 내 경력에 흠집이 날 거라는 생각은 안 해?"

나는 지미를 쳐다봤다. 맞는 얘기였다. 지미의 경력에 문제가 될 수도 있었다. 그런 문제는 내가 나서서 해결해줄 수도 없다.

지미의 앞날을 위태롭게 하다니, 안 될 일이었다.

"좋아, 그럼 너는 차에 가서 기다려. 나 혼자 할게. 오래 걸리진 않을 거야."

지미가 한숨을 푹 내쉬었다.

"너 정말 범죄자의 길로 들어설 작정이구나, 그렇지?"

말은 그렇게 하면서도 나를 옆으로 살짝 밀어내고 창틀을 단단히 잡았다. 지미가 한 번 힘을 주자 창문이 부드럽게 올라갔다. 창틀 바닥에서 회반죽 먼지가 뿌옇게 일어나 시야가 흐려졌다. 잠시 후 먼지가 가라앉자, 우리는 창틀 밑을 자세히 보려고 몸을 숙였다. 하지만 굳이 가까이 다가갈 필요도 없었다. 투명한 비닐봉지에 담긴 현관 열쇠가 두 벽돌 사이에서 훤히 드러났다. 지미가 놀라 탄성을 터뜨렸다.

열쇠를 집으려고 손을 뻗는데 갑자기 현관문의 걸쇠가 풀리고 방범용 도어체인이 덜거덕거리는 소리가 들렸다. 지미가 순식간에 창문을 내려 창틀에 단단히 고정시켰다. 그와 동시에 내 옛날 집의 문이 열렸다.

"안녕하세요!"

남자치고는 가늘고 높은 목소리였다. 나는 아무 짓도 하지 않은 양 얼른 돌아섰다. 키가 크고 몸이 호리호리한 남자가 현관에서 우리를 맞았다.

"전화를 받느라 바로 나올 수 없었어요. 뭘 도와드릴까요?"

남자가 기분 좋게 웃으며 말했는데, 그의 시선은 내가 아니라 지미에게 향하고 있었다. 아무래도 오늘은 지미의 인기가 상한

가를 치는 날인 것 같았다.

"안녕하십니까?"

지미가 직업적인 말투로 능숙하게 나섰다.

"방해해서 미안합니다만 잠시 시간을 내주셨으면 합니다."

지미는 말하면서 재킷에 손을 넣더니 신분증을 꺼내 젊은 남자에게 보여줬다.

남자의 반응은 정말 흥미로웠다. 햇볕에 그을린 효과를 주려고 고가의 태닝 로션을 바른 얼굴이 순식간에 창백해졌고, 부분적으로 밝게 염색한 머리칼을 초조하게 손으로 쓸어 넘겼다. 경찰관이 찾아왔다는 사실에 왜 저렇게까지 불편해하는지 의아했다.

"잠시 들어가도 괜찮겠습니까?"

지미는 이번에도 경찰관으로서 노련하게 그에게 질문했다.

"아, 예, 물론이죠."

남자가 허둥대며 말했다.

"집 안이 좀 어지러워요. 손님이 오실 줄 몰랐거든요. 완전 난장판이에요."

우리는 남자를 따라 현관으로 들어갔다. 예전에는 현관이 밝게 보이도록 밝은 노란색으로 칠했는데, 지금은 푸른색과 흰색 줄무늬 벽지로 바뀌어 있었다. 집주인의 말과 달리 거실은 하나도 지저분하지 않았다. 세련된 흰색과 군청색으로 단순한 멋을 살려 굉장히 멋스러웠다. 낡은 가구가 빽빽하게 차 있던 때보다 훨씬 넓어 보였다.

"앉으세요, 경관님."

남자가 황급히 말했다.

"뭐 마실 거라도 내올까요?"

"아니, 됐습니다. 감사합니다. 오래 걸리지 않을 겁니다."

지미의 미소 띤 얼굴을 보고 남자가 약간 안심하는 듯 보였다. 지미는 경찰 역할을 썩 잘 해냈다. 어떤 범죄를 조사하러 왔다면, 남자를 완전히 안심시켜서 소기의 목적을 쉽게 달성할 것 같았다.

"이름을 말씀해주시겠습니까?"

지미가 진짜 수사하는 것처럼 보이려고 작은 수첩까지 꺼내 들고 물었다. 흠, 정말 멋지군.

"막시밀리안 맥레라고 합니다."

남자는 흰 가죽 소파 끝에 엉거주춤 앉아서 자기 이름을 댔다. 그의 검정 가죽 바지가 흰 소파와 크게 대비됐다. 이름을 대고 나서는 눈을 찡긋하며 몸을 앞으로 내밀었다.

"다들 그냥 맥스라고 부릅니다."

아니, 저렇게 노골적으로 들이대다니? 내가 입술을 깨물자 남자가 슬며시 뒤로 물러났다. 반면에 지미는 부적절한 행동에 전혀 영향받지 않는 것 같았다.

"맥레 씨."

지미가 더 정중한 태도로 조사를 계속했다.

"저희는 오늘 실종된 사람에 대해 조사하고 있습니다. 혹시 레이철 월트셔 양을 아십니까?"

나는 내 이름이 나오자 눈을 휘둥그레 떴다.

“아, 아, 아니오. 그런 이름은 한 번도 들어보지 못했는데요. 왜요? 그녀에게 무슨 일이 생겼나요?”

그의 목소리에는 거의 병적인 호기심이 깃들어 있었다. 무슨 일인지 자세히 알고 싶어 안달이 난 사람처럼 보였다. 내가 진짜로 실종됐다면, 이 남자를 주요 용의자로 꼽아야 할 것 같았다!

“그러지 않기를 바라고 있죠. 일단은 그녀의 행방을 추적하고 있습니다. 마지막으로 알려진 주소가 이곳으로 되어 있더군요.”

알고 싶은 내용을 지미가 능숙하게 조사하는 모습에 나는 하마터면 손뼉을 칠 뻔했다.

“그래요? 거참 이상하군요. 제가 지금까지 여기서 3년 정도 살았거든요. 그 전에는 젊은 미국 남자가 살았고요. 그는 저보다 한참 더 살았다고 들었습니다. 그렇다면 그, 이름이 뭐랬죠? 아, 그 레이철이라는 아가씨가 여기서 진짜로 살았다면 굉장히 오래전에 살았겠네요.”

“알겠습니다.”

지미가 대답했다. 지미가 ‘다 봤니?’ 하는 눈으로 나를 쳐다봤다. 나는 내 집이지만 내 집이 아닌 곳을 다시 휘 둘러본 다음 살며시 고개를 끄덕였다.

지미가 일어나자 나도 따라 일어났다.

“대단히 감사합니다, 맥레 씨. 이렇게 불쑥 찾아와서 미안합니다.”

“그냥 맥스라고 부르세요.”

"고마워요, 맥스."

지미는 현관으로 발걸음을 옮기며 말했다.

"도움이 많이 됐어요."

맥스는 지미의 말에 쑥스럽게 웃었다.

"실종된 아가씨를 꼭 찾길 바랍니다. 아, 그리고 더 물어볼 게 있으면 언제든 찾아오세요. 전 늘 여기 있으니까요."

초대는 지미에게만 해당됐다. 나는 완전히 배제됐고 아예 투명인간 취급을 받았다. 나는 고개를 숙이고 구두를 살피는 척했다. 조금만 더 미적거렸다간 터지는 웃음을 참지 못할 것 같았다. 복도를 걸으면서 지미를 힐끗 쳐다보자 그는 어깨를 살짝 들썩거렸다.

맥스는 현관까지 따라 나와서 우리가 복도를 걷는 모습을 내내 지켜봤다.

"그나저나……."

지미가 몇 걸음 옮기다 말고 돌아서서 맥스에게 말했다.

"창틀 아래 숨겨둔 열쇠 말입니다. 그건 별로 좋은 생각이 아닙니다."

"아니, 그걸 어떻게…… 아무한테도 말하지 않았는데…… 어떻게……?"

"거긴 도둑이 제일 먼저 찾아보는 곳입니다."

지미는 내 팔을 잡고 계단 쪽으로 가면서 그에게 작별 인사를 했다.

"그럼 안녕히 계십시오."

그가 우리 소리를 듣지 못하는 곳에 와서야 지미와 나는 참았던 웃음을 터뜨렸다. 잠깐이나마 긴장을 털어버리고 마음껏 웃었다. 하도 웃는 바람에 1층 현관문을 나설 때는 눈물까지 나왔다. 우리는 깔깔거리며 추운 12월의 대기로 나왔다.

"와, 너 오늘 끝내주더라."

내가 웃음을 참으며 간신히 말하자, 지미가 어깨를 살짝 으쓱하면서 이렇게 말했다.

"오늘만 끝내주는 건 아니야."

우리는 다시 차에 올랐다. 지미가 어느 정도 마음을 가라앉히고 물었다.

"좀 전에 내가 법을 얼마나 많이 어겼는지 가늠이 되니?"

내가 죄진 사람처럼 입술을 깨물며 추측했다.

"상당히 많이?"

"그래."

"미안."

지미가 슬며시 내 손을 포개 잡았다. 다정하게 깍지 낀 지미의 손가락을 내려다보면서 나는 지미의 의도를 오해하지 말아야 한다고 다짐했다. 하지만 쉽지 않았다. 그래서 어떻게든 현실을 직시하려고 화제를 돌렸다.

"그나저나 방금 안에서 일어난 일을 어떻게 설명할 거야?"

"흠, 글쎄……. 막시밀리안이라는 저 남자가 내 매력에 푹 빠졌다고 봐야……."

나는 농담할 기분이 아니라는 듯 다소 거칠게 말을 끊었다.

"내가 무슨 말하는지 알잖아. 도대체 어떻게 그런 걸 다 알았을까? 우리가 여기까지 어떻게 왔고, 집주인 이름은 물론이요 예전 세입자와 현재 세입자 이름까지 어떻게 알았으며, 숨겨진 열쇠는 또 어떻게 알아냈는지 설명해보라니까."

지미는 한동안 말이 없었다. 실은 너무 오래 침묵하는 바람에 대답하지 않으려는 줄 알았다. 그런데 한참 만에 지미가 한숨을 길게 쉬고 나서 한마디 툭 던졌다.

"못 하겠어."

나는 지미의 표정을 더 자세히 살피려고 몸을 돌려 앉았다. 지미가 이렇게 자신 없어 하는 모습은 무척 낯설었다. 지미를 이토록 당혹스러운 상황에 빠뜨려 상당히 미안했다. 논리적 사고에 익숙한 사람이 이렇게 말도 안 되는 상황에 봉착해 고심하는 모습을 보니 너무 안쓰러웠다.

지미는 시동을 켜더니 내 손을 풀어줬다.

"이번엔 좀 살살 안내할 수 있겠어?"

"어디로 안내하라는 거야?"

내가 일부러 모르는 척한다고 생각했는지, 지미가 나를 빤히 쳐다보며 말했다.

"앤더슨즈 엔지니어링. 네가 일한 회사 이름이 그거 맞지?"

내가 고개를 끄덕였다. 고마운 마음에 미소가 절로 번졌다. 지미는 회사 이름을 기억했을 뿐만 아니라, 불가능할 것 같은 이 탐색에 자신의 도움이 필요하다는 사실을 알고서 내가 청하지도 않았는데 도와주겠다고 나섰다. 온갖 의문에 대한 답을 찾아 나선 이 여정이 더 이상 겁나거나 두렵지 않았다. 나 혼자 부딪치는 게 아니라는 사실을 알고 나니 감당할 용기와 자신감이 생겼다.

* * *

45분 후 우리는 다시 런던 중심부로 나왔다.

"이쪽으로 가면 조그맣고 한적한 주차장이 나올 거야."

내가 손짓으로 방향을 가리켰다.

지미는 내 지시를 따랐다. 그리고 내가 말한 대로 조그마한 주차장이 나왔을 때 더 이상 놀라지 않았다.

엔지니어링 회사까지 얼마 안 되는 거리를 걷는 동안 혹시 동료라도 만날까 싶어 행인들 얼굴을 유심히 살폈다. 하지만 아는 얼굴은 하나도 없었다. 물론 나를 알아보는 사람도 전혀 없었다.

건물로 들어가려면 널찍한 콘크리트 계단을 올라가야 했다. 나는 도로에서 잠시 망설이다가 지미를 쳐다봤다.

"고마워."

내가 가만히 말했다. 내 속삭임은 12월의 찬바람에 휩쓸려 날아갔다.

지미의 환한 미소를 보자, 판유리로 된 커다란 출입구가 있는 계단 꼭대기까지 올라갈 용기가 생겼다.

계단을 다 올라갔을 때 지미가 '방문객은 초인종을 누르세요'라는 안내판 아래에 있는 초인종을 누르려고 했다.

"기다려."

내가 얼른 말렸다. 그리고 알루미늄 프레임에 든 조그마한 은색 키패드를 가리키며 고갯짓을 했다. 추운 날씨 탓에 손가락이 곱았지만 한달음에 숫자 버튼을 눌렀다. 직원은 여덟 자리 숫자로 된 출입 암호를 눌러 드나들 수 있었다.

문이 반응하며 열리자 뒤에서 지미가 숨을 꼴딱 삼키는 소리가 났다. 나는 온갖 논리적 설명에 과감히 도전하는 표정으로 지미를 쳐다봤다. 건물 안으로 들어갈 때 지미는 여전히 의혹에 찬 표정이었다. 그런데 일단 로비에 들어서자 머뭇거리며 멈춘 사람은 바로 나였다.

"레이철, 괜찮니?"

나는 낯익은 일터를 둘러보며 무기력하게 한숨을 내쉬었다.

"우리 여기서 뭐하는 거야? 난 이제 뭐 하면 돼? 올라가서 내 자리에 앉아 있는 사람한테 꺼지라고 말할까? 보안요원한테 쫓겨날 때까지 여긴 내 자리라고 계속 우길까?"

내 목소리를 듣고 결국 보안요원이 달려왔다. 실은 보안요원이 다가오는 줄도 모르고 있다가 옆에 온 뒤에야 화들짝 놀랐다. 그가 어찌나 은밀하고 신속하게 다가왔는지, 눈치챌 겨를도 없었다.

"뭘 도와드릴까요?"

그는 전혀 도와줄 것 같지 않은 목소리로 물었다. 우리가 건물에 들어섰을 때 직원이 아닌 걸 알아차리고 지체 없이 달려온 듯했다.

내가 아주 선량하게 미소를 지었지만 남자의 눈에 서린 냉담한 기운을 녹이진 못했다. 그나마 나는 남자를 조금 알아봤지만, 약간 적대적인 그의 시선에서는 나를 알아보는 낌새가 전혀 없었다. 어딘가에 숨겨진 비상 버튼을 그가 벌써 누르지 않았기만을 바랐다.

"아, 안녕하세요? 실은 진짜로 도움을 좀 받았으면 합니다. 여기서 일하는 친구와 만나기로 했거든요. 같이 점심을 먹으려고요. 그런데 날이 너무 추워서 밖에서 기다릴 수 없어서요. 안에서 잠시 기다려도 괜찮겠죠?"

보안요원의 태도가 눈곱만큼 누그러졌다. 부글부글 끓어오르던 공격성이 보글보글 끓는 상태로 낮춰졌다. 분명히 내 '친구'라는 사람이 회사의 출입 암호를 아무한테나 알려줬다고 생각하는 듯했다. 아무튼 나는 새로 생긴 가상의 친구를 무지 곤란한 상황에 빠뜨리고 말았다.

보안요원이 끙, 하고 앓는 소리를 내뱉었는데, 내 질문에 대한 반응인지 아니면 그냥 헛기침을 한 건지 종잡을 수 없었다. 나는 그저 입이 찢어져라 계속 웃고 있었다. 그가 의혹 어린 시선을 당장 거두지 않으면 입술에 경련이 날 것 같았다. 다행히 지미가 거들고 나서서 내 거짓말을 그럴싸하게 위장했다.

"혹시 친구에게 전화해서 우리가 와 있다고 알려주실 수 있습니까?"

지미는 나랑 붙어 다니더니 거짓말도 아주 설득력 있게 했다. 아무튼 지미의 말이 우리 이야기에 신빙성을 높여줬는지, 보안요원이 우리에게 따라오라고 손짓하면서 안내 데스크 쪽으로 걸어갔다.

보안요원은 자기 자리로 돌아갔다. 방문객과 적당한 장벽을 사이에 두고 떨어지자 평정심을 되찾은 듯 아까보다 훨씬 상냥한 태도로 물었다.

"여기서 일한다는 친구분 말입니다. 그분 성함이 뭔가요?"

생각할 겨를도 없이 내가 나섰다.

"레이철 월트셔요."

그러자 지미가 믿기지 않는다는 눈으로 나를 쳐다봤다. 보안요원은 벌써 손가락으로 직원 목록을 짚어가며 그 이름을 찾기 시작했다. 아무리 찾아도 나오지 않을 텐데 어쩌면 좋단 말인가? 그제야 내가 얼마나 멍청한 짓을 저질렀는지 깨달았지만 이미 늦었다.

그는 뭉툭한 집게손가락으로 목록 끝까지 훑어 내려간 뒤에 고개를 들어 우리를 쳐다봤다. 당연히 불신하는 표정도 되살아났다.

"레이철 월트셔라고 그랬죠? 우리 회사에 그런 이름의 직원은 없습니다."

나는 지미를 쳐다보며 혹시라도 내가 방금 저지른 실수에서 구해줄 수 있는지 살폈다. 하지만 지미는 '네가 판 무덤이니까 알아서 나와!'라는 식으로 슬쩍 미소만 지을 뿐이었다.

나는 지미를 흘겨본 뒤, 어떻게든 이 상황을 모면하려고 계속 멍청하게 굴기로 했다.

"아, 죄송해요. 그건 제 이름이네요!"

보안요원의 표정이 험상궂게 일그러졌다.

"제 친구는 에밀리에요. 에밀리 프로스트."

동료들 이름 중에 아무나 생각나는 대로 둘러댔다.

"그런데 생각해보니 그냥 밖에서 기다리는 게 좋겠어요. 친구를 놀라게 하는 것도 나쁘지 않을 것 같아서요. 귀찮게 해서 죄송해요."

나는 지미의 코트 자락을 붙잡고 서둘러 출구 쪽으로 걸음을 옮겼다.

"살살 좀 가."

지미가 내게 끌려가면서 말했다.

"그래야 의심받지 않을 거야."

로비를 가로질러 가는 내내 뒤통수가 따가웠다. 그런데 우리가 출입구에 도달했을 즈음 그가 뭐라고 하는 소리가 들렸다. 처음엔 우리를 부르는 소리인 줄 알았는데, 점심을 먹으러 나가는 동료에게 하는 인사였다.

"나중에 봐, 조."

나는 출입문 손잡이를 잡다가 그 이름을 듣고 멈칫했다. 반사적으로 몸을 돌려서 출입구로 오고 있는 다른 보안요원의 얼굴을 쳐다봤다. 우리 아버지뻘 되는 남자로, 머리는 희끗희끗하고 혈색은 불그레했다. 나도 모르게 따뜻한 미소를 지으며 그에게 인사했다.

"안녕하세요, 조 아저씨. 잘 지내셨어요?"

그가 깜짝 놀라는 표정을 지었다. 그런데 내 다음 질문을 듣고 그의 표정이 당혹감에서 불신감으로 돌변하리라고는 전혀 예상하지 못했다.

"아내분은 좀 어떠세요? 이젠 퇴원하셨겠네요?"

조의 얼굴에서 핏기가 싹 가셨다. 그는 지미와 나를 번갈아 보다가 고개를 돌려 자기 동료를 쳐다봤다. 그러더니 우리를 몰아붙이며 서둘러 문을 나섰다. 건물 밖으로 나오자마자 그가 나를 쏘아보며 물었다.

"실례지만 방금 나한테 뭐라고 물었죠?"

나는 그가 나한테 이렇게 따지듯이 말하는 데에 익숙하지 않았다. 순간적으로 내가 그에게 낯선 사람이라는 걸 잊어버렸다.

"뮤리엘 아주머니가 어떠신지 여쭸어요. 화학요법 치료가 최근에 끝났죠, 그렇죠? 크리스마스 즈음엔 퇴원할 거라고 말씀하셨잖아요."

지미가 한 걸음 물러나더니 우리의 이상한 촌극을 호기심 어린 눈으로 바라봤다.

반면에 조는 내 말에 완전히 충격을 받은 것 같았다.

"도대체 뭔 소리를 하는 건지 모르겠네……. 당신 도대체 누구요?"

"전 레이철이에요. 레이철 윌트셔."

그가 조금이라도 나를 알아보길 고대하면서 한참을 기다렸다.

"난 당신이 누군지 모르겠소."

조가 고개를 절레절레 흔들며 말했다. 요새 들어 이런 말을 워낙 자주 들어서 이젠 그러려니 했다. 하지만 정신 나간 사람처럼 보이지 않으려면 무슨 말을 해야 할지 당최 떠오르지 않았다.

"그나저나 진짜로 궁금하군."

조가 다급히 말했다.

"도대체 어떻게 뮤리엘에 대해서 알고 있는 거요? 아내의 병에 대해서 아무한테도 말하지 않았는데. 더구나 회사 사람들한테는 한마디도 안 했는데."

* * *

나는 지미가 우리 신분을 속이고 조를 술집에 데려갈 거라고 생각했다. 지미가 조에게 우리랑 술 한잔하면 다 설명하겠다고 말할 경우엔 진실을 왜곡하는 것이다. 하지만 내가 날이 너무 추우니까 킹 조지 주점에 가서 식사라도 하며 얘기를 나누자고 하면, 조도 마지못해 따라나설 것이다. 그 주점은 직원들이 점심시간에 애용하는 곳이라 조가 마다할 이유가 없었다.

그런데 얼마 안 되는 주점까지 걸어가는 동안, 조가 신통력 있는 사람을 처음 본다는 듯 나를 곁눈질했다. 나는 그런 눈빛이 적잖이 당황스러웠다.

점심시간이라 주점은 사람들로 무척 붐볐다. 세 사람이 앉을 자리를 찾느라 주점 안을 둘러보는데, 동료들 얼굴이 여기저기 눈에 띄었다. 그들을 지나치면서 아는 척하지 않으려고 입술을 꽉 깨물어야 했다. 마침내 주점 안쪽에서 빈 테이블을 하나 발견했다. 나는 그 자리를 놓치지 않으려고 서둘러 다가갔다. 조가 꺼림칙한 얼굴로 내 뒤를 따랐다.

나는 자리에 앉으면서 조를 향해 슬며시 미소를 지었다. 서운하게도 조는 아무런 반응도 보이지 않았다. 우리에게 공통점이 아주 많다는 사실을 알기 전부터 나는 괜히 조가 마음에 들었다. 지미가 맥주를 들고 자리에 돌아왔고, 플라우맨스 런치를 주문했는데 금방 나올 거라고 말했다. 솔직히 나는 이 만남이 끝나기 전까지 우리 중 누구도 식욕이 당길 것 같지 않았다.

"그러니까 도대체 누가 당신에게 뮤리엘 얘기를 한 겁니까?"

조가 속사포처럼 빠르게 물었다.

나는 고개를 저으며, 왠지 이 질문에 먼저 대답하지 않는 게 좋겠다고 생각했다. 조는 굉장히 방어적인 태도를 보였는데, 뒤이은 그의 말에서 그런 태도가 고스란히 드러났다.

"당신들이 무슨 꿍꿍인지 모르겠지만, 이런 일로 공연히 직장에서 곤란해지고 싶지 않습니다."

조는 한 번도 만나본 적 없는 사람들이 자신의 가장 은밀한 비밀을 알고 있다는 사실에 굉장히 당황한 눈치였다. 나는 엉겁결에 그의 손을 잡고 다독여주다가 움찔하는 그의 표정을 보고 멈췄다.

"우린 아저씨를 곤란하게 하려는 게 아니에요."

지미가 달래는 듯한 목소리로 말했다.

"난 돈도 없어."

조가 항변하듯 말했다.

"그야 당연하죠."

내가 엉겁결에 맞장구를 쳤다.

"애 둘을 대학에 보내고 어머니까지 요양원에 모셨으니 무슨 돈이 있겠어요."

조의 손에 들려 있던 맥주잔이 흔들리며 맥주가 절반 넘게 쏟아졌다.

"그만, 그만! 아니 어떻게 그런 걸 다 알았지? 당신들 정체가 뭐야?"

어디서 어떻게 시작해야 할지 암담했지만, 이럴 땐 그저 진실을 털어놓는 게 상책이었다.

"믿기 어렵겠지만 사실 전 아저씨랑 친구에요."

조가 내 얼굴을 오랫동안 뚫어져라 응시했다. 그러더니 지미에게도 똑같은 눈길을 보냈다.

"아, 전 아닙니다."

지미가 얼른 정정했다.

"저하고는 초면입니다. 아저씨를 아는 사람은 레이철이에요."

조가 다시 나를 쳐다봤다. 아직도 너무나 혼란스러워하는 게 얼굴에 드러났다. 그렇지 않아도 힘든 사람에게 공연히 이런 일까지 겪게 해서 무척 미안했다.

"우리가 친구라면 어째서 내가 아가씨를 모르는 거지? 아직까지 기억력 하나는 좋은 편인데. 이런 일을 하려면 기억력이 좋아야 하는 법이거든. 게다가 난 한 번 본 얼굴은 절대로 잊는 법이 없어. 우리 가족사를 시시콜콜 들려줄 사람이라면 더더구나 잊을 리 없지."

혹시라도 공격적인 행동으로 오해할까 조심스러웠지만 그래도 최대한 부드러운 인상을 주려고 나는 치아를 드러내고 웃으며 말했다.

"제 얘기가 허무맹랑하게 들릴 거예요. 하지만 우린 진짜로 친구예요. 그것도 마음이 잘 통하는 친구죠. 제가 아저씨와 아저씨의 가족사, 특히 뮤리엘 아주머니의 병을 잘 아는 이유는 저도 비슷한 일을 겪고 있기 때문이에요. 제 아버지도 아프거든요."

"그렇다니 참 안됐군."

조가 우물거렸다. 이젠 우리에게 적의가 없다는 걸 알아차린 것 같았다.

"하지만 아가씨가 내 속사정을 어떻게 그리 자세히 알게 된 건지 당최 모르겠어. 회사 사람들한테 모르게 하려고 내가 얼마나 신경 썼는데. 요즘엔 걸핏하면 정리 해고다 감원이다 난리거든. 나를 쫓아낼 빌미를 줄 순 없잖아."

"저도 알아요."

내가 부드럽게 말했다. 전에 둘이 이야기할 때 이런 고민을 자주 토로했었다. 병마에 시달리는 가족에 대해 터놓고 얘기하면서 우리는 점점 가까워졌고 많이 의지했다. 새로운 버전의 세계에서 조가 고민을 토로할 사람이 없다는 사실에 마음이 무척 아팠다.

"그건 그렇고 이 모든 사실을 도대체 어떻게 알았지?"

조가 다시 한번 물었다.

"도대체 누가 말해준 거야?"

이 질문에 대한 대답을 또다시 회피할 수는 없었다.

"아저씨가 해주셨어요."

* * *

우리의 진심이 조에게 통했는지 잘 모르겠다. 다만 그의 아내가 병마와 싸워온 과정을 내가 소상히 이야기하자, 조도 더 이상 반박하지 않았다.

그는 아무한테도 말하지 않았다고 생각했지만 어쨌든 내가 그 사실을 알고 있다는 점을 인정했다. 그러더니 어째서 그렇게 됐는지 이유를 알아내려고 고심했다. 그래야 앞으로 몇 년 동안 밤마다 이 문제로 고민하지 않을 테니까.

"이게 다 스트레스 때문일 거야."

조가 마침내 선언했다.

"무슨 말씀이세요?"

지미가 물었다.

"내가 전혀 기억하지 못하는 이유 말이야. 그래, 바로 그거야. 걱정거리가 하도 많다보니…… 그러니까 그 뭐야…… 기억상실증 같은 게 생긴 거야."

한참 동안 침묵이 흘렀다. 나는 의미심장한 눈빛으로 지미를 쳐다보다 침통하게 대답했다.

"요샌 그게 유행인가봐요."

* * *

주문한 음식이 나왔지만 누구 하나 선뜻 손대지 않았다. 그나마 지미가 조금 먹는 시늉을 했다. 우리가 자리를 뜨면 조가 좀 더 편하게 식사할 수 있을 것 같아 얼른 일어나기로 마음먹었다.

도중에 여자 화장실에 갔다가 에밀리 프로스트를 만났다. 에밀리는 세면대 거울을 들여다보고 있었다.

"어머, 안녕!"

그녀가 나와 점심 약속이 되어 있었다는 사실을, 아니 나라는 사람을 아예 모른다는 사실을 순간적으로 까먹고 내가 활짝 웃으며 말했다. 그녀는 거울에 비친 나를 경계하며 쳐다봤다. 오랫동안 알고 지내던 사람들에게 계속해서 이방인 취급을 받는 것이 갑자기 견디기 힘들었다. 이젠 정말 돌아갈 시간이었다.

* * *

지미가 조에게 손을 내밀었다.

"만나서 반가웠습니다."

그 말에 조가 아무런 대꾸도 안 했지만 우린 놀라지 않았다. 그래도 조가 나를 대하는 태도는 상당히 누그러졌다.

"성가시게 해서 정말 죄송해요. 뮤리엘 아주머니의 건강이 회복되길 진심으로 빌게요. 앞으로도 두 분 생각 많이 할 거예요."

그런 다음 지미와 나는 돌아섰다. 테이블 사이로 빠져나갈 때 지미는 내 옆에 꼭 붙어 방향을 안내했다.

"저기…… 레이철?"

조가 부르는 소리에 우리는 깜짝 놀랐다.

우리 때문에 당혹스러워하던 남자를 다시 마주하려고 몸을 돌렸다.

"아버님은 어떠신가, 레이철? 차도가 있는가?"

나는 옛 친구에게 미소를 지었다. 그랬다. 그는 마음이 따뜻한 사람이었다.

"많이 좋아지셨어요."

12

—

"조라는 사람은 괜찮은 사람인 것 같아."

나는 아무런 대꾸도 하지 않았다. 그저 창밖으로 스치는 런던 교외를 무심히 바라보기만 했다.

지미가 다시 말을 걸었다.

"아무튼 우리가 이상한 사람이 아니라는 걸 납득시키는 데 성공한 것 같아."

나는 이번에도 대꾸하지 않았다.

"괜찮아?"

지미가 다정하게 물었다. 그리고 핸들에서 손을 떼더니 내 손을 잠시 꽉 잡아줬다.

"날 전혀 못 알아보셨어."

내가 덤덤한 목소리로 말했지만 지미는 그 안에 담긴 아픔을 알아차렸다.

"그래."

지미의 목소리에는 연민과 이해심이 녹아 있었다.

"내가 왜 놀라는지 모르겠어. 당연히 그럴 거라고 예상했어야 하는데. 그렇지만 내가 잘 아는 사람, 내가 정말로 아끼고 좋아하는 사람을 만난 건 아저씨가 처음이었어. 아저씬 내 친구야. 그런데 내가 누군지도 모르다니!"

주점 안에서 만난 익숙한 얼굴들이 떠올랐다. 그들 중 누구도 나를 알아보지 못했다.

"아무도 날 알아보지 못했어."

나를 달래줄 말을 찾지 못했는지, 지미는 아무 말도 하지 않았다. 하긴 이런 상황에서 무슨 말을 한들 위로가 될까!

"기억상실증을 앓는 사람이 내가 아니라…… 그 사람들인 것 같아! 난 그들의 기억 속에서 싹 지워져버렸어."

"어어, 또 공상 과학 쪽으로 흘러간다. 그런 건 이제 나한테 안 통해!"

지미는 지난번 런던에 왔을 때 내가 말했던 평행 우주 이론을 떠올리는 것 같았다. 우리가 사는 공간이 다른 세계에도 존재하는데, 비슷하지만 미묘하게 다른 삶을 살고 있다는 이론이었다.

"그냥 이론일 뿐이야."

내가 조심스럽게 말했다.

"말도 안 되는 이론이지."

"하지만 말이 되든 안 되든 그게 사실이면 어쩔래? 노상강도에게 머리를 맞았을 때 무슨 일이 벌어졌다면? 다른 공간의 나와 진짜로 자리를 바꿨다면?"

지미가 껄껄 웃었다. 하지만 내가 동참하지 않자 금세 웃음을 거뒀다.

"레이철, 너 정말 이런 걸 심각하게 생각하는 건 아니지?"

지미가 살살 달래듯이 말했다.

"모든 게 의문투성이라는 걸 나도 알아. 하지만 시간 여행을 하듯이 갑자기 펑 사라졌다가 다른 세상에 짠! 하고 나타난다니, 도저히 믿을 수 없어."

"난 시간 여행을 말하는 게 아니야. 어쩌면 그날 밤에 무슨 일이 벌어져서, 내가 모르는…… 그러니까 시공 연속체에 이상이 생겼을 수도 있잖아."

"그 시공 연속체가 정확히 뭔지 알고나 하는 소리니?"

"아니. 하지만 이 분야의 전문가나 과학자를 만나보면 되잖아. 그 사람이 우리의 의문에 답을 줄지도 몰라."

'내가 완전히 맛이 갔다고 생각하지 않을 만한 사람'이라는 말은 차마 입 밖에 내지 못했다.

"레이철, 그런 건 책이나 영화에서만 일어나는 거야. 실제 삶에서는 전화번호부를 아무리 뒤져도 그런 괴짜 과학자를 찾을 수 없어. 그런 작자를 도대체 어디서 찾겠다는 거야?"

"나도 몰라."

내가 퉁명스럽게 대답했다. 물론 지미 말이 옳았다. 옳다는 걸 알면서도 그대로 수긍하긴 싫었다.

"내 생각을 말해볼까?"

"해봐."

"네가 머리를 다쳤을 때 무슨 일이 진짜로 일어났다고 생각해. 굉장히 특별한 일이…… 그러니까 잘 모르긴 해도…… 그때 네가 남의 생각을 읽어내는 능력이나 초능력 같은 게 생겼을 수도 있다는 말이야."

"그렇다면 오만 가지 검사를 했을 때 신경에 이상이 전혀 없다고 나왔던 건 뭐야?"

지미가 고개를 저었다.

"나도 몰라. 이런 일은 극히 드물게 발생하니까. 어쩌면 검사 결과에 드러났는데, 의사들이 제대로 파악하지 못했을 수도 있어. 이런 일이 발생한 사람이 너밖에 없을지도 모르니까."

지미의 제안은 얼핏 그럴듯하게 들렸다. 그 점은 나도 인정해야 했지만 딱 들어맞는 것 같지는 않았다.

그렇다면 이 시점에서 나에게는 선택할 수 있는 안이 두 가지 있었다. 초자연적 현상 운운하며 내 주장을 계속 내세워서 지미의 지지를 완전히 잃든가, 아니면 이쯤에서 내 주장을 접든가 둘 중 하나였다. 나는 현명하게 선택했다.

"그렇다면 난 굉장히 특별한 사람이네, 그렇지?"

내가 미소를 지으며 말했다.

"유례를 찾기 힘들 정도로?"

"그 사실을 지금까지 한 번도 의심한 적 없어."

나는 좋아서 입이 벙실 찢어졌다. 이렇게 히죽히죽 웃다간 정신 나간 체셔 고양이를 닮았다는 소리까지 들을 것 같았다. 내 반응에 지미도 좋아서 히죽히죽 웃는 걸 놓치지 않았다.

고속도로를 몇 킬로미터 더 달리다 뜬금없이 내가 그 얘기를 또 꺼냈다.

"하지만 진짜 원인을 밝혀내지 못하면 어떡해? 의문에 대한 답을 끝내 찾지 못하면? 그땐 어떡하지?"

지미는 대답하지 않고 조용히 운전만 했다.

"글쎄."

그러다 한참 만에 입을 열고 진지한 목소리로 말했다.

"그래도 열여덟 살 때까진 다 기억하잖아, 그렇지?"

"응. 자동차 사고가 있던 날 밤까진 다 기억해."

"그럼 한 발짝 떨어져서 본다면, 과거의 일부분만을 알 수 없는 이유로…… 잃어버린 거잖아. 얼마나 많은 시간과 에너지를 과거에 연연하며 보내고 싶은지 너 자신에게 물어봐."

그러더니 한층 부드러운 목소리로 다음 말을 이었다.

"솔직히, 내가 관심이 있는 건 네 미래지 과거가 아니야."

집으로 돌아오는 내내 지미의 마지막 말이 머릿속에 맴돌았다.

* * *

내가 커다란 이삿짐 상자와 여행 가방을 끌고 문턱을 넘어서자 아버지가 반갑게 맞아주셨다.

"아버지 집에서 한동안 신세져야 할 것 같은데, 괜찮겠죠?"

내가 집에 들어서며 물었다. 그런데 굳이 묻지 않아도 될 내 질문에 아버지 눈이 갑자기 촉촉해지는 것 같았다.

"아버지, 어디 편찮으세요?"

아버지가 눈을 비비며 말했다.

"감기에 걸려서 그런가보다."

아버지는 덤덤하게 말하면서 몸을 숙여 상자를 집었다.

"이걸 위층에 갖다두마. 아, 그리고 난 물론 괜찮다. 여기서 얼마든지 지내 거라."

계단을 올라가는 아버지의 뒷모습을 물끄러미 바라봤다. 엄마의 빈자리를 느끼지 않게 나를 키워준 아버지의 사랑이 파도처럼 밀려왔다. 저렇게 건강한 모습으로 내 앞에 있으니, 얼마나 감사한지 몰랐다. 뮤리엘 아주머니의 병세에 대해 조 아저씨와 얘기를 나눴던 탓인지, 여러 면에서 지금의 삶이 기억 속의 삶보다 훨씬 더 좋다는 걸 실감했다. 아, 물론 매트와 있었던 유감스러운 사건은 예외로 둬야겠다. 아니, 어쩌면 그 일도 결국엔 나쁘게 보지 않아도 될 것 같았다. 매트와 결혼하는 우를 범하기 전에 그의 바람기를 알고 헤어지게 됐으니까.

* * *

다음 날 아침, 자꾸만 걸려오는 매트의 전화에 별 수 없이 수화기를 들었다. 매트는 내 휴대전화와 집 전화를 가리지 않고 계속 연락했다. 피한다고 해결될 일이 아니었다. 아무튼 썩 유쾌한 대화는 아니었다. 다시는 떠올리고 싶지도, 거론하고 싶지도 않은 얘기를 해야 했다. 물론 매트는 그런 얘기를 들어도 쐈다. 어떻게든 좋게 헤어질 수 있기를 바랐지만 내 바람대로 대화가 흘러가지 않았다. 어느 한 쪽이 "그래, 잘 먹고 잘 살아라!"라고 소리치며 전화를 끊었다면 성공한 대화였다고 할 수 없을 테니까.

그 뒤로 며칠은 무료하게 흘러갔다. 크리스마스가 코앞에 다가왔지만 흥이 나지 않았다. 그래도 아버지를 위해 기분이 들뜬 것처럼 행동하려고 애썼다. 하지만 크게 먹히는 것 같진 않았다. 내가 산책을 나갔다 돌아오거나 가게에 다녀와서 매번 이렇게 물었기 때문이다.

"나가 있는 동안 누가 들리거나 전화하지 않았어요?"

아버지는 내가 매트의 소식을 기다리고 있다고 생각했을 테지만, 나는 그게 아니라고 바로잡지 않았다. 내가 속을 끓인 이유는 전 애인에게서 연락이 끊겼기 때문이 아니라 지미에게서 아무런 소식도 들리지 않았기 때문이다. 집에 돌아온 뒤부터는 지미가 더 뻔질나게 우리 집을 드나들 거라고 기대했는데, 오히려 지미는 런던에 다녀온 후로 우리 집에 찾아오지도, 나한테 연락을 하지도 않았다.

물론 일 때문에 바쁠 수 있었다. 하지만 전화 한 통 하는 데 시간이 얼마나 걸린다고? 내 뒤치다꺼리 하느라 보낸 시간을 벌써 후회하는 걸까? 아니면 친한 친구로서 베푼 호의를 이번에도 내가 완전히 오해한 걸까?

나는 하루 종일 바쁘게 지내려고 이것저것 일을 벌였다. 몸이 지칠 정도로 바쁘게 지내면 고민이나 생각을 덜 할 수 있었다.

처음엔 낡은 침실을 정리했다. 그것도 두 번이나. 어느 때보다 완벽하게 정돈된 집 안을 치우고 또 치웠다. 급기야 빵과 과자까지 구웠다. 평소에 요리하고는 거리가 먼 나였기에, 아버지가 봤을 땐 몹시 수상쩍은 행동이었다. 맛이 들쑥날쑥한 음식을 시도 때도 없이 내오자, 말은 안 하셔도 도대체 뭔 일인가 하는 눈치였다. 내 행동은 아버지의 의심을 사기에 충분했다. 크리스마스는 단둘이 보낼 텐데, 동네 사람들을 다 초대해서 배불리 먹여도 남을 만큼 굽고 또 구웠다.

밤이 되면 너무 피곤해서 침대에 쓰러졌다. 이대로 깊이 잠들어 지미의 침묵을 무시할 수 있기를, 밤마다 괴롭히는 이상한 꿈과 환각에서 벗어날 수 있기를 간절히 바랐다.

* * *

크리스마스를 며칠 앞둔 어느 날 저녁, 아버지가 지나치게 커다란 나무를 끌고 거실로 들어왔다.

나는 벽난로 옆에서 내게 무심하게 구는 고양이와 친해지려고 애쓰고 있었다. 그나마 5초 이내로 살살 쓰다듬을 때는 달아나지 않을 만큼 가까워졌다.

"올해는 크리스마스트리를 꾸미지 않을 줄 알았어요."

"그러려고 했다만……."

아버지가 거대한 삼나무를 끌고 카펫 위를 힘들게 지나가며 말했다.

"분위기를 좀 띄우는 것도 좋을 것 같구나."

나는 거실 한쪽을 서둘러 치웠다. 조심하지 않으면 가시에 눈이 찔릴 것 같아서 나뭇가지를 요리조리 피했다. 나무가 워낙 커서 똑바로 세웠더니 가장 높은 가지가 천장에 닿아 휘어졌다. 물론 키만 큰 게 아니라 옆으로도 엄청난 공간을 차지했다.

"더 큰 건 없었어요?"

"화원에서는 그렇게 커 보이지 않더구나."

"가엾은 아저씨를 그만 좀 괴롭히지 그래. 그걸 끌고 오시느라 낑낑대는 모습을 네가 봤어야 하는데."

나는 고개를 홱 돌려 소리 나는 쪽을 쳐다봤다. 너무 빨리 돌리는 바람에 목에 경련이 일 정도였다. 나무를 살피느라 지미가 거실로 들어오는 모습을 보지 못했다.

"태워다줘서 고맙다, 지미. 차를 가져갔어야 했는데. 그래도 용케 너를 만났구나."

"별말씀을요."

지미는 아버지에게 대답하면서도 내 얼굴에서 눈을 떼지 않았다.

한동안 침묵이 흘렀다. 어색한 분위기를 깨려고 아버지가 나섰다. 부엌 쪽으로 걸어가며 우리에게 물었다.

"커피 마실래?"

단둘이 남게 되자 내가 입을 열었다.

"이게 누구야? 다시는 못 볼 줄 알았는데, 웬일이니?"

지미가 살짝 미안한 표정을 지었다.

"연락하지 못해 미안해. 네 문자 메시지를 받았어. 연락하려고 했지만……."

지미가 말끝을 흐렸다.

"바빴다, 이거지? 알았어."

"아니, 그게 아니라……."

점점 짜증이 밀려왔다. 아니, 왜 갑자기 말을 끝맺지 못하는 거야?

"나무가 멋지다."

지미가 갑자기 화제를 돌려서 쓸데없이 나무에 관심을 쏟았다.

내가 지미를 잘 몰랐다면 불안해한다고 생각했을 것이다. 하지만 불안해할 까닭이 없는데, 왜 저러는지 당최 알 수 없었다.

아버지가 커피를 내왔을 때 나는 지미를 몰래 살폈다. 눈 밑에 다크서클이 생긴 걸로 봐서는 나만 잠을 못 잔 게 아니었다.

"나무를 꾸밀 장식품은 있어?"

지미가 커피를 마시면서 물었다.

"왜, 우릴 도와주려고?"

그때 아버지가 갑자기 끼어들었다.

"아니다. 내 임무는 나무를 사오는 것으로 끝났다. 나머지는 너희 둘이 알아서 해라."

내가 자리에서 일어나며 말했다.

"장식품 상자를 가져올게요. 다락에 있죠?"

두 사람 중 적어도 한 명은 그 시점에서 벌떡 일어나 나 대신 상자를 가져오겠다고 나설 줄 알았다. 그런데 아버지가 막 그러라고 하려는데 지미가 눈짓으로 아버지를 말렸다. 그 눈짓을 보지 말았어야 했지만 이미 본 걸 어쩌랴.

"너 혼자 갖고 올 수 있지?"

지미가 당당히 물었다.

"물론이지."

노골적인 암시를 어떻게 눈치채지 못할까. 나는 얼른 자리를 떴다.

다락에 오르려고 사다리를 펼쳐 세우면서 나도 모르게 계속 투덜거렸나보다. 고양이 키치가 난간 꼭대기에서 나를 이상한 눈으로 내려다봤다. 그제야 내가 뭐라고 계속 중얼거린다는 걸 알았다.

"너도 나빠."

나를 무시하는 고양이에게 화풀이하듯 짜증냈다. 그러자 키치가 털을 쫑긋 세우며 홀짝 가버렸다.

지미는 아버지와 단둘이 이야기하려고 나를 일부러 내보내고 싶어 했다. 아마 지금은 내가 들려줬던 살짝 이상한 이론에 대해 아버지에게 일러바치고 있을 것이다.

레이철이 정상으로 돌아오려면 아직도 멀었다고 아버지에게 보고할 것이다. 칫, 이게 뭐람. 요즘 들어서 아버지는 나를 다시 편하게 대하기 시작했다. 내 '기억상실증'이 조만간 치료될 거라고 믿고 내심 좋아했다. 그런데 저번에 차를 타고 오면서 했던 얘기를 지미가 아버지에게 들려준다면 다시 원점으로 돌아갈 게 뻔했다.

지미에게 화도 나고 배신감도 들었다. 내가 생각하는 바를 아버지에게 알리고 싶지 않다고 말하진 않았다. 지미가 그 정보를 자기만 알고 있어야 한다는 걸 당연히 알 거라고 짐작했다.

빌어먹을 장식품 상자를 찾는 데 시간이 많이 걸렸다. 상자를 찾아 내려와서 사다리를 정리하고 나면, 지미와 아버지가 뭔 논의를 했든 다 마무리가 될 만큼.

내가 모르는 꿍꿍이가 있다는 증거는 그걸로 끝이 아니었다. 거실로 돌아왔더니, 두 남자가 평소에 한 번도 얘기하지 않았고 딱히 관심도 없었던 축구 얘기를 열심히 하는 척했다.

내가 상자 테이프를 뜯고 있는데 갑자기 아버지가 일어나 하품을 늘어지게 했다.

"난 아무래도 들어가야겠다."

나는 놀라서 벽난로 위에 걸린 시계를 쳐다봤다.

"9시도 안 됐는데요!"

아버지의 뺨이 붉어진 건지, 아니면 벽난로의 열기가 얼굴에 반사된 건지 나도 모르겠다.

"그래? 아, 뭐 그렇대도 상관없다. 이따금 일찍 잔다고 나쁠 건 없겠지. 잘 자라, 레이철. 지미, 또 보자꾸나."

아버지가 계단을 다 올라간 걸 확인하고 나서 나는 지미에게 벌컥 소리쳤다.

"내가 자리를 비웠을 때 아버지랑 무슨 얘기했는지 다 알아!"

바로 그때부터 상황이 아주 묘하게 돌아갔다. 지미가 대답 대신 괜히 쑥스러운 표정을 지었다. 그리고 안색도 변하는 것 같왔다. 나는 지미의 얼굴에서 눈을 떼고 난로에서 활활 타오르는 불꽃을 힐끔 살폈다. 거실이 너무 덥거나 아니면 뭔가 심상찮은 일이 벌어지는 게 분명했다.

"아버지한테 얘기했지, 그렇지?"

지미가 반응을 보이지 않자 나는 다시 따졌다.

"내가 저번에 말한 걸 아버지한테 다 얘기했지?"

지미가 좀 전에 얼굴을 붉힐 때처럼 순식간에 안도하는 표정을 지었다.

"네가 생각한 게 그거야? 아냐, 그 얘긴 물론 안 했어. 내가 왜 그런 얘길 하겠어."

지미가 워낙 진지한 목소리로 부인했기 때문에 믿을 수밖에 없었다.

"그럼 왜 나를 거실에서 내보냈니?"

지미의 눈이 살짝 실룩거렸다. 뭔가 켕기는 게 있는 눈치였지만 목소리는 아주 평온했다.

"아무도 너를 내보내지 않았어. 네가 자발적으로 장식품을 가지러 간다고 일어났잖아."

나는 한참 동안 지미를 째려봤다. 지미가 하는 말이 마음에 들지 않을 때면 예전에도 이렇게 째려보곤 했다. 그러니 지미는 내 속내를 뻔히 알아차렸을 것이다. 하지만 이 문제로 더 이상 왈가왈부할 생각이 없는 듯 화제를 돌렸다.

"자자, 얼른 시작하자. 이렇게 큰 나무를 장식하려면 밤을 새도 모자라겠다."

크리스마스트리를 장식하면서 계속 화를 내는 건 불가능했다. 꼬마전구와 깨지기 쉬운 유리구슬이 불빛에 반사돼 반짝이는 모습을 보고 있으니, 부정적인 감정이 슬며시 빠져나갔다. 아무리 인상을 구기고 있으려 해도 절로 웃음이 나왔다.

지미의 부탁으로 아버지의 CD 목록에서 크리스마스 캐럴을 찾아 틀었다. 우리는 음악을 들으며 조용히 나무를 꾸몄다. 편하고 아늑한 분위기였다.

장식품 상자에서 동시에 같은 구슬을 집으려다 손가락이 살짝 부딪치기도 했다. 단순히 취향이 같다는 뜻일 수도 있지만 그만큼 서로 통한다는 뜻이었다.

트리가 점점 멋지게 변해갔다. 절제된 세련미는 없지만 라스베이거스 스타일의 화려한 트리가 탄생했다! 이젠 장식용 반짝이 띠만 감아 늘어뜨리면 끝이었다. 뾰족한 솔잎에 찔리지 않도록 조심하면서 나무에 띠를 절반쯤 감다가 지미에게 나머지 띠를 건네달라고 부탁했다. 나는 무성한 잎사귀를 감싸며 팔을 길게 펼친 채 반짝이 띠를 기다렸다. 그런데 띠 대신에 지미의 손가락이 내 손에 살며시 닿았다.

"더 이상은 못 하겠어."

참다 참다 내뱉은 듯 거의 한계에 달한 목소리였다.

나는 나뭇가지에 가려 지미의 얼굴을 볼 수 없었다. 그래서 지미가 있는 방향으로 목소리를 높였다.

"괜찮아. 거의 다 끝났어. 나머지는 나 혼자 할 수 있어."

"빌어먹을 트리 얘기가 아니야!"

이번엔 지미의 감정을 놓치지 않았다. 진짜로 괴로워하는 목소리였다.

거치적거리는 나뭇가지에서 빠져나오려다 말고 지미의 다음 말에 나는 몸이 얼어붙었다.

"우리 얘기를 하는 거야. 너와 나. 우리의 우정."

심장이 얼어붙는 것 같았다. 눈앞이 캄캄하고 다리가 후들거렸다. 지미가 더 이상 나랑 친구 하고 싶지 않단다! 이런 얘기는 다섯 살 때 듣거나 지금 듣거나 충격적이긴 마찬가지였다. 나는 나무에 가려진 상태 그대로 꼼짝하지 않았다. 지금 내 표정을 지미에게 보이고 싶지 않았다. 어쨌든 이건 내가 자초한 일이었다. 너무 오랫동안 방치했다가 이제 와서 필요 이상 의지하고 기대려 했다. 어떤 상황이 닥치든 자업자득이었다.

"그래. 다 이해해."

침착해지려고 애썼지만 목소리가 떨렸다.

"이젠 더 이상 내 친구로 머물지 않아도 돼. 다 이해할게."

지미가 끙, 하고 앓는 소리를 냈다.

"그 말이 아니야. 아니, 완전히 틀린 말은 아니네. 난 더 이상 내 친구로 머물고 싶지 않아……."

지미의 다음 말이 이어지기 전까진 하늘이 무너지는 소리였다.

"그보다 훨씬 더 많은 것을 원하니까."

그의 따뜻하고 흔들림 없는 손이 갑자기 내 손을 꽉 움켜쥐기 전까지, 나는 나뭇가지 사이로 그가 내 손을 잡고 있는 줄도 몰랐다.

"그 얘기를 하는데, 내가 이렇게 크리스마스트리에 파묻힐 때까지 기다렸어야 하는 거야?"

나는 너무 얼떨떨해서 지미의 말을 제대로 알아들었는지 분간할 수 없었다.

갑자기 나뭇가지가 확 들춰지더니 내 앞의, 아니 내 미래의 시야를 완전히 바꿔버린 남자가 눈앞에 나타났다.

"네가 도망치지 못하게 하려면 어쩔 수 없었어."

지미가 나를 나무에서 빼내며 부드럽게 말했다.

"그런 생각은 꿈에도 해본 적 없어."

내가 말했다.

"아니, 실은……."

나는 말을 끝마칠 수 없었다. 지미가 고개를 숙이면서 나를 자기 쪽으로 당겼다. 부드러운 내 몸과 단단한 지미의 몸이 하나로 합쳐졌다. 두 반쪽이 서로 채우고 보완해서 완벽한 하나로 합쳐졌다. 이 순간까지는 세상 그 무엇도 완전하지 않았던 것 같았다.

지미가 떨리는 내 몸을 꽉 안고 있는 사이, 두 심장이 천둥소리처럼 메아리쳤다. 지미의 눈을 바라봤다. 내가 간절히 고대하던 사랑의 불꽃이 활활 타오르고 있었다. 숨이 멎을 것 같았다. 바로 그때 지미가 몸을 더 밀착하며 내 입술에 자기 입술을 포갰다.

평생 함께하도록 운명 지어진 이 남자에게 나는 더욱 더 빨려들었다.

* * *

활활 타오르던 벽난로의 불꽃이 점차 사그라졌다. 우리는 몸을 최대한 밀착한 채 빛바랜 소파에 누워 있었다. 귀에는 지미의 심장 소리가 쿵쿵 들리고 목덜미에는 지미의 부드러운 손길이 느껴졌다. 세상에 태어나서 이보다 행복하고 만족스러웠던 적은 한 번도 없었다.

일어나 앉으려는데 지미의 억센 팔이 나를 놓아주지 않았다.

"움직이지 마."

지미가 또다시 내 입술에 자기 입술을 포개며 말했다. 앞으로 몇 분간은 이대로 꼼짝할 수 없을 것 같았다.

숨이 막힐 지경이 되어서야 우리는 떨어졌다.

"지미, 잠깐 얘기 좀 할까?"

지미의 푸른 눈이 잠시 어두워졌다.

"난 얘기보다 이걸 더 하고 싶은 걸."

지미가 나를 번쩍 들어 자기 몸 위에 올렸다. 그 자세로는 도저히 대화에 집중할 수 없었다. 그저 타오르는 열정에 몸을 맡겼다.

"그만!"

한참 만에 내가 몸을 일으키며 소리쳤다. 지미가 잡아주지 않았더라면 소파에서 떨어질 뻔했다.

내 의지가 굳은 걸 알아차리고 지미도 마지못해 몸을 일으켰다. 다리를 번쩍 들었다 내리며 나를 자기 옆에 딱 붙여 앉혔다.

후끈 달아오른 몸과 마음을 억누르느라 얼마나 괴로워하는지 안쓰러울 정도였다. 내가 자기를 원하는 이상으로 지미 역시 나를 원한다는 사실에 가슴 깊은 곳에서 전율이 일었다.

"딱 5분 줄게."

지미가 경고했다.

"5분 지나면 바로 키스할 거야. 그러니까 얼른 말해."

이렇게 딱 붙어서 대놓고 키스하겠다고 하니 내 심장이 견디지 못할 것 같았다. 말 한마디 못하고 시간을 다 흘려보낼 지경이었다. 하지만 꼭 물어볼 말이 있었다.

"그러니까…… 우리 사이가…… 나는 너무 혼란…… 네가 날……."

맙소사, 나는 조리 있게 말하는 요령을 까먹은 사람처럼 말을 잇지 못했다.

"내가 널 뭐?"

지미가 내 손을 살살 어루만지며 재촉했다.

"네가 날 원하지 않는다고 생각했어……. 그러니까 이런 식으로는……."

전혀 예상치 못한 말이었는지, 지미의 얼굴에서 미소가 사라지고 믿지 못하겠다는 표정이 떠올랐다.

"도대체 왜 그런 생각을 했는데?"

"그러니까…… 저번에 호텔에서 그 일이 있고 나서……."

내가 말꼬리를 흐렸다. 지미가 무슨 일인지 알았다는 표정을 지었다.

"그날 밤 넌 나를 원치 않는다고 분명히 선을 그었잖아."

그날의 기억이 생생하게 떠올라 갑자기 목이 메었다.

"아니, 넌 그렇게 생각했던 거야?"

지미가 손으로 머리를 넘기며 말했다.

"그날 밤 내가 널 얼마나 간절히 원했는데…… 숨을 쉴 수도 없었어. 널 두고 나오느라 내가 얼마나 괴로웠는지 넌 절대로 모를 거야."

"도대체 왜 그랬는데?"

지미가 나를 바싹 당겨 안았다. 내 얼굴이 지미의 가슴에 폭 파묻혔다. 지미의 부드러운 숨결이 내 이마를 간질였다.

"그땐 네 몸과 마음이 약해진 틈을 이용하는 것 같았어. 어쩌면 여전히 그러는 건지도 몰라."

내가 그렇지 않다고 말하려는데 지미가 손가락으로 내 입술을 막았다.

"그날 밤 넌 너무 혼란스러운 상태였어. 온통 이해하기 어려운 일뿐이었으니까. 그때 넌 연인이 아니라 친구가 필요했어. 게다가 매트와 약혼한 상태였잖아."

지미의 말을 들으니 의혹이 남김없이 사라졌다. 지미는 그 방에 머무는 것보다 떠나는 것이 훨씬 더 힘들었지만 나를 위해 감내했다. 사라 말이 맞았다. 지미는 자신이 진정 옳은 일을 한다고 생각하지 않았더라면 나를 결코 거부하지 않았을 것이다.

"매트 얘기가 나와서……."

내가 말을 꺼내기 무섭게 지미가 앓는 소리를 했다.

"지금 그 녀석 얘기를 꼭 해야 하는 거야?"

나는 눈을 들어 지미를 마주봤다. 그러고는 밤하늘을 밝히는 횃불처럼 활활 타오르는 내 사랑을 보여줬다. 그를 아프게 할지도 모르는 말은 절대로 안 할 거라고 납득시켰다.

"네가 그때 왜 물러났는지 알았다는 걸 말해주고 싶어. 넌 내가 매트와 이별하는 데 시간이 걸릴 거라고 생각하겠지만, 그렇지 않아."

지미가 반신반의하는 표정을 지었다.

"나로 말하자면, 이미 5년 전에 매트와 헤어졌어. 그와 약혼했다는 사실을 받아들이는 게 힘들었지, 헤어지는 건 전혀 힘들지 않아."

나는 벽난로 위에 걸린 시계를 쳐다봤다.

"자, 5분 지났어."

내가 키스하려고 몸을 내밀자 이번엔 지미가 몸을 뺐다.

"내가 자제력을 완전히 잃기 전에 한 가지만 말해도 될까?"

지미가 너무나 진지하게 말하는 바람에 무슨 말을 듣게 될지 갑자기 두려워졌다.

"오늘 밤. 우리. 이건 한순간 충동적으로 이뤄진 게 아니야. 네가 그 점을 알았으면 좋겠어. 너를 향한 감정은…… 그래, 아주 오래전에 털어놨어야 했어. 사실은 거의 고백할 뻔한 적도 있었어."

갑자기 퍼즐 조각이 제자리를 찾아갔다.

"네가 매트와 사귀는 걸 알았지만, 한번은 꼭 내 마음을 고백하고 싶었어. 우리가 대학에 가기 전에 고백하겠다고 굳게 다짐했어. 만나기로 약속까지 잡았어. 그날은……."

"사고가 있었던 날 밤이지."

내가 말을 맺었다.

"그 이후론 도무지 말할 기회가 없었어. 대학을 졸업하고서도 너희 둘은 붙어 다녔잖아. 그래서 기회를 영영 잃었다고 생각했었어."

내가 다른 사람과 함께 있는 모습을 지켜보면서 아무 말도 못했을 지미를 생각하니 가슴이 미어졌다. 앞으로 백 살까지 산다 한들, 그 아픔을 모두 달래줄 수 있을 것 같지 않았다.

"이렇게 기다려줘서 고마워."

내가 속삭였다.

이 순간 내게 가장 필요한 것은 지미의 환한 미소였다.

"천만에."

벽난로에서 피직 피지직 장작 타는 소리가 희미하게 났다. 어둑한 거실에서 꼬마전구가 반짝반짝 빛났다. 하지만 우리는 아무것도 보지도, 듣지도 못했다. 온 세상에 우리 둘뿐이었다.

* * *

다음 날 아침 부엌에서 아버지가 헤벌쭉 웃으며 나를 맞았다. 지미와 나 사이에 무슨 일이 있었는지 짐작한 게 분명했다.

"행복해 보이는구나."

아버지와 나는 말 그대로 행복하게 웃었다.

"지미가 어젯밤 몇 시에 갔니?"

흠, 아버지는 그냥 넘어가는 법이 없었다.

"늦게요."

나는 아버지가 건네는 커피 잔을 받으며 말했다.

"아버지도 알고 계시죠, 그렇죠?"

아버지가 그렇다는 듯 고개를 끄덕였다.

"지미가 마음을 털어놓고 싶다고 말하더구나."

그러니까 내가 거실에서 나갔을 때 두 사람이 나눈 얘기가 이거였군.

"지미가 아버지에게 '허락'을 구했다는 거예요?"

내가 놀라서 물었다. 19세기도 아니고 이게 무슨 상황인가?

"아니, 딱히 허락을 구한 건 아니야. 자신이 하려는 말을 네가 들을 준비가 됐는지 물어보더구나. 네가 아직 몸과 마음이 약한 상태인지, 시간이 더 필요한 것 같은지 내 생각을 알려달랬어."

"그래서 뭐라고 말씀하셨어요?"

"이미 20년 넘게 허비했는데 뭘 더 꾸물거리느냐고 말했지."

"흠, 세 살 때는 그런 얘기를 들을 준비가 됐었는지 확신이 없네요."

"그렇다면 지금은 어떠냐?"

아버지는 그걸 꼭 물어보셔야 했을까? 내 얼굴에 이미 쓰여 있지 않나?

"물론 지금은 모든 게 완벽해요."

* * *

최근 몇 년 동안 크리스마스이브 자정 예배에 참석하지 않았다. 그런데 갑자기 감사해야 할 일이 아주 많아진 것 같았다. 지미가 오후 근무라 미사 시간에 맞춰 데리러 온다고 했다.

나는 거실 창가에 앉아 지미를 기다렸다. 밖에는 눈발이 휘날렸다. 날마다 보던 거리가 크리스마스카드에 나올 듯한 멋진 풍경으로 바뀌었다. 지루한 일상에까지 순백의 아름다운 장막이 드리우는 모습에 절로 미소가 떠올랐다.

실은 지난 며칠 동안 입꼬리가 줄곧 올라가 있었다. 지미와 함께 보낸 시간은 기쁨과 행복으로 가득했다. 내가 존재하기 위해선 공기보다 지미가 더 필요한 것 같았다. 떨어져 있는 동안엔 지미를 생각하거나 지미의 익숙한 노크 소리를 고대하며 한없이 들뜬 채로 지냈다.

아버지가 일련의 사건에 함께 즐거워하지 않았다면, 실없이 웃다가 아쉬운 듯 한숨짓는 딸을 보고 혀를 끌끌 찼을 것이다. 아버지는 틈만 나면 우리 둘이서 시간을 보내라고 자리를 피해줬다. 잠자리에 드는 시간도 갈수록 빨라져서 여섯 살짜리 꼬마가 아버지보다 더 늦게 잠들 것 같았다.

아버지가 두툼한 외투와 모자를 쓰고 거실로 들어왔다.

"아직 안 왔니?"

"곧 올 거예요."

아버지가 듣기에 내 목소리가 평온했는지, 미소를 지었다.

지미의 차가 모퉁이를 돌아 집 앞에 멈췄다. 헤드라이트 불빛이 하얀 눈발을 조명처럼 비췄다. 나는 벌떡 일어나 코트를 집어 들고 현관으로 달려갔다. 심장이 쿵쾅쿵쾅 요동쳤다. 다시 사춘기 소녀로 돌아간 기분이었다.

지미가 차에서 내리는 모습을 문 앞에서 지켜봤다. 눈이 쏟아져 내렸지만 개의치 않았다. 지미와 나는 태어난 순간부터 지금까지 평생 알고 지냈다. 그래서 우리 관계가 활활 타오르는 불길보다는 뭉근히 타오르는 불꽃에 가까울 거라고 예상했다. 이토록 격렬한 감정에 휩싸일 거라곤 짐작하지 못했다.

"눈의 여왕 같다."

지미가 다가와 내 뺨에 붙은 눈꽃에 키스하며 말했다.

"코트는 계속 들고 있으려고? 그러다 감기 걸려."

"너랑 같이 있으면 끄떡없어."

내가 꿈꾸듯 말했다. 하지만 지미는 내 손에서 코트를 받아서 내가 입기 편하도록 잡아줬다. 그리고 목에 스카프를 둘러주며 나를 자기 쪽으로 당겨 길고 진한 키스를 선사했다.

"으흠."

뒤에서 아버지가 인기척을 했다. 우리는 마지못해 떨어졌다.

"예배드릴 때는 제발 참아다오."

아버지가 경고했다.

"최선을 다할게요."

지미가 약속했다.

"걱정 마세요, 아버지."

내가 아버지의 팔짱을 끼면서 말했다.

"목사님 앞에서 아버지를 곤란하게 하지는 않을 게요."

교회로 이어지는 길에는 유리병에 담긴 양초가 줄지어 늘어서 있었다. 활짝 열린 교회 문 너머에서 성가대가 신나게 캐럴을 부르며 신도들을 환영했다. 나는 걸음을 멈추고 주변 풍경을 감상했다. 눈으로 뒤덮인 교회 첨탑과 가물가물 타오르는 촛불, 노랫소리, 아 물론 내 옆에 서 있는 남자까지 오롯이 눈에 담았다.

"정말 눈부시게 아름다워."

내가 감탄하며 말했다.

지미는 주변 거리와 사람들을 싹 무시하고 나만 바라봤다.

"눈부시게 아름다워."

지미가 내 말을 그대로 따라 했다.

예배 시간 내내 가슴이 뭉클했다. 인근 초등학교에 다니는 아이들이 성서를 낭독할 때는 눈물까지 흘렸다. 휴지를 꺼내려고 가방에 손을 넣으려는데 지미가 벌써 준비해서 슬며시 내밀었다. 나는 휴지로 눈가를 톡톡 두드렸다. 감정을 조절하지 못하고 눈물을 쏟았지만 행복해서 흘리는 눈물이라 조금도 부끄럽지 않았다.

예배가 끝나자 사람들이 한꺼번에 몰려나왔다. 휘날리는 눈발을 피해 다들 서둘러 차로 향했다. 지미가 인파에 떠밀리는 나를 자기 곁으로 바짝 당겼다. 아버지는 교회 안에서 옛 친구에게 붙들려 잠시 이야기를 나누고 있었다.

예배를 드리는 동안 기온이 뚝 떨어져, 두꺼운 코트와 스카프를 걸쳤는데도 몸이 부들부들 떨렸다. 지미가 두 팔로 감싸 안으며 짓궂게 속삭였다.

"날씨가 추워서 그런다고 둘러대면 괜찮을 거야."

내가 아무런 반응을 보이지 않은 탓인지, 아니면 내 몸이 갑자기 경직된 탓인지 모르지만 아무튼 지미가 이상한 낌새를 눈치챘다. 나는 지미의 품에 안겨 교회를 등지고 묘지를 정면으로 바라봤다. 불현듯이 지미의 무덤 앞에 서 있던 기억이 떠올랐다. 그 기억이 끔찍할 정도로 생생해서 지미가 내 곁에 살아 있다는 사실을 잠시 잊어버렸다.

지미가 포옹을 풀고 내 얼굴을 살폈다. 내가 무슨 일로 이렇게 괴로워하는지 알아내려고 했다.

지미는 내가 묘지에서 눈을 떼지 못하는 걸 보고 무슨 일인지 금세 알아차렸다.

"저기가 바로……?"

내가 묵묵히 고개를 끄덕였다.

지미는 교회 입구를 힐끔 보면서 아버지가 아직 나오지 않는 걸 확인했다. 그런 다음 내 손을 잡고 천천히 앞서 나갔다.

"자, 따라와."

하지만 내가 그 자리에 못 박힌 듯 꼼짝하지 않자 지미가 걸음을 멈췄다. 내가 머뭇거리며 물었다.

"꼭 그래야 해?"

지미의 눈에는 애정과 이해심이 듬뿍 담겨 있었다.

"응, 가서 직접 봐야 해."

내가 몸서리치며 말했다.

"난 이미 네 묘지에 가봤어. 다시는 보고 싶지 않아."

그렇지만 지미의 고집은 물리치기 어려웠다.

"거기엔 아무것도 없어, 레이철. 가서 네 눈으로 확인해봐."

묘지까지 가는 얼마 안 되는 시간 동안 온갖 끔찍한 상상이 떠올랐다. 묘지에 도착했을 때 지미의 묘지가 진짜로 있다면? 놀라서 옆을 돌아봤는데 지미가 사라지고 없다면? 생각만 해도 등골이 오싹했다. 크리스마스 유령 이야기로는 이만한 게 없을 것 같았다.

눈 쌓인 잔디밭 위로 한 걸음 한 걸음 나아가면서 끔찍한 결과를 마주할 것 같은 두려움에 다리가 후들거렸다.

"어디야?"

지미가 부드럽게 물었다. 자기 자신의 무덤으로 가는 길을 물어보는 사람이 세상에 지미 말고 또 있을까?

"저쪽이야."

내가 떨리는 손으로 가리켰다.

"저기 서 있는 묘비들 너머야."

지미는 내가 가리킨 방향으로 내 손을 잡아끌었다. 부드러운 손길이었지만 뿌리칠 수 없었다. 눈에 익은 비문이 하나둘 나타났다. 비문의 전체 내용은 가물가물했지만 "사랑하는 남편", "보고 싶은 할머니", "다정한 아버지" 같은 문구는 또렷이 기억났다.

나는 납덩이처럼 무거운 발걸음으로 나를 구하려고 목숨을 바친 남자가 묻힌 곳으로 천천히 다가갔다.

걸음을 멈추자 지미가 내 손을 단단히 잡았다. 나는 잠시 머뭇거리다 고개를 들었다. 반짝이는 흰색 대리석 묘비가 보였다. 너무나 처연하게 서 있어서 손을 내밀어 만질 뻔했다. 눈을 깜빡이고 다시 쳐다보자 텅 빈 잔디밭이 덩그러니 펼쳐져 있었다.

"그게 여기 있었단 말이지."

지미가 다소 침울한 목소리로 말했다.

고개를 끄덕이는데 눈물이 쏟아질 것 같았다. 그날 밤 느꼈던 고통이 엄습해서 몸을 가누기도 힘들었다.

"너무나 애절한 비문이었어."

내가 속삭였다.

"'열여덟 살 어린 나이에 세상을 하직했으나 소중한 아들이자 충실한 벗인 너를 영원히 사랑하노라.'"

대리석에 새겨진 비문이 머릿속에 아로새겨진 줄도 몰랐다.

"정말 끔찍했어. 가슴이 찢어지는 것 같았어. 여기 서서 너를 그리워하고 네 이름을 목 놓아 부르다 쓰러졌어. 네 옆에……."

지미가 갑자기 무릎을 꿇었다. 순간적으로 나는 예전에 내가 쓰러졌던 모습을 지미가 재현하는 거라고 생각했다. 그런데 다시 보니, 두 무릎을 꿇은 게 아니라 한쪽 무릎만 꿇고 있었다.

내 손은 여전히 지미에게 잡혀 있었다.

갑자기 눈발이 휘몰아치더니 마법을 부리듯 우리 주위에서 소용돌이를 일으켰다. 그 순간 지미의 얼굴에 떠오른 표정은 세상 끝나는 날까지 내 기억 속에 남아 있을 것이다.

"레이철."

지미가 입을 열었다. 평소에 듣던 침착한 목소리가 아니었다.

"오, 하나님!"

내가 나직이 속삭였다.

"나랑 결혼해줄래?"

이 장소와 연관된 끔직한 기억이 지미의 사랑에 힘입어 눈 녹듯이 사라졌다. 지미는 위험한 기억에서 나를 끌어냄으로써 다시 한번 나를 구해줬다.

"믿을 수가 없어."

나는 웃음과 눈물로 범벅이 된 얼굴로 말했다.

"나중에 손자들한테 너희 할아버지가 묘지에서 청혼했다고 말해야 하다니!"

지미는 혹시라도 거절당하면 어쩌나 하는 일말의 불안감이 있었는지, 내 말이 떨어지자 불안해하던 표정이 싹 사라졌다.

"그 말은, 승낙한다는 뜻이야?"

나는 땅바닥에 주저앉아 지미의 입술에 대고 부드럽게 속삭였다.

"그야 물론이지."

13

—

6주 후

나는 아이보리 색상의 드레스 자락을 잡고서 2층 계단을 조심조심 내려갔다.

아버지는 미소를 잃지 않으려고 애쓰면서 내가 내려오길 기다렸다.

아버지가 손을 내밀어 내 손을 잡을 때, 눈에서 다이아몬드처럼 영롱한 눈물방울이 뺨을 타고 또르르 흘러내렸다.

"엄마가 지금 네 모습을 봐야 하는데…… 널 무척이나 자랑스러워 했을 게다."

나는 아버지의 뺨에 키스했다. 익숙한 애프터 셰이브 로션 향이 코끝을 간질였다.

"그만하세요, 아버지. 저까지 눈물이 쏟아질 것 같아요. 사라가 공들여 꾸며줬는데 다 망가지겠어요."

나는 거실과 현관을 둘러봤다. 위층에서 들을 땐 거실에 족히 100명은 있을 것 같더니 아주 휑했다.

"다들 벌써 출발했어요?"

아버지가 텅 빈 집 안을 둘러보며 말했다.

"그래, 먼저 출발했단다. 이젠 너와 나뿐이야. 밖에 차가 대기하고 있어."

나는 마음을 가라앉히려고 숨을 길게 내쉬었다. 가야 할 시간이다.

"불안하니?"

플로리스트가 전해준 검붉은 장미 부케를 건네며 아버지가 물었다. 나는 미소 띤 얼굴로 고개를 저었다.

"그냥 흥분돼요."

아버지가 다시 내 손을 잡아 현관 쪽으로 이끌었다.

"가자꾸나, 레이철."

* * *

6주간의 약혼 기간은 결혼 준비로 후딱 지나갔다. 우리가 너무 서둘러 결혼 날짜를 잡는 바람에, 사람들이 오늘 내 허리춤을 유심히 보는 것 같았다. 물론 그들의 짐작은 틀렸다. 굳이 그 이유를 물었다면 설명하지 못할 것도 없었다. 그나저나 이 문제와 관련해 지미와 내가 나눈 대화를 사람들이 들었다면 뭐라고 반응했을까?

"난 기다리고 싶지 않아. 이미 너무 오래 기다렸단 말이야."

크리스마스가 지나고 며칠 지나지 않았을 때 지미가 고백했다.

지미의 말은 햇살처럼 따사로웠지만 선뜻 응할 수 없었다. 마음에 걸리는 문제가 있었기 때문이다.

"내가 허튼소리를 한다고 생각하겠지만 그래도 이 말은 꼭 해야겠어."

지미가 고개를 살짝 끄덕였다. 내가 무슨 말을 할지 이미 짐작하는 눈치였다.

"나한테 벌어진 온갖 일들은…… 그게 뭐든…… 아무튼 그 자동차 사고로 머리를 다쳤을 때 시작됐다고 생각해. 그런데 나중에 노상강도를 만나 또 다쳐서 정신까지 오락가락해졌어……."

"그래서?"

내가 어떻게 말할지 고심하자 지미가 재촉했다.

"나한테 또다시 무슨 일이 일어나면 어떡하지? 내가 무슨 연유로 '예전으로 돌아가면?' 무슨 일이 일어나 모든 게 확 바뀌면? 그땐 어떡해?"

지미가 나를 끌어당기더니, 내 머릿속에서 쓸데없는 생각을 싹 지워버리려는 듯 뜨겁게 키스했다.

"그런 일은 절대로 일어나지 않을 거야."

지미가 약속했다.

"넌 아무 데도 가지 않아. 나 없이는……. 내가 널 절대로 보내지 않을 거야."

지미의 말에 가슴이 뭉클해졌지만 그래도 불안감이 완전히 가시진 않았다.

"세상일은 아무것도 장담할 수 없어, 레이철. 사고가 일어날 수도, 병에 걸릴 수도 있어. 그건 우리가 어쩔 수 없는 일이야. 내 직업도 때로는 위험할 수 있어. 우린 침대에서 일어나다 크게 다칠 수도 있어! 그렇다고 늘 불안에 떨며 살 수는 없잖아."

지미 말이 옳았다. 지난 두 달 동안 행복의 기회를 포착하면 절대로 놓치지 않는 게 얼마나 중요한지 절감하지 않았던가?

"그래도 신중을 기하기 위해 네 결혼 선물로 안전모를 안겨 줄게."

"그럼 면사포와 잘 어울리겠다!"

"실은 나도 걱정되는 게 있어."

지미가 목소리를 바꿔 말했다.

"어느 날 갑자기 네 기억이 돌아와 엉뚱한 남자랑 결혼했다고 생각하면 어떡하지? 네가 함께 있고픈 사람이 매트라는 걸 깨달으면 그땐 어떡해?"

지미의 눈이 몹시 흔들렸다. 지미가 이렇게 불안해하는 모습은 처음 봤다.

"그러니까 기억상실증이 치료됐는데, 내가 무슨 이유로 완전히 맛이 가버리면 어떡할 거냐, 이거지?"

지미는 애써 웃으려 했지만 불안한 기운을 완전히 떨치지는 못했다.

"흠, 우리 둘 다 일어나지도 않을 일에 지레 겁먹고 걱정하는 것 같아."

* * *

하얀 리본으로 장식된 은색 리무진이 집 앞에 대기하고 있었다. 동네 사람들이 현관이나 정원에서 아버지와 나를 지켜봤다. 근처에서 어린아이가 환호성을 터뜨렸고 또 누군가는 손뼉을 쳤다. 그 소리가 물결처럼 멀리 퍼져나갔다.

차에 오르자, 길게 흘러내린 내 머리카락을 아버지가 넘겨줬다.

"어여쁜 내 딸."

아버지가 웃으며 말했다.

마침내 차가 시동을 걸고 교회까지 가는 짧은 여정을 시작했다.

* * *

간호사가 인기척을 내지 않으려고 조용히 병실에 들어왔다. 그런데도 침대맡에 앉아 있던 남자가 소스라치게 놀랐다. 그는 걱정스러운 눈으로 간호사를 쳐다보다 혼자인 걸 알고 다소 안도했다.

"뭘 좀 갖다드릴까요?"

간호사가 상냥하게 물었다. 그러면서 안 그래도 깔끔한 침대 커버를 연신 정리했다.

"괜찮습니다."

남자가 점잖게 대답했다.

간호사가 안쓰러운 눈으로 남자를 내려다봤다. 그는 금방이라도 쓰러질 것처럼 허약해 보였다. 침대에 누워 있어야 할 사람은 바로

이 사람 같았다. 그는 하루도 거르지 않고 딸의 병상을 지켰다. 자신의 병은 방치한 채 밤낮으로 딸을 간호했다. 간호사는 그런 모습을 바라보는 게 너무나 가슴이 아팠다. 아무런 도움도 주지 못하는 것 같아 너무나 미안했다.

간호사는 침대 옆에 놓인 기계로 건너가 다이얼에 손을 뻗었다.

"소리를 낮춰드릴까요? 성가실 것 같아서요."

"아, 아닙니다, 그러지 마세요."

남자가 더듬거리며 말했다.

"그 소리를 듣는 게 좋습니다. 소리가 클수록 더 좋아요. 딸애가 여전히 우리와 함께 있다는 증거니까요."

간호사는 돌덩이가 목구멍에 걸린 듯한 느낌이 들어 침을 꼴깍 삼켰다. 그리고 남자가 요구한 대로 소리를 좀 더 키웠다. 생명 유지 장치의 삐, 삐, 삐, 하는 신호음이 병실을 가득 메웠다.

* * *

리무진이 교회 입구로 미끄러지듯이 다가갔다. 신부 들러리인 사라가 화려한 선홍색 드레스를 입고 출입문 옆에서 기다리고 있었다.

차에서 내릴 때 아버지가 손을 잡아줬다. 사라가 급히 달려오더니, 있지도 않는 주름을 편다고 드레스 자락을 분주히 매만졌다. 나는 궁금한 눈길로 사라를 내려다봤다.

"물론 벌써 와 있어."

나는 안도의 미소를 지었다.

"지미는 이 순간을 평생 기다렸어. 안 왔을 리가 있겠니?"

* * *

간호사가 두 사람을 두고 나갔다. 남자가 딸과 단둘이 마지막 시간을 보내고 싶어 할 거라 생각했기 때문이다. 남자는 사랑스러운 딸이 침대에 꼼짝 않고 누워 있는 모습을 가만히 바라봤다. 딸에게 연결된 튜브와 관은 전혀 눈에 들어오지 않았다. 그의 눈에는 그저 깊이 잠들어 깨어날 줄 모르는 딸만 보였다.

"아버지가 여기 있단다."

남자가 부드럽게 속삭였다. 또다시 뺨을 타고 눈물이 흘렀다. 손을 들어 딸의 얼굴을 만졌다. 얼굴을 가리는 긴 머리카락을 넘겼다. 이마에서 뺨까지 여러 갈래로 길게 이어진 흉터가 드러났다.

"어여쁜 내 딸."

남자의 말소리는 흐느낌에 가까웠다.

잠시 후, 이번엔 간호사가 밖에서 조심스레 노크한 뒤 들어왔다.

"휘태커 박사님이 도착하신 걸 알려드리려고요. 10분쯤 후에 여기 오실 거예요."

"그렇게 빨리요?"

남자가 당황해하며 물었다.

상황이 너무 급박하게 돌아갔다. 남아 있는 시간이 얼마 없었다.

다시 병실에 단둘이 남게 되자, 남자는 탁자 서랍에서 작은 병을 꺼냈다. 떨리는 손으로 마개를 돌려 열더니 딸의 베개에 몇 방울 떨어뜨렸다. 그리고 움푹 꺼진 자신의 뺨에도 향이 독특한 애프터 셰이브 로션을 톡톡 두드려 발랐다.

딸이 혼수상태에 빠졌더라도 소리나 냄새를 지각할 수 있다는 말을 오래전에 의사에게 들었다. 그래서 병실에 있을 때는 늘 이 로션을 발랐다. 딸이 어둠 속에서도 이 냄새를 맡고 아버지가 함께 있다는 사실을 알아차리길 간절히 바랐다.

"대견하구나, 내 딸."

남자가 딸의 얼굴에 대고 속삭였다.

"아버지 혼자 두고 떠나고 싶지 않다는 거 알아. 하지만 아버진 괜찮아."

눈물이 쏟아져서 더 이상 말을 잇지 못했다.

"네가 무척 자랑스럽다."

남자가 겨우 입을 열었는데, 갑자기 병실 문의 손잡이가 돌아가더니 사람들이 하나둘 들어왔다.

* * *

우리는 교회 로비에서 잠시 멈췄다. 나무로 된 문 안쪽에서 사람들이 쉬쉬하는 소리가 들려왔다. 하객들은 목을 길게 빼서 출입구 쪽을 돌아봤다.

아버지는 내 팔을 잡아 팔짱을 꼈고 사라는 내 뒤에 자리 잡았다. 아버지가 몸을 기울여 내 뺨에 키스했다. 아버지의 애프터 셰이브 향과 장미 부케의 향이 뒤섞여 코끝을 진하게 자극했다.

"정말 대견하구나, 내 딸."

"사랑해요, 아버지."

나는 아버지에게 말하며 베일을 얼굴에 드리웠다.

교회 안쪽 오르간에서 익숙한 가락이 연주되기 시작했다. 들어오라는 신호였다. 문이 활짝 열리자 우리는 복도를 따라 천천히 나아갔다.

사람들의 시선이 모두 나한테로 쏠렸다. 하지만 내 눈에는 아무도 들어오지 않았다. 단 한 사람, 재단 옆에 서서 나를 기다리는 사람만 보였다. 그는 동화 속 왕자님처럼 너무나 오랫동안 나를 기다렸다. 사랑이 가득한 눈으로 나를 바라보는 그의 모습에 숨이 멎을 것 같았다.

당장이라도 그의 옆으로 날아가고 싶었다. 나를 위해 모인 얼마 안 되는 가족과 친구들의 사랑에 힘입어 훌쩍 날아갈 수도 있을 같았다.

자리를 빛내준 모든 사람에게 고마움을 느꼈다. 하지만 나한테 가장 소중한 사람은 내 바로 옆에 있는 남자와 뒤에 서 있는 두 사람뿐이었다.

* * *

휘태커 박사가 병실로 들어왔다. 뒤이어 처음 보는 의사 두 명도 따라 들어왔다. 마지막으로 간호사가 조용히 들어왔다.

"안녕하세요, 윌트셔 씨."

남자는 대답하지 못하고 붉게 충혈된 눈으로 의사를 올려다봤다.

의사가 남자에게 다가가 어깨에 손을 올렸다. 밖에서 앰뷸런스의 사이렌이 요란하게 울렸지만 남자는 의식하지 못했다.

"오늘 저희가 하려는 일이 뭔지 아시죠, 윌트셔 씨? 토니?"

남자가 절망적인 눈으로 의사를 올려다봤다.

"정말로 확신하십니까? 가망이 없는 거예요? 전혀?"

의사가 슬픈 얼굴로 고개를 저었다. 그러더니 같이 온 동료 한 명에게 낮은 목소리로 물었다.

"서류 절차는 다 끝났나?"

다른 의사가 고개를 한 번 끄덕였다.

"그런데 딸애가 여기서 벌어지는 일을 다 듣는 것 같을 때가 있습니다."

남자가 소리쳤다.

"그리고 때로는 제가 여기 있다는 걸 아는 것 같아요. 제 애프터셰이브 향을 맡는다고 생각합니다."

휘태커 박사가 고개를 저었다. 이런 이야기는 전에도 수없이 들었다. 가망이 전혀 없는데도 환자 가족들은 지푸라기라도 잡는 심정으로 이런 말을 늘어놓았다.

"딸애가 열세 살 때부터 크리스마스에 이 로션을 선물했습니다."

남자의 말에 간호사는 직업의식을 잃고 흔들리기 시작했다.

"이건 우리 둘이서만 통하는……."

남자는 더 이상 말을 잇지 못했다.

* * *

결혼식이 어떻게 진행됐는지 하나도 기억나지 않는다. 물론 아름다웠을 거라고 확신한다. 어렴풋이 찬송가를 들었던 것 같고, 때맞춰 결혼 서약을 했던 것 같다. 하지만 아름다운 연무 속에 가려진 장면처럼 모든 게 희미하다.

기억나는 건 지미의 눈길뿐이다. 지미가 내 손가락에 얇은 금반지를 끼워주고 내 얼굴에 드리운 베일을 들어 올렸다. 지미가 내 입술에 키스할 때 신도석에서 조그맣게 탄성이 터졌다.

* * *

"작별 인사는 하셨습니까?"

의사가 상냥하게 물었다.

남자가 말없이 고개를 끄덕였다.

"다른 사람은 없습니까?"

휘태커 박사가 걱정스레 물었다. 자신이 아무것도 해줄 수 없는 환자에 대한 걱정이 아니라 환자의 아버지에 대한 걱정이 더 컸다.

"없습니다. 아무도 없습니다."

남자가 마침내 입을 열었다.

"우리 둘뿐입니다. 혈육이라곤 이 애 하나밖에 없습니다."

의사들 뒤에서 간호사가 소리 없이 흐느끼기 시작했다.

휘태커 박사는 레이철의 호흡을 도와주던 기계장치에 다가갔다.

레이철은 두 달 전 병원에 왔을 때부터 지금까지 줄곧 이 장치에 의지해 숨을 쉬었다.

"금방 만나자꾸나, 레이철."

남자가 조용히 말했다. 자신이 함께 있다는걸 알리려고 딸의 손을 잡은 채로 힘을 꽉 주었다.

* * *

우리는 돌아서서 복도를 따라 걸어 나왔다. 드디어 결혼식을 올리고 영원히 함께하기로 서약했다.

아버지가 앉아 계신 마지막 신도석을 지날 때, 아버지가 손을 내밀어 내 손을 꽉 잡았다. 나는 잠시 멈춰 서서 아버지를 바라보며 환하게 웃었다.

다시 걸음을 내디디면서도 아버지의 손을 놓지 않았다. 하지만 점점 멀어지며 손가락 끝이 스치듯 떨어졌다.

* * *

"떠났습니다."

의사가 남자에게 조용히 말했다. 그들 뒤에서 기계가 구슬픈 소리를 길게 내면서 의사의 진단을 확인해줬다.

* * *

우리 뒤에서 오르간 연주가 길게 울렸다. 곧이어 내가 가장 좋아하는 사랑의 노래가 경쾌하게 울려 퍼졌다.

우리가 입구에 다가가자 안내인들이 문을 활짝 열어 젖혔다. 2월 치고는 눈부시게 찬란한 햇빛이 비쳐 들었다. 서늘하고 어둑한 교회에 있다 나왔더니 더 눈이 부셨다.

지미와 나는 의미심장한 눈길을 주고받은 뒤에 찬란한 빛 속으로 함께 걸어갔다.

프랙처드·삶의 균열

펴낸날 초판 1쇄 2015년 9월 24일

지은이 대니 앳킨스
옮긴이 박미경
펴낸이 심만수
펴낸곳 (주)살림출판사
출판등록 1989년 11월 1일 제9-210호

주소 경기도 파주시 광인사길 30
전화 031-955-1350 팩스 031-624-1356
기획·편집 031-955-4675
홈페이지 http://www.sallimbooks.com
이메일 book@sallimbooks.com

ISBN 978-89-522-3210-6 03840

※ 값은 뒤표지에 있습니다.
※ 잘못 만들어진 책은 구입하신 서점에서 바꾸어 드립니다.

이 도서의 국립중앙도서관 출판시도서목록(CIP)은 서지정보유통지원시스템 홈페이지(http://seoji.nl.go.kr)와 국가자료공동목록시스템(http://www.nl.go.kr/kolisnet)에서 이용하실 수 있습니다.(CIP제어번호: CIP2015023236)

책임편집·교정교열 구민준